【제왕삼부곡 제2작】

시진핑 주석이 반부패개혁의 모델로 삼은 황제

옹정황제

10

얼웨허 역사소설

홍순도 옮김

雍正皇帝

더봄

小說 雍正皇帝 : 二月河

Copyright ⓒ 2013 Eryuehe
Korean Translation Copyright ⓒ 2015 by theBOM Publishing co.

Korean edition is published by arrangement with Eryuehe
小說《雍正皇帝》出刊根據與原作家二月河的約屬於theBOM出版社. 嚴禁無斷轉載複製.

소설《옹정황제》의 저작권은 원작자 얼웨허와의 독점계약에 의해 출판사 '더봄'에 있습니다.
저작권법에 의해 한국 내에서 보호를 받는 저작물이므로 무단전재와 복제를 금합니다.

옹정황제 10권

개정판 1판 1쇄 인쇄   2015년 11월 10일
개정판 1판 1쇄 발행   2015년 11월 13일

지은이   얼웨허(二月河)
옮긴이   홍순도
펴낸이   김덕문

펴낸곳   더봄
등록번호   제2015-000072호
주소   서울특별시 중구 을지로 12길 28, 207호(저동2가, 저동빌딩)
대표전화   02-2264-0148   **팩스** 02-2264-0149
전자우편   thebom21@naver.com
블로그   blog.naver.com/thebom21

ISBN 979-11-86589-36-6 04820
ISBN 979-11-86589-26-7 04820(전12권)

책값은 뒤표지에 있습니다.

주식朱軾

1665~1736. 강서성 고안高安 사람. 자는 약첨若瞻이고, 호는 가정可亭이며,
시호는 문단文端이다. 강희 23년(1694) 진사進士가 되었다. 지현知縣에서
강서 순무江西巡撫로 파격적으로 발탁되기도 했으며, 옹정 연간에 문화전文華殿
대학사大學士와 이부상서, 병부상서 등을 역임했다. 건륭제 초에는 황명으로 정무를
총괄했다. 주희의 《의례경전통해》儀禮經傳通解를 바탕으로 학자들의 설을 널리 채집하고
자신의 견해를 덧붙여 《의례절략》儀禮節略을 저술하는 등 학문적인 업적도 크다.

양명시楊名時

1661~1737. 강소성 강음江陰 사람. 자는 빈실賓實이고, 호는 응재凝齋,
시호는 문정文定이다. 이광지李光地의 문하에서 수학했다. 강희 30년(1691)
진사進士가 되어 벼슬길에 나아가 검토檢討와 시독侍讀을 역임하고
운남 순무雲南巡撫에 올랐다. 옹정 연간에 운귀 총독雲貴總督에 발탁되었는데,
제본題本에 밀유密諭를 잘못 실어 혁직되었다. 건륭제가 즉위한 후에야 다시 조정의
부름을 받아 예부상서함禮部尚書銜 겸 국자감좨주國子監祭酒를 지냈고,
상서방上書房과 남서방南書房을 맡았다. 정주학程朱學의 대가로, 실천을 중시했다.

전명세錢名世

1660~1730. 강소성 무진武進 사람으로, 자는 양공亮工이다. 강희 38년(1699)
에 직예 향시에서 연갱요年羹堯와 함께 합격해 '동년'同年으로 돈독하게 지냈다.
강희 42년 과거시험에서 1갑 3등인 탐화探花로 합격해 승승장구했지만 연갱요를
치켜세우는 시를 썼다는 이유로 옹정으로부터 치욕을 당한다. 고향집 대문 앞에
'명교죄인'名教罪人이란 글을 걸어두고 지나가는 사람들의 손가락질을 받게 했는데,
이는 '명교'名教(유교儒教의 가르침)를 죽음보다 소중히 여기는 선비에게는 정신적
죽음을 가한 것이나 마찬가지였다. 강희 연간에 《남산집》南山集에서 명나라의
연호를 사용하다가 일족이 사형을 당한 대명세戴名世와 곧잘 비교된다.

3부 한수동서恨水東逝

15장
옹정의 새로운 정책

　윤록은 밤새도록 뒤척이다 새벽녘에야 얼핏 잠이 들었다. 그러나 이내 멀리서 들려오는 수탉이 홰를 치며 우는 소리에 그만 잠이 도로 달아나고 말았다. 그는 베개 하나를 더 포개 놓고 애써 눈을 붙이려고 했다. 그 순간 때맞춰 자명종 소리가 귓전을 때렸다. 네 번 울리는 것으로 미뤄 짐작해보면 아직 이른 새벽임이 분명했다. 그런데 웬일인지 정신은 더 또렷해지기만 했다. 병풍 쪽의 난롯불 위에 올려 놓은 찻주전자가 열기를 뿜어내는 소리도 생생하게 들렸다.

　그는 더 이상 잠을 청할 수가 없었다. 결국 한숨을 내쉬면서 일어나 주위를 두리번거렸다. 넷째 측복진側福晉 오씨가 옷을 걸치고 옆에 걸터앉아 있는 모습이 눈에 들어왔다.

　"왜 이렇게 일찍 일어났나?"

　윤록이 다정한 음성으로 물었다.

"주인께서 편히 주무시지 못하는 것을 보니 저도 잠을 잘 수가 없었습니다."

오씨가 신발을 신고 찻주전자의 물을 따라 건네줬다.

"이것으로 입가심을 하시고 눈을 좀 더 붙이도록 해보십시오. 잠이 오지 않으면 눈을 감고 명상을 하셔도 좋을 것입니다."

윤록은 차 한 모금을 마시고는 오씨의 손을 잡아당겨 옆자리에 앉혔다. 한 손은 어느새 오씨의 속옷을 비집고 들어가 볼록하고 탐스러운 가슴 위에서 오르락내리락 하고 있었다. 곧바로 손이 일사천리로 아래를 향했다. 그러자 오씨가 얼굴을 붉혔다.

"이러다가 시녀들 눈에라도 띄면 무안해서 어쩝니까? 어젯 밤에는 중도에 시들해지더니……. 주인께서는 늘 이렇게 달궈놓고서는 결정적일 때 실패하시는 것이……."

오씨가 수줍어서 그런지 고개를 숙였다. 통통한 볼이 어느새 발갛게 익어 있었다. 한입 베어물고 싶도록 탐스러운 얼굴이었다. 급기야 그는 와락 그녀를 껴안고 뒤로 넘어졌다.

"자네도 벌써 서른이지? 여자 나이 서른은 승냥이, 마흔은 호랑이라고 했어. 쉰이 넘었어도 배를 타고 싶어 한다고 했고. 전에도 세자 하나 얻고 싶다고 했잖아."

오씨는 윤록의 말에 자극을 받아 그런지 어느새 부드러운 물이 되어 흐르기 시작했다. 윤록은 그런 오씨를 탄 채 황소처럼 한참 동안이나 씩씩거렸다. 얼마 후에는 한바탕 운우지정을 나눈 사람답게 한편에 대자로 쓰러졌다. 그러나 이내 다시 벌떡 일어나더니 주섬주섬 옷을 입기 시작했다. 그가 관복을 차려 입고 의관을 단정히 하는 데는 그다지 오랜 시간이 필요하지 않았다. 그는 곧 위엄 있는 헛기침을 한 번 하고는 방문을 나섰다.

윤록은 습관적으로 동쪽 하늘을 바라봤다. 아직 별들이 총총했다. 그때 처마 밑 계단 아래에서 하인 한 명이 달려 나왔다. 윤록이 기다렸다는 듯 지시를 내렸다.

"지금 입궐할 것이니 즉각 가마를 대기시켜라. 세자들도 어서 깨워 오늘 중으로 〈자견남자〉子見南子 편篇을 공부하도록 하게 해라. 내가 돌아와서 검사하겠다고 하고!"

"좀 더 구체적으로 말씀해주십시오."

"음, '나는 여색을 좋아하는 것처럼 덕을 좋아하는 사람을 본 적이 없다'吾未見好德如好色者也라는 내용으로 천 자千字 이상 쓰라고 해!"

윤록은 그렇게 지시하고는 바로 이문을 나섰다.

행황杏黃빛깔(은행 색과 살구 색을 섞은 색)의 대교에 앉은 윤록은 얼마 후 서화문에 도착했다. 이미 서화문 밖에는 크고 작은 가마들이 대여섯 대 세워져 있었다. 두 명의 외성外省 관리가 황등 밑에 엉거주춤 서 있다가 윤록을 발견하고는 황급히 무릎을 꿇었다. 낯선 얼굴이었다. 윤록은 미소를 지은 채 일어나라는 손짓을 보냈다.

윤록은 다시 주위를 살펴봤다. 저쪽 멀지 않은 곳에 내무부에서 자신의 일을 도와주는 관리들이 보였다. 그는 그 가운데 한 명인 유홍도兪鴻圖를 불렀다.

"여덟째, 아홉째 형님과 여러 친왕들은 언제쯤 도착하신다고 했나? 그리고 자네들은 다 여기에 모여 있으면 어떡하나? 내가 어떻게 하라고 했던가?"

유홍도가 윤록의 질책에 놀랐는지 움찔거리면서 절을 하고는 대답했다.

"열여섯째마마, 신이 감히 지시를 잊어버리고 여기에 와 있는 것은 절대 아닙니다. 어제저녁 신은 분부대로 여러 친왕들이 묵고 계신 곳마다 사람을 보내 수시로 동향을 보고하도록 했습니다. 그중에서 방금 연락 온 것을 말씀드리겠습니다. 보고에 따르면 각 왕부에는 모두 불을 밝혔습니다. 친왕들도 기침했다 합니다. 장상께서는 방금 대내로 들어가시면서 열여섯째마마께서 오시는 대로 군기처로 모시라고 했습니다. 다른 말은 없었습니다. 그사이 친왕들께서 도착하시면 신이 우선 시중들고 있겠습니다. 그리고 폐하께서는 아직 창춘원에 계신 듯합니다."

유홍도가 윤록에게 자세히 설명을 하고 있을 때였다. 안에서 태감 한 명이 종종걸음으로 걸어 나오더니 두 명의 외성 관리들을 향해 말했다.

"오늘 폐하의 단독 접견은 없을 것입니다. 군기처도 접견하지 않을 것이라고 했습니다. 두 분은 예부로 가서 조금 있다 문무백관들과 더불어 폐하를 알현하십시오."

지의를 전한 태감은 몸을 돌려 윤록에게 다가왔다. 이어 얼굴 가득 웃음을 지은 채 인사를 올리고 아뢰었다.

"폐하께서는 어제저녁에 이미 궁으로 돌아가셨습니다. 장상과 악상鄂相(악이태)은 모두 군기처에 계십니다. 열여섯째마마께서 도착하시는 대로 그리로 모시라고 했습니다."

태감은 말을 마치고는 다시 빠른 걸음으로 서화문 안으로 들어갔다. 윤록이 막 안으로 발걸음을 옮기려 할 때였다. 또 한 대의 대교가 도착했다. 가마 안에서 몸을 내민 사람은 다름 아닌 이불이었다. 윤록은 발걸음을 멈추었다.

"이불, 어제는 미안했네. 상서방에서 보자고 해놓고서는 바빠서 못 갔네. 방금 오늘 조회가 있다는 지의를 받았어. 자네는 오문午門 쪽으로 들어가게."

이불이 빠른 걸음으로 윤록에게 다가와 문안을 올리면서 대답했다.

"알겠습니다, 장친왕마마! 신은 조회가 있다는 것은 알고 있었습니다. 서화문에서 정양문에 이르는 중간 부분부터 저희 직예 총독아문에서 경호를 맡았습니다. 방금 한번 둘러보고 오는 길입니다. 그런데 병사들이 양명시가 이미 북경에 도착해 이쪽으로 들어가는 것을 봤다고 하더라고요. 하지만 아무리 찾아봐도 보이지가 않습니다. 이것들이 감히 거짓말을 한 것은 아닐 텐데 말입니다. 어제는 비록 장친왕마마를 뵙지 못한 아쉬움은 있었사오나 헛걸음을 하지는 않았습니다. 상서방에서 사제세謝濟世를 만났으니까요. 절강성에서 북경으로 들어왔다는 소문은 들었어도 어디 머물고 있는지 몰라 궁금했었는데, 마침 그 사람도 저를 찾고 있던 중이었다고 합니다. 오랜만에 얘기도 나누고 점심도 같이 하면서 즐겁게 보냈습니다."

이불의 너스레에 윤록이 웃어 보였다.

"자네들은 동년배가 아니던가. 그 친구가 전문경의 열 가지 죄를 묻는다는 탄핵안을 올렸다네. 둘 다 전문경과는 상극이니 죽이 좀 잘 맞았겠는가. 자네가 올린다던 전문경 탄핵안은 어떻게 됐나? 서둘러 올리지 말고. 나하고 얘기 좀 하고 진행하세. 며칠만 지나면 나도 여유가 생길 테니 그때 보자고. 그런데 자네가 말한 양명시인가 하는 사람은 나는 잘 모르네. 귀주에서 왔다고? 방금 외성 관리 둘을 보기는 했는데, 이미 오문 쪽으로 갔을 거네. 혹시 그중 한 명이 아닐까 싶군. 그리로 가보게."

말을 마친 윤록은 곧바로 서화문으로 들어갔다.

동녘 하늘은 어느새 물고기 뱃가죽처럼 훤하게 밝아오고 있었다.

융종문 내의 천가天街는 먼지 하나 없을 정도로 깨끗했다. 그래서 그런지 건청문은 청량한 새벽 공기 속에서 더없이 장엄하고 거대하게 보였다. 키를 넘는 커다란 청동 항아리 8개가 죽 늘어서 있는 사이사이에는 태감들이 목탄이 들어 있는 함을 손으로 받쳐 들고 서 있었다. 그들은 가끔씩 청동 항아리 밑의 돌로 쌓은 아궁이에 목탄을 집어넣었다. 그때마다 안에서는 콩 볶는 듯한 요란한 소리가 크게 들려왔다.

건청문 앞에는 수십 명의 시위들이 화려한 시위 복장을 한 채 마치 못에 박힌 듯 우뚝 서 있었다. 미동도 하지 않는 그들은 천가의 장엄한 아침에 다소 소슬한 분위기를 더해주는 모습이었다. 그 와중에 군기처의 몇몇 관리들이 서무관들을 동원해 부지런히 문서를 옮기는 모습만이 긴장된 느낌을 조금은 씻어주는 듯했다. 윤록이 융종문으로 들어서자 군기처의 몇몇 서무관들이 달려와 아뢰었다.

"장친왕마마, 마마께서 도착하시는 대로 즉각 양심전으로 오도록 하라는 폐하의 지시가 계셨습니다. 방포 어른, 장상, 악상, 그리고 열셋째마마도 자리해 계신다고 들었습니다."

"셋째 패륵은? 아, 열셋째마마께서도 계신다고 했나?"

윤록이 자신보다 일찍 도착한 사람들이 그렇게 많다는 사실에 뭔가 불길한 예감에 사로잡힌 듯 발걸음을 급히 옮기면서 물었다. 서무관들이 약속이나 한 듯 대답했다.

"셋째 패륵께서는 도착하신 지 한 시간쯤 됐습니다. 열셋째마마께서는 어젯밤 군기처에서 밤을 샜습니다. 그래서 임시로 다른 곳으로 옮겼던 문서를 열셋째마마께서 대내로 들어가시자마자 다시 옮기는 중이었습니다."

윤록은 아무 대꾸 없이 걷기만 했다. 서무관은 그제야 걸음을 멈추고 물러갔다.

"잘했네, 아주 잘했어!"

옹정은 양심전 동난각에서 몇몇 대신들과 얘기를 나누고 있었다. 윤록이 들어설 때는 환한 얼굴로 농담까지 하면서 맞이해주었다.

"우리의 공사다망하신 장친왕께서 오셨나? 문후 올리는 것은 면하도록 하지. 윤상 옆에 가서 앉게."

윤록은 짐짓 농담조로 반기는 옹정에게서 눈을 돌려 주위를 유심히 살펴봤다. 서 있는 장정옥과 악이태, 온돌마루 옆에 무릎을 꿇고 있는 홍시의 모습이 보였다. 또 방포와 윤상은 병풍 앞의 의자에 방석을 놓고 앉아 있었다. 윤록은 옹정에게 굳이 고집스럽게 예를 갖췄다. 이어 자신의 위치를 잠시 생각하고는 윤상의 아랫자리에 앉아 아뢰었다.

"저는 제가 아주 일찍 온 줄 알았습니다만 알고 보니 제일 늦었네요."

옹정은 기분이 대단히 좋아 보였다. 우유잔을 들어 한 모금 마시고는 미소를 머금은 채 말했다.

"이위가 잘하고 있다고 하는군. 강남, 절강 두 성에서만큼은 화모귀공 정책이 확고하게 자리를 잡은 것 같네. 화모를 받아들여 양렴은으로 내려 보내니 우선 관리들의 비리가 현저히 줄었어. 번고의 재정 역시 전년 대비 사 할은 늘었다고 해. 그쪽의 각 주현州縣들에서 올라온 주장을 봐도 당초 예상했던 그런 혼란은 없는 것 같아. 효과도 좋아. 무엇보다 찢어지게 가난한 관리들을 격려하는 계기가 됐어. 또 엄두가 나지 않아 아무도 가지 않으려던 주현들에도 이제는 선뜻 가서 해보겠다는 관리들도 생겼다고 해. 어디 그것뿐인가? 이위는 화모귀공으로 거둬들인 금액 중에서 일부를 떼어내 의창義倉을 여러 개 만들었네. 집도 절도 없는 백성들을 먹여 살리고 있는 것이지. 관리들이 만족하고 백성들이 살맛이 난다고 하니 짐 또한 즐겁기 이를 데 없네. 전문경은 이위보다 좀 더 어려운 것 같긴 한데, 하남성이라는 곳이 원체 백성들의 기가 센 곳이어야 말이지. 사람들이 거칠고 억세기로 전국적으로 소문난 곳이 아닌가. 관리들의 악습도 고질이 돼 있는 곳이라 다루기도 쉽지 않지. 게다가 전문경 본인은 누구에게 뒤지고는 못 사는 성격이야. 관신일체납량과 화모귀공을 한꺼번에 틀어쥔 채 마구 밀어붙이다 보니 자연히 부작용이 생긴 것이지. 이미 전문경을 탄핵하는 상주문이 꽤나 올라와 있어. 그중 대원大員은 그곳 얼사아문의 황진국 하나뿐이야. 나머지는 모두 미관말직의 새우들이지. 당연히 자기들의 검은 돈 줄기를 전문경이 끊어버렸다고 투덜거려보는 거라고. 그래서 짐은 상주문 전부를 전문경에게 보냈네. 그가 알아서 처리하도록 말이지.”

옹정이 장황하게 자신의 생각을 토로한 다음 잠깐 숨을 골랐다. 그때 고무용이 몇몇 태감을 거느리고 들어왔다. 그들은 쟁반에 인삼탕을 받쳐 들고 있었다. 옹정이 미리 분부해둔 듯 늦게 도착한 윤록의 몫만 없었다. 그러자 옹정이 곧 명령을 내렸다.

“홍시의 인삼탕을 장친왕에게 드리게. 찬물도 순서가 있지 않은가!”

옹정의 말이 떨어지기 무섭게 홍시가 황급히 몸을 일으켜 자신의 인삼탕을 윤록에게 두 손으로 받쳐 올렸다. 이어 다시 원래 자리로 가서 무릎을 꿇었다. 윤상이 먼저 말문을 열었다.

“요즘 들어 하남성은 말할 것도 없고 다른 곳에서도 전문경을 비난하는 목소리가 커지고 있는 것 같사옵니다.”

“누군가가 탄핵한다고 해서 꼭 나쁜 것이 아니지. 마치 다들 좋다

고 입을 모은다 해도 꼭 좋은 것은 아니듯 말이네. 윤상, 자네《좌전》
左傳을 읽어보지 않았나?"

옹정이 인삼탕을 한 모금 마시면서 윤상의 말에 대답하고는 이어
장황하게 설명을 덧붙였다.

"자네도 그 옛날 국채 환수 작업에 팔을 걷어붙였다가 중상모략을
당하지 않았는가. 결국에는 칠 년 동안 억울한 연금 생활도 했잖아!
그 당시 자네를 잡아먹지 못해 안달이 난 일부 세력들은 자기들이
좋은 일이라고 했다는 것에 대해서는 깨알 같은 것일지라도 수박처
럼 부풀려 떠들어댔었지. 사실 주군이나 재상이 되면 특별히 유념해
야 할 것이 있어. 바로 다수 세력들에게 얻어맞는 진정한 고신孤臣들
을 악의 폭력에서 적극적으로 보호해야 한다는 것이지. 원래 정도를
걷는 자는 외로운 법이야. 조정을 위해 갖은 원망과 비난에도 아랑곳
하지 않고 일하다 사면초가의 궁지에 빠졌는데 주군이나 재상으로
서 못 본 척 외면한다면 말이 안 되지. 그렇지 않으면 그 사람은 과연
누구를 믿고 어디로 가야 하겠는가? 짐 그리고 자네 윤상, 우리 모
두 고신孤臣 출신이야. 이럴 때일수록 전문경을 격려해주고 위로해줘
야 하네. 절대 나무만 보고 숲을 보지 못하는 어리석음을 범해서는
안 되네. 고신들이 살아남을 수 있는 토양을 만들어주는 것이 진정
으로 어진 군주요, 현명한 재상이야. 채정이 운남성에서 양명시를 낙
마시키려고 그렇게 난리를 쳤잖아? 그래서 짐은 양명시가 부패한 짓
을 한 탐관오리라는 증거를 대라고 윽박질렀어. 그러자 채정이 쏙 들
어가 버리고 말았지 않은가. 우리 속담에 '개는 똥 먹는 버릇을 고치
지 못한다'는 말이 있어. 그후에도 관풍사觀風使 손가감을 건드리려고
했지. 그때도 짐은 정 그렇게 나오면 아예 손가감을 운남성에 보내 그
곳에 관풍사아문을 설치해버리겠다고 했다네."

윤록은 옹정이 기주들을 접견한 자리에서 어떤 면유面諭를 내릴 것인지 못내 궁금해하던 차였다. 그러나 옹정은 윤록의 그런 기대에도 불구하고 이위에 이어 전문경, 채정 그리고 양명시에 대해서만 언급했을 뿐 기주들에 대해서는 한마디도 언급하지 않았다. 윤록은 은근히 조급해질 수밖에 없었다. 얼마 후 그가 겨우 틈새를 비집고 들어갔다.

"예친왕 도라와 여덟째, 아홉째마마께서 어제저녁 늦게까지 토의를 한 것 같사옵니다……."

옹정이 알겠다는 듯 손사래를 쳤다.

"벌써 보고를 받았네. 지금 다들 오문에서 대기 중일 것이네. 조금 있다 조회에 참석할 거야. 조회가 끝나면 짐이 접견할까 하네. 오늘 조회 이후로 짐은 짐의 새로운 정책을 전국적으로 밀고 나갈 것이네!"

윤록은 순간 깜짝 놀랐다. 이번 조회가 기주들을 위해 특별히 마련된 자리가 아니라는 사실을 알게 된 것이다. 더불어 조회의 주제 역시 기무가 아닌 옹정의 새로운 정책을 널리 보급하기 위한 것이라는 사실 역시 알게 됐다. 그는 밖에서 대기하면서 저마다 자기 실속을 차리느라 여념이 없을 여러 친왕들을 떠올리면서 속으로 아차! 하고 소리를 질렀다. 얼굴에 당황하는 표정이 눈에 띄게 나타났다.

옹정은 그러나 윤록의 그런 표정에는 전혀 개의치 않았다. 그저 자신이 생각하는 바를 실타래 풀 듯 술술 풀어놓았다.

"운귀(운남과 귀주) 두 성省의 개토귀류 정책에 대해서는 악이태가 여러 번 상세하게 상주해 올렸네. 양명시를 그곳 총독으로 보내면서 짐은 어떤 일이 있든 칠 년 동안은 그 자리를 보장해주겠노라고 약속한 바 있어. 그럼에도 이번에 양명시를 함께 부른 것은 그가 짐의 개토귀류 정책에 반기를 들었기 때문이야. 짐은 그 사람과 철석같은 약속을 하기는 했어. 하지만 끝까지 개토귀류를 반대하고 나선다면 짐은 어쩔 수 없이 다른 사람을 교체 투입시킬 수밖에는 없네."

옹정이 말을 마치고는 홍시를 바라봤다. 홍시가 평소 양명시에 대해 쭉 좋지 않은 감정을 품고 있다는 사실을 알고 있는 듯했다. 홍시는 옹정의 시선이 자신에게 닿자 즉각 허리를 굽히면서 아뢰었다.

"양명시는 대유大儒라는 미명에 걸맞지 않게 속은 텅 빈 깡통이옵니다. 그 사람이 반대하는 것이 어찌 개토귀류뿐이겠사옵니까? 화모귀공, 관신일체납량 등 폐하의 새로운 정책 중 어느 하나도 찬성하지 않고 있사옵니다. 그런 식으로라도 이름을 날려보겠다는 심산인 것 같사옵니다. 유념하시옵소서, 아바마마!"

"보아하니 양명시가 자네한테 미운 털이 아주 단단히 박혀버리고 말았구먼! 자네가 이처럼 양명시를 일방적으로 비난하는 것이 벌써 두 번째네."

옹정이 계속 자상한 미소를 머금고 있던 사람답지 않게 싸늘한 어조로 말했다. 순식간에 얼굴에서 웃음기가 사라졌다. 그리고는 덧붙였다.

"그 사람이 도대체 자네한테 뭘 그렇게 밉보였던가? 북경에서 일을 하고 있을 때 황자들이 학업에 무관심하다면서 상주문을 올린 적이 있었지. 그때 붓끝으로 자네를 잠깐 쓸고 지나간 것밖에 더 있어? 그까짓 일로 여태 앙심을 품다니, 그게 말이나 되는가? 양명시가 비록 짐과 정견이 일치하지는 않으나 나름대로 다른 사람에게서는 찾아볼 수 없는 장점도 있어. 화모은花耗銀을 삼 전錢밖에 받지 않고 있는 탓에 그곳 백성들은 세상에 이런 청백리가 어디 있느냐면서 마치 조상을 모시듯 한다네. 운남, 귀주 두 성은 그가 살림을 맡은 뒤로 조정의 재정 지원을 한 푼도 받지 않았어. 게다가 해마다 칠십만 냥 정도가 국고에 차곡차곡 쌓이고 있는 실정이야. 칠십만 냥이면 산동성 같은 성에서 입은 큰 재해를 두 번씩이나 지원할 수 있는 돈이야. 자네가 그런 것을 알기나 해? 정견이 일치하지 않은 것과는 별개의 문제라고. 짐의 새로운 정책에 충분한 이해만 하게 된다면 그 누구보다 잘해낼 잠재력이 있는 친구야."

홍시가 섬뜩한 옹정의 서슬에 흠칫 떨면서 연신 머리를 조아렸다.

"신이 지나치게 옹졸했사옵니다. 그러나 맹세코 그때의 일로 앙심을 품고 있는 것은 아니옵니다. 양명시가 새로운 정책에 반기를 드는 한 그를 운귀가 아닌 다른 성으로 보낸다고 해도 마찰은 불가피할 것이라는 생각이 들었기 때문이옵니다."

옹정이 다시 웃는 얼굴로 말했다.

"꼭 어느 성으로 보내야 하는 것은 아니잖은가! 어느 부서의 상서 자리에 앉힌다든가 동궁東宮의 태부太傅로 빛을 보게 할 수도 있지. 학문이 뛰어난 사람이니 자네들 스승으로 거듭나 육경궁에서 강학講學을 할 수도 있어. 그 역시 권해볼 만한 자리가 아니겠나?"

윤록은 옹정으로부터 이번 철모자왕들의 입경入京과 관련한 모든 업무를 처리하라는 지시를 받고 나름대로 열심히 뛰었다고 생각했다. 그 때문에 그들이 정책을 논의하는 자리에도 적극적으로 참석했다. 조정과의 마찰을 최소화시키기 위해 어려운 일을 했다고 자부하고 있던 차였다. 그러나 옹정은 그런 그를 꿔다 놓은 보릿자루인 양 한쪽에 방치해 뒀다. 그리고는 운귀 지역의 개토귀류 정책에 대해서만 구구절절 이야기를 늘어놓았다. 윤록은 슬슬 화가 났다.

'일을 시켰으면 잘 되어 가는지 물어 보기라도 해야 하는 것 아닌가? 이거야, 원!'

윤록은 속으로 그렇게 중얼거렸다. 그러나 밖으로는 전혀 불쾌한 기색을 드러내지 않았다. 홍시 역시 그런 듯했다. 어쨌든 윤록은 이제 나저제나 하고 옹정의 입에서 기무 정돈에 관한 말이 나오기만을 초조하게 기다렸다. 그러다 옹정이 말을 다 끝내버리자 더 이상 기다리고 있을 수는 없다고 생각한 듯 바로 비집고 들어갔다.

"오늘 조회에서 기무 정돈에 관해서도 언급을 하실 예정이옵니까?"

"자네와 염친왕, 그리고 아홉째가 기무 정돈에 있어 역할을 잘하고 있는 것 같아. 여러 기주들이 조정의 기무 정돈 정책에 한결같이 찬성하는 입장을 표했다니 이 얼마나 반가운 일인가. 그러나 기정旗政은 개토귀류와 마찬가지로 우리 만주족들이 조용히 해결해야 할 집안 일일 뿐이야. 천하의 대사라고는 볼 수 없지. 팔기 기주들이 의정에 참여하고 싶어 하는데, 다른 정무政務를 논할 필요는 없어. 그저 기정에 대해서나 의논하면 되지 않을까 싶네. 우선 조회를 끝내고 짐이 따로 시간을 내서 그들과 자리를 가질 거네. 윤록, 기정을 맡고 있는 자네가 나서서 그들을 데리고 들어오는 것이 어떻겠나?"

느닷없는 옹정의 말에 윤록은 적이 놀라면서 바로 대답했다.

"예? 예! 알겠사옵니다."

옹정은 뒤늦게야 수박 겉핥기식으로 윤록의 노력을 치하했다. 윤록으로서는 완전히 엎드려 절 받은 격이었다. 그의 마음이 심드렁해진 것은 당연할 수밖에 없었다. 그러나 계속 그런 생각에 빠져 있어서는 안 될 터였다. 옹정의 지시를 듣자마자 황급히 대답을 하고는 물러갔다. 가끔씩 반응이 늦어 '귀머거리'라는 소문이 난 그다웠다. 그럼에도 옹정은 그저 웃기만 할 뿐이었다.

"방 선생은 그동안 한 번도 직무를 가져본 적이 없었지. 비록 명의상 국사관國史館 수사修史로 있었으나 사실 짐의 곁에서 수시로 도움을 주는 역할을 했을 뿐이지. 이번 조회는 짐의 새로운 정책을 널리 알리기 위한 단합대회의 성격을 띠기 때문에 대단히 중요한 자리라고 할 수 있네. 찬반양론이 불가피한 만큼 논쟁의 불씨가 있을 수 있어. 그러니 방 선생은 자리를 피하지 말고 그대로 있어주게. 짐은 방 선생에게 무영전武英殿 대학사大學士의 직무를 줘서 당당하게 이번 조회에 참석하게 하는 것이 어떨까 해. 자네들 생각은 어떠한가?"

옹정이 방포를 향해 웃어 보이면서 말했다. 어느 누구도 가타부타 대답하는 이가 없었다. 그 사이 방포가 먼저 입을 열었다.

"신은 원래 아무런 직급도 없던 사람이옵니다. 그런데 갑자기 일품一品으로 봉해지면 경우가 아니라고 생각하옵니다. 반드시 직급을 내리셔야 한다면 군기처의 장경章京(문서 수발을 담당하는 관리) 정도가 적합할 것 같사옵니다."

장정옥과 악이태 역시 방포의 의견에 찬성한다는 뜻을 내비쳤다. 특히 악이태는 더욱 적극적인 입장을 피력했다.

"포의布衣에게 갑자기 재상 직급을 봉하는 것은 목마 타기 좋아하는 관리들의 요행 심리를 자극할 소지가 높사옵니다. 그러나 방 어른은 그 영향력으로 볼 때 무영전 대학사는 아니더라도 시랑 정도 되는 것은 별 무리가 없을 듯하옵니다."

옹정은 대신들과 함께 허심탄회하게 한참 더 얘기를 주고받았다. 그러자 자명종이 일곱 번 울렸다. 고무용이 기다렸다는 듯 들어와 아뢰었다.

"진시辰時가 다 됐사옵니다."

옹정의 고무용의 말에 바로 자리를 털고 일어섰다. 그리고는 근엄한 표정으로 말했다.

"건청궁으로 가세! 오문午門에서 대기 중인 육부구경六部九卿들과 여러 친왕들은 차례로 좌우 액문掖門을 통해 건청궁으로 들라고 전하라!"

옹정의 말이 떨어지기 무섭게 경양종景陽鐘과 등문고登聞鼓 소리가 크게 울려 퍼졌다. 그 장엄한 종소리와 북소리는 구중궁궐을 감싸 안은 채 높다란 오봉루五鳳樓를 꿰뚫고 뻗어 나갔다.

"폐하께서 건청궁으로 납신다!"

"폐하께서 건청궁으로 납신다!"

태감들이 약속이나 한 듯 목소리를 높여 외쳤다. 그 목소리는 종소리와 북소리를 타고 오문 밖으로 멀리 날아갔다.

윤록이 지의를 받고 먼저 물러나 오문에 도착했을 때는 시침이 진시辰時를 가리키고 있을 때였다. 오문 밖의 넓은 열병장閱兵場에는 조회에 참석하기 위해 달려온 각 부서의 관리들로 초만원을 이루고 있었다.

문관과 무관에게 가마와 말에서 내리도록 명령하는 석비石碑 앞에는 각양각색의 가마와 수레들이 즐비했다. 북경과 외성에서 올라온 관리들 역시 수백 명은 족히 될 듯했다. 당연히 그들은 평소에 안면이 있던 과거급제 동기나 스승, 후배들을 찾아보느라 시끌벅적했다. 심지어 일부는 삼삼오오 떼를 지은 채 궁궐을 가리키면서 감흥에 젖거나 서로 부둥켜안고 큰소리로 마구 떠들어댔다.

윤록은 가능하면 관리들과 마주치지 않기 위해 그들의 시선을 피한 채 주위를 두리번거렸다. 그러던 중 드디어 시위방 남쪽에 길게 무릎 꿇고 있는 몇 사람을 발견했다. 맨 앞에 있는 사람은 윤사가 분명해 보였다.

그는 그쪽으로 가까이 다가갔다. 과연 윤사와 윤당이 무릎을 꿇고 있었다. 또 그 옆에는 도라를 비롯해 영신, 성낙과 륵포탁이 나란히 무릎을 꿇은 채 옹정을 기다리고 있었다.

그들 친왕들은 하나같이 금색 이무기를 수놓은 망포蟒袍(곤룡포)에 금룡金龍 정자를 드리운 차림이었다. 관모官帽에는 열두 개의 동주도 빛나고 있었다. 그러나 그들의 표정은 밝지 않았다. 직위가 높고 낮은 수백 명의 관리들이 자유롭게 웃고 떠드는 속에 가장 존귀하다는 친왕들만 특지를 받고 무릎을 꿇고 있다는 사실이 불쾌한 듯했다. 뭔가 깊은 생각에 빠져 있는 예친왕을 제외하고는 하나같이 통통 부은 얼굴로 윤록을 뚫어지게 쳐다본 것은 그 때문이었다. 그러나 윤록은 그에 아랑곳하지 않은 채 먼발치에서부터 얼굴 가득 웃음을 지으면서 다가갔다.

"여덟째, 아홉째 형님! 아니 그 멀리서 힘들게 오신 친왕들을 여기 이렇게 무릎 꿇고 있게 하시다니요? 어서 일어나십시오. 어서요!"

"우리는 지의를 받고 무릎을 꿇고 있는 거잖아! 누가 감히 지의를 어길 수가 있겠나?"

윤사가 추워서 그런지 화가 나서 그런지 붉으락푸르락한 얼굴을 한 채 볼 부은 소리를 했다. 그러자 윤록이 말을 받았다.

"저기서 어슬렁대는 저 사람들도 모두 '오문 밖에서 무릎 꿇고 대기하라'는 지의를 똑같이 받았어요. 그럼에도 저들은 그저 궁궐을 향해 무릎 꿇고 머리를 조아리는 것 정도로만 생각하고 있어요. 그런데 정작 여러 친왕들만 고지식하게 이러고 계시네요. 안 그래요?"

윤록의 말에 윤사가 냉소를 흘렸다.

"내가 그걸 몰라서 그러나? 우리는 특지特旨를 받았잖아, 특지!"

윤록은 어떻게든 조회를 하기 전에 윤사 일행의 기분을 풀어줘 통통 부은 얼굴로 들여보내는 일은 없어야겠다고 생각했다. 윤사의 말이 끝나자마자 절대 그렇지 않다는 표정을 한 채 말했다.

"오문에서 무릎 꿇고 기다리라는 말은 특지가 아니에요. '무릎 꿇고 기다리라'고 했으니, 무릎 한 번 꿇고 예를 표한 뒤 기다리고 있으라는 뜻이에요. 사람들이 이렇게 많은데, 너무 눈에 띄니 어서 일어나세요."

윤사는 주위에 관리들이 조금씩 몰려들기 시작하자 일부러 더욱 큰소리로 말했다.

"이제 사람들의 이목이 무슨 대수겠어! 다 같은 형제라고는 해도 친소원근親疏遠近의 차별이 있으니 어쩔 수 없지. 여기서 체면이 완전히 걸레처럼 구겨져 있는 우리와는 달리 열넷째는 방금 셋째 형님과 함께 '무릎 꿇고 대기'하러 건청문으로 들어갔어. 누가 같은 어머니 뱃속에서 나왔다는 것을 모를까봐 차별을 하고 그러냐고."

윤록은 윤사의 고집에 잠시 어찌할 바를 몰랐다. 급기야 연신 두 손을 비비더니 목소리를 낮췄다.

"어서 일어나세요. 언제까지 이러고 있을 거예요?"

윤사는 그제야 더 이상 털어놓을 불평불만이 없는 듯 콧방귀를 뀌면서 벌떡 일어났다. 나머지 친왕들 역시 기다렸다는 듯 일어나 옷과 손바닥을 털었다. 곧 윤당이 물었다.

"폐하께서 무슨 지의가 계셨는가? 팔왕의정제도에 관해서 친왕들의 뜻을 상주해 올렸는가?"

"오늘 다 같이 알현할 것 아닙니까? 그때 가서 보면 자연스럽게 알겠죠. 제가 상주했는지 하지 않았는지 말이에요. 어제 이미 홍시에게 말했어요. 방금 전에도 폐하께서 물으셨고요."

윤록은 옹정이 조회를 소집하는 진정한 이유가 팔왕의정제도에 있지 않다는 사실을 너무나도 잘 알고 있었다. 마음이 복잡하기 이를 데 없었고, 무지하게 걱정도 되었다. 윤사 일행이 옹정의 새로운 정책 구상을 뒤죽박죽으로 만들어놓은 다음 그 무슨 팔왕의정제도를 고집하고 나서지 않을까 우려됐던 것이다. 그는 곧 이대로는 안 되겠다는 판단이 선 듯 바로 옹정이 양심전에서 토로했던 훈화의 내용을 들려줬다. 그리고는 덧붙였다.

"이번 조회의 의제는 방금 얘기한 그 몇 가지인 것 같아요. 우리는 정무에 개입할 권한이 없는 번왕藩王인 만큼 그저 듣고만 있는 것이 좋을 듯해요. 폐하께서는 팔왕의정제도가 어디까지나 만주족의 가무家務라고 분명히 생각하고 계세요. 때문에 조회가 끝나고 따로 형님들을 접견하실 것이라고 말씀하셨어요. 이 점 유의하셨으면 해요."

윤록의 말이 끝나자 대내에서 종소리와 북소리가 동시에 들려왔다. 곧 태감들이 두 줄로 나뉘어 손뼉을 치면서 좌액문과 우액문을 통해 작은 보폭으로 달려 나왔다. 그 뒤를 이어 대내에서 "폐하께서 건청궁으로 납신다!"라는 고함소리가 한 입 두 입 건너 전해졌다.

열병장은 삽시간에 쥐 죽은 듯 조용해졌다. 자리를 떠나 있던 관리들도 부랴부랴 제자리로 돌아와 무릎을 꿇었다. 그렇게 되자 방금 전에 일어선 친왕들은 오히려 닭 무리에 낀 학처럼 눈에 띄는 존재가 돼버리고 말았다.

윤사는 성친왕 윤지가 한 무리의 태감들의 호위를 받으면서 좌액문으로 나오는 모습을 분명하게 목도했다. 그리고는 잔뜩 구겨진 표정으로 어찌할 바를 몰라 하는 윤록을 힐끗 쳐다봤다

"별 볼 일 없는 지지리도 못난 사람들은 서서 얼굴 팔리느니 차라리 다시 무릎이나 꿇읍시다!"

윤사가 빈정대면서 말했다. 그러더니 진짜 먼저 무릎을 꿇었다. 다른 친왕들 역시 뒤를 따랐다. 윤록 역시 무릎을 꿇지 않을 수 없었다.

성친왕 윤지는 태양을 따르는 해바라기를 방불케 하는 태감들의 극진한 호위를 받으면서 보무도 당당하게 오문 정중앙에 이르렀다. 이어 몇 가닥 없는 턱수염을 매만지고는 카랑카랑한 목소리로 외쳤다.

"성지가 계신다. 백관들은 무릎을 꿇고 지의를 받으라!"

"만세, 만만세!"

관리들의 만세소리는 곧 하늘과 땅을 뒤흔들었다.

"폐하께서는 이곳으로 움직이고 계시네. 육부구경들은 각 부서의 사관들, 윤사와 윤당, 윤록 등은 봉천 친왕들을 인솔해 좌우 액문을 통해 건청궁으로 입궁하라!"

윤지가 꼬리를 길게 끌면서 지의를 전했다. 그 목소리는 곧 오문 앞의 광장을 가득 메웠다.

"만세!"

지의 선독을 마친 윤지는 위엄 있는 눈 끝으로 만세 소리를 토하기에 여념이 없는 좌중을 천천히 쓸어봤다. 그러나 그는 서둘러 대내로 들어가지 않았다. 천천히 발걸음을 옮겨 시위방 앞에서 무릎을 꿇고 있는 친왕들에게 다가왔다. 이어 일일이 일으켜 세우면서 웃는 얼굴로 말했다.

"여덟째, 아홉째, 열여섯째, 그리고 여러 친왕 여러분! 모두 나를 따라 안으로 들어가지."

윤지는 만 50세가 된 사람답게 보양保養에 유난히 신경을 쏟은 듯했다. 붉은 광채가 얼굴에 넘쳐흐를 정도로 탱탱했을 뿐 아니라 눈가에는 주름마저 거의 보이지 않았다. 열여섯 살 아래인 윤록과도 비슷하게 보일 정도로 젊고 패기가 넘쳤다. 일거수일투족이 점잖고 자상해 보였다. 봉천에서 온 친왕들은 그런 그의 행동에 마음이 한결 훈훈해지는 기분을 느꼈다. 하기야 자신들을 일일이 일으켜 세우고 손을 잡아주면서 그동안의 노고를 물어 주었으니 그럴 만도 했다. 그러나 윤사는 오늘따라 유독 살갑게 구는 그의 행동을 그다지 탐탁지 않은 시선으로 바라봤다.

윤사는 윤당과 친왕들을 인솔해 좌액문을 통해 대내로 들어갔다. 봉천에서 온 친왕들은 척 보기에도 무척 여유가 있었다. 강희 황제 때도 북경에 들어와 황제를 배알한 적이 있었으니 그럴 만도 했다. 그 중 륵포탁은 더욱 그랬다. 북경에 온 적이 한두 번이 아니었다. 그러나 그때는 서화문에서 패찰을 건네고 대내로 들어갔을 뿐이었다. 접견도 건청문 아니면 건청궁에서 이뤄졌다. 게다가 말년의 강희는 건강상 이유로 조회 같은 큰 행사는 되도록 마다하는 편이었다. 때문에 친왕들을 접견하더라도 간단히 차나 음식을 하사하고 일상사를 물으면서 가족과 함께 하는 분위기를 연출했다. 그랬으니 지금 궁문에 들어선 그들은 분위기가 전과 크게 다르다는 느낌을 받았다.

금수교金水橋 북쪽으로는 정전을 비롯해 태화문太和門, 태화전太和殿, 중화전中和殿, 보화전保和殿이 산 같은 위엄을 토해내면서 우뚝 솟아 있었다. 또 주홍색 궁문에는 커다란 구리손잡이가 장식처럼 붙어 있었다. 엄숙한 분위기에 걸맞게 궁문은 저마다 견고하게 닫혀 있었다. 두 줄로 선 관리들은 구령에 맞춰 일사불란하게 발걸음을 옮기며 행진했다. 이어 소덕문昭德門, 정순문貞順門을 거쳐 중좌문, 후좌문, 중우문, 후우문을 돌아 천가天街로 들어갔다. 용이 기지개를 켜는 듯한 웅장한 움직임이었다. 그 정도에서 그치지 않았다. 홍희각弘義閣과 체인각體仁閣 앞의 넓디넓은 연병장에는 경쇠(놋쇠로 만든 타악기) 모양의 품급산品級山이 구품九品부터 두 줄로 북쪽을 향해 길게 뻗은 채 천하제일전각天下第一殿閣인 태화전까지 닿아 있었다. 양 옆에는 장검을 찬 선박영善撲營의 친병들이 화려한 무관武官 복장을 차려 입은 채 못 박힌 듯 세 발자국 간격으로 서 있었다. 거대하고 장엄한 삼대전三大殿 앞에 비치돼 있는 청동 가마솥, 청동 거북, 청동 학 등에서는 저마다 은은한 향이 모락모락 피어오르고 있었다. 그에 따라 용루봉궐龍樓鳳闕의 신성하고 장엄한 분위기는 점점 더해만 가고 있었다.

네 명의 기주들은 끊임없이 주위를 두리번거리면서 감격에 젖어 어찌할 바를 몰라 했다. 한 지역을 호령하는 제후라면서 은근히 자부하던 기개는 여지없이 꺾이고 말았다. 고무용은 기가 잔뜩 죽은 그들이 건청문에 도착하자 한 발 앞으로 나서더니 크게 외쳤다.

"여러 친왕마마, 잠깐 걸음을 멈춰주십시오!"

친왕들은 사람을 짓누르는 황궁의 엄숙한 분위기에 압도돼 있다가 뚝하고 멈춰 섰다. 곧이어 윤상이 손수건으로 입가를 닦으면서 나왔다. 건청문 안에서 인삼탕을 마시고서야 겨우 기침이 어느 정도 진정이 된 것 같았다. 그가 고무용에게 지시했다.

"예부에서 좌석을 배정해 놓았으니 안으로 모시게. 셋째 형님, 열여섯째 아우, 여덟째 형님, 아홉째 형님, 예친왕마마……, 어서 안으로 드시죠."

윤상은 일일이 읍을 하면서 예의를 갖췄다. 그리고는 고무용과 함께 직접 윤사 일행을 건청궁 천자의 수미좌須彌座 옆으로 안내해 무릎을 꿇고 대기하도록 했다. 그러자 추운 오문 밖에서 반나절 동안이나 무릎을 꿇고 있으면서 잔뜩 부어있던 친왕들은 언제 그랬느냐는 듯 화사한 표정을 지었다. 어좌 동쪽에 있는 병풍 앞에 열 몇 개의 특별 좌석이 마련돼 있는 것을 보고는 더욱 기분이 좋은 듯했다. 자신들 친왕을 위한 자리라고 생각한 것이 분명했다.

대전에는 관리들이 계속해서 모여들었다. 숨소리와 가벼운 옷자락 스치는 소리 외에는 아무것도 들리지 않았다. 입을 여는 사람은 아무도 없었다. 담배 한 대 피울 만큼의 시간이 지났다. 갑자기 서각문西閣門이 소리 없이 활짝 열렸다. 곧이어 어린 태감 하나가 문앞에서 딱! 딱! 딱! 채찍 소리를 세 번 울렸다. 그러자 궁전 밖 복도에 대기 중이던 100여 명에 이르는 창음각暢音閣 공봉供奉들이 비파와 거문고, 생황, 퉁소, 피리 등 여러 가지 현악기와 편종 등을 연주하기 시작했다. 여러 악기의 소리가 한데 어울려져 감미로운 화음을 만들어냈다. 그들은 반주에 맞춰 느릿느릿 시를 읊듯 노래를 불렀다.

> 하늘을 우러르니 상서로운 구름이 가득하고
> 일월이 중천에 떠 있구나.
> 이 나라 천지에 상서로움이 넘치나니,
> 천자의 덕망이 온 누리에 금가루같이 내리는도다!
> 창고마다 쌀이 그득하고 발길 닿는 곳마다 풍년이니,
> 가가호호 이 아니 좋을소냐……

우렁차게 중천으로 멀리멀리 울려 퍼지는 노래를 뒤로 한 채 드디어 옹정이 모습을 드러냈다. 이어서 천천히 궁전 중앙에 있는 어좌로 다가갔다. 그런데 웬일인지 얼굴에는 굳어버린 미소가 간신히 걸려 있었다. 그가 어좌 앞에서 노랫말을 음미하는 듯 잠시 서 있는가 싶더니 천천히 어좌에 앉았다. 윤상을 비롯해 윤지, 홍시, 방포, 장정옥, 악이태 등도 조심스럽게 줄지어 나와 어좌 동쪽에 차례로 무릎을 꿇었다. 미리 길게 무릎을 꿇고 있던 문무백관들은 오로지 느낌으로 옹정이 어좌에 자리했다는 것을 아는 듯했다.

높고 넓은 어좌에 앉은 채 아래를 굽어보는 옹정의 눈빛은 형형했다. 그러나 속마음은 그 눈빛과는 완전히 달랐다.

'나의 스물네 명이나 되는 형제들 중에서 아홉 명이 노란 용무늬 방석이 깔린 이 용좌를 탐냈지. 당쟁에 휘말려 쫓고 쫓기고, 물고 물리기도 하는 치열한 생존경쟁을 벌였어.'

옹정은 그런 생각이 들자 새삼 감개에 젖지 않을 수 없었다. 정말 그랬다. 강희 46년 태자가 폐위된 이후 15년 동안 이어진 지긋지긋한 포성 없는 전쟁에서 아홉 명의 황자들은 그야말로 만신창이가 됐다. 패가망신을 당하지 않으면 미쳐버렸다. 무사히 살아남은 사람들 역시 저마다 나름대로의 아픔을 지니고 살아오지 않으면 안 됐다. 때문에 옹정은 하늘이 이 나라를 이끌어갈 대임을 자신에게 내린 것이 결코 용이한 선택이 아니었을 것이라고 생각할 수밖에 없었다.

물론 옹정은 형제들 중에서 자신이 재주가 가장 뛰어날 뿐 아니라 인덕도 자신을 따를 사람이 없다고 자부해오기는 했다. 그런 만큼 제위에 오르기만 하면 천둥 같은 위엄과 바람 같은 속도로 100년 동안 대청호大淸號에 켜켜이 쌓여온 부정부패의 먼지와 때를 깨끗이 씻어버릴 수 있다고 자신만만해 했다.

그러나 옹정호가 출범한 지가 엊그제 같은데 이미 5년이라는 세월이 속절없이 흘렀다. 그 파란만장한 세월 속에서 뜻대로 된 것은 거의 없었다. 하루에 두세 시간씩 눈을 붙이면서 근정勤政을 했으나 결국에는 연갱요, 융과다, 낙민 등의 믿는 도끼들에 발등을 찍힌 것이 고작일 뿐이었다. 정말 허무하기 짝이 없었다. 그는 그런 생각을 하면서 주변에 울려 퍼지는 음악을 들었다. 문무백관의 대례도 받았다. 그럼에도 머릿속에서는 제왕이 된다는 것이 얼마나 어려운 것인가 하는 생각이 꽉 들어차 사라지지 않고 있었다. 그건 그가 5년 만에 처음 느껴보는 감정이었다.

"그만!"

홍시가 창음각 공봉들을 향해 손짓을 보냈다. 이어 다시 고함을 질렀다.

"폐하께 삼궤구고의 대례를 올려라!"

"만세! 만세, 만만세!"

홍시의 명령이 떨어지자 궁전 가득한 신하들이 머리를 조아리면서 연신 외쳤다. 그러자 옹정이 즉각 두 손을 들더니 그만 하라는 시늉을 했다. 이어 입가에 미소를 머금은 채 윤록을 향해 말했다.

"여러 친왕, 그리고 아홉째 패륵에게 자리를 내려라. 군기처 왕대신에게도 자리를 내려라!"

옹정이 윤상, 륵포탁 등이 자리하기를 기다리는가 싶더니 불쑥 말했다.

"주식朱軾 대학사, 자네는 과거 짐의 스승이었지. 나이도 있는 사람이 서 있지 말고 저쪽 자리에 가서 앉게."

좌중의 사람들이 일제히 옹정이 손짓하는 곳을 바라봤다. 과연 예부 관리들 틈에서 나이가 꽤나 들어 보이는 사람이 일어서더니 울먹이는 목소리로 감사를 표했다.

"성은이 망극하옵니다, 폐하!"

주식이라는 사람임이 분명한 백발이 성성한 노인은 다리를 덜덜 떨면서 옹정이 지정한 자리로 향했다. 그러나 몸이 너무 쇠약해서인지 엎드려 있는 사람들 틈새로 위태롭게 곡예를 하듯 걸었다. 바로 그때 옹정이 갑자기 용좌에서 내려오더니 주식을 직접 부축해 자리에 앉혔다. 돌발적이었으나 너무나 감격스러운 광경이었다. 그런 황제의 모습을 바라보는 모든 관리들의 눈빛이 부러움과 경이로움으로 가득 찼다.

천천히 미소를 거둔 옹정이 가슴속 저 깊은 곳에서 끌어올린 나지막하나 카랑카랑한 첫소리로 입을 열었다.

"여러분! 원단元旦 조하朝賀가 있은 지 얼마 되지 않은 지금 여러분들을 다시 불러 모은 것은 몇 가지 긴히 의논할 국사가 있기 때문이네. 바야흐로 벌써 옹정 육 년에 접어들었어. 올해부터 짐은 온 천하에 짐의 새로운 정책을 펴 나갈 계획이네. 이치吏治를 쇄신하고 세금 부과를 균등하게 해서 우리 대청의 성덕을 빛내고자 하네. 또 백 년 동안에 걸친 퇴락한 풍조를 바로잡아 극성極盛 시대의 새 장을 열어갈 것이네. 바로 오늘부터 시작이네!"

옹정의 목소리는 커다란 대전에 메아리처럼 울려 퍼졌다. 대단히 의연한 어조였다.

16장

염친왕의 저항

옹정은 사전에 군기처와 상의했던 의제들을 누에가 실을 토해내듯 거침없이 입에 올렸다. 우선 겉으로 보기에는 수성守成같았으나 실제로는 '창업'創業의 과정이라고 할 수 있었던 강희 황제의 61년 간난신고의 세월에 대해 말했다. 이어 오늘의 광대무변한 강토를 확보하고 탄탄한 기반을 닦아준 역대 군주들 가운데 단연 으뜸으로 그를 높이 평가했다. 이어 천하의 관리들이 강희 말년에 '결당을 통해 역모를 꾀하고 겉으로는 충정을 바치는 척하면서 뒤돌아서서 배신을 일삼은' 행위 역시 규탄했다. 그뿐만이 아니었다. 말년의 성조聖祖(강희제)가 기력이 부족해 어쩔 수 없이 정무에 전력을 다하지 못하는 틈을 타 성행한 부정부패와 가렴주구 등에 대해서도 언급했다. 동시에 그것이 오늘날 쉽게 뿌리가 뽑히지 않는 이치吏治 부패의 온상이 됐다는 따끔한 지적 역시 잊지 않았다. 그리고는 "당唐, 송宋, 원元, 명明

나라 때부터 누적돼온 악습을 깨끗이 청소하지 못하면 천하태평은 한낱 공상에 불과하다"는 따끔한 정문일침까지 놓았다.

옹정은 그런 다음 밥 한 끼는 거뜬히 먹고도 남을 시간을 할애해 이위와 전문경이 솔선해서 시행 중인 '화모귀공', '관신일체납량', '탄정입무' 등의 정책에 대해 상세하게 설명했다. 이어 광서성 순무로 제수 받은 악이태가 백성들의 원망과 비난을 두려워하지 않고 '개토귀류'를 과감하게 밀고 나갔던 일도 언급했다. 그렇게 함으로써 가시적인 성과를 올렸다는 치하도 아끼지 않았다. 심지어 그를 이위, 전문경과 더불어 '3대 모범 순무'라고 칭할 수 있다고 기염을 토했다. 한마디로 이위와 전문경, 악이태를 지목해 대청을 선두에서 이끌어나가는 삼두마차라고 극찬했다고 할 수 있었다. 옹정의 이른바 개원신정開元新政에는 개토귀류도 중요한 국책 사업으로 포함돼 있었던 것이다.

옹정이 계속 사자후를 토하고 있을 때 열넷째 황자 윤제는 이친왕 윤상과 장친왕 윤록 사이에 앉은 채 건성으로 귀를 기울이고 있었다. 높다란 용좌에서 수백 명의 문무백관들을 내려다보면서 이날따라 유난히 뛰어난 화술을 자랑하는 자신의 동복형제를 바라보니 마음이 착잡한 모양이었다. 사실 그는 그 옛날 황위를 놓고 중원을 종횡으로 누빌 때만 해도 옹정을 경쟁상대로조차 보지 않았다. 각박하고 인정머리가 없어 인망人望이 바닥인 그를 자신과 비교하는 것 자체가 말이 안 된다고 생각했었다.

'하늘도 무심하지. 어떻게 저런 인간을 황제 자리에 올려놓을 수가 있다는 말인가!'

윤제는 옹정에게 빼앗긴 교인제를 떠올리면서 그렇게 악에 받쳐 속으로 저주의 말을 쏟아놓았다. 그럼에도 그는 오늘 이 용정龍庭을 쑥대밭으로 만들어놓을 생각은 전혀 하지 않았다. 이유는 있었다. 셋째 윤지의 말에 따르면 여덟째 윤사가 팔왕의정제도를 운운하면서 황제와 얼굴을 붉히려고 단단히 벼르고 있다고 했던 것이다. 윤사가 갈 데까지 갈 것이라는 윤지의 말을 들은 그로서는 어부지리의 실속을 챙기기 위해 무조건 수수방관해야 할 터였다.

윤제는 숨을 길게 들이마셨다. 염친왕이 들고 일어나기만을 고대하는 눈치였다. 그러나 윤사는 옹색하게 몸을 앞으로 웅크리고 앉은 채 아무런 움직임도 보이지 않고 있었다. 그저 의자 팔걸이만 꽉 틀어잡고 있을 뿐이었다. 평소와 달리 유난히 긴장하고 있는 듯했다. 그때 옹정이 한결 어조를 부드럽게 하며 말을 이었다.

"새로운 정책을 제대로 펴 나가려면 반드시 여러 신하들의 헌신적인 협조가 필요해. 짐은 이 자리에서 여러분들이 그동안 귀에 딱지가 않도록 들어온 그 붕당朋黨이라는 것에 대해 잠깐 언급할까 하네. 벗과 잘 지내는 것은 오륜五倫 중의 하나야. 때문에 좋은 벗을 사귀는 것은 인지상정이라고 해도 과언이 아니야. 하지만 짐은 벗을 사귀되 공과 사를 분명히 하기를 바라네."

옹정이 잠시 말을 멈추고는 병풍 아래에 앉아 있는 형제들과 여러 친왕들을 힐끗 일별했다. 이어 평온한 목소리로 다시 덧붙였다.

"짐은 즉위한 이래 건청문, 양심전에서 누누이 강조해 왔어. 붕당의 온상을 파헤치고 연결 고리를 끊어버리겠노라고 말이야. 물론 짐도 천자라고는 하나 그 전에 사람이야. 세상의 쓴맛, 단맛을 모두 먹고사는 칠정육욕이 있는 사람이라고. 그래서 간혹 신하들을 대하더라도 저울추가 기우는 쪽이 있을 때가 있어. 그러나 짐은 그때마다 자신을 호되게 꾸짖고는 했어. 스스로 자성을 촉구하기도 했지. 여러분들도 그렇게 해주기를 바라네. 가까운 사이라고 해서 무조건 비호해주고 그렇지 않으면 물속에 밀어 넣지 못해 안달을 한다면 군부君

父가 어디 있겠는가? 또 국법이 무슨 소용이 있겠는가? 가슴에 손을 얹고 곰곰이 생각해보게. 짐의 관용을 악용하려 들지 말라고. 짐의 인내를 시험하려 해서는 더욱 안 되겠지. 그것은 곧 장작을 짊어지고 불속으로 뛰어드는 격일 테니까!"

옹정이 또다시 숨을 길게 내쉬었다. 그리고는 우유잔을 들었다. 궁전 안은 물을 뿌린 듯 조용해졌다. 순간 옹정이 우유를 들이마시는 소리만 희미하게 퍼져나갔다. 옹정은 기울어진 우유잔과 눈 사이의 좁은 틈을 통해 용좌 아래의 모습들을 유심히 살폈다. 이어 한참 후에야 우유잔을 내려놓았다. 그러더니 시선을 악이태와 장정옥 사이에서 분주히 움직였다. 그러다 다시 입을 열었다.

"이치뿐만이 아니야. 기무도 대수술이 필요해. 봉천에서 온 기주旗主들이 이 자리에 와 있어. 때문에 짐은 조회가 끝나는 대로 세부적인 배치에 대해 따로 불러 얘기를 할 거야. 짐은 짐의 새로운 정책에 대해 평소 밑에서 말들이 많다는 걸 알고 있어. 좋아. 그런 생각들은 대청大淸의 운명과 관련된 사안들이야. 그러니 여러분들도 좋은 건의 사항이 있으면 직주直奏해 보게. 오늘 이 자리는 언자무죄言者無罪의 자리야. 그런 만큼 하고 싶은 말은 마음껏 하게. 그렇지 않고 뒤에서 수군대면서 이상한 소문을 퍼뜨리고 다닐 경우에는 짐이 기군죄欺君罪를 물을 것이야. 절대 용서하지 않겠어!"

옹정이 말을 마치면서 입가를 약간 치켜 올렸다. 절로 결연한 의지가 묻어났다. 그래서인지 장내는 쥐 죽은 듯이 고요했다. 아무도 입을 열려고 하지 않았다.

오랫동안 침묵이 흘렀다. 옹정이 어느 정도 할 얘기는 다 했다고 생각한 듯 조회를 마치려고 자리에서 일어나려 할 때였다. 갑자기 형부의 관리들 쪽에서 누군가가 소리높이 외쳤다.

"신이 한 말씀 올리겠사옵니다!"

멍석을 깔아주면 확실히 앉으려고 하는 사람이 있기 마련이었다. 순간 오랜 시간 동안 꿇어앉아 있느라 시큰시큰해지는 무릎을 손으로 만지작거리던 관리들이 조금씩 움찔거리기 시작했다. 심지어 구석 자리에서는 목을 빼들고 옹정 앞에서 감히 말을 한 사람이 누군지를 살피는 사람들도 있었다. 궁전은 삽시간에 긴장감에 휩싸였다. 옹정이 형부상서인 하명도夏明滔를 보면서 물었다.

"저 사람은 누구인가?"

"예, 폐하! 형부刑部 원외랑員外郎인 진학해陳學海이옵니다."

하명도가 사색이 된 채 연신 고개를 조아렸다.

"진학해, 앞으로 나와 상주하도록 하게."

옹정의 목소리는 부드러웠다. 그의 말이 끝나기 무섭게 약간 뚱뚱한 서른 남짓 되어 보이는 남자가 무릎걸음으로 어좌 앞에 나왔다. 사람들의 이목이 그에게 집중됐다.

"신 형부 원외랑 진학해 대령했사옵니다!"

"직주할 말이 있다고 하니 말해보게."

"전문경은 간사하고 치졸한 소인배이옵니다. 그런데 폐하께서는 그 자를 모범총독이라고 표창을 했사옵니다. 나라를 잘못 이끌고 백성들에게 피해를 끼치는 그런 소인을 신임하신다면 이른바 폐하의 새로운 정책이 어떻게 제대로 뿌리를 내릴 수 있겠사옵니까?"

진학해가 죽어라 머리를 조아린 채 말을 이었다. 윤사는 그런 진학해를 기대에 찬 눈으로 바라봤다. 그는 솔직히 처음부터 옹정에게 기선을 제압당한 터였다. 당초의 계획이 빗나간 것에 대한 실망감에 못내 안타까워하고 있던 중이기도 했다. 자신이 미리 포섭해 박아놓은 호광湖廣 포정사 륵풍勒豊도 끽소리 못한 채 구석자리만 지키고 있었으니 답답하기만 했다. 바로 그 어려운 와중에 진학해가 먼저 치고 나왔으니 꺼져가던 윤사의 마음속 반란의 불씨는 다시금 되살아나기 시작했다.

"자네 말의 옳고 그름을 판단하기에 앞서 짐이 한마디 해야겠네. 이건 어디까지나 전문경 개인에 대한 공격이네. 짐은 몇 가지 국책에 대해 좋은 의견을 말해보라고 했지 개개인에 대한 인신공격을 하라는 말은 하지 않았어!"

옹정이 다소 소란스러워지기 시작하는 좌중을 불안스럽게 둘러보면서 말했다. 그의 말이 떨어지자마자 밑에서 다시 누군가가 큰소리로 말했다.

"신 륵풍이 상주할 말이 있사옵니다!"

옹정이 륵풍을 잠시 쳐다보더니 말했다.

"자네도 앞으로 나오게!"

"예, 폐하!"

륵풍이 옹정의 지시에 무릎걸음으로 관리들 사이를 비집고 나왔다. 그동안 진학해가 연신 머리를 조아리면서 아뢰었다.

"부덕한 자가 어찌 공의公義를 신장시킬 수가 있겠사옵니까? 부디 성찰하십시오, 폐하! 전문경은 하남성에서 황무지를 개간하며 백성들을 지독한 고역에 시달리게 했사옵니다. 그로 인해 호광 지역에 떠도는 거지들의 십중팔구는 하남 사람들이 될 수밖에 없었사옵니다. 또 하남성에서는 과거시험 응시를 거부하는 사람들도 많다고 하옵니다. 관신일체납량의 시행으로 인해 관리들이 일반 백성들과 똑같은 대접을 받게 된다면 그까짓 관직에 올라서 뭘 하겠느냐는 것이그들의 생각입니다. 이토록 민심을 흉흉하게 만든 장본인을 어찌 천하의 본보기로 부각시킬 수 있겠사옵니까?"

륵풍도 기다렸다는 듯 진학해의 주장을 거들고 나섰다.

"진학해의 말은 구구절절 사실이옵니다. 게다가 전문경은 작년에 풍년이 들었다는 거짓보고를 올리기도 했사옵니다. 심지어 벼 한 포기에 이삭이 수십 개가 달렸다는 가당치도 않은 소리로 폐하의 환심을 사려고 했사옵니다. 당연히 기군죄를 물어야 하옵니다!"

전문경은 옹정 원년에 낙민 사건을 원만히 해결한 적이 있었다. 그로 인해 옹정의 신임을 한 몸에 받았다. 급기야 6품의 경관京官에서 단번에 순무로 지위가 껑충 뛰어올랐다. 그 뒤에는 총독까지 지냈다. 당연히 조정의 신하들과 외성 관리들은 그의 승승장구에 저마다 수군대면서 질투를 했다. 감복하는 사람은 단 한 명도 없었다. 그러던 차에 진학해와 륵풍이 그 불만의 물꼬를 터놓자 장내는 걷잡을 수 없이 들끓기 시작했다. 전문경에 대해서만은 할 말이 많다는 듯 주먹을 불끈 쥔 채 엉덩이를 들썩거리는 관리들도 여기저기에 많이 눈에 띄었다.

장정옥은 재상에 오른 지 수십 년이 됐으나 이토록 어수선한 조회朝會는 경험한 적이 없었다. 불안해질 수밖에 없었다. 결국 꿀 먹은 표정을 한 채 떡하니 앉아 있는 윤사를 바라보면서 대책 마련에 골몰하기 시작했다. 한참을 그렇게 생각한 후에 옹정에게 시선을 던졌다. 놀랍게도 옹정은 이상한 낌새를 전혀 알아차리지 못한 듯 여유 있는 표정을 하고 있었다. 장정옥은 당황하지 않을 수 없었다. 기세를 제압해 볼 요량으로 자리에서 벌떡 일어났다. 그리고는 아무 말도 하지 않고 서릿발 어린 두 눈으로 회의장 구석구석을 오르락내리락 쓸어내렸다.

장정옥은 두 말이 필요 없는 강희 때의 명신이었다. 덕망이 높기로는 조정의 신하들 중에 감히 비교할 만한 대상이 없었다. 따르는 문

생들과 힘 있는 후배들도 많았다. 가히 타의 추종을 불허한다고 해
도 좋았다. 그런 그가 그렇게 시퍼렇게 날선 눈빛으로 주위를 돌아
보자 벌렁벌렁 죽 끓는 소리를 내던 회의장은 급속도로 안정을 되찾
기 시작했다.

순간 윤사와 윤당은 마침내 천재일우의 기회가 찾아왔다는 표정
으로 시선을 교환했다. 우선 전문경부터 칼을 대 제거하는 것이 좋
겠다는 뜻인 듯했다. 사실 옹정의 새로운 정책은 기득권층의 발목을
잡는 것이라고 할 만했다. 말하자면 그들의 손목을 옭아매는 형구刑
具나 마찬가지였다. 당연히 그들의 거센 반발은 이상할 것이 없었다.
그랬기에 윤사가 관리들의 불만이 용암처럼 끓고 있는 이 자리에서
여세를 몰아 '팔왕의정제도' 회복을 이끌어 낼 가능성이 커졌다고 기
대하는 것은 너무나 당연하다고 할 수 있었다. 잠시 후 그가 두고 보
란 듯 악의에 찬 눈빛으로 옹정을 노려보면서 크게 숨을 들이켰다.
그런데 그보다 앞서 말이 하고 싶어 겨우 참고 있던 동친왕 영신이
큰소리로 거들고 나섰다.

"신 역시 직주 올릴 말씀이 있사옵니다!"

"자네가? 일단 앞으로 나오게. 한 사람씩 직주하도록 하게!"

옹정의 눈길이 대뜸 칼날같이 날카로워졌다. 영신이 옹정의 그 서
슬에 겁을 집어먹은 듯 다소 주저하는 눈치를 보였다. 그러나 이제와
서 되돌릴 수는 없었다. 그가 무릎걸음으로 나오더니 길게 엎드렸다.
때를 맞추어 과친왕과 간친왕 역시 합세하면서 상주할 말이 있다고
외쳐댔다. 좌중은 또다시 술렁거렸다. 누군가 나서서 제동을 걸지 않
으면 안 될 상황이었다.

마침내 장정옥이 의자 등받이를 손바닥으로 탁 치면서 다시 일어
났다. 이어 옹정을 향해 아뢰었다.

"폐하, 조회 분위기가 말이 아니옵니다. 너무 어수선해 판단이 흐려질 수 있사옵니다."

"그래."

옹정은 장정옥의 말에 본능적으로 어떤 위험이 자신을 향해 한 발짝씩 다가온다는 느낌을 받은 듯했다. 머릿속이 "윙!"하고 벌집을 쑤신 듯 뒤죽박죽되고 온몸의 피가 거꾸로 치솟는 것 같기도 했다. 그가 얼굴이 벌겋게 상기된 채 애써 진정을 취하면서 장정옥을 향해 말했다.

"형신, 자네가 정확히 봤네."

그 순간 방포가 옆자리에서 옹정의 불안을 감지한 듯 말없이 자리에서 나와 윤상에게 다가갔다. 이어 뭐라고 귀엣말을 했다. 윤상은 바로 '생리 현상'을 핑계로 궁전 밖으로 나왔다. 마침 상서방 저쪽에서 도리침이 종종걸음으로 달려오고 있었다. 그리고는 인사를 하는 것도 잊은 채 윤상을 향해 도리어 다그치듯 여쭈었다.

"열셋째마마, 안에 무슨 일이 있습니까?"

"빨리 우림군羽林軍을 이곳으로 동원시키게!"

"예, 알겠습니다!"

"잠깐만!"

윤상이 눈에서 독기를 뿜으며 다시 도리침을 불러 세웠다. 이어 한 마디씩 힘을 준 채 덧붙였다.

"반드시 내 명에 따라 움직이도록 하게. 내가 누구 목을 치라고 하면 주저 없이 처리하도록!"

"알겠습니다!"

윤상은 서둘러 자리로 돌아왔다. 궁전 안은 이미 난리법석이 따로 없는 진풍경이 벌어진 뒤였다. 자신이 미리 포섭한 바람잡이들을 믿고 구석자리에 도사처럼 의연하게 앉아 있던 윤사도 본색을 드러내고 있었다. 장정옥에게 손가락질까지 해가면서 마구 고함을 질러댔다.

"폐하께서는 오늘 조회를 언자무죄의 자리라고 하셨네. 그런데 장정옥 자네가 뭔데 정신 사납게 벌떡벌떡 일어나고 그러나? 지금 누구한테 말도 안 되는 권위를 보이겠다는 것인가? 자네는 그래봤자 우리 만주족의 발뒤꿈치를 졸졸 따라다니는 개 한 마리에 불과해. 말을 타면 종까지 부리고 싶어 한다더니, 꼭 그 꼴이군!"

옹정이 그러자 즉각 윤사의 지나친 말을 힐책하듯 일갈을 터트렸다.

"염친왕, 자네 지금 제정신인가? 장정옥은 엄연히 선제 때부터 혁혁한 공로를 인정받은 명신이야. 이 나라 종묘사직의 간성이라는 말이야. 자네는 지금 만한滿漢이 다르다고 감히 말하는 것인가?"

"폐하! 만주족과 한족이 어찌 다르지 않다는 것이옵니까? 열조列祖, 열종列宗들의 팔기의정八旗議政에 한족들이 끼어든 적이 있사옵니까?"

영신이 윤사 대신 고함을 지르듯 큰소리로 말했다. 성낙 역시 즉각 호응하고 나섰다.

"동친왕의 말은 틀린 곳이 없사옵니다! 폐하께선 만한이 다르지 않다고 강조하시면서 은근히 팔왕의정제도에 대한 부정적인 뜻을 내비치고 계시옵니다. 도대체 그게 왜 바람직하지 않다는 것이옵니까? 폐하께서는 훈회訓誨를 내려주시옵소서!"

"일리가 있네, 일리가 있어!"

륵포탁 역시 수염을 매만지면서 연신 맞장구를 쳤다. 상황이 묘하게 돌아가자 궁전 가득한 사람들은 잔뜩 굳은 얼굴을 한 채 옹정과

친왕들의 팽팽한 대결을 지켜봤다. 순간 낯빛이 하얗게 질린 옹정이 무섭게 책상을 내리치면서 버럭 고함을 질렀다.

"자네들, 지금 누구 면전이라고 이런 무례를 범하는 것인가? 군신의 법도를 이렇게 내던져도 되는 것인가?"

터질 듯한 긴장감이 궁전 안에 가득 찼다. 일촉즉발의 상황이었다. 그때 갑자기 예부 관리들 쪽에서 젊은 관리 한 명이 일어섰다. 그리고는 조용히 병풍 앞으로 다가가더니 멍하니 굳어 있는 윤록에게 말했다.

"조회 시작에 앞서 폐하께서는 분명히 훈시를 내리셨습니다. 오늘 조회에서는 기무旗務를 논하지 않을 것이라고 말입니다. 친왕 여러분들께서 지의에 따르도록 열여섯째마마께서 하명해 주십시오."

윤록이 미처 반응하기도 전에 윤사가 버럭 고함을 치듯 물었다.

"자네는 뭐 하는 사람인가?"

"내무부 서무관 유홍도라는 사람입니다."

"육품 관리인가?"

"칠품입니다."

윤사가 유홍도의 말이 채 끝나기도 전에 앙천대소仰天大笑했다.

"천지가 뒤죽박죽이 돼도 유분수지! 쥐꼬리 같은 칠품 관리가 감히 궁전을 호령하려고 들다니!"

"저는 지의를 받든 관리입니다. 열여섯째마마와 함께 상의해 기무를 정돈하는 관리입니다."

유홍도가 추호도 물러서지 않고 턱을 치켜들고 맞받아쳤다. 이어 자신의 정당성에 대해 열변을 토했다.

"더구나 폐하께서는 이 자리에서 몇 품 이하 관리들은 발언권이 없다는 말씀은 하지 않으셨습니다. 오히려 친왕마마야말로 지의를 무시하고 조회 분위기를 쑥대밭으로 만들고 있지 않습니까? 제가 저의 기주이신 장친왕마마께 말씀 좀 하시라고 하는 것이 뭐가 잘못됐다는 겁니까?"

옹정은 느닷없이 튀어나와 당당하게 대권력가와 맞서는 미관말직 유홍도의 용기에 깜짝 놀랐다. 동시에 대단히 흡족한 눈빛으로 당차기 이를 데 없는 작은 새우를 바라봤다. 그는 지금 자신이 해야 할 일이 무엇인지를 모르지 않았다. 천천히, 그리고 무게 있게 입을 열었다.

"유홍도, 짐은 이 자리에서 자네를 도찰원都察院 어사御史로 진봉進封하네. 자네는 더 이상 그 무슨 '쥐꼬리 같은' 칠품 관리가 아니네. 용기를 내서 말해보게."

윤록 역시 옹정의 격려에 힘을 얻었는지 힘 있는 목소리로 유홍도를 밀어주었다.

"그래, 좋은 의견이 있으면 말해보게."

유홍도가 거듭 머리를 조아리면서 고마움을 표시했다. 이어 천천히 입을 열었다.

"폐하의 뜻대로 기무와 정무를 분리해야 마땅하다고 생각합니다. 여러 친왕들께서는 흥분하지 마시고 자리에 앉아 예를 갖춰 주셨으면 좋겠습니다. 무질서하고 정신 사납게 이런 식으로 한꺼번에 들고 일어나면 혼란만 불러오지 않겠습니까?"

유홍도가 말을 하는 사이 마음의 안정을 취했는지 윤록도 문제의 친왕들을 천천히 둘러보면서 한마디 했다.

"조정의 규칙과 신하된 도리를 지킵시다. 조용히 자리해 주십시오."

윤록의 말에 영신이 껄껄 냉소를 터트렸다.

"폐하께서도 방금 팔왕의정제도에 대해 언급하셨어요. 그런데 우리가 도대체 뭘 잘못했다는 겁니까?"

윤록이 영신을 힐끗 노려보더니 말을 받았다.

"기무 정돈은 폐하의 새로운 정책 중의 하나에 불과할 뿐이에요. 이 자리에서 논의하지 않는다는 것이지 완전히 물어보지 않거나 토론하지 않는다는 것은 아니에요."

"폐하께서는 이 자리를 언자무죄의 자리라고 하셨어요."

윤사가 이죽대면서 입을 열더니 다시 덧붙였다.

"할 말이 있으면 '정대광명'正大光明 편액이 걸려 있는 이 자리에서 하면 되는 것 아닙니까? 굳이 다른 자리를 고집할 필요는 없지 않을까요?"

"정대광명 편액 앞에서 말한다고 다 정정당당한 것은 아니지 않습니까? 과연 자신이 정대광명한지는 스스로의 양심에 물어보면 됩니다. 그것보다 더 확실한 답이 어디 있겠습니까?"

유홍도가 갑자기 친왕들의 대화에 끼어들었다. 순간 윤사의 눈에서 불꽃이 튀었다.

"자네, 지금 미친 사람처럼 마구 날뛰고 있어. 방자하기 이를 데 없다는 것을 모르는가? 우리 집안의 삼등 노예보다도 못한 주제에 감히 누구한테 대드는 거야?"

"그렇기는 하나 여기는 폐하의 용정龍庭이지 결코 염친왕부가 아닙니다. 소신은 그 점을 상기시켜 드릴까 합니다. 저 역시 폐하의 명관이지 결코 여덟째마마의 노예는 아니고요!"

유홍도가 지지 않고 날카롭게 쏘아붙였다. 그리고는 자신의 생각을 더욱 적극적으로 피력하기 시작했다.

"팔왕의정제도는 폐기된 지가 칠십 년이 넘습니다. 성조께서 바람직하지 못하다 해서 폐기시키지 않았습니까? 그렇다면 성조의 뜻이 잘못됐다는 말씀입니까? 여덟째마마께서는 늘 팔왕의정, 팔왕의정하고 계시는데, 상삼기上三旗의 기주가 누구인지나 알고 계십니까? 여덟째마마께서 기주로 있는 그 기旗의 소속 좌령, 참좌, 우록, 포의들 이름을 다 부르실 수 있습니까? 팔기의 사정을 가장 잘 아는 부서는 우리 내무부밖에는 없을 것입니다. 여덟째마마, 비록 이렇게 무례를 범하고 있으나 저는 결코 고의적으로 이러는 것이 아닙니다. 굳이 무례를 따지자면 여러 친왕들께서 먼저 폐하의 면전에서 무례를 범했다고 할 수 있습니다."

윤상은 유홍도가 갑자기 새롭게 보이기 시작했다. 그렇게 고마울 수가 없었던 것이다. 우림군을 동원하러 간 도리침이 도착할 때까지 귀중한 시간을 벌어주고 있었기 때문이었다. 도리침은 아직도 도착하지 않고 있었다. 그야말로 일각여삼추一刻如三秋였다. 윤상이 그처럼 내색도 하지 못한 채 좌불안석하면서 마음을 졸이고 있을 때였다. 드디어 도리침이 혜성같이 궁전 입구에 모습을 드러냈다. 검을 차고 완전무장을 한 채였다. 순간 윤상은 크게 안도하면서 용좌로 다가갔다. 이어 옹정에게 몇 마디 귀엣말을 하고는 바로 공손히 물러섰다.

"이런 사태를 짐은 상상도 못했었네. 팔왕의정을 부르짖는 친왕들만 남고 나머지 신하들은 잠시 물러가 천가天街로 가서 대령하라."

옹정이 파리한 얼굴을 한 채 애써 웃음을 지으며 명령했다. 좌중의 문무백관들은 옹정의 말뜻을 알아차리지 못한 듯 어리둥절한 표정으로 서 있었다. 그저 멍하니 서로를 번갈아 보며 움직일 생각을 하지 않았다. 그러자 악이태가 큰소리로 고함을 질렀다.

"뭣들 하는 겁니까? 어서 사은을 표하고 물러가야죠!"

"성은이 망극하옵니다!"

백관들이 악이태의 말에 따라 여기저기서 중구난방으로 말했다. 이어 예부의 지휘하에 천천히 물러갔다. 그들은 건청궁 돌계단을 내려

서다 살기등등한 기세로 창칼을 들고 서 있는 1000여 명의 우림군을 발견했다. 순간 모두들 사색이 되어 그 자리에 굳어져버리고 말았다.

백관들이 물러간 자리에는 옹정을 비롯해 방포, 장정옥, 윤상, 악이태, 윤록, 홍시, 그리고 윤사, 윤당, 윤제, 도라, 영신, 성낙, 륵포탁 등만 우두커니 남아 있게 됐다. 또 유홍도도 미처 몸을 일으키지 못하고 있었다. 좌중은 그렇게 해서 마치 콩 조각처럼 두 패로 완전히 갈라졌다. 쌍방은 한참 동안이나 침묵을 지켰다.

서로 으르렁거린 지 수십 년째인 그들이지만 가끔씩 외나무다리에서 만날 때는 억지웃음이라도 웃음을 보이고는 했다. 차라리 우는 모습이 나을 것 같은 웃음이기는 했지만 말이다. 그러나 지금 이 순간만큼은 그 누구도 가식적인 미소를 지어낼 여유가 없는 듯했다. 한마디로 먹느냐 먹히느냐, 잡느냐 잡히느냐의 결판을 앞두고 있었다. 최악의 경우 어사망파魚死網破(고기도 죽고 그물도 찢기는 형국)의 비극도 일어나지 않는다고 할 수 없는 상황이었다. 옹정이 말을 하다 말고 엎드려 있던 유홍도를 향해 웃는 얼굴로 말했다.

"유홍도, 자네는 하던 말을 끝마쳐야 하니까 남아 있기를 잘했네."

"저도 할 말이 있사옵니다!"

옹정의 말이 끝나기 무섭게 윤제가 느닷없이 고함을 지르고 나섰다. 이어 작심한 듯 옹정을 비판하기 시작했다.

"저는 '화모귀공'이 무엇인지 '팔왕의정'이 무엇인지 모르옵니다. 관심조차 없사옵니다. 전 대체 무슨 죄를 지었기에 동릉東陵으로 쫓겨나 사람도 귀신도 아닌 모습으로 살아야 했사옵니까? 솔직히 제가 누구처럼 승전고를 울리지 못했사옵니까? 폐하와 동복형제가 아니옵니까? 열여섯째 아우의 만류가 있어 웬만하면 입을 닫고 있으려고 했사옵니다. 그러나 이렇게 많은 관리들이 폐하의 새로운 정책에 반기를 들 줄은 몰랐사옵니다. 폐하께서는 부디 민의民意에 따르셨으면 하옵니다!"

방포가 더는 참지 못하겠다는 듯 무서운 표정을 한 채 받아쳤다.

"민의라고요? 그러는 열넷째마마께서는 민의가 무엇인지나 알고 계신 겁니까? 어느 군郡에 전답이 얼마나 되고 대업주大業主와 소업주小業主의 비례가 어떻게 되는지 알고 계십니까? 지부 자리에 한 번만 앉았다 내려오면 적어도 은 십만 냥이 생긴다고 합니다. 그 돈이 어디서 나오는 것인지는 아십니까? 명나라가 이자성의 혁명군에 의해 멸망한 것도 토지 겸병兼倂이 심각한 데다 관리들의 부정부패가 극에 달했기 때문이 아닙니까?"

악이태는 군기처로 들어온 지 얼마 되지 않았다. 그러나 윤제에 대해서는 어느 정도 알고 있었다. 때문에 그는 침착하게 방포의 말을 받았다.

"선제께서 붕어하셨을 때 영당靈堂에서 소란을 피운 것은 죄가 안 된다는 말씀입니까? 태후마마께서 위독하실 때 되지도 않은 말을 일삼으신 것은 죄가 안 된다고 생각하시는 겁니까? 엄벌에 처해져야 마땅할 죄를 지었습니다. 그럼에도 폐하께서는 형제간의 우애를 소중히 여기셔서 왕작만을 박탈하고 준화로 수릉守陵을 보내셨던 겁니다. 그런데 열넷째마마께서는 어찌해서 성심을 그렇게도 몰라주시는 겁니까? 그뿐입니까? 왕경기가 열넷째마마 주변의 채회새와 결탁해 마마를 서녕으로 납치하려는 대역大逆을 시도했을 때는 어땠습니까? 폐하께서는 주동자만 문책했을 뿐 나머지는 죄를 묻지 않으셨습니다. 열넷째마마, 양심껏 곰곰이 생각해보십시오. 폐하께서 마마에게 그 정도면 인仁과 의義를 다한 것 아닙니까?"

윤제는 악이태의 거침없는 공격을 받자 얼굴이 벌겋게 달아올랐다.

순간 윤사는 지금은 자신이 적극적으로 나서서 윤제를 도와야겠다는 결단을 내렸다. 북경에 돌아온 뒤로 자신과 손잡기를 거부하는 윤제에게 은근히 앙심을 품고 있기는 했으나 자신과 마찬가지로 옹정에게 대적하는 것은 분명하다고 생각했던 것이다. 곧 그가 거만하게 다리를 꼬고 앉은 채 큰소리로 일갈했다.

"열넷째마마가 폐하께 말씀을 올리는데 자네가 왜 끼어드는가?"

"오늘은 언자무죄라고 하지 않았는가! 자네는 왜 그리 흥분하는가, 여덟째?"

옹정이 신하들이 물러가고 대란은 일단 피했다는 안도감이 다분한 어조로 윤사를 힐책했다. 그리고는 다시 그와 나머지 친왕들에게 시선을 보내면서 거세게 몰아붙였다.

"열넷째, 자네가 진정 하고 싶은 말이 무엇인가? 짐이 교인제를 빼앗아갔다면서 힐난하고 싶은가? 허락할 테니 직접 본인을 만나보게. 짐이 그동안 한 번이라도 염치없는 짓을 한 적이 있었는지! 그리고 나머지는 어떻게 해서든지 팔왕의정제도를 복원하고 싶어서 안달이 난 것이겠지?"

"폐하께서도 팔왕의정제도의 복원 가능성을 은근히 내비치시지 않았사옵니까?"

윤사가 집요하게 틈새를 파고들었다.

"짐이 언제 그런 말을 했던가?"

"윤록에게 물어보시옵소서!"

윤사의 말에 옹정의 의혹에 찬 시선이 대뜸 윤록에게 날아가 꽂혔다. 이어 고개를 갸웃거리면서 물었다.

"열여섯째, 다들 자네가 정직하다고 말하더군. 그런 자네가 어째서 감히 그런 허튼소리를 하고 다녔다는 말인가?"

"신이 어찌 감히 그런 짓을 할 수가 있겠사옵니까?"

윤록이 털썩 무릎을 꿇었다. 슬쩍 홍시를 바라보는 눈에는 원망도 서려 있었다.

"셋째 패륵……, 셋째 패륵이 폐하의 뜻이라면서 그렇게 말했사옵니다……."

순간 옹정이 흠칫하면서 고개를 홱 돌려 홍시를 노려봤다. 홍시는 자동적으로 풀썩 무릎을 꿇었다. 이어 덜덜 떨리는 목소리로 하소연하듯 변명을 했다.

"간담이 작기로 말하자면 손톱보다도 못한 이 아들이 어찌 감히 성의聖意를 조작해 나라를 해치고 정무를 혼란에 빠뜨리는 짓을 일삼을 수가 있겠사옵니까? 열여섯째 숙부가 뭔가 잘못 들은 것이 분명하옵니다. 아들은 그저 팔왕의정에 대해서는 폐하께서 따로 지의가 계실 것이라고 말했을 뿐이옵니다. 팔왕들이 의정을 하되 기정旗政과 기무旗務를 논의하는 것에만 그쳐야 한다고 오늘 폐하께서 하신 훈회 말씀과 똑같이 말했을 따름이옵니다."

"과연 그런가?"

옹정이 믿지 못하겠다는 듯 반문했다. 윤록은 대답 대신 새빨간 거짓말을 아무렇지도 않게 내뱉고 있는 홍시를 노려봤다. 마음속에서는 분노의 불기둥이 치솟고 있었다. 그러나 아무리 파렴치한 거짓말을 했다고 해도 홍시는 누가 뭐래도 옹정의 아들이었다. 반면 자신은 한 다리 건넌 동생이 아닌가. 그는 그런 생각이 뇌리를 스치자 이 자리에서 홍시와 대결을 해봐야 자신이 손해를 볼 수밖에 없다는 판단을 순간적으로 내렸다. 진퇴양난을 모면하는 길은 역시 현실을 인정하는 것 외에는 없었다. 곧 그가 살을 파고드는 칼끝 같은 눈빛으로 답변을 강요하는 옹정의 반문에 대답을 했다.

"신은 너무 경황이 없어 그 당시 일이 잘 기억나지 않사옵니다. 신은 '귀머거리 열여섯째'가 아니옵니까? 혹시 잘못 들었을 수도……."

"잘못 들었다?"

옹정이 벼락같이 화를 내면서 마른침을 꿀꺽 삼킨 다음 머리를 조아리는 윤록의 앞으로 성큼성큼 다가갔다. 그때 장정옥이 황급히 앞으로 나서서 말리려고 했다. 옹정이 홧김에 윤록을 걷어찰지도 모른다고 생각했던 것이다. 그러자 옹정이 그런 장정옥을 손짓으로 막으면서 냉소하듯 말했다.

"짐이 제정신이 아니었던 모양이야. 어디 사람이 없어 자네 같은 귀머거리에게 일을 맡겼을까? 왕작王爵을 내놓고 집에 처박혀 죄를 반성하게나. 썩 꺼지게!"

윤록의 두 눈에는 바로 눈물이 그렁그렁 맺혔다. 그러나 이미 엎질러진 물이었다. 억울하고 겁에 질린 눈빛으로 옹정을 바라보더니 머리를 조아리면서 눈물을 뿌릴 수밖에 없었다.

"예, 폐하……."

도리침이 후줄근하게 기가 죽은 모습으로 물러가는 윤록의 옷자락과 살짝 스치면서 안으로 들어왔다. 그리고는 옹정의 용좌 앞에 무릎을 꿇은 채 아뢰었다.

"예부에서 전하는 바로는 폐하의 지시대로 백관들이 건청문 앞에 무릎 꿇고 대기하고 있다고 하옵니다."

"그렇게 기다리고 있으라고 하게!"

옹정이 언제 보나 늠름하고 믿음직스러워 보이는 도리침을 흡족한 눈길로 바라보면서 덧붙였다.

"조금 있다 지의가 있을 거라고 전하게. 각 상서들에게 쐐기를 박아두게. 사사롭게 국가 대정大政에 대해 왈가왈부하는 자가 있다면 짐이 목을 칠 것이라고 말이네!"

"예, 폐하!"

도리침의 말이 끝남과 동시에 옹정이 홱 몸을 돌렸다. 도리침에게 보여줬던 부드러운 눈빛이 순식간에 흉흉하게 변해 있었다. 곧 앙천 대소하면서 윤사 등을 향해 말했다.

"팔왕의정제도는 영명하신 성조께서 그 존재의 이유를 찾아볼 수가 없다고 하시면서 폐지시킨 제도였어. 그런데도 자네들이 극구 팔왕의정을 주장하고 나서는 저의가 무엇인가? 성조께서 판단을 잘못했다는 뜻인가, 아니면 짐이 덕을 잃어 자네들 눈에 차지 않는다는 뜻인가? 짐을 대신해 더 잘할 수 있는 사람이 있다면 자진해서 앞으로 나서보게!"

윤사는 두 어깨가 떨어져나가는 듯한 상실감에 휩싸이지 않으면 안 됐다. 하기야 불씨를 뒤집어 놓기만 하면 마구 치솟아 오르는 화롯불처럼 물불을 가리지 않고 들고 일어날 문무백관들이 죄다 물러갔으니 그럴 수밖에 없었다. 그는 순간 군기처를 비롯한 조정 중앙의 직권이 얼마나 막강한지를 알 것 같았다. 또 옹정이 작심하고 자신들을 쓸어내리면 그까짓 것쯤이야 아무것도 아니라는 사실 역시 깨달았다. 옹정이 여태까지 못 해서 하지 않았던 것이 아님을 알게 된 것이다. 그는 자신도 모르게 엄습해오는 두려움에 몸을 떨지 않으면 안 됐다. 곧 활짝 열린 대전의 문 밖으로 새까맣게 철벽을 두른 듯한 우림군들의 위엄이 파도처럼 밀려왔다. 대세는 이미 기울었다는 비애가 그의 가슴 저 밑바닥에서 스멀스멀 꿈틀거렸다. 그럼에도 그는 마지막 항변을 하지 않을 수 없었다.

"폐하께서 그렇게 말씀하시면 신들은 죽어 마땅하지 않겠사옵니까? 신들은 맹세코 조정을 가볍게 여긴 적이 없사옵니다. 더구나 대역은 꿈도 꾸지 않았사옵니다!"

"예친왕, 자네가 일어나 말해보게."

옹정이 윤사의 말은 귓등으로 날려 보내면서 미소를 지었다. 그리고는 예친왕을 바라봤다.

"자네는 저들과 휩쓸려 춤추지 않아 보기가 좋았네."

그러자 윤당이 먼저 내심 윤사의 무기력함을 원망하는 어조로 크게 말했다.

"그렇지 않사옵니다, 폐하! 예친왕도 여러 친왕들과 더불어 기무 정돈에 대한 논의를 벌여왔사옵니다. 팔왕의정에 대해서도 언급을 했사옵니다. 마치 누구는 따로 논 것처럼 말씀하시는데, 그러면 '저들'이라는 게 도대체 누구를 말씀하시는 것이옵니까?"

윤사는 윤당이 의외로 강경하게 나오자 손을 놓고 있다시피 하던 조금 전과는 달리 다시 힘이 솟아난 듯 떠들어댔다.

"폐하께서 실정失政을 하시지 않으셨다면 어찌해서 이런 식으로 언로를 막아버리시옵니까? 만에 하나 실정을 하셨다면 어찌하여 진실한 간언을 들으시려 하시지 않는 것이옵니까?"

옹정이 어이가 없다는 듯 냉소를 터트렸다.

"또 그렇게 들렸는가? 그래, 얼마든지 언로를 터놓을 테니 속 시원하게 말해보게. 짐이 대체 무슨 실정을 어떻게 했다는 것인지?"

윤사와 윤당은 옹정이 갑자기 적극적으로 나오자 잠시 답변이 궁해졌다. 둘은 슬쩍 서로 눈치를 보면서 대답을 못하고 우물쭈물했다. 바로 그때 윤제가 잽싸게 끼어들었다.

"전문경은 하남성의 관민들이 이를 가는 혹리酷吏이옵니다. 그런데 폐하께서는 '모범 순무'라면서 치켜세우시옵니다. 그것이 어찌 실정이 아니라는 말씀이옵니까?"

"자네는 동릉에 있었으면서 어떻게 그 사람이 혹리라고 할 수 있는가?"

"방금 여러 대신들이 하는 말에 신은 공감했사옵니다."

"자네가 알기는 뭘 안다고 공감이니 뭐니 하고 자빠졌어!"

옹정의 목소리가 거칠어졌다. 잇따라 토해내는 말은 더욱 심했다.

"그렇다면 짐은 짐과 뜻을 같이 하는 혹리들이 더 많았으면 해! 선조께서 믿고 넘겨주신 이 강산을 도탄에 빠지지 않게 하려면 짐은 칼을 휘두르지 않을 수가 없네. 자네들이 짐을 각박하고 인정머리 없이 만들고 있지 않은가. 짐이 가는 길에 장애물을 갖다 놓는 자는 절대 용서 못해!"

옹정이 말을 마치더니 궁전 밖을 향해 고함을 질렀다.

"도리침!"

"신 도리침, 대령하였사옵니다!"

도리침이 장화소리도 요란하게 성큼성큼 안으로 들어섰다. 이어 한쪽 무릎을 꿇고는 군례軍禮를 올리며 여쭈었다.

"분부가 계시옵니까?"

"여덟째, 아홉째, 열넷째 마마는 오늘 많이 피곤할 것이네. 자네의 보군통령아문에서 직접 책임지고 저분들을 왕부로 호송하도록 하게!"

옹정이 턱을 쳐들면서 명령했다.

"예, 폐하!"

도리침이 벌떡 일어나 밖을 향해 손짓을 했다. 그러자 네 명의 건장한 병사들이 들어와 옹정에게 군례를 올렸다. 이어 한쪽에 조용히 시립했다. 도리침이 다시 묵직한 장화소리를 내면서 윤사에게 다가가 말했다.

"신은 여러 마마를 댁으로 호송하라는 폐하의 명을 받았습니다."

윤사가 도리침의 말이 끝나기 무섭게 벌떡 일어나면서 소리를 높였다.

"한 번 죽지 두 번 죽겠나? 아홉째, 열넷째, 안 그런가? 구차하게 아쉬운 소리 하지 말자고!"

윤사가 인상을 험악하게 구긴 채 소리치더니 다시 옹정을 향해 읍을 하면서 덧붙였다.

"폐하, 넷째 형님! 달고 다니기 귀찮은 이놈의 대가리를 쳐주시기를 고대하겠습니다!"

윤사는 말을 마치자마자 바로 밖으로 나가버렸다. 윤당 역시 읍을 하고는 물러갔다. 반면 윤제는 두 형과는 달리 옹정을 경멸스런 눈빛으로 한참 동안 바라보더니 흥! 하는 소리와 함께 밖으로 물러갔다.

17장

모질게 매를 드는 옹정

    화를 주체하지 못한 옹정은 뒷짐을 진 채 네 철모자왕의 코앞에서 부산스레 왔다 갔다 했다.

    "흥!"

    옹정이 갑자기 단전丹田에서 코웃음을 끌어올리더니 황급히 책상 앞으로 다가갔다. 이어 붓통에서 붓을 꺼내들더니 뭔가를 쓰려고 했다. 하지만 주사朱砂를 너무 많이 찍는 바람에 붓이 종이에 닿기도 전에 마지麻紙에 시뻘건 주사액이 두 방울이나 떨어지고 말았다. 마치 선지피 같았다. 옹정이 그 색깔에 충격을 받은 듯 한숨을 토해내면서 붓을 도로 내려놓았다. 그러더니 다시 네 철모자왕의 주변을 서성거렸다.

    장정옥은 옹정이 그들 철모자왕을 어떻게 처리할 것인지를 두고 고민하고 있다는 사실을 모르지 않았다. 그러나 내심 모르는 척하고 머리를 숙였다. 만주족들의 횡포와 발호에 어지간히 짓눌려 살아온 것에 대한 분노가 옹정이 그들의 기를 꺾어버려 줬으면 하는 희망으로 변하고 있었던 것이다.

반면에 악이태의 입장은 달랐다. 그동안 옹정의 한족에 대한 태도는 선대와 많이 달랐다. 그동안 한족들의 손을 들어준 일이 적지 않았다. 당연히 만주족들은 그런 옹정의 태도에 불평불만이 많을 수밖에 없었다. 기무를 정돈한다는 지의가 내려졌을 때는 수많은 만주족 기인들이 악이태에게 찾아가 옹정에 대한 원망을 노골적으로 드러내기도 했다.

'오늘 세 기주가 폐하의 면전에서 보인 행동은 부의部議에 넘겨지는 날에는 최소한 참감후斬監候(참형의 집행을 유예함)에 처해질 것이 분명해. 그렇게 되는 날에는 기무도 정돈할 수 없어. 뿐만 아니라 봉천奉天(만주족이 부흥한 곳)은 엄청난 충격에 빠질 것이 분명해. 또 그 파장이 동몽고의 여러 왕들에게까지도 미칠 수 있어. 만주족과 몽고족은 나라의 근본을 구성하는 민족이야. 그들이 들고 일어나는 것은 대청의 근본이 흔들리는 것과 마찬가지야.'

악이태는 그런 생각이 들자 가만히 있어서는 안 되겠다고 판단한 듯했다. 바로 황급하게 입을 열었다.

"폐하, 한 말씀 아뢰겠사옵니다. 천명天命 육 년, 태조太祖 무황제武皇帝(누르하치)께서는 여러 친왕들과 함께 향을 사르며 천지신명께 기도하신 적이 있사옵니다. '용자봉손들 중에 행실이 못된 자가 있으면 하늘이 천벌을 내려주실 것이니 절대 공공연하게 살육을 자행해서는 안 된다'라고 말이옵니다. 이 점 유의하시옵소서, 폐하!"

순간 옹정이 발걸음을 뚝 멈췄다. 마음속의 갈등이 얼마나 심한지 얼굴이 극도로 일그러지고 있었다. 그러더니 한참이나 눈을 지그시 감고 있었다. 곧이어 갑자기 습관처럼 서쪽 벽을 향해 돌아섰다.

조급함을 버리고 인내심을 키워라.

옹정은 서쪽 벽에 내걸린 편액의 '계급용인'戒急用忍 네 글자를 한눈에 담기라도 하겠다는 듯 뚫어지게 쳐다봤다. 그러자 이마에서 시퍼렇게 푸들거리던 혈관이 점점 가라앉는 듯했다. 낯빛도 한결 평온해졌다. 그가 가벼운 한숨을 토해내면서 철모자왕들이 엎드려 있는 병풍 앞으로 다가갔다. 이어 위엄 있는 목소리로 물었다.

"자네들의 죄를 인정하나?"

"예, 폐하! 신들이…… 죽을죄를 지었사옵니다!"

"죄를 인정한다니, 더 이상 죄를 묻지는 않겠다."

옹정의 입장에서는 당장 하늘만 높고 땅속 깊은 줄 모르는 그들을 어찌할 도리가 없었다. 그럼에도 그들을 순순히 보내주기는 싫었다. 용서할 마음도 내키지 않았다. 곧 그가 가슴 속의 울분을 가셔내듯 천천히 숨을 몰아쉬면서 말을 이었다.

"자네들은 당장 면죄부를 받기 위해 죄를 인정한 거야. 결코 진심으로 잘못을 뉘우친 것은 아니네. 짐이 천하를 다스리는 원칙은 두 글자에 지나지 않아. 바로 '효'孝와 '성'誠이네. 천지신명이나 부형父兄을 대하는 태도, 신하들을 이끄는 것에 대해서는 짐은 추호의 거짓과 허위도 없어. 오로지 진심 그 자체라고 해야 하네. 그러나 여기에는 안팎의 구분이 있지. 천하의 신민들을 대함에 있어 짐은 저 하늘의 달과 별이 세상을 골고루 비춰주듯 평등하게 은혜를 베풀지. 하지만 만주족들에 대해서는 감정이 남달라. 골육의 끈끈한 정이 작용하지 않는다고 할 수가 없어. 그런 만큼 그 기대치도 더 높아. 따라서 요구 역시 가혹할 정도로 엄격할 때가 많지. 오늘 자네들은 누군가의 포수砲手로 이용당했다고 짐은 보고 있네. 그런데 자네들의 본심을 들여다보면 짐의 이 '성'誠자를 믿지 못하는 것 같아. 그것이 문제네. 그것은 곧 짐에 대한 불경이기도 하지! 그리고 자네들은 지금껏 봉천에서 유유자적한 생활을 해오면서 조정과의 마찰이 거의 없었어. 그런데 일부 불순세력들이 자네들을 꼬드겨 황권을 나눠가지려고 작당을 했어. 거기에 자네들은 넘어간 것이고! 지금은 개국 초와 사정이 많이 다르네. 한족들의 수는 원래부터 우리의 백 배도 넘었어. 이제 관리들 중에는 만주족과 한족이 반반씩이야. 그런데도 한족들은 황제가 만주족이라 무능한 만주족들을 어떻게든 껴안으려 한다고 야단들이야. 한족 관리들 수를 늘려달라는 목소리도 날이 갈수록 높아가고 있는 실정이지. 이런 판에 팔왕의정제도까지 회복시킨다면 정국이 어떻게 되겠나? 말 위에서 천하를 얻었다고 해서 계속해서 말 위에서 천하를 다스리려 해서는 안 되네. 왜냐? 세월이 달라졌기 때문이지. 무슨 말인지 알겠는가?"

"예, 폐하……. 잘 알겠사옵니다."

"아니, 자네들은 몰라!"

옹정이 분노가 다시 활화산처럼 치솟는지 싸늘한 어조로 받아쳤다. 이어 준엄하게 꾸짖었다.

"진정으로 그런 사실을 아는 사람들이라면 그 막돼먹은 세 역왕逆王들에게 놀아나 용정龍庭을 소란스럽게 만드는 일은 없었어야 할 것 아닌가? 팔왕의정? 흥! 흥! 꿈 깨시게!"

옹정이 거칠게 손사래를 쳤다. 그리고는 다시 말을 이었다.

"팔왕의정에서 '팔왕'이라는 것이 누구누구를 가리키는 말인지 아는가?"

친왕들이 다시 연신 머리를 조아리면서 말했다.

"모르겠사옵니다, 폐하……."

"기본도 모르면서 '팔왕의정'을 운운하다니 기가 막히는군. 진짜 웃기는 사람들이야!"

옹정이 야유 섞인 웃음을 지으면서 내뱉듯 말했다. 사실 팔기제도는 폐지된 지 꽤나 오래 된 터였다. 그랬으니 '팔왕'八王의 유래에 대해서는 옹정도 똑똑하게 설명할 자신이 없었다. 그래서 고개를 돌려 무릎을 꿇고 있는 유홍도를 바라보면서 지시했다.

"역사에 통달한 자네가 한번 이 못난 것들에게 설명해주게!"

"예, 폐하!"

사실 한낱 미관말직에 불과했던 유홍도에게 있어서 이날은 일생일대 최고의 날이라고 해도 좋았다. 옹정의 파격적인 신임을 얻어 충신으로서의 입지를 굳히게 됐으니 말이다. 그는 그러나 행여 사람들의 질투와 반감을 살지도 모른다는 생각에 겸손한 자세로 엄숙하게 대답했다.

"사서인 《팔기통지》八旗通誌에 의하면 기미己未 천명天命 사 년에 태조께서는 저호리褚胡里, 아희조鴉希詔, 고리전庫里纏, 액격성격厄格腥格, 희복希福 등 다섯 신하들을 발탁해 객이객喀爾喀 몽고蒙古의 다섯 왕과 함께 반명反明 운동의 기치를 높이 들도록 했다 하옵니다. 그러니 처음에는 팔왕이 아니라 '십고산집정왕'十固山執政王이라고 불렀죠."

유홍도가 잠시 숨을 고른 다음 말을 이었다.

"그러다 천명 육 년에 와서 상황이 일부 변했사옵니다. 네 명의 패륵인 대선代善, 아민阿敏, 몽고아태蒙古兒泰, 황태극皇太極(홍타이지)이 다른 네 명 왕들과 함께 이른바 '팔왕의정'을 하기 시작했던 것이옵니다. 그 뒤에도 팔왕은 자주 바뀌었사옵니다. 오히려 그 당시 막대한 영향력이 있었던 다이곤多爾袞, 다탁多鐸은 정작 이 팔왕에 속하지 않았사옵니다. 그래서 성조 때에 와서는 팔왕의정은 기능을 완전히 상실한 채 이름만 걸고 있었사옵니다. 더구나 사람들은 도대체 어떤 왕이 팔왕에 속하는지조차 관심이 없었사옵니다."

유홍도는 그 많은 역사적 인물과 사건들을 하나도 막힘없이 술술 읊었다. 또 지금껏 몇 번의 중요한 회의가 있었는지도 빠짐없이 설명했다. 게다가 참정에 나선 왕과 그렇지 않은 왕들과 그 이유에 대해서도 언급했다. 그 시대를 모두 겪어온 사람이 따로 필요 없을 정도였다. 그뿐만이 아니었다. 그는 내친김에 태조가 속이합적왕速爾哈赤王 부자를 죽인 사실과 세조가 숙친왕肅親王 호격豪格의 목을 친 일, 예친왕 다이곤(도르곤) 일가를 파문시키고 자격을 박탈한 사례도 피가 질펀한 현장을 그대로 옮겨놓은 듯 들려줬다. 끝부분에 가서는 아예 정리까지 해서 매듭을 지었다.

"그렇듯 팔왕의정이 처음부터 흐지부지하고 들쭉날쭉했기 때문에 순치 황제께서는 팔기 중 상삼기의 통치권을 천자에게 넘기셨던 것이옵니다. 그 기초 위에서 강희 황제께서는 팔기영, 한군 녹영 등을 병부로 편입시켜 조정의 일괄적인 지휘를 받게 했사옵니다. 이처럼 칠십 년 동안 황권이 통일되고 나라의 대치大治가 이뤄짐에 따라 기주들은 태평성세의 행운을 누려왔사옵니다. 사례를 들어 비교해 보겠사옵니다. 삼번의 난이 젊은 대청에게 시련을 안겨줄 때였사옵니다. 당시 중앙의 대권이 미치는 곳에 무관들의 배신은 있었사옵니다. 하지만 병사들의 반란은 없었사옵니다. 만약 그 당시 팔왕이 여덟 곳에서 의정을 했더라면 오삼계를 비롯한 삼번의 난이 평정될 수 있었겠사옵니까? 사공이 많으면 배가 산으로 간다고 했사옵니다. 그런데 팔왕이 모두 나서면 사공이 여덟 명이나 되지 않사옵니까? 만약 그

때 삼번의 난을 평정하지 못했더라면 오늘의 대치가 어떻게 가능했겠사옵니까? 여러 친왕들이 어떻게 아직껏 봉천에서 유유자적한 삶을 누릴 수가 있겠사옵니까?"

유홍도는 조목조목 따지듯 큰소리로 열변을 토했다. 그리고는 연신 땀을 훔쳐대는 친왕들을 일별하면서 옹정을 향해 머리를 조아렸다.

"제가 말씀드릴 수 있는 것은 여기까지이옵니다, 폐하!"

"유홍도가 멋진 연설을 해줬으니 가서 공책에 적어놓고 열심히 공부하게. 옛것을 익힘으로써 새것을 안다溫故知新고 했어. 늘 과거를 잊지 말고 본분을 지키도록 하게."

옹정이 대단히 흡족한 표정을 한 채 유홍도를 지그시 바라봤다. 그저 놀라울 따름이라는 표정이었다. 이런 인재를 가까운 곳에 두고도 몰랐다는 것이 억울한 것 같았다. 그가 천천히 눈길을 철모자왕들에게 돌리면서 덧붙였다.

"팔왕의정이 불러온 폐단에 대해서는 더 이상 말할 필요가 없겠지? 자네들도 물론 팔왕의정이 바람직하지 못하다는 것은 알고 있었을 테고. 하지만 자네들은 윤사, 윤당, 윤제 등에게 이용당하고 놀아났어. 열째 윤아가 지금 장가구에 있기는 하나 그들은 자네들의 세력을 등에 업고 힘을 빌려 그 음흉한 목적을 달성하려고 했지! 부처님을 봐서 중을 용서한다고 했어. 짐은 자네들 조상들의 체면을 봐서 자네들에게 죽음의 징벌은 내리지 않겠네. 그러나 두 번 다시 누구의 꾐에 넘어가 오늘 같은 일을 벌인다면 짐은 반드시 그자의 수급을 취함으로써 온 천하에 일벌백계용으로 전시할 것이야! 물러가게! 물러가서 건청문에서 지의를 기다리도록 하게!"

네 사람은 연신 고개를 조아린 채 사은을 표했다. 이어 저리고 마비된 다리를 질질 끌면서 꼬리를 늘어뜨린 채 도망치듯 물러갔다. 그

때 옹정이 그들 중 한 명을 가리키면서 손짓으로 불렀다.

"예친왕은 이리 와 보게!"

예친왕 도라가 흠칫 떨면서 황급히 되돌아와 무릎을 꿇었다.

"성유聖諭가 계시옵니까, 폐하?"

"윤사의 등에 업혀 재미나 보려고 온 저 셋과 자네는 다른 것 같아. 짐은 자네가 기특하네. 홍시가 자네의 공품 목록을 올려 보내면서 자네 칭찬을 입이 마르도록 하더군! 짐은 사해四海를 가진 사람이야. 뭐가 부족한 것이 있어서 신하들이 올려 보낸 공품에 일희일비 하겠나? 짐을 향한 자네의 충정이 중요하지. 자네 선친 다이곤 친왕께서 자네가 이렇게 성총을 입고 있는 줄 아시면 구천九泉에서도 대견해 하실 것이네!"

옹정이 자상하게 웃으면서 말했다. 도라는 옹정의 말에 감동을 받은 듯 뜨거운 눈물을 쏟으며 흐느끼기 시작했다.

"낳아준 사람은 부모나 신을 진정으로 알아주시는 분은 폐하이시옵니다! 신이 그들의 장단에 춤추지 않고 잠자코 있었던 것은 최소한의 양심을 지켰기 때문이라고 할 수 있사옵니다. 사실 신은 그들의 무례함에 분노가 머리끝까지 터져 나왔사옵니다. 그러나 위치가 위치이니 만큼 참을 수밖에 없었사옵니다."

"자네가 굳이 말을 하지 않아도 짐은 다 아네! 자네가 짐의 편에 서서 그들과 대적한다면 외인들은 곧 만주족들끼리 집안싸움을 한다고 소문을 퍼뜨리고 다닐 것이 아닌가. 자네는 짐이 혼자서라도 충분히 대처할 수 있을 거라고 믿었을 거네. 짐을 믿고 섣부른 행동을 삼가 준 것에 대해서도 짐은 높이 평가하고 싶네. 그러나 자네는 이미 무상의 작위를 갖고 있는 세습 친왕이니 짐이 더 이상 하사할 것이 없네. 대신 자네 관모에 동주 하나를 더 달게 해줄 테니 그리 알게. 홍시, 자네는 이 사실을 문서에 기록해 두게. 세자世子 외에 자네의 다른 아들들 중에서 하나를 택하게. 짐이 군왕郡王으로 봉해줄 것이니!"

홍시는 옹정이 자신에게 눈길을 돌리면서 말하자 비로소 안도의 숨을 내쉬었다. 사실 그가 가장 두려워한 것은 다른 것이 아니었다. 옹정이 장친왕 윤록과 자신이 관련돼 있는, 성지聖旨를 잘못 들은 사건에 대해 시시비비를 가리자고 팔을 걷어붙이면 어쩌나 하는 것이었다. 그러나 옹정은 그에 대해서는 한마디도 묻지 않았다. 그저 문서에 기록을 남기라는 지시만 했다. 그는 죽다 살아난 것 같은 안도감을 느꼈다. 그가 황급히 절을 하고는 미소를 지으면서 조심스럽게 대답했다.

"성명하시옵니다, 폐하! 예친왕은 그야말로 주군에게 충성하는 현왕賢王이 되기에 손색이 없사옵니다!"

도라가 홍시의 말을 듣고는 뭔가 겸손의 말을 하려 했다. 그러자 옹정이 웃으면서 가로막았다.

"말할 필요 없네. 짐은 상벌을 내림에 있어서 척도가 분명하네. 자네가 짐의 심기를 건드렸으면 처벌 역시 가볍지는 않았을 거야. 그러니 오늘의 이 영광된 자리를 잊지 말게. 셋째 형님, 가서 건청문 밖에 있는 사람들을 다시 불러오세요. 조회를 계속하게. 지의를 전하고 나면 이리로 올 필요 없이 여덟째, 아홉째, 열넷째를 찾아가 보세요. 궁상을 떨 것은 없고 조용히 자성의 시간을 가지면서 조정의 처벌을 기다리라고 하세요. 도리침의 보군통령아문의 군사들을 데리고 가서 그들 왕부의 경호를 하도록 하시고요. 그만 물러가세요!"

건청문은 건청궁과 지척에 있었다. 때문에 셋째 윤지가 나가고 얼마 되지 않아 수백 명의 문무백관들이 밀물처럼 밀려들기 시작했다. 그러나 수미좌에 앉아 있는 옹정의 얼굴에는 표정 하나 없었다. 장정옥, 악이태, 방포, 도라, 홍시 등은 원래 자리에 조용히 앉아 있었다.

반면 이친왕 윤상은 안락의자로 바꿔 편한 자세를 하고 있었다. 그럼에도 오랜 투병생활에 장작처럼 말라 목불인견目不忍見이 된 몸을 겨우 지탱하고 앉은 채 들어서는 관리들을 바라보는 것을 잊지 않았다. 혼신의 힘을 다해 눈꺼풀을 치켜 올리고 있는 듯 몇 겹이나 주름진 눈꺼풀이 무척이나 안쓰러웠다. 그는 군신들이 모두 자리하고 만세를 연발할 때에야 비로소 옹정에게 시선을 돌렸다.

"주식 사부께서는 자리에 앉으시지."

옹정이 숨 막히는 침묵을 깼다. 이어 윤상을 향해 말을 이었다.

"열셋째, 자네가 힘들까봐 걱정이 되어 안락의자에 앉게 했네. 그래도 불편할 수 있을 거야. 그래, 고무용 자네가 베개 하나 더 가져다 열셋째마마가 기대도록 받쳐 올리게. 짐이 말하는 동안에도 앉든, 서서 걷든 마음대로 하게. 이번 조회는 되도록 짤막하게 끝낼 테니까. 이제는 더 이상 조조 같은 사람이 뛰쳐나오는 일은 없겠지?"

옹정의 말은 차가왔다. 얼음이 골수까지 파고드는 것 같은 느낌을 주었다. 좌중의 사람들은 절로 몸을 웅크렸다. 옹정이 그들을 향해 다시 일침을 날렸다.

"다들 똑똑히 봐서 알 거야. 짐이 아무 이유 없이 꼬투리를 잡아 괜한 사람 들볶은 것은 아니잖은가? 나무가 아무리 조용히 있고 싶어도 바람이 불어 닥치는 데야 무슨 수가 있겠는가?"

옹정이 잠시 말을 멈췄다. 담담한 얼굴에 갑자기 조소 어린 미소가 스치고 지나갔다. 다시 토해낸 말에도 그런 분위기가 엿보였다.

"사람을 우습게 봐도 유분수지! 짐이 무슨 한漢나라 헌제憲帝나 진晉나라 혜제惠帝 같은 무골충인 줄 아는가 보지? 천자를 옆에 끼고 제후를 호령하는 연극을 꾸미려드는 것을 보니 말이야! 이 옹정이 어떤 사람인가? 사십 년 동안 산전수전 다 겪은 파란만장한 삶의 주인 공이야. 세상의 우환을 걱정하고 누구보다 열심히 일하는 옹친왕이 었다고! 민간과 관가의 생리를 그 누구보다 확실히 꿰뚫어보고 있는 사람이라는 말이야. 가시밭길을 누벼온 천자이기도 하고. 그런데 그 까짓 것들의 작당에 놀아날 것 같아?"

옹정이 잠시 숨을 골랐다. 이어 말투를 달리 한 채 말을 이었다.

"다시 이 자리를 만든 것은 앞에서 언급한 몇 가지 새로운 정책에 대해 논의를 계속하기 위해서야. 언자무죄의 자리이기도 하니 생각을 숨김없이 털어놔 보게들."

"……"

"움츠러들지 말게. 짐은 문자나 말 한마디 가지고 사람을 들들 볶는 그런 부류의 인간이 아니야!"

사실 옹정의 말은 새빨간 거짓말에 가까웠다. 완전히 어불성설이었다. 서건학徐乾學이 명나라를 그리워하는 내용의 시를 썼다고 해서 목을 쳤던 기억이 생생한 사람들에게는 더욱 그럴 수 있었다. 어디 그뿐인가. 전명세 역시 아직은 필화의 위험에서 완전히 자유로워진 것이 아니었다. 그러나 조회에 참석한 신하들은 그 누구도 그의 말에 토를 달 엄두를 내지 못했다.

"……"

여전히 쥐 죽은 듯한 침묵이 이어졌다. 그러자 어좌 서쪽에 무릎을 꿇고 있던 양명시가 무릎걸음으로 한발 앞으로 나섰다.

"폐하, 신 양명시에게 어람을 요청할 주장이 있사옵니다!"

양명시의 말이 떨어지기 무섭게 어린 태감이 황급히 그에게 다가갔다. 이어 양명시가 공손히 내민 주장을 받아 책상 위에 올려놓았다.

"그래."

옹정은 관리들이 침묵을 지키는 이유를 모르지 않았다. 방금 전의 팽팽했던 긴장에서 아직 헤어나지 못했기 때문이라는 결론도 빠르게 내렸다. 사실 옹정은 이번 조회를 통해 자신의 새로운 정책에 반기를 드는 육부구경들의 입을 완전히 봉해버리려고 했다. 그러나 앞서 윤사 등의 기 싸움을 지켜본 육부구경들은 미리 알아서 순순히 무기를 바치고 손을 들고 항복을 했다. 산을 울려 호랑이에게 겁을 주는 효과를 거뒀다고 할 수 있었다. 얼마 후 옹정이 양명시의 주장을 집어 들면서 조금 쉰 목소리로 말했다.

"재삼 의견을 물었음에도 이의가 없군. 대체적으로 짐의 새로운 정책에 찬성한다는 뜻으로 받아들여도 별 무리는 없을 것 같군. 지금 전문경에 대한 탄핵안이 올라와 있어. 일을 하다보면 탄핵당하고 탄핵하는 것은 늘 있는 일이지. 그러니 탄핵안에 그리 신경 쓸 것은 없네. 짐이 홍력에게 북경으로 돌아오는 길에 하남성에 들렀다 오라고 했어. 전문경에 대한 탄핵안의 진실 여부를 조사해보라고 했지. 공정한 수사가 이뤄질 것이네. 전문경뿐만이 아니야. 다른 누구라도 짐은 그 본심에 비중을 두기에 앞으로도 결코 사소한 잘잘못에 발끈하는 경우는 없을 거야. 오늘 하고 싶은 말이 있어도 못한 사람들은 돌아가서 주장을 올리도록 하게. 새로 시행하는 정책이니 만큼 앞으로 시행하게 되면 많은 착오가 생길 수도 있을 거야. 미비한 점이 있으면 따끔하게 꼬집어도 좋고 여러 가지 의견을 올려도 좋아. 성실한 자세로만 임해준다면 짐은 다 수용할 준비가 돼 있어."

말을 마친 옹정이 조회를 끝마치려고 할 때였다. 갑자기 안락의자에 비스듬히 누워있다시피 하던 윤상의 얼굴이 고통으로 일그러졌다. 애써 일어나 앉으려고 하던 그는 다시 쇠몽둥이에라도 맞은 듯 그 자리에 축 늘어졌다. 입에서는 선지 같은 피를 울컥울컥 토해내고 있었다.

옹정이 놀라서 경황없이 달려갔다. 그리고는 사랑하는 아우를 들여다보면서 연신 고함을 질렀다.

"어서 태의를 불러와! 어서!"

옹정의 말이 채 끝나기도 전에 건청궁 동쪽 배전配殿에서 대기 중이던 태감들이 부리나케 달려 들어왔다. 만일의 경우에 대비해 옹정이 배치한 이들이었다.

"폐하……."

윤상이 그 사이에 정신이 돌아온 듯 간신히 실눈을 뜨고 옹정을 불렀다. 그리고는 한 무리의 태감과 태의들에 둘러싸여 울상이 된 채자신을 들여다보고 있는 옹정을 향해 애써 웃음을 지어보였다. 그가 천천히 다시 입을 열었다.

"이 못난 아우를 어떻게 하면 좋사옵니까? 아무리 제 잘난 멋에 산다고는 하나 멋대가리 없이 버럭버럭 고함이나 지르고 다니더니, 이제는 제대로 앉아있을 수도 없는 신세가 되지 않았사옵니까. 이 볼썽사나운 짓을 어떻게 하면 좋사옵니까? 죽을 때가 다 된 것 같사옵니다. 성조……, 성조……. 신은 이제 성조를 뵈러 갈 때가 된 것 같사옵니다."

옹정은 황제의 체면도 잊은 듯했다. 얼굴 가득 눈물, 콧물이 마구 흘러내리고 있었다. 심하게 떨리는 손으로 윤상의 이마를 비롯해 볼, 코, 입 등을 쓸어내렸다. 그리고는 간절하게 갈구하듯 말했다.

"열셋째, 그런 불길한 소리는 하지 마. 자네는…… 명이 길다고 했어! 오사도 선생이 자네에게 아흔두 살까지 천수를 누릴 수 있다고 했지 않은가! 짐이 가장 훌륭한 태의와 이 세상에서 가장 좋은 약으로 자네를 살려낼 테니 걱정하지 말게……."

옹정의 두 눈에서는 눈물이 그칠 줄 모르고 흘러 내렸다. 나중에는 콧구멍이 심하게 벌름거리기까지 했다. 터져 나오는 오열을 애써 참는 것이 분명했다. 윤상 역시 안락의자에 몸을 맡긴 채 태감들에게 들려가면서도 하염없이 눈물을 흘렸다. 그는 그러면서도 옹정에게서 마지막까지 시선을 거두지 않았다.

옹정은 윤상을 보내놓고 어좌 앞으로 다시 돌아왔다. 그러나 군신들에게 등을 돌리고 한참이나 서 있었다. 그러다 갑자기 휙 고개를 돌렸다. 장정옥은 옹정의 성정을 누구보다 잘 아는 신하답게 윤상의 병세가 그를 격노하게 만들었다는 사실을 바로 간파했다. 그가 금방이라도 우렛소리가 울려 퍼질 것만 같은 무거운 분위기를 온몸으로 느끼면서 어떻게 하면 진정시킬 수 있을까 고민하고 있을 때였다. 옹정이 침통한 분위기에 젖은 어조로 말했다.

"형부에서는 잘 듣게. 추결秋決(가을에 집행하는 사형)하기로 했던 죄수들에 대한 사형을 일단 미루게. 다음 추결 때까지 말이야. 물론 짐이 특별히 강조했던 대역죄인들은 빼야 하네. 짐이 사랑하는 아우 윤상을 위해 복을 빌어줘야겠어!"

옹정이 벌겋게 부어오른 두 눈으로 위를 뚫어져라 쳐다보면서 다시 천천히 덧붙였다.

"지쳐서 쓰러진 거야. 선제 때부터 궂은 일, 힘든 일이라면 전부 도맡아 해오지 않았는가! 짐도 믿고 맡긴다는 미명하에 무쇠로 만든 황소인 줄 알고 얼마나 부려먹었는가. 이십 년 전의 그 용감무쌍하던 '목숨을 거는 십삼랑'이 이렇게 맥없이 쓰러지다니! 지쳐서 쓰러진 거야. 이위도 그렇고 전문경도 그래. 다들 진이 빠져 있어. 짐도 하루에 네 시간 눈을 붙이면 잘 자는 것이니 몸에 이상이 오는 것 같고. 우리의 기둥 장정옥은 또 어떤가? 겨우 삼 년 사이에 백발이 성성한

할아버지가 돼버리고 말았어! 짐은 조상들이 일군 창업의 간난신고를 항상 잊지 않으려고 했어. 자손들에게 보다 나은 세상을 선물해야 한다는 의무감에 사로잡히기도 했지. 그렇지 않았다면 짐인들 두 번 사는 것도 아닌 이 몸을 왜 그렇게 혹사해 왔겠어? 짐이 아끼는 손발과 같은 신하들이 하나같이 이 모양이 되도록 앞만 보고 달려오지는 않았을 것이 아닌가?"

장정옥은 옹정의 말에 스르르 두 눈을 감았다. 흐릿한 눈물이 소리 없이 흘러내리고 있었다. 옹정의 목소리는 갈수록 더 격앙되었다.

"……짐은 늘 나름대로 만족스러웠던 옹친왕 시절이 그립다네. 그때가 지금보다 열 배는 더 나았던 것 같아. 황제 자리가 그 무슨 부귀영화만 누리는 자리인 줄 알고 아직까지 황당무계한 꿈을 버리지 않는 작자들이 있네. 다름 아닌 여덟째, 아홉째, 열넷째 등과 같은 것들이 그런 소인배들이지. 이 자리는 신민臣民을 위해 피가 마르는 고초를 감내해야 하는 자리야. 종묘사직을 위해 이 한 몸 내던져야 하는 자리라고! 그런데 그들은 그런 사실을 모르고 오로지 천하에 유아독존이라는 그 허영심 하나만을 노렸어. 그런 자들이기 때문에 황제 자리에 대한 집착과 미련을 버리지 못하는 거야! 아기나阿其那(만주어로 개라는 뜻), 색사흑塞思黑(돼지라는 뜻)……. 아기나, 색사흑……."

옹정이 느닷없이 입에서 개, 돼지를 중얼거렸다. 이어 뭔가 결심을 한 듯 종이 한 장을 뽑아낸 다음 주필朱筆을 날리기 시작했다.

윤사, 윤당, 윤제는 구제불능이다. 그 죄악은 천인공노할 정도라고 해야 한다! 이제 윤사는 '아기나', 윤당은 '색사흑'으로 개명改名하도록 한다. 그리고 윤제는……

옹정은 순간적으로 잠시 붓을 멈췄다. 누가 뭐라고 하든 무슨 일을 저질렀든 윤제는 자신의 동복형제였으니까. 그것은 숙명이었다. 옹정은 한참 생각을 하더니 신경질적으로 윤제라는 이름을 죽죽 그어 지워버렸다. 이어 악이태에게 명령했다.

"빠른 말을 타고 가서 윤사, 윤당에게 지의를 전하게. 이름이 각각 개와 돼지로 바뀌었다는 사실만 통보하고 오면 되네!"

옹정은 말을 마치고 한참 후 다시 종이 한 장을 뽑았다. 아무리 생각해봐도 윤제를 그냥 내버려둬서는 안 되겠다는 생각이 든 듯했다. 곧이어 주먹만 한 크기의 '명교죄인'名教罪人 네 글자가 종이 위에 적혔다.

문무군신들은 피를 말리는 긴장감을 온몸으로 느낀 듯 너 나 할 것 없이 몸 둘 바를 몰라 하고 있었다. 심지어 한 관리는 그 자리에서 갑자기 스르르 쓰러지고 말았다.

"짐이 매사에 임하는 마음은 저 일월과 같다. 짐의 정정당당함은 천지신명이 다 아는 일이다! 지금 이 자리에도 여덟째당, 아홉째당 들이 얼마나 많은지 모른다. 겉과 속이 다른 자들 말이야. 짐은 오늘 문무백관들이 운집한 정대광명전 이 자리에서 맹세할 수 있어. 누구 하나라도 나서서 짐이 '아기나나 색사흑보다 못하다'라고 말할 수 있다면 짐은 그 죄를 묻지 않을 거라고. 미련 없이 이 자리도 넘겨줄 거야!"

옹정이 포효하듯 외쳤다. 이어 얼굴에 냉엄한 표정을 머금었다. 도발적인 눈빛으로 좌중을 쓸어봤다. 그러나 자명종의 초침이 찰칵찰칵 돌아가는 소리만 궁전을 가득 메울 뿐 누구 하나 입을 여는 사람은 없었다. 옹정은 순간 안도감을 느꼈으나 곧 이름 모를 치욕에 사로잡혔다. 자신이 직접 《붕당론》朋黨論까지 써서 어록처럼 공부하게 만들었음에도 어느 누구 하나 선뜻 나서서 윤사와 윤당의 음모를 폭로하는 사람이 없었으니 말이다.

'나는 강권으로 윤사를 이겼을 뿐인가? 진짜 덕행과 인망에서는 그 아기나에게 미치지 못한다는 말인가.'

옹정은 그 생각을 하자 불현듯 솟구치는 질투와 분노를 어쩌지 못했다. 그는 천천히 입을 열었다.

"참으로 이해할 수가 없군. 군신간의 대의大義는 삼강三綱의 첫째가는 덕목으로 올라와 있어. 더구나 자네들은 명색이 책을 몇 수레씩이나 읽었다는 사람들이 아닌가! 왜 미련하기가 벌레 같은가? 윤사 패거리가 조야를 막론하고 횡포를 부리고 다니는 동안 어째서 자네들은 쳐다보고만 있었단 말인가? 전명세를 보게. 명색이 탐화 출신이라는 자가 고작 한다는 짓이 윤사의 일당인 연갱요의 악취 나는 더러운 발이나 닦아주고 있었어. 한심하군, 한심해! 짐이 '명교죄인'의 편액을 만들어놓았어. 그걸 전명세의 목에 걸어. 그리고 그를 강남으로 정중히 보내주라고 예부에 전하게. 집에 가서는 편액을 전씨 가문의 대문 정중앙에 걸어놓으라고 해. 매달 초하루와 보름에 한 번씩 편액이 걸려 있나 점검하라고 하게. 그곳 지부와 현령더러 반드시 직접 하라고 해. 한 번이라도 내걸려 있지 않은 사실을 발견하면 즉각 짐에게 상주하라고 해. 짐이 어련히 알아서 요리하지 않겠어? 강남江南은 원래 재사才士들이 많기로 유명한 곳이야. 그런데 전명세 같은 패륜아를 배출하다니, 심히 유감이야. 강남성은 앞으로 일 년 동안 향시鄉試를 중지할 테니 수치를 씻고 잘못을 뉘우치는 자숙과 자성의 시간을 가지도록 해. 왕경기는 이미 사형에 처해졌으나 그런 희대의 망나니를 배출한 절강성도 자숙, 자성하도록 하라고 해! 또 전명세가 북경을 떠나는 날에는 백관들이 예부의 지휘하에 그를 전송하는 내용의 시를 써서 '석별의 정'을 토로하도록 하게. 눈에는 눈, 이에는 이라고 했던가? 그가 짧은 붓끝으로 짐을 치욕에 빠뜨렸으니 짐 역시 최소한 비슷한 대접은 해줘야 하지 않겠나?"

장정옥이 옹정의 장황한 훈화가 끝나자 뭔가 말하려는 듯 입가를 실룩거렸다. 옹정의 말이 윤제에서 왕경기, 왕경기에서 전명세 쪽으로 갈수록 주제에서 멀어져가고 있었기 때문이었다. 화를 주체할 수 없어 이미 잔뜩 흐트러진 모습을 보이는 황제가 자칫 돌이킬 수 없는 말실수를 할까 걱정이 되는 모양이었다. 얼마 후 옹정이 물을 마시는 틈을 타 장정옥이 어좌 옆으로 다가갔다. 이어 조용히 아뢰었다.

"방금 태의원에서 전해 온 바에 따르면 이친왕의 병세가 많이 호전됐다고 하옵니다. 지금 이친왕께서 폐하를 알현하고 싶어 한다고 했사옵니다."

"그래?"

옹정이 장정옥의 말에 마치 바늘에 찔린 것처럼 크게 흠칫했다. 자신이 흥분하는 바람에 원래 군기처나 상서방 등과의 상의를 거쳐 결정해야 할 부분을 독단적으로 결정하고 끝내버렸다는 사실을 그제서야 깨달은 것이다. 하지만 때는 이미 늦었다. "군자는 농담을 하지 않는다"는 말처럼 말을 내뱉은 이상 실행에 옮기지 않을 수 없었다. 옹정이 알았다는 듯 머리를 끄덕이더니 장정옥이 물러가자 말했다.

"천만다행이군, 이친왕의 병세가 호전됐다니 말일세. 이친왕이 만에 하나 상상조차 하기 싫은 그런 불행에서 헤어나지 못했더라면 짐은 아마 '아기나'와 '색사흑'의 목을 쳤을 것이야!"

말을 마친 옹정은 곧 백관들을 향해 손을 내저었다. 물러가라는 뜻이었다. 그리고는 바로 건청궁을 나섰다.

옹정은 양심전으로 돌아가지 않고 가마에 앉은 채 청범사로 향했다. 이어 윤상을 만나 병세를 확인하고는 창춘원으로 돌아왔다. 하루 동안 너무 많은 일이 일어난 데다 윤상의 일을 겪으며 너무 놀란 나머지 걷잡을 수 없이 피로가 몰려왔다. 온몸이 물먹은 솜처럼 무거웠다. 그로서는 황제의 체면이고 뭐고 할 것 없이 어디든 주저앉아 쉬고 싶은 생각이 절로 들 정도였다. 관절 마디마디가 모조리 삭아서 부서지는 것 같은 느낌이 그를 계속해서 괴롭혔다. 발걸음도 내디디기 힘들 정도로 어지러웠다. 나중에는 배고픔을 참지 못하고 어선御膳을 가져오라고 했으나 한 상 가득한 진수성찬을 앞에 두고도 수저를 들 생각을 하지 못했다.

고무용이 기름기 있는 음식을 싫어하는 옹정의 식성을 잘 아는 고참 태감답게 얼마 후 다시 어주방에 지시해 국수를 그냥 삶아 오도록 했다. 초간장과 마늘, 참기름만 조금 뿌려 가져온 국수였다. 옹정은 고무용의 정성을 생각해서 국수를 몇 가닥 먹는 시늉만 했다. 이어 옷도 그대로 입은 채 담녕거의 온돌마루에 눕더니 고무용에게 분부를 내렸다.

"짐은 조용히 쉬고 싶네. 장정옥, 방포, 악이태 세 사람 외에는 누구도 만나지 않을 것이니 그리 알게."

옹정은 고무용이 물러가자마자 바로 눈을 지그시 감고 누웠다. 그리고는 방금 전 청범사로 가서 윤상을 만났던 장면을 떠올렸다.

"폐하!"

윤상은 옹정의 얼굴을 보자마자 앙상한 팔을 이불 밖으로 내밀어 그의 두 손을 꼭 잡았다. 마치 지금 놓치면 영영 잡을 수 없을 것이라고 생각하는 듯했다. 어디서 그런 힘이 남아 있었는지 옹정의 손을 아프도록 잡고 있었다. 이어 그가 처량하고 구슬픈 목소리로 다시 말을 이었다.

"몇 년 동안 침상 신세를 지면서 역사책을 몇 권 읽었사옵니다. 자고로 한 시대를 풍미한 제왕들 중에 잠까지 잊어가면서 근정을 하신 분들이 정말 적지 않았사옵니다. 가까이는 성조께서도 그런 면에서는 어느 누구에게도 뒤지지 않으셨사옵니다. 그러나 그 누구도 폐하에게는 미치지 못하는 것 같사옵니다. 저는 폐하께서 주현관州縣官들마저 직접 접견하시는 것을 보았사옵니다. 그럴 때마다 일일이 관심을 가지시고 천어天語를 내리시곤 했사옵니다. 그런 것을 보면……, 그처럼 미세한 곳까지 정력을 쏟을 것은 없지 않나 생각해본 적도 있었사옵니다. 그러나 고쳐 생각해보니 폐하께서 가시는 길이야말로 진정으로 군주가 선택해야 할 대국大局이 아닌가 싶사옵니다. 저는 이제야 진심으로 그렇게 느낄 수 있사옵니다. 말 그대로…… 말 그대로 천자라는 분은 천하를 걱정해야 하는 하늘의 아들이 아니겠사옵니까. 그러나 수백 년 동안 뿌리깊이 내린 악습을 바로잡는 것이 어디 말처럼 그렇게 쉽겠사옵니까? 새로운 국면을 창출한다는 것은 더 말할 필요 없겠죠. 지금 폐하의 몇몇 측근들 외에는 폐하의 그 크고 깊은 뜻을 진정으로 이해하는 이가 몇 되지 않사옵니다. 하나같이 사리사욕에 눈먼 사람들이죠. 걸림돌이나 되지 않으면 그나마 다행이고요. 폐하, 폐하의 곁에 앞으로 닥칠 수많은 시련을 같이 할 사람이 많아야 하는데……."

옹정은 설움에 목이 메어 말을 잇지 못하는 윤상을 가만히 내려다봤다. 이어 옹정의 눈에서 눈물이 비 오듯 쏟아졌다. 그의 말이 마치 임종을 앞둔 사람의 유언인 것 같아 심장을 칼로 저미는 것 같았던 것이다. 둘이 서로 놓칠세라 꼭 맞잡은 손 위에 굵은 눈물방울이 뚝뚝 떨어져 빗방울처럼 튀었다. 옹정이 겨우 감정을 다스리고는 입을 열었다.

"이 사람도 참……, 못 말리겠군. 아픈 사람이 무슨 그런 걱정까지 하고 그러나! 빨리 건강을 회복해야 전처럼 짐과 함께……."

윤상 역시 그칠 줄 모르는 옹정의 눈물을 보자 애써 참고 있던 눈물을 터트렸다. 그 눈물은 순식간에 마치 봇물이 터진 듯 쏟아져 내렸다.

"눈을 감으면 생각나는 이들이 많사옵니다. 교 언니와 아란에게도 좀 잘 해줄 걸, 하는 생각이 드는군요. 상황이 상황인 만큼 어쩔 수 없었다고는 하나 풍대제독 성문운도 목을 칠 정도로 죄가 큰 것은 아니었고요. 지금 돌이켜 생각하니 사람들끼리 죽고 죽이는 일만큼 비극도 없는 것 같사옵니다. 폐하, 물론 천하라는 이 거대한 수레바퀴를 움직이려면 때로는 우레 같은 대로大怒도 필요하십니다. 그러나 쉽게 분노하지는 마시옵소서. 여덟째 형님 같은 경우는 지금껏 우리에게 저지른 죄악을 열거하자면 한도 끝도 없사옵니다. 하지만 아무리 그래도 우리와 같은 아바마마를 모신 핏줄이 아니옵니까? 그들의 권력을 박탈해 내쫓는 것으로 수십 년 묵은 빚을 청산했다고 생각하시고 절대 죽…… 죽이지는 마시옵소서!"

"알았네, 아우. 걱정하지 말고 건강만 빨리 회복하게. 짐이 자네를 얼마나 필요로 하는지…… 잘 알지?"

옹정이 말을 잇지 못하더니 곧 문가로 성큼성큼 걸어갔다. 이어 다시 고개를 돌렸다. 몸을 반쯤 일으킨 채 힘껏 고개를 끄덕여 보이는 윤상의 고갯짓이 슬프게 그의 눈에 가득 담기고 있었다.

옹정이 그처럼 청범사에서의 가슴 아픈 만남을 반추하고 있는 동안 담녕거 밖의 바람소리는 더욱 거세졌다. 그는 순간 졸음이 몰려왔다. 머리도 몽롱해졌다. 그 와중에 홍시가 궁전 안으로 들어오는 모습이 보였다. 분명히 꿈이었다. 옹정이 말했다.

"지금은 짐이 피곤하니 물러가게. 할 말 있으면 내일 하고."

"밖에 바람이 기승을 부립니다."

홍시가 물러갈 생각은 하지 않고 조심스럽게 옹정에게 다가왔다.

"이 바람이 지나가면 올해는 더 이상 추운 날이 없을 것이옵니다. 아들은 긴히 상주할 말씀이 있어서 왔사옵니다."

"무슨 일인가?"

홍시가 아뢰었다.

"아들은 의혹을 떨쳐버릴 수가 없사옵니다. 팔왕의정제도에 대해서는 처음부터 폐하와 여러 대신들의 의견 차이가 좁혀질 줄 몰랐사옵니다. 그런데 열여섯째 숙부가 성지를 잘못 알아들었다니요? 그게 어불성설이 아니고 무엇이겠사옵니까? 그 저의가 심히 궁금하옵니다."

"저의라니? 무슨 소리가 들리던가?"

옹정이 경계하면서 물었다. 홍시가 대답했다.

"아들은 매일 아바마마를 뫼시고 있사옵니다. 그런데 누가 아들에게 무슨 말을 하겠사옵니까? 아들이 보기에 성친왕 윤지 숙부 아니면 보친왕 홍력이 고지식한 열여섯째 숙부를 희생양으로 삼은 것 같사옵니다."

옹정이 순간 경악을 금치 못하면서 물었다.

"네가 그리 말하는 것을 보니 무슨 증거라도 있는 모양이군. 진짜 그런가?"

홍시가 담담한 표정으로 대답했다.

"보친왕이 도처에서 인심을 사느라 제정신이 아니라고 하옵니다. 이 아들처럼 미련스럽게 일만 하고 다른 곳에는 욕심 없는 사람이 어디 있겠사옵니까?"

옹정이 그 말을 듣고 갑자기 대로하면서 방석을 집어 들고 냅다 홍시에게 내던졌다.

"네, 이놈! 썩 꺼지지 못해? 홍력은 지금 멀리 강남에서 바쁘기 이를 데 없어. 설마 윤록에게 가짜 지의를 전달하는 짓을 했을까봐? 음모의 대가인 네놈의 여덟째 숙부한테 가서 한 수 더 배워가지고 와!"

옹정이 화를 내기 무섭게 홍시는 바람같이 사라졌다. 그에 이어 눈에 익은 여자 한 명이 다시 조용히 다가오고 있었다. 교인제와 너무 닮은 모습의 소복이었다. 옹정이 두 눈을 비비면서 다급하게 불렀다.

"소복, 자네 정말로 소복인가?"

"폐하, 이 세상에 소복이 둘이옵니까?"

소복이 수줍은 듯 홍조를 띠운 채 애교 어린 몸짓까지 하면서 반문했다.

"새 사람을 들이더니 벌써 소복이가 가물가물하시옵니까?"

말을 마친 소복이 마냥 생글거리면서 돌아서서 나가려고 했다. 그러자 옹정이 그녀의 치맛자락이라도 잡기 위해 자신도 모르게 벌떡 일어났다. 그러나 그녀는 그림자도 남기지 않은 채 순식간에 사라져 버렸다. 옹정은 맨발 차림으로 광풍이 몰아치는 정원으로 쫓아나갔다. 엎어지고 넘어지면서 울부짖었다. 그런 지극정성이 통해서였을까, 그의 눈앞에 거짓말처럼 소복이 다시 잠깐 모습을 드러냈다. 옹정은 연신 식은땀을 닦아내면서 목이 터져라 그녀를 불렀다.

"소복이냐? 교인제냐? 도대체 왜 이리 사람의 애간장을 태우는 거야? 거기 좀 멈춰 봐."

그러자 소복이기도 하고 교인제이기도 한 듯한 여자가 손수건을 흔들었다. 이어 하늘로 두둥실 올라가면서 말했다.

"폐하, 우리의 이승에서의 인연은 끝난 지 오래 됐사옵니다. 이제 이년을 잊어주시고 부디 옥체를 보존하시옵소서!"

"안 돼! 소복…… 소복, 돌아와 줘……. 인제…… 인제야……, 너마저 떠나면 짐은 어떻게 하라고!"

"폐하!"

고무용이 병풍으로 가려진 옆방에서 부랴부랴 옹정에게로 달려왔다. 그리고는 이불까지 걷어차 바닥에 떨어뜨린 그를 불러 깨웠다.

"폐하, 악몽을 꾸셨나 보옵니다. 소인들이 옆에서 시중들고 있사옵니다. 물부터 한 모금 드시옵소서. 소인이 인제아가씨한테 다녀오겠사옵니다. 폐하의 시중을 들라고 설득을 해보겠사옵니다. 밖에 방 선생과 장정옥 대인도 대령했사옵니다. 접견하실 수 있으시겠사옵니까?"

"들라 하게."

옹정이 쿵쿵 뛰는 가슴을 손바닥으로 지그시 눌러 달래면서 말했다. 꿈속에서까지 기진맥진하게 뛰어다닌 것이 힘이 들었던 모양이었다. 이어 심호흡을 하고 난 옹정이 다시 입을 열었다.

"인제가 거절하면 굳이 괴롭히면서까지 데려올 필요는 없네."

18장

윤제를 살리기 위한 교인제의 눈물

　고무용은 휘하 태감을 불러 서재인 '광진각'曠進閣에 있는 방포와 장정옥에게 옹정의 지의를 전달하는 지시를 내렸다. 이어 본인은 궁전 서쪽 모퉁이에 있는 공자방工字房으로 교인제를 만나러 갔다.

　교인제는 과거 윤제가 옹정을 비난하면서 "술을 좋아하고 여자를 탐한다"고 말한 것을 들은 적이 있었다. 처음에 담녕거로 불려왔을 때만 해도 신경을 곤두세우고 옹정을 경계한 것도 다 그 때문이었다. 심지어는 밤낮으로 길고 뾰족한 비녀를 옷섶에 숨겨 놓고 있었을 정도였다. 또 조금이라도 느낌이 이상한 음식은 입에 대지도 않았다. 그러나 옹정은 단 한 번도 내인들의 방에 들른 적이 없었다. 설사 부르더라도 "교인제에게는 아무것도 강요하지 말라"는 특지를 내리고는 했었다.

　교인제는 고무용이 배시시 웃으면서 방문을 열고 들어갔을 때 비스듬히 침대에 기대앉은 채 열심히 수를 놓고 있었다. 고무용이 친절한 어조로 입을 열었다.

"인제 아가씨, 자…… 자태가 너무 아름답네요. 여기 온 후로 갈수록 고와지시고요! 원래부터 미색이 뛰어나기는 했지만……. 아이고, 쯧쯧! 수놓는 재주도 보통이 아니고! 연꽃을 그냥 연못에서 떼다 붙인 것 같이 싱싱하네요. 나는 여기에서 시중들면서 손재주 좋은 여자들을 많이 봤지만 인제 아가씨를 따라갈 사람은 없는 것 같네요……."

"무슨 일 있어요?"

교인제가 고무용의 사탕발림 소리에 심드렁한 표정을 지었다. 틀림없이 옹정이 보내서 왔을 것이라고 생각하는 모양이었다. 그녀가 덧붙였다

"나는 오늘 하루 종일 빨래만 하느라 어깻죽지가 떨어져나가는 줄 알았어요!"

"어떤 정신 나간 것들이 인제 아가씨에게 그렇게 힘든 일을 시켰어요? 이것들이 오냐오냐 했더니 안 되겠구먼! 이제부터 아무 일도 하지 마시고 고이 수나 놓으세요. 인제 아가씨는 몸 건강히 지내는 것이 바로 해야 할 '일'이에요. 인제 아가씨가 건강해야 아랫것들도 믿을 구석이 있죠."

고무용이 연신 굽실거리면서 교인제의 비위를 맞추려 했다. 척 보기에도 너무 비굴하다 싶을 정도였다. 하기야 그럴 법도 했다. 옹정이 언젠가는 누군가에서 하사하려고 정성들여 그림을 한 점 그려 놓은 적이 있었다. 그런데 어린 태감이 실수로 그만 그 위에 찻물을 엎질러버리고 말았다. 공교롭게도 당시 옹정의 심기는 극도로 불편해 있던 터였다. 어린 태감은 도리 없이 후원으로 끌려가 곤장을 맞게 됐다.

교인제는 그때 어린 태감이 눈물을 찔끔찔끔 흘리면서도 이를 악물고 비명을 삼키는 모습을 안쓰럽게 쳐다봤다. 그리고는 옹정에게 차 한 잔을 올리면서 그만 용서해줄 것을 부탁했다. 그러자 놀랍게도 옹정은 즉석에서 어린 태감에 대한 형을 중지하도록 지시했다.

궁인들은 그 일이 있은 후부터 간혹 교인제를 찾아오고는 했다. 심지어는 하소연을 하는 경우도 있었다. 그럴 때도 큰 문제가 아닌 이상은 중벌을 받을 것을 가벼운 벌로 용서받는 경우가 많았다. 때로는 그냥 용서받는 경우도 없지 않았다. 고무용으로서는 자신의 눈으로 직접 그녀의 위력을 확인했으니 그녀의 비위를 맞추지 않는 것이 오히려 이상할 터였다.

'저 사람이 분명 볼일이 있어서 왔을 텐데……. 그런데 왜 말은 하지 않고 웃으면서 눈치만 살피는 거지?'

교인제가 그런 생각을 하면서 고무용을 향해 물었다.

"도대체 무슨 일이냐고요?"

"일은 무슨! 그 소식 못 들었죠? 오늘부터 여덟째마마와 아홉째마마는 이름이 '아기나'와 '색사흑'으로 바뀌었다고 하네요. 조회 자리에서 그 두 마마와 열넷째마마 셋이 폐하의 기분을 대단히 언짢게 만들었나 보더라고요. 폐하께서는 지금 화병으로 누워 계세요. 처음에는 인제 아가씨를 불러오라고 하시더니 이제는 자유의사에 맡기라고 하시더군요."

고무용이 슬쩍 본론을 꺼냈다. 옹정의 심기를 크게 불편하게 만든 장본인들 중에 윤제가 끼어 있다는 말을 듣는 순간 교인제의 얼굴이 하얗게 변했다. 가슴이 덜컹 내려앉는 듯했다. 급기야 고무용의 말이 끝나기도 전에 벌떡 일어나 수건걸이에서 손수건 하나를 홱 낚아채 손에 들고는 부랴부랴 방문을 나섰다.

그녀는 담녕거 동난각으로 걸어갔다. 옹정이 온돌마루에 비스듬히 기댄 채 장정옥, 방포와 함께 뭔가 대화를 나누는 모습이 보였다. 그녀는 즉각 몸을 낮춰 인사를 올리고는 은병에서 차 한 잔을 따라 옹정에게 올렸다. 이어 두 손을 앞에 모은 채 한쪽에 물러나 시립했다.

"주식 스승은 진정한 군자이지."

옹정은 이미 조금 전에 차를 마셨었다. 그럼에도 교인제가 차를 따라주자 맛있게 마셨다. 그녀에게 부드러운 시선도 보냈다. 그리고는 다시 두 사람을 향해 말을 이었다.

"그 사람은 전에 태자 윤잉의 구명운동에 참가한 적이 있어. 그 때문에 문화전에서 몇 년 동안을 찬밥 신세로 있었지. 그러면서도 군부君父에 대해 일말의 원망도 하지 않았다고 하지 않은가. 바로 그런 것이 충정이라는 거네! 보아하니 건강도 괜찮아 보여. 게다가 자네들하고 교분도 있으니 군기처 일을 맡기는 것이 좋겠어. 또 우리의 박학다식한 재주꾼 유홍도는 방 선생의 뜻에 따라 강서성 염도鹽道 자리에 앉히는 것이 바람직할 것 같네. 그건 그렇고…… 요즘 밖에서는 어떤 말들이 나도는가? 한번 들려줘 보게. 짐도 이제는 무슨 말이든 화내지 않고 담담하게 듣고 넘길 수 있는 여유가 생겼다네."

장정옥이 몸을 깊이 숙이면서 아뢰었다.

"천자의 위력을 느낀 신하들은 별다른 사의私議가 없는 것 같사옵니다. 최근 신은 각 부서의 사관들을 집으로 불러 좌담하는 시간을 가졌사옵니다. 요즘 염친왕 마마……, 아니 아기나가 인신人臣으로서 최소한의 예의도 없다고 비난하는 내용이 주를 이루고 있었사옵니다. 또 대역을 꾀한 이들을 부의에 넘겨 엄벌에 처해야 마땅하다고 했사옵니다. 폐하께서는 송나라 인종仁宗이 양양왕襄陽王을 주살했던 것처럼 그들 배신자들에게 분명하고 확실한 형벌을 적용해서 벌해야 하옵니다. 그렇게 해야 국법을 신장시키고 기강을 바로잡을 수 있사옵니다. 한마디로 기회를 놓치지 않는 것이 바람직하다는 의견이 많았사옵니다. 반면 한림원의 편수編修인 오효등吳孝登의 생각은 달랐사옵니다. 자신의 동료들이 두 황자마마에 대한 개명에 대해 부정적인 생각을 가지고 있다고 했사옵니다. '그래도 성조의 혈통이 아닌가. 후세에 전해지면 듣기에도 거북하다. 진짜 그럴 수는 없지 않느냐'라고 했사옵니다."

"오효등이 그렇게 말했다고? 또 다른 소리는 없던가?"

"그리고……, 전명세는 큰 죄를 지은 몸이기는 하옵니다. 그러나 아무리 그래도 한 지역의 명사이옵니다. 지나친 굴욕을 주면 안 된다고 하옵니다. 그러면 사대부들의 마음을 돌아서게 만들 것이라고 했사옵니다. '명교죄인'이라는 편액을 하사해 징벌하는 것도 그렇사옵니다. 정방이나 서재에 걸어두게 하는 것만으로도 그곳을 드나들면서 잘못을 뉘우치게 하는 효과를 충분히 거둘 수 있사옵니다. 하지만 대문 앞에 걸어둔 채 오고가는 사람들의 비웃음거리가 되게 할 것까지는 없지 않느냐는 의견이 있었사옵니다."

옹정의 낯빛이 장정옥의 말에 자극을 받았는지 조금 변하기 시작했다. 그러자 장정옥이 다시 황급히 덧붙였다.

"그러나 그 모든 것은 오효등이 스스로 떠든 것이 아니옵니다. 신이 그들에게 마음껏 터놓고 말하라고 했기 때문에 각자 들은 것을 종합해 말씀올린 것이옵니다."

옹정은 홧김에 "시비를 논하는 자가 바로 이상한 자들이다"라고 꼬집고 싶었다. 그러나 장정옥이 덧붙여 한 말을 듣고는 도로 꿀꺽 삼켜버렸다. 그가 잠시 고개를 갸웃하고 뭔가를 생각하더니 다시 물었다.

"그러면 형신, 방 선생! 그대들의 생각은 어떤가?"

방포가 옹정의 말에 잠시 생각하는 표정을 지었다. 이어 숨을 길게 내쉬면서 입을 열었다.

"윤사, 윤당, 윤제 마마 등이 오늘 보인 행동은 인신으로서 결코 용서받을 수 없사옵니다. 열 번 죽어 마땅한 불경스러운 행위였사옵니다!"

교인제는 윤제가 너무나도 큰 죄를 지었다는 방포의 말에 바로 낯빛이 창백해졌다. 방포가 그런 그녀를 힐끗 일별한 다음 정색을 하면서 덧붙였다.

"그러나 성조께서 남기고 가신 황자들이 자꾸만 하나둘씩 이런 식으로 추락한다는 것은 어찌 됐든 너무 비참한 일이 아닐 수 없사옵니다. 사필史筆에 남겨지면 후세들이 폐하를 어떻게 평가하겠사옵니까? 신의 어리석은 생각으로는 폐하께서는 그들로 하여금 높은 담벼락 속에서 손바닥만 한 하늘을 벗하고 살아가도록 배려하셨으면 하옵니다. 죄 많은 인생이기는 하나 선종善終할 수만 있도록 해주시는 것이 어떨까 하옵니다. 전명세에 대해서는 세간의 구설에 휘둘릴 필요가 없사옵니다. 폐하의 뜻대로 밀고 나가시면 좋을 듯하옵니다. 솔직히 전명세 같은 소인배에게는 명교죄인이라는 평가가 딱 들어맞사옵니다. 그렇게 하면 무엇보다 천하의 사대부들에게 경종을 울릴 수 있사옵니다. 뿐만 아니라 세풍과 인심을 바로잡는 데도 대단히 긍정적인 효과를 기대할 수 있사옵니다."

방포의 말에 장정옥도 선뜻 동조했다.

"신도 같은 생각을 하고 있사옵니다."

옹정은 자신의 두 심복 대신들이 윤사를 위해 은혜를 베풀 것을 주장하고 나설 줄 미리 알고 있었다. 그러나 윤사를 감금시킨다고 해도 고민은 여전히 남을 수밖에 없었다. 무엇보다 그가 수십 년 동안 키

위온 세력들까지 더불어 잠잠해질 것이라고 장담하기가 어렵다는 것이 고민 중 하나였다. 더욱 큰 문제는 이제 옹정이 자신의 건강을 자신하지 못한다는 사실이었다.

'만에 하나 윤사와 윤당, 윤제 등 저자들이 감금당해 있는 동안 내가 먼저 세상을 떠나기라도 하는 날에는 큰 근심거리를 남겨놓게 돼. 아직 여러모로 부족한 내 아들들이 저런 강적들과 대적해 이길 수가 있겠는가? 어떻게든 그들을 완전히 때려눕혀야 해. 그렇지 않으면 어떤 비극이 재연될지 아무도 몰라.'

급기야 옹정은 그런 불길한 생각까지 하지 않을 수 없었다. 그가 그렇게 한참 생각에 잠겨 있다가 입을 열었다.

"밖에 윤아가 한 명 더 있기는 하지. 그러나 짐이 볼 때는 기력이 완전히 쇠해서 죽은 듯 겨우 연명하고 있을 뿐이야. 나머지 셋에 대해서는 짐의 뜻과는 무관하게 엄벌에 처할 수밖에 없어. 백관들이 모인 조회에서 감히 그런 무례를 범했는데 어떻게 그냥 내버려두겠는가? 그랬다가 앞으로 문무백관들이 무엇을 본보기로 삼겠는가? 그들을 살려두느냐 마느냐는 육부구경들의 의견을 들어보고 최종 결정할 것이네. 솔직히 말하면 짐은 그들을 죽이는 것이 부담스럽지 않아. 주공周公을 비롯한 옛 성현들도 대의를 위해서는 주변 친지들을 죽이지 않았는가! 아무리 황자라고 해도 법에 저촉되는 행위를 자행했다면 일반 백성들과 똑같이 처리해야 해."

옹정이 다시 덧붙여 말하려 할 때였다. 고무용이 종종걸음으로 들어와 아뢰었다.

"내무부 신형사愼刑司의 당관 곽욱조郭旭朝가 뵙기를 청했사옵니다. 이 일은 원래 장친왕께서 상주했었사옵니다. 장친왕의 빈자리를 대신해 주청을 드리려 한다고 했사옵니다."

"들라 하게."

옹정이 말했다.

"폐하의 성려聖慮에 공감하옵니다."

옹정의 말에 사색에 잠겨 있던 장정옥이 갑자기 조금 전과는 다소 다른 어조로 입을 열었다. 이어 자신의 의중을 설명했다.

"아기나의 나부랭이들은 이십 년 동안 여기저기에 독초처럼 번져 있사옵니다. 이 독초들을 전부 뽑아내는 데는 적지 않은 시일이 걸릴 것이옵니다. 또 무척 힘이 들 것이옵니다. 그러나 이제 곧 새로운 정책을 펴 나가는데 온 힘을 다 쏟아도 모자랄 텐데 그런 것에 정력을 쏟을 여유가 없사옵니다. 신의 어리석은 생각으로는 이번에 아기나 일당이 용정龍庭을 일갈한 죄를 대서특필하는 것이 어떨까 하옵니다. 백관들 사이에 구주필벌口誅筆伐(입과 붓으로 잘못을 징벌함)의 불길이 지펴지도록 하자는 것이죠. 나아가 아기나의 붕당이 사실상 와해됐다는 사실을 크게 부각시키는 것도 좋지 않을까 하옵니다. 일부 구제불능은 처형하더라도 새로운 정책에 적극적으로 협조하고 개과천선하는 자들에게는 기회를 줄 수도 있을 것이옵니다. 윤사 등 몇몇 황자에 대한 처벌은 잠시 미뤄두는 것이 좋겠사옵니다. 공공연히 팔왕의정을 부르짖기는 했어도 조상들의 제도를 회복하려 한다는 명분을 내세우지 않았사옵니까? 분명히 반역이나 찬탈을 저지른 죄와는 다르다고 생각되옵니다."

옹정은 말없이 고개를 끄덕였다. 곧 고무용을 따라 들어온 곽욱조가 무릎을 꿇었다. 옹정이 그가 머리를 조아리기도 전에 물었다.

"무슨 일인가?"

곽욱조가 방포와 장정옥을 힐끗 곁눈질했다. 그리고는 기어들어가는 목소리로 대답했다.

"방금 여덟째마마……, 아니 아기나의 집에서 내무부로 사람을 보냈사옵니다. 염친왕부, 아니……."

곽욱조는 아기나와 여덟째마마의 호칭 때문에 우왕좌왕하면서 헷갈려 하고 있었다. 급기야는 자신의 뺨을 힘껏 때리고는 다시 입을 열었다.

"아기나의 집에서 문서와 서류들을 전부 태우고 있다고 하옵니다. 소인은 아무리 생각해봐도 예삿일이 아닌 것 같아서 달려왔사옵니다. 장친왕께서도 저러고 계시오니……."

"됐네, 그만하게."

옹정이 곽욱조의 말허리를 툭 잘라버렸다. 곽욱조의 정체가 윤사를 감시하기 위해 장친왕이 붙여 놓은 염탐꾼이라는 생각이 들었던 것이다. 그리고는 아무렇지도 않다는 듯 다시 입을 열었다.

"그런 일이라면 앞으로 당분간 방포 어른에게 아뢰도록 하게. 고무용, 데리고 나가 은 스무 냥을 상으로 내리게."

고무용과 곽욱조가 물러가자 옹정이 바로 낯빛을 험상궂게 일그러뜨렸다. 이어 장정옥과 방포를 향해 말했다.

"여덟째가 드디어 문서들을 태웠다는구먼! 서천酉天으로 올라갈 준비를 하는 것이로군. 오늘 저녁에 저것들 셋의 집에 대한 압수수색에 들어가도록 하게. 증거를 모조리 없애버리면 곤란할 것이 아닌가?"

방포와 장정옥은 옹정의 지시에도 서로 번갈아보면서 뭐라고 대답을 하지 못했다. 그러자 옹정이 이상하다는 듯 물었다.

"왜 갑자기 벙어리가 됐는가?"

방포가 먼저 황급히 대답했다.

"문서를 태워버린 것이 오히려 잘된 일일 수도 있사옵니다. 그런 증거물들을 다 챙겨놓으면 오히려 더 골치가 아파질 것이옵니다."

옹정의 표정이 굳어졌다. 그러나 그에 대해 가타부타 말은 하지 않았다. 그러자 장정옥이 조심스럽게 아뢰었다.

"폐하께서는 옹친왕 시절에 임백안의 사건을 조사하신 적이 있사옵니다. 그때 여러 황자들이 자리한 가운데 그 죄의 증거들도 몽땅 태워버리지 않으셨사옵니까? 그 당시 성조께서는 '옹친왕은 아량이 바다 같다. 누가 감히 각박하다고 비난을 하는가? 이 한 가지 행동에서도 엿볼 수 있듯 옹친왕은 대체大體를 알고 대국大局을 생각하는 사람이다'라고 하시면서 극찬을 아끼지 않으셨사옵니다. 그때 태후께서도 자리를 하셨사옵니다. 그러나 귀가 어두우셔서 신이 옆에서 자세히 설명을 올렸사옵니다. 분명히 기억하고 있사옵니다. 그때 신은 '이는 옹친왕께서 대옥大獄을 원치 않으시고 형제간의 우애를 염두에 두신 현명한 처사라고 볼 수 있사옵니다'라고 말씀을 올렸사옵니다. 그랬더니 태후께서는 크게 반가워하면서 합장을 하셨사옵니다. 또 염불도 하셨사옵니다. 그랬던 기억이 정말 어제 일처럼 생생하옵니다."

옹정이 장정옥의 말에 숙연한 표정을 지었다. 강희와 태후의 점수를 땄던 그 당시의 일이 기억나는 모양이었다. 그러나 곧 한숨을 내쉬면서 다시 입을 열었다.

"그러나 아기나는 지금 자기 일당을 보호하기 위해 사력을 다하고 있다고!"

순간 방포가 장정옥을 대신해 입을 열었다.

"폐하! 어차피 대옥大獄의 바람을 일으키지 않으실 바에는 그 증거물들을 가져와 무엇을 하겠사옵니까? 조정에서 증거를 말살했다는 괜한 의혹을 사지 마시고 아기나가 태우든 말든 마음대로 하도록 내버려두는 것이 좋사옵니다."

방포의 말은 다분히 일리가 있었다. 옹정도 그렇게 생각한 듯 연신 한숨을 내쉬었다.

"그래, 조정에서 증거를 말살했다는 의혹을 받을 이유가 없지. 내일……, 아니 모레 셋째 형님과 열여섯째, 홍시 셋에게 함께 아기나와 열넷째의 집에 대한 압수수색을 하라고 하게. 그때는 그것들이 비밀 문서들을 다 태워버린 후겠지만."

장정옥과 방포는 옹정이 집에서 자성의 시간을 가지라면서 사실상 연금시켰던 열여섯째 윤록까지 언급하자 적이 놀라워했다. 그러나 옹정은 그에 아랑곳하지 않은 채 자조 어린 웃음을 지으면서 덧붙였다.

"아기나 일당들도 손보지 않기로 한 마당에 열여섯째를 풀어주지 못할 게 뭐가 있겠나? 귀가 부실한 죄밖에 더 있어? 날도 저물었는데 그만 청범사로 돌아가도록 하게. 윤상의 병세에 대해서는 수시로 보고 올리도록 하고. 후유……!"

"예, 폐하!"

날은 어느새 완전히 어두워져 있었다. 드넓은 담녕거에는 서너 명의 태감들만 옹정의 시중을 들고 있었다. 모두 정전의 서북쪽 구석자리에서 명령을 기다리고 있었다. 난각 쪽에는 교인제만 홀로 남아 있었다. 창 밖에서는 아직도 바람 끝이 차가운 이른 춘풍에 나뭇가지들이 흔들리는 소리가 들렸다. 그러나 궁전 안에서는 자명종 소리만 들릴 뿐 인기척이라고는 없었다. 교인제는 원래 방포와 장정옥이 물러갈 때 따라 나가야겠다고 마음을 먹었었다. 그러나 자기도 모르게 주저하다가 난각 쪽에 남아 있게 되었다.

옹정은 침대에 반쯤 기댄 채 천장을 오래도록 응시하고 있었다. 뭔가 깊은 생각에 빠져 있는 것 같았다. 어쩌면 그저 창밖의 바람소리에 무심히 귀만 기울이고 있는 듯도 했다. 정작 그 시간까지 자발적으로 남아 있는 교인제에 대해서는 전혀 무관심한 것 같았다. 그렇게 시간이 얼마나 흘렀을까, 옹정이 드디어 입을 열었다.

"인제……"

"예? 예, 폐하! 분부가 계시옵니까, 폐하?"

교인제가 느닷없는 옹정의 부름에 얼떨떨해 하면서 절을 하고는 여쭈었다.

"자네, 지금 무슨 생각을 하고 있었나?"

옹정이 몸을 일으켜 앉으면서 말했다. 눈빛이 등불 밑에서 유난스레 부드러워 보였다. 그 눈빛에는 음란한 느낌은 전혀 보이지 않았다. 여색을 탐하려는 불타는 욕구 역시 없었다. 교인제가 적이 안도하면서 나지막한 목소리로 대답했다.

"소녀……, 조금 두렵사옵니다."

"두렵다니! 뭐가? 도대체 그 무엇이 두렵다는 것인가? 짐이 윤제를 죽이기라도 할까봐 그래?"

옹정이 히죽 웃으면서 물었다.

"그렇기도 하옵니다만 반드시 그 때문만은 아니옵니다."

교인제가 수심에 찬 얼굴로 대답했다. 마음속에 깊은 고민을 하고 있음이 미간에 여실히 나타나고 있었다. 그녀가 덧붙였다.

"도대체 무엇이 두려운지는 소녀도 잘 모르겠사옵니다. 이 정원의 나무들과 방 안의 모든 것이 그렇다고나 할까요. 그리고 폐하도……, 그 모두가 두려운 존재인 것 같사옵니다. 소녀는 친형제는 말할 것도 없고 먼 친척형제조차 없사옵니다. 그래서인지 형제가 많은 사람들이 그렇게 부러울 수가 없었사옵니다. 그런데 여기서는 어째서 세상 천지에 부러울 것 하나 없는 분들끼리 일 년, 이 년도 아니고 십 년, 이십 년씩 피비린내를 풍기며 싸우는 것이옵니까?"

옹정이 교인제의 말에 자조 어린 웃음을 지으면서 물 한 모금을 마셨다. 그리고는 한참 후에야 꿀꺽 삼키고는 말했다.

"자네, 산서성에서 일가 서른네 명의 형제들이 서로 조상 옆에 묻히겠노라고 손바닥만 한 묘지 싸움을 벌인 사건을 모르는 모양이지? 그로 인해 남자, 여자 합쳐 모두 칠십이 명이 죽는 참사가 일어났어. 남의 것에 눈독 들이는 사람이 있으면 그것을 빼앗기지 않으려는 움직임이 있게 마련이야. 그러다 보면 베고 베이는 살육전도 불사하는 경우가 비일비재하지. 짐은 황위에 눈독을 들이고 갖은 수작을 부리는 자들로부터 나라의 운명을 보호하려는 것뿐이야. 하기야 손바닥만 한 땅뙈기 때문에도 수십 명이 죽어나가는데, 구중九重의 용좌를 빼앗으려고 하는 일이면 오죽하겠는가?"

교인제가 옹정의 말에 흠칫 떨었다. 이어 기어들어가는 목소리로 말했다.

"그만 하시옵소서, 폐하! 너무 잔인하옵니다……."

옹정이 두 팔로 무릎을 감싼 채 앉아 신들린 듯 춤추고 있는 촛불을 오래도록 응시했다. 그러더니 한참 후에야 물었다.

"인제! 자네가 여기에 온 지 얼마나 됐지?"

"무려 사백이십일 일째이옵니다."

옹정이 날짜까지 정확히 기억하고 있는 교인제의 말에 빙긋 웃으면서 물었다.

"일각이 여삼추지?"

"글쎄요……."

"짐이 술만 보면 사족을 못 쓰는 애주가라고 생각하는가?"

"아니옵니다. 폐하께서는 술을 거의 드시지 않사옵니다."

"그렇다면 짐은 여색에 약한 황음무도한 황제겠네?"

교인제가 순간적으로 옹정을 힐끗 훔쳐봤다. 자신에게 부담을 주지 않을까 하는 생각이 없지 않았던 것이다. 그러나 옹정의 시선은 그녀의 생각과는 달리 완전히 다른 곳에 머물러 있었다. 사실 옹정은 궁전 곳곳마다 그득한 미녀를 거느린 황제답지 않았다. 어떻게 보면 여색에 담담했다. 교인제가 궁전에 들어온 이후 받은 가장 신선한 충격도 바로 그것이었다. 후궁의 비빈들 역시 많지 않았다. 나랍那拉씨, 유호록씨, 경畊씨, 병으로 세상을 떠난 연씨 정도 외에는 없었다. 성조의 반에도 못 미친다고 해도 좋았다. 더구나 가끔씩 그들 비빈들을 부르기는 해도 날이 밝기 전에 반드시 궁으로 돌려보냈다. 또 자신은 항상 새벽에 일어나 정무에 임했다.

옹정은 온갖 비난과 여론의 몰매를 맞아가면서 빼앗아온 교인제에 대해서도 그랬다. 언제 한번 말 한마디라도 함부로 한 적이 없었다. 눈에 보이고 옆에 있는 것으로 만족하는 듯했다.

"폐하께서는 절대 여색을 탐하시는 분이 아니옵니다."

드디어 교인제가 옹정이 호색한이 아니라는 평가를 내렸다.

"고맙네! 공정한 평가를 해줘서."

옹정이 말을 마치고는 신발을 신고 바닥으로 내려섰다. 이어 천천히 발걸음을 떼어놓으면서 감개에 젖었다.

"사실 공자께서도 남자는 색을 먹고 산다고 말씀하셨어. 그 정도로 남자가 색을 밝히는 것은 인지상정이라고 볼 수 있지. 그러나 짐은 정말로 여색에는 관심이 없다네. 자고로 여자 때문에 거꾸러져 대파처럼 처박혀버린 제왕들이 얼마나 많은가? 하지만 짐은 이 세상에서 가장 여색을 가까이 하지 않는 황제라고 자신 있게 말할 수 있다네!"

옹정이 말을 마치고는 천천히 교인제에게 다가갔다. 이어 손을 내밀어 그녀의 머리를 쓸어내리면서 한숨을 내쉬었다.

"그런데 왜 자네를 빼앗아왔느냐고 묻고 싶겠지? 짐은 그 속사정을 말할 수 없을 뿐 아니라 말하고 싶지도 않네. 그저 자네가 어떤 여자하고 너무나 닮았다는 사실만 알고 있게. 자네를 향한 짐의 감정을 자네는 모를 거야. 짐은 자네의 열넷째마마보다도 더 자네를 아끼고 좋아한다고 감히 자신 있게 말할 수 있네. 자네가 원하는 것 중에 짐이 할 수 있는 것이라면 뭐든지 다 해주고 싶네."

옹정이 다시 발걸음을 옮겨 교인제에게서 멀어져 갔다. 그러나 그녀는 옹정이 마치 아주 가까이 있는 것처럼 그의 체취를 느낄 수 있었다. 세차게 고동치는 심장소리도 들을 수 있었다. 그녀는 창가로 돌아서는 옹정의 든든한 뒷모습을 바라보면서 실로 처음으로 전에 없던 연민의 정을 느껴야 했다. 그래서였을까, 그녀가 드디어 용기를 내어 속내를 밝혔다.

"폐하께서는 소녀가 원하는 것이라면 뭐든지 다 들어줄 수 있다고 하셨사옵니다. 이년이 용기를 내서 한 가지만 청하고 싶사옵니다."

"뭔가?"

옹정이 인제를 향해 돌아섰다.

"열넷째마마를 한 번만 용서해주시옵소서! 제발……."

"그건 국사國事라고 할 수 있어. 자네는 정무政務에 간섭해서는 안 돼!"

옹정의 목소리는 단호했다. 눈빛도 날카로웠다. 교인제는 그 눈빛에 질려 바로 고개를 떨어뜨렸다. 동시에 한껏 풀이 죽은 표정을 한 채 중얼거리듯 말했다.

"그런 이치 정도는 아옵니다. 폐하께서 이년의 청을 들어주실 수 없으시다면 못 들은 것으로 해주시옵소서. 그러나 열넷째마마에게 살길만은 남겨 주셨으면 하옵니다. 여…… 여덟째마마하고 똑같이……

죽이지만 말아주시옵소서. 그렇게만 해주신다면 이년은……, 이대로 영원히 폐하 옆에 남겠사옵니다."

교인제는 말을 마치자마자 굵은 눈물을 흘렸다. 순간 옹정의 눈빛이 반짝였다. 곧이어 그가 나지막한 목소리로 말했다.

"울지 말게. 울어서 해결되는 일이 아니네. 윤제의 죄명은 결코 쉽게 용서할 수 있는 것이 아니야. 수백 명이 모인 조회에서 죄를 저질렀어. 그 수백 쌍의 눈을 도려내야 하겠는가? 전에 짐과 윤상은 여러 차례나 암살당할 뻔한 고비를 넘긴 적이 있었어. 누구의 소행인지는 알고 있었지. 그러나 그것은 다행히도 어두운 뒷골목에서 저지른 죄악이었어. 때문에 짐만 눈을 질끈 감고 용서하면 아무런 문제가 없었지. 그러나 이번에는 그렇지가 않아. 하지만 어쩌겠나, 모든 것이 사람이 하는 일이니……."

옹정은 마음이 괴로운지 얼굴을 일그러뜨렸다. 고통스러워하는 표정이 얼굴 전체에 역력했다. 그가 다시 입을 열었다.

"짐이 그 무엇보다 아끼는 자네의 소원이 그것이라면 짐은 모든 것을 감수하겠네. 마지막으로 열넷째를 한 번만 더 봐주도록 하겠네……."

"정녕 그렇게 해주실 수 있사옵니까, 폐하?"

교인제가 놀란 눈빛을 반짝이더니 옹정에게 다가가면서 물었다. 세상천지를 다 얻은 것처럼 좋아하는 모습이었다. 옹정은 그런 교인제를 물끄러미 바라보면서 눈물이 핑 도는 것을 급히 껌벅거리며 삼키고는 머리를 끄덕였다.

"자네가 그렇게 원하는 일인데, 그 소원을 못 들어주겠나? 하지만 짐이 제위를 찬탈당해 죽음을 당하게 된다면 그 누가 가슴 절절하게 울어줄까? 그 누가 이토록 진지하게 아파해 줄까? 자네, 이제 그만…… 윤제를 만나러 가게!"

교인제는 자신도 모르게 눈에 눈물이 핑 고였다. 그녀는 그것이 누구를 위한 눈물, 어떤 의미의 눈물인지 알고 있었다. 급기야는 마냥 준엄하고 냉철하게만 보이던 황제라는 중년 남자에게서 처음으로 윤제에게서는 찾아볼 수 없는 기품도 읽을 수 있었다. 세상 그 누구도 흉내 낼 수 없는 기품이 보였다. 더불어 그녀는 윤제가 자신에게 세뇌교육을 시키듯 주입시켜줬던 사실들이 현실과는 많이 다르다는 것을 그제야 깨달았다.

"짐은 속이 많이 후련해졌네."

옹정이 한참 후에야 감정을 추스른 듯 담담하게 웃으면서 조복朝服을 벗고 간편한 두루마기로 갈아입었다. 그리고는 천마天馬 가죽 외투를 걸치고는 눈물이 얼룩진 채 고개 숙이고 있는 교인제에게 다가갔다. 이어 가볍게 어깨를 토닥여주었다.

"좋아서 춤을 출 줄 알았더니 그렇지도 않군! 짐은 운송헌에 가봐야겠어. 셋째 황자가 하는 일이 어쩐지 마음에 놓이지가 않아서 말이네. 고무용에게 방을 조금 더 따뜻하게 해놓으라고 하게. 짐은 저녁에 밤을 새워 상주문을 읽어야 하니 말일세."

옹정은 말을 마치자마자 궁전 밖으로 나와 시위와 태감들의 호위를 받으면서 천천히 운송헌으로 향했다.

윤록은 옹정의 힐책을 받고 조회장에서 쫓겨난 이후 은인자중했다. 조용히 처분을 기다리고 있었다. 왼뺨을 때리면 오른뺨을 내밀 수밖에 없다는 생각으로 자포자기했다고 할 수 있었다. 물론 순간적으로 홍시와 너 죽고 나 죽자는 식의 대결을 벌일 생각을 전혀 하지 않은 것은 아니었다. 자신을 함정에 빠뜨린 그의 죄상을 성토하고 나설까 하는 유혹을 잠깐이나마 받기도 했다. 그러나 팔은 안으로 기우는 법이었다. 결국 그는 그 이치를 마음에 새기면서 주저앉는 선택을 했다. 홍시를 이기지 못할 바에야 굳이 불구대천^{不俱戴天}의 원수가 될 필요도 없었던 것이다.

그렇게 이틀이 지나고 사흘이 지났다. 그런데 웬일인지 그 자신은 말할 것도 없고 윤사 등에 대한 처벌소식도 들리지 않았다. 들려오는 소식이라고는 육부六部와 삼사三司의 관리들이 윤사를 탄핵하는 주장을 눈꽃처럼 날리고 있다거나 문화전 대학사인 주식이 군기처 대신으로 임명됐다는 소식 정도뿐이었다. 또 열일곱째 황자인 윤례가 지방 군대에 대한 검열을 마치고 이제 곧 북경으로 돌아온다는 소식역시 들려왔다.

윤록은 사흘 동안 기다린 다음에야 이대로는 안 되겠다는 생각을 하기에 이르렀다. 자신이 직접 창춘원으로 찾아가 죄를 청하기로 했다. 그는 이럴 때일수록 당당하게 굴어야 그나마 사람대접을 해주는 옹정의 성격을 잘 알기에 그런 결심을 할 수 있었다. 얼마 후 그가 아침을 먹고 나서 하인들에게 명령을 내렸다.

"수레를 대기시켜 놓게. 창춘원으로 갈 거야."

윤록의 분부가 떨어지자 바로 몇몇 하녀와 어멈이 그에게 달려갔다. 그리고는 조복을 갈아입혀 주느라고 유난스레 수선을 떨었다. 그때 밖에서 하인 한 명이 헐레벌떡 달려 들어와서는 아뢰었다.

"성친왕과 셋째 패륵께서 납시었습니다!"

"지의를 전하러 왔다고 했나?"

윤록이 물었다. 이어 관복의 단추를 잠가주고 있던 하녀들을 밀어내면서 명령을 내렸다.

"중문을 열어 영접하라!"

하인이 급히 대답했다.

"두 분께서는 벌써 대문 안으로 들어오셨습니다. 소인에게 통보를 못하게 했습니다. 소인이 달려가 모시고 들어오겠습니다."

하인의 말이 채 끝나기도 전이었다. 윤지와 홍시가 앞서거니 뒤서거니 하면서 이문二門을 들어서는 모습이 보였다. 그는 즉시 대당大堂에서 나와 빠른 걸음으로 계단을 내려갔다. 이어 반색을 했다.

"셋째 형님! 홍시! 이 시간에 저를 찾아주시다니……. 어서 오세요!"

윤지가 성큼성큼 계단을 올라가더니 대당 안으로 들어갔다. 동시에 남쪽을 향해 똑바로 서더니 말했다.

"지의가 계신다!"

윤록이 흠칫 떨면서 두루마기 자락을 들고 무릎을 꿇었다. 이어 머리도 조아리면서 대답했다.

"죄신 윤록이 성유聖諭를 경청하겠사옵니다!"

윤록이 무릎을 꿇자 가인들은 뿔뿔이 흩어져 밖으로 물러났다. 하나같이 안색이 하얗게 질린 채였다. 윤지가 머리를 끄덕이더니 천천히 입을 열었다.

"윤지, 홍시, 윤록, 홍주는 아기나, 색사흑의 집을 수색해 재산이 얼마나 되는지 확인하도록 하라. 윤록은 평소의 심성을 고려해 한 번은 용서하는 것으로 하겠다. 원직을 회복시키고 두 번 다시 이전의 행태를 반복하지 않도록 조심하라!"

"성은이 망극하옵니다! 죄신은 철저히 회개해 성은에 보답하도록 하겠사옵니다. 두 번 다시 죄를 짓는 날에는 죽음을 각오하겠사옵니다!"

윤록이 연신 정중하게 머리를 조아렸다. 이어 자리를 털고 일어나더니 감격 어린 눈빛으로 윤지와 홍시를 바라보면서 말했다.

"셋째 형님, 어서 앉으세요. 홍시, 자네도 앉게. 여봐라, 차를 가져 오너라!"

장친왕부는 뜻하지 않았던 옹정의 지의에 삽시간에 활기를 띠기 시 작했다. 웬만해서는 얼굴을 잘 내밀지 않는 고참 시녀들까지 줄지어 나와 차와 간식을 가져올 정도였다.

"셋째 형님과 홍시가 폐하께 청을 드린 덕에 폐하께서 용서해주신 거겠죠? 정말 뭐라고 감사의 말씀을 드려야 할지 모르겠네요."

윤록이 앉은 채로 상체를 깊숙이 숙여 보였다. 윤지가 차 한 모금 을 마시고는 웃으면서 화답했다.

"자네는 무슨 사내가 간이 그렇게 작나! 그게 무슨 큰 죄를 지은 것 이라고 이문도 못 나서고 벌벌 떨어! 그 옛날 열셋째가 연금 당했을 때도 내가 한 번 지의를 전하러 간 적이 있었어. 그런데 그 사람은 그 렇게 태연하고 침착해 보일 수가 없었어. 마침 가인들을 동원해 연극 연습을 하고 있는 것 같았어. 내가 지의를 전달하고 떠나지도 않았는 데, 방금 어디까지 연습했느냐면서 서둘러 연극 〈목단정〉牡丹亭을 연 습하자면서 가인들을 재촉하지 않겠어? 그런 늠름한 모습이 진짜 영 웅본색이 따로 없었어!"

홍시도 입을 열었다.

"전명세가 북경을 떠날 때 명교죄인의 팻말을 들었대요. 수천 명의 관리들이 전송을 했고요. 자그마치 사백팔십 명의 문관들이 그의 죄 를 성토하는 굴욕적인 시를 써서 낭독했다고 해요. 당연히 구경꾼들 이 미어터질 수밖에 없었겠죠. 그러나 정작 전명세는 담담하기 이를 데 없었다고 해요. 세상만사 다 그런 것 아니겠어요? 눈 딱 감아버리 면 그만인 것을."

윤록이 그제야 무릎을 치면서 애석해 했다. 경황이 없어 그 좋은 구경거리를 놓쳤다는 사실이 못내 아쉬운 모양이었다.

"폐하께서도 시를 쓰셨나요? 전명세는 아무 말도 없었고?"

홍시가 웃으면서 대답했다.

"폐하께서는 시를 안 쓰셨어요. 군기처 대신들이 폐하께서 하고 싶으신 말들을 대신한 것 같았어요. 한림원의 오효등은 바보라도 그런 바보가 어디 있을까 싶어요. 무슨 약을 잘못 먹었는지, 글쎄 그 난리통에 전명세를 위로하는 글을 썼더라고요! 여부가 있겠어요? 당장 흑룡강으로 유배를 보내라는 폐하의 불호령이 떨어졌죠. 정작 전명세 자신은 태연하고 침착해 보였는데 말이에요. '우레와 우박, 노을과 비 모두 성은이다. 명교죄인의 죄명을 쓰기에 충분했다'라면서 자책을 하더군요."

윤지가 홍시의 말을 받아 덧붙였다.

"그 사백 편의 시를 한데 모아 《명교죄인에 관한 시》라는 제목을 달아 책을 펴내면 전무후무한 대작이 될 테지? 그중 한 수를 내가 외워뒀어. 들어보겠는가?"

윤지가 윤록의 대답은 들을 생각도 하지 않은 채 차 한 모금을 마셨다. 이어 천천히 자신이 외웠다는 시를 읊기 시작했다.

명교죄인이 나가니 세상이 조소하누나.
성명聖明을 저버리는 삶은 얼마나 공허할까.
사악한 짓을 저질러 스스로 물가로 갔으니,
추악한 강남 나그네 등골이 시려 어쩌나.
베갯잇 적시는 날이 악몽처럼 많을 것이니,
여름 논밭에 개구리 우는 사연 그 뉘라서 알겠는가.

한 번밖에 없는 인생 천지간에 우뚝 서기에도 부족한데,

늙어서 땅을 치고 후회한들 무엇하리.

윤지가 시를 읊고 나자 홍시가 얼굴 가득 조소를 지으면서 이죽거
렸다.

"방포가 쓴 시에요.《명교죄인에 관한 시》가 진짜 책으로 나온다면
단연 압권이라고 할 수 있겠죠. 남을 비난하는데 이골이 났으면서도
대유大儒라고 까불고 다니니 원! 아무리 학문이 뛰어난 학자도 벼슬
과 공명에 눈을 뜨게 되면 그렇게 된다니까요. 얼간이 같으니라고!"

윤록이 깜짝 놀라는 표정을 지었다. 자신과 윤지를 앞에 두고 홍
시가 그런 식으로 사람을 비난한다는 사실이 예사롭게 보이지 않은
탓이었다. 그러나 윤지는 짐짓 못 들은 척했다. 그리고는 천천히 몸을
일으켜 자리에서 일어나면서 말했다.

"임무가 주어졌으니 슬슬 움직여야지! 홍시와 홍주는 아기나의 집
으로 가야겠지? 나는 색사흑의 집으로 갈 테니, 윤록 자네는 윤제한
테나 가봐. 명심하게, 재산을 확인하라고만 했지 압류하라는 말은 하
지 않았네. 우리 천가天家 혈육들이 피땀 흘려 모은 재산이 엉뚱한 내
무부 자식들에게 넘어가지 않도록 조심하라고!"

윤지와 홍시는 얼마 후 윤록과 함께 홍주의 다섯째 패륵부로 향했
다. 거기서 다시 무리를 나눠 움직이기로 했다. 윤록은 순간적으로
그 결정이 윤사가 재산을 빼돌릴 수 있도록 시간을 벌어주려는 두
사람의 속셈이라는 사실을 간파할 수 있었다. 그러나 겨우 발등의 불
을 끈 그의 입장에서는 그런 복잡한 것까지 신경을 쓸 여유가 없었다.

세 사람은 곧 여덟 명이 앉을 수 있는 큰 가마에 앉았다. 이어 수백
명의 내무부 관리들에게 둘러싸인 채 호호탕탕한 기세로 다섯째 패

륵부로 향했다. 그러나 가마를 출발시킨 지 채 얼마 되지도 않아 멈추지 않으면 안 됐다. 멀리서 먼지를 뽀얗게 일으키면서 달려온 쾌마가 자연스럽게 윤지 일행의 가마 앞을 가로막은 것이다. 말 위에 앉은 사람은 내무부 신형사의 서무관이었다.

"성친왕마마, 다섯째 패륵께서…… 홍주 패륵께서 돌아가셨다고 합니다!"

서무관은 그야말로 청천벽력 같은 소식을 전했다. 그러나 윤지는 믿지 못하겠다는 듯 그에게 핀잔을 주었다.

"무슨 귀신 씻나락 까먹는 소리를 하고 있어? 오늘 아침에도 홍주는 태극권을 익히고 있었는데!"

"제가 어찌 마마를 희롱하는 말을 하겠습니까? 들어보십시오. 저 안에서 곡소리가 들리지 않습니까?"

"그래?"

윤지는 서무관의 말에 본능적으로 앞을 쳐다봤다. 과연 저 멀리 보이는 패륵부 앞에는 상중喪中이라는 사실을 표시하는 검은 깃발과 흰 종이가 가득 내걸려 있었다. 그야말로 그믐날 밤의 눈밭이 따로 없었다. 게다가 슬픈 음악 소리도 구슬프게 들려오고 있었다. 아침까지만 해도 멀쩡하던 홍주가 죽었다니! 윤지를 비롯한 세 사람의 얼굴은 순간 창백하게 굳어버리고 말았다.

19장
백척간두 위기에 봉착한 염친왕

　윤지와 윤록, 홍시는 황급히 가마에서 내렸다. 패륵부 앞에는 조문을 온 듯한 사람들이 몰려들고 있었다. 그런데 그들은 삼삼오오 모여 웃고 떠들면서 수군거리고 있었다. 이상하게 그 누구도 세상을 떠난 망자^{亡者}를 위해 슬퍼하거나 애석해하는 그런 표정은 아니었다. 마치 연극을 보러 온 구경꾼이 그럴까 싶었다. 바로 그때 상복을 입은 다섯째 패륵부의 가인 한 명이 달려오더니 세 사람 앞에 엎드려 울먹이며 아뢰었다.

　"저희 패륵마마께서 세상을 떠나셨습니다!"

　"그게 언제인가? 부고는 돌렸는가? 종인부와 내무부에 알려 그들에게 폐하께 상주하도록 조치를 했는가?"

　윤록이 다그쳐 물었다. 어조가 침통하기 이를 데 없었다.

　사실 옹정은 워낙 아들 복이 없었다. 슬하에 아들 아홉을 뒀으나 그중 무려 여섯이 천연두를 앓다가 요절했다. 그렇게 해서 겨우 홍시, 홍력, 홍주밖에 남지 않게 된 것이다. 그런데 이제 홍주까지 죽었으니 옹정은 슬하가 더욱 허전하게 되었다.

윤록이 마음이 무거워 연신 한숨을 토해내고 있을 때였다. 갑자기 옆에 있던 홍시가 버럭 고함을 질렀다.

"이런 뒈질 놈의 자식! 너, 꼴이 그게 뭐야? 그게 주인의 장례식 치르는 꼬락서니야? 너, 왕보라는 놈 맞지?"

윤지와 윤록이 홍시의 말에 비로소 정신을 차리고는 왕보王保라고 불리는 그 가인家人을 쳐다봤다. 과연 홍시가 호통을 칠 만했다. 효모孝帽를 거꾸로 쓰고 있었을 뿐 아니라 두 갈래의 흰 띠가 이마에서 펄럭이고 있었던 것이다. 게다가 이마와 얼굴에는 가로세로 검은 줄이 죽죽 그려져 있었다. 완전히 연극무대에 오른 광대가 따로 없었다. 윤록이 너무나 어처구니가 없어 할 말을 찾지 못하고 입만 벌리고 있을 때였다. 왕보가 머리를 조아리면서 대답했다.

"고정하십시오. 저희 패륵마마께서 이렇게 하라고 지시하셔서 따른 것일 뿐입니다. 부고도 보내지 말고 폐하께 상주하지도 말라고 하셨습니다. 조금 전에 그렇게 말씀하셨습니다……."

아니, 도대체 이건 또 무슨 말인가? 조금 전이라니! 윤지와 윤록, 홍시 세 사람은 다시 오리무중에 빠지고 말았다. 그래도 젊은 홍시가 재빨리 정신을 차렸다. 눈에 불을 켠 채 왕보에게 호통을 친 것이다.

"바른대로 말하지 못해? 도대체 지금 뭘 하는 짓거리들이야? 껍질을 벗겨버리기 전에 어서 말해, 어떻게 된 일인지!"

홍시의 호통에 왕보가 모이 쪼아 먹는 닭처럼 연신 머리를 조아리며 대답했다.

"저희 패륵마마께서는 소위 활제전活祭奠을 하고 계시는 중입니다.

패륵마마께서는……, 건재하십니다."

왕보가 말을 마치고는 울상을 하고 있던 얼굴을 풀고는 바로 "푸우!" 하고 웃음을 터트렸다. 패륵부 안에서 벌어지고 있을 일들을 떠올린 듯했다.

"참……, 이거 정말 황당무계하군!"

윤지, 윤록, 홍시 세 사람은 할 말을 잊은 얼굴로 다섯째 패륵부 안으로 들어갔다. 황당하다 못해 한심하기 짝이 없었다. 문상객이 아닌 구경꾼들은 갈수록 늘어나고 있었다. 홍시가 안 되겠다고 생각한 듯 수행하는 태감과 친병들에게 지시를 내렸다.

"골목 안에 들어온 사람들을 전부 내쫓고 골목을 봉쇄해버리게. 다섯째는 정말 못 말리겠군!"

패륵부 앞은 그야말로 진짜 초상집과 똑같은 분위기였다. 종이로 만든 사람, 말, 수레를 비롯해 금고金庫, 은고銀庫, 전고錢庫들이 여기저기에 눈꽃처럼 흩날리고 있었다. 또 그 수를 헤아리기 어려운 흰 천 조각들이 미풍에 너풀대면서 지저분하게 휘날리고 있었다. 문 앞에는 10여 명의 풍각쟁이들이 나물과 과일들이 수북이 쌓여 있는 식탁을 둘러싸고 선 채 북과 장구를 치거나 날나리를 불면서 난리법석을 피우고 있었다. 눈물샘을 자극하는 애잔한 음악 소리와는 완전히 거리가 멀었다.

홍시가 그 와중에 문득 뭔가를 발견하고는 적이 놀라는 표정을 지었다. 2품의 관리 한 명이 붉은 정자 위에 흰 천 조각을 질끈 동여맨 채 가슴에 나무판을 껴안고는 음악에 맞춰 신이 나서 두드려대고 있었던 것이다. 홍시가 다짜고짜 다가가 그의 손을 낚아채면서 물었다.

"자네, 군기처의 나주강羅鑄康이 아닌가? 조정의 가장 중요한 기관의 서무관이 이런 곳에 와서 지금 뭐 하는 짓인가? 이래도 되는 건가?"

홍시는 말을 할수록 흥분이 됐는지 급기야 나주강의 얼굴에 침까지 뱉어버리고 말았다. 분위기에 흠뻑 빠져 있다가 느닷없이 한 대 얻어맞은 나주강이 황급히 무릎을 꿇고는 아뢰었다.

"저는 양황기 소속의 포의노包衣奴입니다. 다섯째 패륵께서는 저의 본주이십니다. 그래서 장례식을 시중들러 왔을 뿐입니다. 여기에는 저 외에도 본주를 섬기러 온 기인들이 많습니다."

자신의 행동을 너무나 당연시하는 나주강의 말에 윤지가 어처구니없다는 듯 너털웃음을 터트리더니 그의 어깨를 힘껏 두드리며 격려를 해주었다.

"그래, 잘하고 있네. 나무판 열심히 두드리라고! 폐하께서 기무를 정돈하라 하명하셨는데, 기인旗人들이 자신들의 본주부터 잘 섬겨야 하지 않겠나?"

윤지는 말을 마치고는 바로 패륵부의 안뜰로 들어섰다. 놀랍게도 그곳에서는 더한 진풍경이 한창 벌어지고 있었다. 우선 뜰의 사면은 온통 흰 천이 병풍처럼 둘러쳐져 있었다. 동쪽에는 음악 소리가 크게 울려 퍼지고 있었다. 대각사에서 나온 스님은 그 중앙에 앉은 채 〈대비주〉大悲呪를 읊조리고 있었다. 또 서쪽에는 백운관의 도사들이 100여 명 정도 줄지어 서 있었다. 기가 막히게도 그들은 모두 상복을 그럴싸하게 차려 입은 가인들이었다. 오음五音이 어울리지도 않는 소리로 구슬픈 곡소리를 내면서 〈구수수〉龜雖壽라는 제목의 노래를 부르고 있었다.

술잔을 잡고 물으니 인생은 얼마더냐?
아침이슬 같은 이내 인생…….

윤지와 윤록, 홍시 세 사람은 내친김에 안으로 조금 더 들어갔다. 갈수록 가관이라고, 스물 몇 명에 이르는 홍주의 처첩들과 아들 영벽永碧이 복도 양측에서 무릎을 꿇고 있었다. 또 그 한가운데의 계단 밑에는 갖가지 모양의 상아 그릇과 세발솥 등 명기明器들이 즐비했다. 향연香煙이 아지랑이처럼 피어오르는 가운데 산해진미가 잔뜩 쌓여 있었다. 수십 명의 남녀들은 그러나 먹을 것에는 전혀 관심이 없는 듯했다. 그저 하늘땅이 진저리치고도 남을 사찰 행사 형식의 음악 소리에 맞춰 노래를 부르듯 길게 소리를 끌면서 곡을 하고 있었다. 순간 윤지, 윤록, 홍시 세 사람은 절 같지도 않고 집 같지도 않은 패륵부에서 하나같이 꿈길을 거니는 느낌에 사로잡히고 말았다.

세 사람은 계속 멍하니 서서 그 괴이한 풍경을 둘러보고 있었다. 그러다 문득 '죽은 사람'인 홍주가 화려하기 그지없는 패륵 복장을 한채 손으로 음식을 집어 한입 가득 넣고 우물대는 모습을 발견했다.

"그만!"

홍시가 도저히 참지 못하겠는지 드디어 목이 터져라 고함을 질렀다. 그리고는 다짜고짜 홍주에게 다가가 자리에서 끌어내리고는 씩씩거리면서 호통을 쳤다.

"다섯째, 자네는 갈수록 황당무계한 짓만 저지르고 다니는구먼. 지난번에도 언젠가 이런 짓을 한 적이 있었지? 그때 성조께서 하도 기가 막혀 실소하고는 그냥 넘기셨는데, 또다시 이런 짓을 하다니! 아바마마께서 아시면 어떻게 하려고 그래?"

홍시의 호통은 위력이 있었다. 언제 그랬나 싶게 귓전을 어지럽히던 온갖 소리들이 뚝 멈췄다. 안팎으로 700명에서 800명 정도는 족히 될 것 같은 사람들은 저마다 방금 전의 자세 그대로 멍하니 서서 고성이 오가는 곳을 바라보고 있었다.

윤지와 윤록도 그에 이어 한마디 할 차례였다. 그러나 두 사람은 황숙皇叔의 신분이라는 사실을 의식한 듯 한 걸음 물러나 침묵을 지켰다. 대신 홍시는 형의 위엄을 확실하게 보여주겠다는 자세를 보였다. 아나나 다를까, 곧 뜰 안 가득 홍시의 고함소리가 울려 퍼졌다.

"이게 어디 당당한 대청大淸의 패륵부야? 이건 순 잡귀들이 출몰하는 묘회廟會와 하나도 다를 바 없지! 저 잡것들은 도대체 어디에서 주워 모은 거야? 다섯째, 정신 차리고 저 잡것들을 다 내쫓게!"

홍주는 형의 벼락같은 고함소리에 깜짝 놀라 본능적으로 두 황숙을 바라봤다. 황숙들의 표정 역시 그리 밝지는 않았다. 그럼에도 홍주는 갑자기 미친 여자처럼 배시시 웃음을 지어 보였다. 이어 조용히 입을 열었다.

"셋째 형님, 그렇게 화를 내시면 건강에 해로워요. 건강을 해치면 안 되죠! 자, 자, 오랜만에 만났는데 이리 와 앉으시죠. 셋째 백부님, 열여섯째 숙부님, 조카가 두 분께 인사를 올립니다."

몇몇 눈치 빠른 가인들이 홍주의 인사가 끝나기 무섭게 바로 달려가 의자를 가져다 놓았다. 윤록이 의자에 앉으면서 말했다.

"자네 셋째 형님이 괜히 저러는 것이 아니네. 문 밖에 나가보게. 구경꾼들이 어림잡아 만 명은 넘을 거네. 조정의 패륵부에서 이게 어디 있을 수 있는 일인가?"

홍주는 숙부의 훈계에도 실눈을 떠 보이면서 웃는 듯 마는 듯한 표정을 지었다. 그리고는 당당한 어조로 받아쳤다.

"열여섯째 숙부, 벌써 잊으셨습니까? 칠 년 전의 이 무렵이었습니다. 그날 저는 열여섯째 숙부를 따라 안친왕부安親王府로 가서 이런 장면을 구경한 적이 있었습니다. 그때 조카는 숙부 덕분에 꽤 대접을 융숭하게 받았던 기억이 나는 걸요? 오늘 이렇게 오시니 제 체면도

서고 참 좋네요. 조금 있다 술이나 한잔 하시죠!"

"그건 안 되네. 우리는 지의를 전하러 왔네."

윤지가 단호하게 말했다. 홍주가 지의를 전하러 왔다는 윤지의 말에 뜰에 가득한 사람들을 향해 웃음 띤 얼굴로 말했다.

"그런데 어떡하죠? 저 많은 사람들을 마땅히 피하게 할 곳도 없고……. 마침 여기 책상이 마련되어 있으니 셋째 백부께서 이 자리에서 지의를 전해주시면 안 되겠습니까?"

윤지가 끝내 어처구니없다는 표정을 지어 보였다. 그러나 마땅히 어찌할 다른 방법도 없었다. 결국 턱을 내민 채 계속해서 대충 하자는 요청을 하는 홍주를 바라보면서 말했다.

"그러지."

홍주가 무릎을 꿇은 채 조서를 받아 묵묵하게 읽었다. 그리고는 윤지에게 조서를 다시 돌려주고는 머리를 조아렸다.

"신 홍주, 지의를 받들겠사옵니다!"

홍주가 두 손을 툭툭 털면서 일어나더니 윤지 등에게 자리를 권했다. 그러자 홍시가 귀찮아하는 기색을 보이면서 입을 열었다.

"지의를 받든다면서 얼른 떠날 채비를 하지 않고 뭘 하나? 얼른 가인들을 시켜 이 잡동사니들을 치워버리게. 스님과 도사들도 돌려보내고!"

홍주가 웃으면서 대답했다.

"그렇게 서두를 것은 없을 것 같아요. 아기나 숙부가 날개가 달린 것도 아닌데 하늘로 날아오르겠어요? 그렇다고 땅 밑으로 숨겠어요? 폐하께서도 즉각 조사하라는 말씀은 하지 않으셨던데요, 뭘! 지금은 저의 생사가 가장 중요해요. 제가 오늘은 아무 데도 못 가요. 가면 큰일 난다고요. 내일……, 내일 꼭 따라갈게요. 약속할게요. 가지 않으면 저는…… 이거예요.”

홍주가 말을 마치더니 갑자기 네 손가락을 구부렸다. 이어 무언가가 바닥을 기어가는 동작을 해보이면서 덧붙였다.

“거북(거북은 중국에서 남성에 대한 가장 큰 욕임. 목이 안으로 들어가는 특징에 빗댄 듯)이라고요!”

홍주의 언행은 대단히 경박해 보였다. 그러나 예의를 깍듯이 갖추는 것은 잊지 않았다. 그러나 홍시는 자기가 무시당하고 있다는 느낌을 지울 수 없는지 홍주의 집사 왕보를 불러 단호하게 지시를 내렸다.

“자네의 다섯째 패륵마마가 지의를 받든다고 했으니 주위에 있는 사람들을 해산시키도록 하게!”

“예, 셋째마마.”

왕보는 대답을 하기는 했다. 하지만 선뜻 움직일 생각을 하지는 않았다. 급기야 다시 굽실거리면서 물었다.

“저희 주인께서는 연극단원들도 부르셨습니다. 그 사람들 역시 돌려보낼까요?”

“당연하지!”

“알겠습니다, 셋째마마.”

왕보는 이번에도 즉각 대답을 하기는 했다. 그러나 바로 고개도 들지 않은 채 다시 물었다.

“그러나 성친왕마마의 태비太妃마마를 비롯해 장친왕마마의 복진, 이친왕마마의 측복진 등 몇몇 왕비마마들께서 오늘 연극 구경을 오시기로 했습니다. 어떻게……?”

홍시가 왕보의 역공에 잠시 고개를 옆으로 꺾었다. 이어 조금 생각을 하는가 싶더니 별로 자신감이 없어 보이는 어조로 말했다.

“사람을 보내 여러 왕비마마들께서 헛걸음 하시지 않도록 하게. 연극은 내일 구경하시라고 해도 되잖아?"

"예, 셋째마마."

왕보가 또 즉시 대답했다. 그러나 그렇게 대답만 할뿐 여전히 움직일 생각은 전혀 하지 않았다. 그리고는 또다시 물었다.

"아시다시피 여기 앞뒤 뜰에는 수천 개의 새장이 있지 않습니까? 새들도 엄청 많습니다. 이 새들은 저희 주인께서 목숨처럼 아끼시는 것들이라 성질들이 하나같이 만만치가 않습니다. 오늘 연극 구경한다고 기껏 치장하고 들떠 있는데, 내일까지 기다리라고 하면 아마 난리가 날 겁니다."

왕보는 말끝마다 토를 달고 있었다. 홍시의 인내를 시험하는 듯했다. 급기야 홍시가 집사에 불과한 그의 시건방지고 어이없는 태도에 버럭 화를 내고 말았다.

"네, 이놈! 그게 무슨 말버릇이야? 네 주인이 그렇게 가르치더냐?"

홍주가 형이 화가 나서 핏대를 세운 채 크게 호통을 치자 그제야 나서는 태도를 보였다. 두어 마디 말로 왕보를 꾸짖어 내보내고 나서는 사정하듯 말했다.

"왕보 저것이 저래도 인정은 있습니다. 반갑다고 한 말이 좀 도를 지나친 것 같습니다. 나중에 따끔하게 타이르겠습니다. 사실 오늘 저는 대문 밖을 나갈 수 없습니다. 가사방이라는 도사가 열흘 사이에 집을 나서면 피를 부르는 재화災禍가 따를 것이라고 했습니다. 오늘이 그 마지막 날이라 어쩔 수 없습니다. 압수 수색당하는 집이 세 집이니 세 분께서 한 집씩 다녀오면 되겠네요. 폐하께는 아침에 이런 사정을 상주해 올렸어요. 내일까지 기다려 주시든가 아니면 세 분만 가시든가 해주십시오. 하지만 아무래도 일과 목숨 둘 중에 하나를 선택하라면 목숨이 더 중요한 것 아니겠어요, 셋째 형님?"

"자고로 지의를 받고 행하는 움직임은 성화星火처럼 급해야 한다고 하지 않았는가?"

홍시가 한껏 굳어진 표정을 풀지 않고 홍주를 힐난했다. 그는 불과 얼마 전까지만 해도 홍주가 자신과 마찬가지일 줄 알았다. 일사천리로 잘 나가는 보친왕 홍력에 대해 불만을 가진 나머지 정무에는 신경을 끊고 사람들과 사귀는 것도 멀리 한 채 집에 처박혀 새나 기르고 귀신놀이나 하면서 나름대로 사는 재미를 찾고 있는 줄 알았던 것이다. 그러나 오늘 본 홍주는 그런 그의 생각과는 많이 달랐다. 또 고집이 쇠심줄보다 더 질겼다. 찔러도 피 한 방울 나오지 않을 것처럼 끄떡도 하지 않았다. 홍시가 결국 냉소를 머금으면서 덧붙였다.

"젊디젊은 사람이 귀신놀이에나 혹해 가지고 세월 가는 줄 모르다니! 한심하기 짝이 없군. 갑시다. 살아 있지만 죽은 사람⋯⋯. 섬뜩하지 않습니까? 이런 데서 시간 죽이지 말고 우리끼리 임무를 수행하러 갑시다."

홍주는 그러나 홍시의 질책에도 전혀 화를 내지 않았다. 심지어 깍듯하게 예를 갖춰 길게 엎드려 절하고는 직접 문 밖까지 홍시 일행을 바래다주기까지 했다.

홍시는 도저히 화를 삭일 수가 없었다. 돌아 나오는 발걸음 내내 씩씩거렸다. 그러나 가마에 오른 다음에는 어느 정도 마음의 평정을 찾을 수 있었다. 홍주가 황제 자리에 미련이 없다는 뜻을 그런 귀신놀이로 내비치고 있지 않나 하는 생각이 들었기 때문이었다. 나중에는 홍주와 입장을 바꿔 놓고 생각해보니 자신 역시 그렇게 했을 것 같다는 생각마저 들었다. 하지만 그는 도저히 황제 자리에 대한 욕심을 떨칠 수가 없었다. 자신이 좋아하는 여덟째 숙부의 몰락을 지켜보면서 가슴이 섬뜩했음에도 그랬다.

홍시는 연갱요와 융과다가 낙마하고 나서 신속하게 움직인 바 있었다. 오갈 데 없게 된 그 둘의 부하들을 자기 사람으로 적잖게 끌어들인 것이다. 그럼에도 그의 마음은 복잡하기만 했다. 하기야 요즘 굴러가는 상황을 보면 그럴 수밖에 없었다. 그는 가마를 타고 가는 내내 자신의 생각을 차분하게 정리해 보았다.

'홍력은 아바마마의 지의에 따라 앞만 보고 달려. 그러나 그 녀석도 어떻게 보면 지극히 평범한 삶의 양상을 추구하는 것처럼 보이기도 해. 물론 은근히 나를 경계하기는 하지. 들리는 소문에 의하면 아바마마에게 '홍시 형님이 황자로서의 자존심도 잊은 채 집에 아무나 불러들입니다. 완전히 문턱이 닳고 닳아 헐 지경입니다'라고 하면서 은근히 나를 의식하는 말을 하고 다니기도 하지. 그 녀석은 전에 장정로 주시험관의 비리 사건이 터졌을 때도 몇몇 시험관들을 찾아가 사건의 자초지종을 캐물었어. 그것은 곧 그 사건에 내가 개입돼 있지 않은지가 궁금했기 때문이야. 그러면서 나나 아바마마에게 일언반구도 언급하지 않았다는 것은 무엇을 의미할까? 확실한 무기를 숨기고 있다가 결정적인 찰나에 극적인 반전을 시도하겠다는 뜻인가?'

홍시는 그런 생각이 들자 다소 불안해졌다. 때문에 애써 달리 생각을 하기 시작했다.

'홍력은 우리 셋 중에서는 유일하게 친왕으로 봉해진 지존이기는 하나 아바마마께서 그다지 탐탁지 않게 생각하는 면이 꽤 있는 것 같았어. 언젠가 외관들 가운데 군기처 대신을 물색하는 자리가 운송헌에서 마련된 적이 있었지. 그때 전문경도 물망에 올라 있었어. 그러나 홍력은 전문경이 눈앞의 성공과 이익을 추구하기에 바쁜 급공근리急功近利(공을 급히 세우려 하고 이익만 취하는 성격)형이라면서 꼬집었지. 결코 왕신王臣의 기상을 지니지 못했다고 말이야. 또 소위 성인의 문생이라면 학문으로 인격을 쌓아야 한다고 주장하기도 했지. 그렇지 않으면 일을 함에 있어서 연목구어緣木求魚의 어리석음을 범할 것이라고도 했고.'

홍시는 거기에까지 생각이 이르자 당시의 생각을 머릿속에 가만히 떠올렸다. 그때 옹정은 바로 그 자리에서 쏘아붙였다.

'요즘은 말만큼 행동이 따라가지 못하는 바람직하지 못한 작태가 성행하고 있어. 자네, 밑으로 내려가서 삶의 현장이라는 것이 어떤 것인지를 터득하고 오게. 학문이라는 것은 자네가 읽은 몇 권의 책에만 있는 것이 아니야!'

당시 옹정의 말은 얼마 있지 않아 현실로 나타났다. 홍력은 진짜 북경을 떠나 지방으로 내려간 것이다. 반면 홍시는 북경에 남았다. 그로서는 그게 자신을 향한 옹정의 깊은 뜻이라고 착각할 수밖에 없었다. 급기야 그는 '이 좋은 기회를 놓친다면 그야말로 세상천지에 둘도 없는 바보천치가 아닐까?' 하는 생각까지 했다.

홍시를 태운 가마는 그가 그렇게 엉뚱한 생각에 잠겨 있을 때 천천히 내려앉기 시작했다. 곧 그의 눈에 장엄하게 우뚝 솟은 염친왕부廉親王府가 가득 들어왔다. 그가 심호흡을 하고 수레에서 내려서자 수행 태감이 크게 외쳤다.

"흠차대신, 셋째 패륵께서 납시었다!"

그때 염친왕부 앞의 넓은 공터에는 사람들이 가득 모여 있었다. 우선 순천부順天府에서 나온 아역 100여 명이 손을 앞에 모은 채 꼭 닫힌 주홍색 대문 앞에 시립해 있었다. 관품이 7품 이상인 내무부 관리들의 모습도 보였다. 그들은 거대하고 위엄 있는 돌사자 옆에 마치 고니처럼 머리를 숙이고 서 있었다. 구문제독 도리침 역시 두 줄로 길게 늘어선 부하들을 거느리고 완전무장한 채 왕부의 대문에 시선을 고정시키고 있었다. 그들의 창과 장검은 따스한 봄 햇살을 받아 우뚝 솟은 참나무처럼 하늘을 향하고 있었다. 눈부신 빛을 반사하는 창검으로 인해 주위는 살기등등한 분위기에 휩싸여 있었다.

홍시가 천천히 걸어가자 도리침의 어림군을 제외한 모든 관리들은 일제히 무릎을 꿇었다. 그러자 도리침이 성큼 한 발 앞으로 다가서더니 한쪽 무릎을 꿇으며 군례를 올렸다.

"신 도리침, 셋째 패륵께 인사를 올립니다! 방금 내정 군기처의 주상朱相(주식을 일컬음)께서 사람을 보내 수사가 시작됐느냐고 물어오셨습니다. 그래서 셋째 패륵께서 다섯째마마를 대동해 오시느라 조금 늦는다고 말씀을 올렸습니다. 그런데 다섯째마마는 보이시지 않네요?"

"그 사람은 지금 열이 심하게 올라서 허튼소리를 하고 있네."

거짓말을 하고 있는 홍시의 입가에 쓴웃음이 스쳐 지나갔다. 그가 다시 정색을 하면서 물었다.

"자네는 안팎의 경호를 책임지고 있는 것 같군. 안에서는 누가 일을 보고 있나?"

도리침이 미처 대답하기도 전이었다. 갑자기 돌사자 옆에서 4품 관리 한 명이 종종걸음으로 뛰쳐나왔다. 돌멩이처럼 구르는 작고 단단한 체구를 비롯해 툭 튀어 나온 광대뼈와 꽉 다문 입술, 짙은 눈썹 밑에 팽그르르 부산하게 돌아가는 두 눈이 인상적인 40세가량의 인물이었다. 척 보기에 그렇게 호락호락해 보이지는 않았다. 어딘지 속마음을 예측할 수 없는 그런 사람인 듯도 했다. 곧이어 그가 홍시 앞으로 다가오더니 대단히 숙련된 동작으로 한쪽 무릎을 꿇으며 예를 갖추었다.

"소인 마명기馬鳴岐, 주인께 인사 올립니다. 당부 말씀이 계십니까?"

홍시가 웃음 띤 얼굴을 한 채 말했다.

"알았네. 일단 들어가지, 들어가서 얘기하자고!"

홍시의 말이 끝나자마자 바로 정문이 열렸다. 문은 얼마나 오랫동안 닫혀 있었던지 고달픈 신음소리를 냈다. 도리침과 마명기는 홍시를 호위하면서 왕부 정전 앞의 통로를 따라 걸음을 옮겼다. 염친왕부는 원래 북경에서 둘째가는 왕부로 유명했다. 이친왕 윤상의 왕부보다 면적이 조금 적었다. 그럼에도 화원까지 합치면 그 면적이 무려 3경頃(1경頃은 3000평에 해당함)이 넘었다. 게다가 화려함으로 따질 경우 궁전 안의 배치와 설계는 자금성 못지않았다.

염친왕부에는 정문을 중심으로 동서 대칭의 큰 뜰 두 개가 있었다. 그중 동쪽 뜰은 세 부분으로 나뉘어져 있었다. 우선 앞뒤로는 남녀 하인들의 거처가 있었다. 또 가운데에는 윤사가 관리를 접견하고 연회를 베풀 수 있는 연회청이 마련돼 있었다. 서쪽 뜰에는 태감과 가족들의 거처가 있었다. 윤사의 서재와 기거소起居所 역시 자리하고 있었다. 뜰 한가운데 역시 예사롭지 않았다. 3장丈 높이는 족히 될 것 같은 '두 번째 의문'二儀門이 우뚝 버티고 서 있었다. 네 면이 담벼락에 붙어 있지 않아 마치 고독한 석탑처럼 정전과 멀리서 마주 보는 모양을 하고 있었다.

홍시가 들어섰을 때 커다란 뜰에는 사람이 거의 보이지 않았다. 늙어서 거동이 불편한 몇몇 가인들만이 빗자루와 부삽을 들고 엉기적거리면서 구석구석 쓸고 있는 시늉을 하고 있을 뿐이었다. 또 월대 앞에서는 뭔가를 쪼아 먹고 있던 까마귀 떼들이 인기척을 느끼고는 귀청을 찢을 듯한 "까악, 까악……" 소리를 지르면서 날아오르고 있었다. 그러고도 한참이나 머리 위에서 선회를 했다. 아무리 짜증스레 노려봐도 날아갈 생각을 하지 않고 있었다. 마치 한때는 수레들이 구름처럼 모여 있던, 어마어마한 왕부의 쇠망을 안타까워하는 것 같았다. 홍시 역시 그 광경을 보면서 새삼 영욕榮辱의 무상함을 실감하지 않을 수 없었다. 그의 마음은 걷잡을 수 없이 서글퍼졌다.

그가 어떻게 이 '아기나' 숙부를 만날까 잠시 생각하고 있을 때였다. 갑자기 동쪽 측문이 열리는 소리와 함께 마흔쯤 되는 중년 태감이 달려 나왔다. 염친왕부의 총관 태감인 하주아였다. 그가 핏기 하나 없이 창백한 얼굴을 한 채 초점 잃은 흐릿한 두 눈으로 홍시 일행을 잠깐 바라보더니 무릎을 꿇었다. 그리고는 떨리는 목소리로 인사를 올렸다.

"셋째마마, 소인 하주아가 문안 올립니다."

"자네 주인께서도 우리가 온다는 것을 알고 계신가?"

"벌써부터 기다리고 계셨사옵니다. 이제 곧 나오실 것입니다."

윤사가 하주아의 말이 떨어지기 무섭게 측문으로 나와 모습을 보였다. 등 뒤로는 홍왕弘旺, 홍명弘明, 홍의弘意, 홍영弘映 등 아들들의 모습도 보였다. 윤사가 10개의 동주가 박힌 관모를 단정히 쓰고 천천히 홍시에게 다가왔다. 이어 경멸에 찬 시선으로 도리침을 힐끗 일별하고는 홍시와 마주섰다.

"여덟째 숙부!"

홍시는 하늘같은 여덟째 숙부 앞에서 절로 다리가 떨리는 긴장감을 느꼈다. 그러나 그것도 잠시였다. 곧이어 난감한 표정을 풀고는 서둘러 물었다.

"건강은 어떠십니까?"

"그저 그래. 무릎 관절이 부어서 꿇어앉을 수가 없구나. 사람을 불러 나를 눌러 앉혀다오."

윤사는 상당히 흥분한 듯했다. 가슴팍이 크게 오르락내리락했다. 하지만 말투는 애써 평온함을 유지하고 있었다. 그가 잠시 후 차분한 어조로 말했다.

"폐하께서 새로운 이름을 하사하셨으니, 자네들도 편하게 그저 아기나라고 불러주게."

윤사의 목소리는 쇳소리처럼 쩌렁쩌렁했다. 목소리만으로는 그 감정이 공포인지 슬픔인지 감지하기 어려웠다. 하지만 그의 아들들은 상황을 눈치 챘는지 훌쩍거리기 시작했다. 그중 홍왕이 가장 먼저 홍시의 발밑에 털썩 무릎을 꿇고는 흐느끼면서 말했다.

"셋째 형님, 제가 아버지를 대신해서 무릎 꿇고 성지를 받겠습니다."

윤사가 그러자 버럭 고함을 질렀다.

"바보 같은 자식들! 울기는 왜 울어? 이 애비가 죽었어?"

홍시는 표정 하나 없는 무뚝뚝한 얼굴의 도리침과 눈물로 범벅이 된 동생들을 번갈아 바라봤다. 자신도 모르게 가슴이 아팠다.

'종학宗學에서 매일 얼굴을 맞대고 살아왔던 형제이자 친구 아닌가. 그런데 하루아침에 죄수의 아들로 전락해 있다니!'

홍시는 속으로 그렇게 생각하고는 눈시울을 붉힌 채 입을 열었다.

"여덟째 숙부께서 건강상 이유에서 어쩔 수 없으시다면 아들이 대신 지의를 받아도 되겠습니다. 이 마당에 뭐라고 위로의 말씀을 드린다고 한들 마음이 편하실 리는 없을 것입니다. 그래도 부디 자중하시기를 바랍니다. 폐하께서 반드시 은지恩旨를 내리실 것이니 힘을 내십시오. 하필이면 제가 여덟째 숙부와 이런 자리에서 만나게 돼 참으로 괴롭습니다."

홍시가 말을 마치고는 바로 목청을 가다듬어 큰소리로 외쳤다.

"폐하의 지의를 받들어 홍시는 염친왕부로 가라. 그리고 아기나의 가산을 조사한다! 이상!"

"망극하옵니다……, 폐하!"

홍왕을 비롯한 윤사의 네 아들이 일제히 머리를 조아렸다. 마명기가 지의 전달이 끝나자 기다렸다는 듯 윤사 앞으로 다가갔다. 이어 한쪽 무릎을 꿇은 채 말했다.

"지의를 받은 몸이라 어쩔 수 없는 처지입니다. 아무려나 여덟째마마께 불경을 저지르게 됐습니다. 부디 양해해 주십시오."

말을 마친 마명기가 바로 몸을 돌려 홍시를 향해 청했다.

"패륵마마, 하명해 주십시오."

내무부의 100여 명 아역들은 마명기의 말이 끝나자 하나같이 기대에 부푼 표정을 지었다. 이제 곧 손쓸 때가 왔다고 생각하는 것 같았다. 홍시가 그 모습을 보고는 차가운 어조로 힐책을 했다.

"남의 집 안방을 뒤지는 데 이골이 난 자네들이라는 것을 모를까 봐 그렇게 서두르려고 하나? 지의에는 조사하라고만 했지 압수하라고는 하지 않았어. 그러니 하주아가 안내하는 대로 창고를 둘러보도록 하게. 폐하께서 내리신 물건과 개인 재산은 엄밀히 구분해서 보고 올리도록 하게. 복진은 안친왕 가문 출신이니 귀중한 혼수품도 많을 것이야. 당연히 그 혼수는 조사 항목에서 제외하도록 하게. 가족과 가인들은 임시로 태감들 방에 집결시키되 결례하는 일이 있어서는 절대 안 돼. 서재와 공문결재처는 내가 직접 둘러 볼 것이네. 여덟째 숙부, 대단히 죄송하지만 어비御批와 어찰御札, 그리고 여러 대신들과 주고받은 서찰은 이 조카가 가지고 가야겠습니다. 어쩔 수 없습니다. 그러나 여덟째 숙부께서 소장하고 계신 도서는 그대로 두겠습니다. 부디 여덟째 숙부의 양해를 바랍니다."

윤사가 바로 냉랭한 어조로 대답했다.

"나도 남의 집을 수색해 본 경험이 없는 것은 아니니 자네 입장을 충분히 이해하네. 그리고 내무부 저 자식들부터 배 터지게 처먹여야 할 것 같군. 그렇게 하지 않으면 폐하께서 하사하신 물건들을 다 깨부숴서 내 죄를 더 무겁게 할지도 모르니까. 또 어디에서 금서禁書 몇 권을 얻어다 내 문서더미에 쑤셔 박을 수도 있지. 그래서 우리 일족에게 더 큰 재화災禍를 불러오게 할 수도 있어. 그래서 내가 미리 준비해 뒀네. 일인당 이백 냥씩 주겠어. 나는 골치 아픈 것은 딱 질색이야."

"그렇게 하시면 더할 나위 없이 좋죠. 아우들은 여기에서 무릎 꿇고 있게 하고 여덟째 숙부께서는 저하고 함께 서재에서 차 한잔 하시죠."

홍시가 웃는 듯 마는 듯한 표정을 한 채 맞장구를 쳤다. 이어 윤사의 집 구석구석을 너무나도 잘 아는 그답게 전혀 주저하지 않고 윤사를 따라 동쪽 서재로 향했다.

그 와중에도 마명기는 내무부의 아역들을 동원해 조사를 서둘렀다. 우선 그들을 몇 패로 나눈 다음 안방과 창고를 뒤지게 했다. 아역들은 자신감 넘치는 모습을 보인 사람들다웠다. 아주 자연스럽게 조사하고 문서를 작성하기 시작했다. 그리고는 풀 통을 들고 다니면서 미리 준비해 온 딱지를 솔로 쓱쓱 문질러 붙이고 다녔다. 그러자 밖으로 쫓겨 나간 윤사의 가족과 가인들이 아우성을 쳤다. 이내 뜰은 아수라장이 됐다. 여자들의 울음소리는 그 와중에 혼란스러움을 더욱 가중시키고 있었다.

홍시는 그 난장판을 뒤로 한 채 윤사의 서재로 들어갔다. 이어 자리에 앉으면서 말했다.

"일이 이 지경에까지 이를 줄은 꿈에도 몰랐습니다. 지금은 아무것도 말할 수 없습니다. 원망하거나 후회할 때도 아닙니다. 여덟째 숙부께서 미처 못한 일이 있거나 저에게 하실 말씀이 있으시면 사람이 없는 지금 빨리 말씀해보십시오. 저는 어떤 상황이 닥치더라도 힘껏 여덟째 숙부를 지켜드릴 것입니다."

윤사는 고개를 떨어뜨린 채 한참 생각에 잠겼다. 홍시의 말을 믿지 못하겠다는 의사 표현이라고 해도 좋았다. 실제로 그는 홍시의 말을 반은 믿고 반은 믿지 않았다. 비참했으나 현실은 어쩔 수 없었다. 더구나 재기의 꿈은 이미 완전히 사라진 뒤였다. 남은 것은 옹정에 대한 원한과 전혀 가능하지 않을 보복에 대한 집착뿐이었다.

한참 후 그가 장화 속에서 잠자리 날개같이 얇은 손바닥만 한 종이 한 장을 꺼냈다. 깨알 같은 글씨가 적혀 있었다. 그가 그 종이를 홍시에게 넘겨주면서 말했다.

"나는 원망 같은 것도 없고 미처 못 다한 일 같은 것도 없네. 이건 아직 조정이 휘두른 칼을 맞지 않은 '여덟째당'의 관리들 명단이네. 애석하게도 일품, 이품 대신들은 거의 없어. 필요할지 모르니 갖고 있어보게."

윤사가 말을 마치고는 다시 서랍 속에서 서류뭉치를 꺼내면서 덧붙였다.

"이건 서재의 물건 명세서야. 동쪽 책꽂이에는 조정에 올려야 할 문서들이 있어. 나머지는 내가 소장하고 있는 도서 목록이네."

"조정에 보낼 문서가 이것뿐입니까?"

홍시가 '여덟째당' 관리들의 명단이 적힌 종이를 재빨리 품속에 숨기면서 물었다. 이어 믿기지 않는다는 듯 다시 입을 열었다.

"그동안 관리들과 주고받은 서신이 하나도 없습니까? 게다가 어비御批도 폐하께서 이렇게 몇 번밖에 내리지 않았을 리가 없습니다.

이렇게만 올리면 폐하께선 눈 가리고 아웅 한다고 크게 노하실 겁니다."

윤사가 홍시의 말이 끝나자 바로 자리에서 일어났다. 이어 뚜벅뚜벅 서재를 거닐더니 한참 후에야 입을 열었다.

"넷째 형님 옹정이 나를 어떻게 처리할 건지 자네는 알고 있는가?"

홍시가 즉각 땅이 꺼져라 한숨을 내쉬면서 대답했다.

"별걱정은 하지 않으셔도 될 것 같습니다. 어젯밤 인사를 올리러 갔을 때 폐하께서는 예부의 상주문에 주비를 다셨습니다. 그걸 제가 슬쩍 봤습니다. '잠시 민왕民王으로 강등시키고 지켜보도록 하세. 조회에 참석할 때는 민공후백民公侯伯의 예에 따르게 하라'는 내용이더군요. 그 외의 다른 것은 보지 못했습니다."

"그 양반이 의외로 간사하다는 걸 내가 모를 것 같아? 사람들의 이목이 집중돼 있으니 얼마 동안은 '인자한 어른'으로 비치려고 노력하겠지."

윤사는 말을 할수록 분노가 치솟는 모양이었다. 눈 한 번 깜빡하지 않고 뚫어지게 창밖을 내다보는 그의 눈빛은 주변을 모두 태워버릴 듯 타올랐다. 그래서일까, 불과 얼마 전까지만 해도 그의 눈을 형형하게 채웠던 그 옛날의 예기銳氣는 전혀 보이지 않았다.

"두고 봐! 지금쯤 간에 붙었다 쓸개에 붙었다 하는 지조 없는 인간들이 우황구보牛黃狗寶(우황과 구보는 각각 소와 개의 내장 결석. 귀한 약재로 쓰임)를 싸들고 그 양반을 향해 줄달음치려고 하고 있을 걸? 당연히 나는 과거와 같은 날은 더 이상 기대할 수 없다는 사실을 알고 있네. 생사마저 어떻게 될지 모를 불투명한 상황이지만 겁날 것은 없어. 그러니 그 양반이 천명을 거역하고 앞으로 얼마나 잘 되는지 내가 봐야 하지 않겠어? 자네가 볼 때 잘 될 것 같은가? 그 말로가 저기 저

앞에 빤히 보여. 이미 지치고 병들어 비실비실하는 것 좀 보라고!"

윤사가 더욱 악에 받친 눈빛을 번뜩였다. 이어 한참 후에 나지막한 한숨과 함께 다시 몇 마디를 덧붙였다.

"자네한테도 권하고 싶은 말이 있네. 절대 무모하게 나하고 아홉째를 구하려고 불속에 뛰어들지 말게. 그 양반에게 법에 따라 공개적으로 우리를 벌하라고 권유하게. 우리는 절대로 자네를 원망하지 않을 거야. 오히려 구천에 가서도 자네에게 고마워할 거네. 또 하나 말해줄 것이 있네. 자네는 일처리나 사람을 사귀는 데 있어서의 지혜가 홍력에 미치지 못해. 자네, 홍력이 지금 뭘 하고 있는지 생각해봤나? 그 친구의 야망도 자네를 능가하면 능가했지 못하지는 않을 거야. 그럼에도 자신을 자꾸 숨기고 낮춰. 늘 민생현장에 파묻혀 있다시피 하잖아! 한 발자국 물러서면 모든 것이 제대로 보이는 법이네. 사람들은 자네가 홍력을 의식해 나서야 할 곳과 나서지 말아야 할 곳을 구분 못하고 아무 데서나 나선다고 해. 그러다 보니 자신의 가치를 스스로 떨어뜨리고 있다고 평가하지. 느긋하게 때를 기다리는 여유가 필요하네. 내 전철을 밟지 말고 숨어서 똬리를 틀고 있으라고. 목표물이 나타나면 파죽지세로 덮치는 독사를 닮으라는 말이야!"

윤사의 말은 크게 틀리지 않았다. 홍시는 마치 우레나 번개 같은 충고를 들었다는 듯 고개를 깊이 숙였다. 감동과 괴로움이 밀려오는 모양이었다.

"여덟째 숙부!"

홍시가 고통스러운 어조로 윤사를 불렀다. 하지만 입술만 실룩일 뿐 정작 할 말은 찾지 못한 듯했다. 그러자 윤사가 다시 한 번 충고를 건넸다.

"부탁이네. 내 걱정은 하지 말고 자네 실속부터 챙기게!"

홍시는 고통스런 가슴을 누른 채 슬며시 윤사를 쳐다봤다. 온몸의 피가 거꾸로 치솟는 괴로움에 사로잡혀 있는 윤사의 얼굴이 두 눈에 가득 들어왔다. 그러나 윤사는 그에 아랑곳하지 않고 계속 자신의 생각을 홍시에게 전해주었다.

"홍력이 결코 만만한 상대가 아니라는 것을 항상 명심하게. 백척간두에서는 진일보하는 수밖에 없네. 자네가 잘 돼야 우리 저 불쌍한 자식들도 자네를 믿고 맡길 수 있지 않겠나? 그렇지 않으면 저것들은 애비 잘못 만난 죄로 영원히 죄인으로 살아야 해. 평생 인간 대접도 못 받고 살아갈 것이라는 말이야!"

윤사가 급기야 두 줄기의 흐릿한 눈물을 쏟아냈다. 자신에 대해서는 눈시울 한 번 붉히지 않았으나 아들들이 화제에 오르자 설움이 북받치는 모양이었다.

"숙왕叔王, 괴로워하지 마십시오. '청산이 있는데 땔감 걱정이 웬 말이냐'라고 하지 않습니까? 이 조카가 건재하는 한 어떻게든 숙부님을 배려할 겁니다. 방포가 그러더군요. 폐하께서 '죄불급노'罪不及孥(자식과 처에게는 죄가 미치지 않음)라는 말을 했다고요. 작은 어머니와 아우들은 괜찮을 듯합니다. 인생이라는 것은 항상 기막힌 흐름을 거듭하는 법입니다. 너무 맥 놓고 있지 마십시오. 여기서 너무 오랫동안 이러고 있어서는 안 되니 저는 이만 나가보겠습니다."

홍시가 윤사를 위로한 다음 드디어 자리에서 일어섰다. 그러나 자신의 말에 크게 자신이 없는 듯 윤사를 제대로 쳐다보지는 못했다. 그는 문가에서 잠깐 멈칫하는가 싶더니 바로 밖으로 나갔다

그동안 도리침과 마명기는 부하들이 보내온 조사 목록에 의거해 열심히 일을 하고 있었다. 계산에 능한 10여 명의 관리들에게는 주판알을 퉁기게 하고 있었다. 도리침이 홍시가 나오는 것을 보고는 아

뢰었다.

"곧 계산이 나올 겁니다. 방금 복진께서 그러시더라고요. 정전正殿에 있는 팔보 유리 병풍은 복진께서 시집올 때 태황태후마마께서 하사하신 물건이라고 합니다. 어떻게 처리할까요?"

"그런 것은 놔두라고 했지 않은가! 몇 번 말해야 알겠나?"

홍시가 짜증스럽게 내뱉었다. 그리고는 완전히 눈물범벅이 돼 있는 윤사의 아들들에게 다가가 부드러운 어조로 말했다.

"아우들, 그만 일어나게. 자네 부친하고 공사公事에 대한 얘기를 끝냈어. 그러니 가서 시중들도록 하게. 우리가 떠날 때 다시 부를 테니."

홍왕 등은 기다렸다는 듯 몸을 세우고는 바로 물러갔다. 홍시가 마명기에게 물었다.

"아직 계산이 나오지 않았는가? 대충 얼마나 될 것 같은가? 폐하께서 물어보실 때 제대로 대답하지 못하면 곤란하잖아."

마명기가 조심스런 표정으로 대답했다.

"정리정돈이 워낙 잘 돼 있어 조사가 금방 끝났습니다. 장부도 딱 들어맞았고요. 이백 냥씩 상을 하사받은 관리들이 협조를 잘해줘서 순조로웠습니다. 제가 대충 계산해보니 폐하께서 하사하신 물건을 빼고 사재는 이백만 냥을 오르내릴 것 같습니다. 농장도 열세 개 있네요. 또 전당포와 골동품 가게에도 육백만 냥 정도의 돈이 잠겨 있는 것 같습니다. 폐하께서 물으시면 칠팔백만 냥으로 말씀 올리면 틀림없을 겁니다."

"나도 그 정도일 거라고 생각했어."

홍시는 당연히 윤사의 사재가 훨씬 더 많다는 사실을 모르지 않았다. 무엇보다 동북 지방에서 인삼을 몰래 캐 팔아먹은 돈이 있을 터였다. 게다가 금광의 세금을 받아 챙긴 돈만 해도 어마어마할 것이었다. 그럼에도 그는 속보이는 목소리로 말했다.

"칠팔백만 냥이라……. 나에게는 천문학적인 숫자지. 전에 열셋째 숙부의 댁을 수색했을 때는 고작 십 몇 만 냥밖에는 나오지 않았어. 같은 형제간이라도 사는 것은 이처럼 천양지차인 모양이군."

홍시는 말을 마친 다음 마명기와 도리침을 데리고 다시 한 번 최종 점검을 하는 척하면서 이곳저곳을 기웃거렸다. 모든 조사가 끝난 것은 황혼 무렵이 되어서였다. 홍시는 그제야 비로소 염친왕부를 떠날 수 있었다. 돌아오는 길에는 도리침에게 윤사를 위해 각별하게 한마디 부탁하는 것도 잊지 않았다.

"여덟째 숙부는 확실히 예전 같지는 않게 됐어. 하지만 민왕民王이라도 왕은 왕이야. 아직 직위를 박탈당한 것도 아니니 누구라도 무례를 범해서는 절대 안 돼. 부하들을 잘 타이르도록 하게. 가산이 봉해진 데다 가계가 몰락했으니 아마 부리던 하인들을 그들이 원하는 대로 내보내려고 할 것이네. 그러니 우격다짐으로 사람들을 붙잡아두고 그러지는 말게. 그들도 살 길을 찾아 떠나야 할 것이 아닌가? 내 말을 흘려들었다가는 결코 좋은 일이 없을 거야!"

홍시는 말을 마치자마자 바로 가마를 타고 염친왕부를 떠났다. 마음이 무거운지 얼굴이 무척이나 착잡해 보였다.

20장
의문의 편지

　염친왕부는 한바탕 광풍이 휩쓸고 가자 그야말로 쥐 죽은 듯한 정적에 사로잡혔다. 게다가 등불도 전혀 밝히지 않은 탓에 아무것도 보이지 않았다. 심지어 야경꾼의 그림자조차 구경할 수가 없어서 천지 사방 어디나 할 것 없이 귀신이 출몰할 것만 같은 암흑세계가 되고 말았다.

　윤사는 동쪽 서재의 단향나무 침대에 벌렁 드러누워 있었다. 한차례 악몽을 꾼 것 같았다. 그래서였을까, 그는 모든 것을 포기한 사람처럼 멍하니 눈만 뜬 채 천장을 뚫어지게 바라보고 있었다. 아들들이 들락거렸어도 복진 곽락라씨가 희첩姬妾들을 데리고 들어왔어도 그랬다. 홍시가 간다고 했을 때도 전혀 응답하지 않았다. 심지어 눈길 한번 주지 않았다. 먹지도 마시지도 않고 탄식도 눈물도 보이지 않았다.

급기야 일가족 스물 몇 명이 모두 걱정스러운 표정을 한 채 그의 주위로 몰려들었다. 아들들은 무릎을 꿇고 있었으나 곽락라씨는 침통한 표정으로 앉아 있었다. 나머지 가인들 역시 크게 다르지 않았다. 수심에 잠겨 시립한 채 창밖의 봄바람이 기와지붕을 스치고 지나가는 소리를 듣고 있었다.

문밖에서는 지난겨울의 마른 풀이 담벼락 위에서 계속 소스라치면서 몸을 떨었다. 이제 막 초록색 새싹이 돋기 시작한 버드나무 가지도 바람에 미친 듯 춤을 추기 시작했다. 또 처마 밑에 매달아 놓은 말 모양의 청동 풍경風磬은 딩-딩-! 딩-딩-! 하면서 처량한 분위기에 더욱 힘을 실어주고 있었다. 윤사가 한참 후에 깊은 잠에서 깨어난 듯 입을 열었다.

"다들 가까이 오게."

윤사의 가족들이 서로 눈치를 보면서 침대 곁으로 조금씩 다가갔다. 곽락라씨가 안주인답게 윤사에게 직접 인삼탕을 따라준 다음 말했다.

"괜찮죠? 이걸 마시고 털고 일어나세요. 기왕 이렇게 된 것 어떻게 하겠어요. 너무 괴로워하지 마세요. 방 안에 좋은 산삼이 두어 뿌리 있었는데, 그 작자들이 왔다가더니 없어졌네요. 날개 떨어진 봉황은 닭보다 못하다고 하더니 완전 그 짝이 났어요! 빌어먹을 새끼들, 뭐 하는 짓거리야?"

곽락라씨가 또다시 울분을 주체할 수 없는 듯 울먹였다. 이어 바로 두 손으로 얼굴을 가린 채 울음을 터트렸다. 그녀는 안친왕(청 태조 누르하치의 손자인 악락岳樂)의 외손녀로, 화석액부和碩額駙(공주의 남편) 명상明尙의 딸이었다. 강희가 직접 나서서 윤사와 연분을 맺어준 종친이었다. 내무부 신자고辛者庫 완의노浣衣奴(빨래방의 노예) 출신의 미천하기 이를 데 없는 양비良妃를 생모로 두고 있는 윤사와는 근본적으로 출신이 달랐다. 그로 인해 평소 은근히 기가 죽어 있던 윤사는 마침내 형제들 중에서의 위상이 알게 모르게 크게 부상했다. 안친왕의 외손녀 곽락라씨를 정실로 들인다는 것은 과연 그 정도의 위력을 가지고 있었다. 그 때문에 곽락라씨는 윤사를 우습게 알았다. 아예 의식하지도 않았다고 해도 좋았다. 가인들이 뒤에서 그녀를 '왕부의 태후'라고 부른 것은 다 그럴 만한 까닭이 있었다.

그러나 이제 그녀가 우습게 알았던 윤사의 가세는 기울고 말았다. 그 옛날의 영화도 구름처럼 사라졌다. 게다가 그녀는 자신의 친정이 더 이상 이 모든 현상을 타파해줄 힘이 없다는 사실도 뼈저리게 깨달았다. 더불어 이 거대한 왕부도 윤사가 없으면 무용지물이라는 사실을 비로소 절실히 느꼈다. 그녀가 곧 구슬프게 흐느꼈다.

"이 모든 것이 다 저 때문이에요……."

그녀가 그렇게 말하는 데는 그만한 이유가 있었다. 때는 태자가 처음 폐위 당했던 강희 47년이었다. 당시 군신들은 하나같이 동궁의 새 주인으로 윤사를 천거한 바 있었다. 하지만 강희는 단호하게 반대했다. 다른 아들들에게 "윤사는 안친왕의 외손녀를 정실로 들였다. 그 덕을 톡톡히 보고 있다. 하지만 그 여자는 질투가 심하고 욕심이 많다"라는 내용의 조유를 내려 보내 자신의 입장을 분명히 밝히기도 했다. 윤사에게는 '무서운 마누라'가 있으니 그를 태자로 삼으면 '여주인'의 수렴청정이 심해져 결국 화를 불러오게 된다는 얘기였다. 그 뒤로 윤사는 강희의 말에 공감한 많은 사람들로부터 지지를 받지 못하게 되고 말았다.

"그러지 말게. 가지 많은 나무에 바람 잘 날 없다고 하지 않았는가. 나 윤사라는 나무가 너무 거목이어서 바람을 달고 다니다 보니 이렇게 된 거야. 결코 자네 잘못은 아니야. 성조께서는 태자를 혼내주려고 일부러 동궁의 새 주인을 '천거'하라고 하셨어. 그런데 의외로 너무 많은 문무 대신들이 나에게로 엎어졌어. 그러니까 노인이 몹시 당황했던 거지."

윤사가 담담한 표정으로 곽락라씨를 위로했다. 이어 이를 악물고 웃음을 지어보였다.

"나는 내가 제위에 앉을 만한 인물이 못 된다는 것을 잘 알아. 그러나 넷째 형님이 우리를 이런 식으로 마구 대해서는 안 되지. 화모귀공이니, 관신일체납량이니, 국채 환수니 하면서 나라를 온통 아수라장으로 만들어놓고서 말이야. 거지들의 인두세까지도 우리 만주인들에게 매달 지급하는 돈에서 공제하겠다니, 그게 말이나 돼? 자기 마음대로 천하를 요리하고 반죽하려는 것을 내가 총리왕대신의 자격으로 제동을 걸고 나서니 꼴 보기 싫다 이거 아니겠어? 그래서 파버려야겠다고 마음을 먹었겠지. 흥! 나 같은 호걸이 자기가 제공하는 알량한 오두미五斗米 아니면 굶어죽을 줄 아나 보지. 속이 좁기로는 여자보다 못한 양반이!"

윤사는 격분한 듯했다. 얼굴에는 홍조까지 피어오르고 있었다. 그러나 이내 진정하더니 다시 천천히 덧붙였다.

"지나간 일은 더 이상 말하지 말자고. 저런 이기적인 독불장군, 민적民賊은 하늘이 가만 놔두지 않을 테니까. 이제부터는 우리가 살 궁리나 하자고. 복진, 자네는 별걱정 하지 않아도 될 거야. 그래봤자 친정으로 쫓아 보내겠지. 아들들을 데리고 가서 잘 키우게. 자네가 배 아파 낳았든 아니든 다 내 혈육이니 잘 부탁하네. 내가 죽든 살든 자네가 아이들만 잘 키워준다면 나는 걱정이 없겠네……."

순간 그가 잠시 말을 멈췄다. 자신의 말이 채 끝나지도 않았는데 방 안 여기저기에서 울음소리가 터진 탓이었다. 특히 곽락라씨는 울음과 함께 증오의 말을 마구 토해냈다.

"무슨 말씀을 그렇게 하세요? 그 칼침 맞아 죽을 놈이……, 마마를 이보다 더 어려운 궁지에 빠뜨리기야 하겠어요? 저는 죽으나 사나 마마를 따라나설 거예요. 하늘은 뭘 하는지 모르겠네. 자기 아우를 이런 식으로 잡아먹는 형님도 있습니까? 흑흑흑……."

"다들 울지만 말고 내 말 잘 듣게!"

윤사가 지켜보다 못해 나지막하게 소리쳤다. 그러나 그 말에는 위엄이 있었다. 좌중의 사람들은 순식간에 울음을 뚝 그쳤다. 그가 다시 입을 열었다.

"넷째 형님이 나를 민왕으로 봉한다고 했지 않은가. 그것은 나를 죽이지 않으면 미치게라도 만들겠다는 뜻이지. 어느 누구도 나보다 그 양반을 더 잘 아는 사람은 없을 거야. 그렇기 때문에 우리는 미리 대비해둘 필요가 있어. 대비를 해두면 이기지. 반면 대비를 하지 못하면 망해. 만에 하나 내가 연금당한다면 자네들은 괜히 따라서 희생양이 될 이유는 없지 않을까? 그렇게 되면 나는 시중드는 사람 둘만 있으면 되겠어. 자연紫燕과 상죽湘竹이 어떨까 싶은데……, 자네들 입장을 분명히 해보게. 원하지 않는다면 다른 사람으로 바꿀 테니까."

윤사의 말이 끝나기 무섭게 갑자기 침대 저편에 있던 두 시녀가 무릎을 꿇은 채 엎어지면서 통곡했다. 자신들이 지명을 당한 것이 감지덕지한 모양이었다. 곧이어 그녀들이 약속이나 한 듯 이구동성으로 말했다.

"이년들은 여기저기 팔려 다니면서 개돼지보다 못하게 살아온 별 볼 일 없는 인간들이었습니다. 그러다 마음씨 좋은 마마의 구원을 받았습니다. 이후 지금까지 분에 넘치게 잘 살아왔습니다. 어찌 마마의 분부를 마다하겠습니까? 이년들이 골백번 죽어도 어찌 마마의 은혜를 다 갚겠습니까? 이년들은 마마의 곁을 한 발자국도 떠나지 않을 것이옵니다."

윤사는 두 시녀의 말에 적이 마음의 위로를 받았다. 당연히 둘의 말을 믿어 의심치 않았다. 사실 그럴 수밖에 없었다. 염친왕부로 들어와 시중을 드는 가인들은 모두가 그로부터 하늘같은 은혜를 입었다고 볼 수 있었기 때문이다. 제정신이 아니고는 배신할 수 없는 사람들이기도 했다.

실제로 윤사는 젊을 때부터 베풀기를 좋아했다. 남의 어려움을 외면하는 법이 거의 없었다. 조금 더 좋게 말하면 정말 자상한 성격의 소유자였다. '팔현왕'이나 '여덟째 부처님'이라는 별명을 달고 살아온 것은 다 까닭이 있었다. 그는 자신이 베푼 그런 인정을 잊지 않고 끝까지 따라주는 아랫것들의 마음 씀씀이에 감동하지 않을 수 없었다. 가슴 저 밑바닥이 어느새 훈훈해지고 있었다. 그때 곽락라씨가 눈물을 훔치면서 입을 열었다.

"정말 그렇게 대책이 없게 된다면 나머지는 다 나를 따라 우리 친정으로 들어가자고. 아무리 씨알머리 없는 인간이라고 하나 남의 장인어른의 집까지 연루시키지는 않겠지?"

윤사가 그러자 고개를 절레절레 저었다.

"자네한테 따로 챙겨둔 돈이 조금 있는 것은 알고 있네. 그래봤자 백만 냥 정도밖에 더 되겠어? 아무리 친정이라 하더라도 그런 모습으로 하인들이나 잔뜩 데리고 들어가는 것은 아니지. 데리고 갈 수 있는 만큼만 데리고 들어가. 그 나머지는 지금 당장 고향으로 돌려보내는 것이 낫겠어."

"지금이라고요?"

좌중의 모든 사람들은 전혀 예상하지 못한 윤사의 결단에 깜짝 놀랐다. 하나같이 눈이 휘둥그레졌다. 사태가 그토록 급박하게 돌아간 다고는 생각지 못한 모양이었다. 순간 열댓 살 되어 보이는 장자 홍왕 이 한 발 앞으로 나서면서 무릎을 꿇었다. 이어 어른 빰치게 철이 든 모습을 보이면서 천천히 아뢰었다.

"아버지! 다시 한 번 고려해 보십시오. 그것은 아버지께서 너무 민 감하게 반응하는 것으로 비칠 소지가 큽니다. 원래 의심이 많은 폐하 께서 더 큰 의혹을 품으실 수 있습니다. 아직은 그렇게 위험한 단계에 와 있는 것은 아니라고 생각합니다."

윤사가 쓸쓸한 웃음을 지으면서 홍왕을 쳐다봤다. 그리고는 체념 한 어조로 말했다.

"그러게 미리 대비한다고 했지 않았나! 위험한 단계에 가서 움직이 면 이미 늦는 거야. 안 그러냐?"

윤사는 말을 마치기 무섭게 벌떡 일어나 앉았다. 동시에 베개 밑에 서 두툼한 은표 뭉치를 꺼냈다. 이어 손바닥에 올려놓고 무게를 가늠 하더니 실소를 흘렸다.

"사람에게 가장 좋은 것은 권력을 소유하는 것이야. 권력이 있으면 돈도 생기고 미녀들도 즐비하게 따르지. 명예는 말할 것도 없고 말이 야. 그러나 만약 권력이 없으면 돈이라도 엄청나게 있어야 해. 그 옛날 조룡祖龍(진시황을 지칭)은 과부 파巴씨에게 상당한 예우를 했어. 바로 그녀가 나라 하나를 통째로 사버릴 수 있을 정도의 어마어마한 부자 였기 때문이지. 저 작자들은 내 재산 팔백만 냥을 압수하고 내 날개 를 꺾어 놓았노라고 낄낄거리면서 좋아하겠지? 여기 그보다 더 많은 천만 냥이 있는 줄도 모르고 말이지. 오늘 저녁 이 돈을 여러분들에 게 다 나눠줄 테니 내일부터는 각자 살 길을 찾아 떠나게."

좌중의 사람들은 평소 윤사가 금전에 대해 집착하지 않는 모습을 보아왔다. 그랬던 그가 갑자기 천문학적인 돈을 수중에 가지고 있다고 말하자 하나같이 크게 놀랄 수밖에 없었다. 그러나 윤사는 그들의 반응에는 아랑곳하지 않고 빳빳한 새 은표를 둘로 나눠 곽락라씨에게 건네줬다.

"이건 우리 가족들에게 나눠주도록 하게. 형편을 봐서 사정이 괜찮으면 조금 적게 주고 어려운 사람에게는 더 많이 주도록 하게."

윤사가 잠시 뭔가를 생각하더니 자연이라고 불린 시녀에게 말했다.

"가서 하주아와 총관집사 정금귀丁金貴에게 이층에 있는 집사들을 전부 데리고 월동문 입구에서 지시를 기다리라고 하게."

자연이 알겠노라고 몸을 낮춰 인사하고 물러갔다. 그러자 다시 눈물범벅이 된 복진이 입을 열었다.

"우리 집은 오늘 저녁으로 진짜 이렇게 풍비박산이 나버리고 마는 겁니까?"

"부부라는 것은 원래 같은 가지에 머무는 두 마리 새야. 그러나 큰 난리를 당하면 각자 흩어져야 살 수 있다네."

윤사가 쓸쓸하게 웃으면서 말했다. 그리고는 한탄하듯 다시 말을 이었다.

"부부 사이라도 그래. 그러니 가인들이야 더 말해서 무엇 하겠어? 이 세상에는 끝나지 않는 잔치라는 것은 있을 수 없네. 이집 식솔들뿐만 아니라 이 나라, 이 집단, 이 세상도 언젠가는 먼지처럼 산지사방으로 날아갈 거야. 연기처럼 사라질 때가 있는 거라고! 이제 고담준론은 그만하고 자네 표정부터 밝게 하게. 곧 사람들이 올 텐데 안주인이라는 사람이 어떤 지경에 처하더라도 당당해야지, 구질구질하게 보일 수는 없지 않은가! 하주아 등이 오면 자네가 알아서 돈을 나눠주도록 하게."

윤사의 말이 떨어지기 무섭게 하주아가 등 뒤에 10여 명의 집사들을 데리고 들어섰다. 지위가 가장 높은 정금귀는 맨 끝에 따라 들어왔다. 곧 정금귀가 집사들을 거느리고 공손하게 예를 갖춰 윤사에게 문안을 올렸다.

"소인이 조사를 해본 결과는 이렇습니다. 벌써 차고茶庫에서는 세 놈이 찻잔과 차를 챙겨가지고 도망갔습니다. 동쪽 서재에서 필묵을 시중드는 놈들도 여덟 명씩이나 병가를 냈습니다. 일가 네 명이 밤을 타 도망가 버린 경우도 있습니다. 어떤 이들은 이것들을 붙잡아 죽도록 패줘야 한다면서 광분했으나 소인이 말렸습니다. 지금은 경거망동할 때가 아니라고 하면서 말이죠. 때가 되면 제가 알아서 붙잡아 오겠다고 했습니다."

"자네들, 절대 그런 무모한 짓을 해서는 안 되네. 진심으로 주인에게 충성한다면 주인의 말을 잘 들어야지. 나는 보답을 바라고 은혜를 베푸는 그런 사람이 아니네. 이럴 때 내 곁에 남아주는 것은 충성이라고 하겠으나 떠난다고 해서 죽일 놈 살릴 놈 할 것도 없네. 언제 어디서 만나든지 분풀이를 해서는 안 돼. 뿐만 아니라 그들의 고향집에도 오백 냥씩 보내주도록 하게."

윤사의 어조는 단호했다. 이어서 그가 부드러운 눈빛으로 가인들을 둘러보면서 덧붙였다.

"나는 밖에 나가서도 그 사람의 좋은 점만 생각해. 나에게 나쁘게 했던 것은 잊고 사는 사람이야. 그런데 어떻게 자기를 믿고 따라준 가인들을 괴롭힐 수가 있겠는가? 살아남겠노라고 한밤중에 웅덩이에 빠지고 돌멩이에 걸려 넘어져가면서 도망가는 마음인들 오죽하겠나?"

말을 마친 윤사가 숨을 길게 몰아쉬면서 찻잔을 들어 한 모금 마셨다. 목을 축인 그가 다시 말을 이어나갔다.

"앞으로 남아돌게 될 삼백오십만 냥을 어떻게 배분할 것인지 내가 생각해봤네. 홀몸인 노예들은 오천 냥씩, 가정이 있는 노예들은 일 인당 사천 냥씩 주기로 했네. 또 우리 집에서 나고 자란 가생노家生奴들은 일인당 팔천 냥씩, 태감은 일인당 육천 냥씩 주기로 했어. 남는 돈 중에 내가 따로 쓸 곳이 있으니 십만 냥은 남겨둬. 자네 열 몇 명은…… 남는 이십만 냥을 골고루 나눠가지도록 하게. 직친왕直親王은 가인들에게 한 푼도 주지 않고 내쫓았지. 그러다 결국에는 조정에 몽땅 빼앗기고 말았어. 나는 그런 어리석은 짓은 하지 않을 것이네. 기왕이면 나를 믿고 따르던 가인들이 나가서 하나라도 잘 살도록 해주는 게 낫지."

좌중의 사람들은 윤사가 그렇게 말하는 동안 한데 엉켜 울음을 터트렸다. 정금귀 역시 연신 머리를 조아리면서 울먹였다.

"마마, 이…… 이러시면 안 됩니다. 소인들이 어찌 의롭지 못하게 주인의 처지를 뻔히 알면서 이 돈을 받고 나갈 수가 있겠습니까? 소인들은 마마께서 가시는 곳이라면 거기가 어디가 됐든 따라가겠습니다. 하다못해 땅뙈기를 개간해 농사를 짓는다고 해도 마마 한 분을 모시지 못하겠습니까? 마마……!"

윤사는 가인들의 행동에 벅찬 감동을 받았다. 그러나 그는 솟구치는 눈물을 꾹 참았다.

"왜 다들 이렇게 못나게 구는 것인가? 내가 몇 번이고 생각해서 내린 결정이라고 하지 않았나! 사적을 읽어도 내가 더 읽었을 거야. 뭘 알아도 내가 더 많이 알 것이고. 군소리 말고 내 명령에 따라주게. 오늘 저녁내로 떠날 수 있으면 떠나. 내일까지는 다 떠나도록 하게. 낮에는 한꺼번에 우르르 몰려나가기보다는 몇 명씩 눈에 띄지 않게 조용히 나가게. 비록 더러운 이름으로 개명을 당했으나 아직은 왕인만큼 누가 감히 자네들을 막지는 못할 거네. 넷째 형님 그 양반은 내가 잘 알아! 이제 우리 왕부의 씨를 말리려고 들 거라고. 그러니 앞날이 구만리인 사람들이 괜히 생매장을 당할 필요가 없지."

윤사가 눈물이 그렁그렁한 두 눈으로 이번에는 하주아를 바라보면서 말했다.

"뭐니 뭐니 해도 자네가 제일 안 됐네. 자네는 여기저기 얼굴이 많이 알려져 있어. 게다가 정신淨身(태감이 되기 위해 남자의 생식기를 자르는 일)까지 한 몸이야. 마땅히 숨어 살 곳도 없을 것 같네. 십만 냥을 줄 테니 일단 믿을 만한 친구 집에 숨겨 두게. 앞으로 필요할지 모르니까."

윤사는 말을 마치자 끝내 굵은 눈물을 주르륵 흘렸다. 더 이상 감정을 억제하지 못하는 듯했다.

하주아는 강희 47년에 염친왕부로 들어온 사람이었다. 원래는 육경궁에서 태자를 시중들던 총관태감으로 일했다. 그러다 윤사를 동궁의 새 주인으로 천거하는 움직임으로 나라가 떠들썩할 때 윤사의 지지 세력에 편승해 그의 집으로 둥지를 옮겼다. 이후 아홉 황자들은 치열한 제위 쟁탈전을 벌였다. 그는 그때 염친왕부의 총관태감 자격으로 여러 왕부를 드나들면서 갖은 모략과 공작에 앞장섰다. 윤사의 사주를 받아 윤진에게 불리한 일도 수없이 획책한 바 있었다. 그러니 옹정에게는 당연히 눈엣가시가 아닐 수 없었다. 화를 당하는 것은 거의 필연이라고 해야 했다.

그러나 하주아는 당당했다. 솔직하게 자신의 생각을 피력했다.

"저는 살아남을 생각 따위는 버린 지 오래입니다. 당연히 돈도 필요 없습니다. 그저 마마를 모시고 끝까지 함께 하겠습니다."

윤사가 그의 말을 받았다.

"자네 말이 틀린 것은 아니야. 하지만 넷째 형님은 독한 사람이야. 절대로 자네를 좋게 생각하지 않을 거야. 내 체면도 봐주지 않을 것이고. 자네는 열넷째가 교인제라는 여자를 빼앗기는 것을 보지 못했나? 돈은 가지고 가게. 자네는 일반 사람과 다르지 않나. 상상할 수도 없을 어려움이 있을 거라고……."

윤사의 말이 채 끝나기도 전이었다. 하주아가 결국엔 울음을 터트리고 말았다. 그리고는 울다가 그치다가를 반복했다. 칠흑 같은 염친왕부의 밤은 그렇게 깊어만 갔다.

그로부터 이틀 후 군기처에서는 지의를 작성해 내려 보냈다. 염친왕의 봉호를 박탈하고 민왕으로 고쳐 봉한다는 내용이었다. 그러나 윤당과 윤제에 대해서는 일언반구의 언급도 없었다. 그뿐만이 아니었다. 윤사의 집을 수색해 조사한 재산 목록은 운송헌에 이미 와 있었으나 윤당과 윤제의 집 재산 목록은 아직 올라와 있지 않았다.

옹정은 남은 일을 깔끔하게 처리하도록 독촉하기 위해 의친왕毅親王인 열일곱째 윤례를 보내고 자신은 자금성으로 돌아왔다. 봉선전奉先殿, 승건궁承乾宮을 찾아서는 향을 사르고 강희제의 위패 앞에서 자신이 아우들에게 이토록 모질게 하는 상황을 설명하고 이유를 밝혔다. 그리고는 다시 대각사로 가서 윤상의 빠른 쾌유를 비는 기도를 올렸다.

옹정이 그 모든 일을 마치고 창춘원으로 돌아왔을 때는 오시午時 초였다. 덕릉태는 정옥, 방포, 주식 등이 아직 퇴청하지 않고 노화루露華樓에서 조정 현안에 대해 논의하고 있다는 보고를 올렸다. 옹정은 그들에게 음식을 가져다주라는 지시를 내렸다. 그리고는 자신 역시 어주방에 일러 간단한 몇 가지 채소류를 부탁해 점심을 먹으면서 상주문을 뒤적였다. 고무용은 그가 용선用膳이 끝나기도 전에 들어와서는 보고를 올렸다.

"열일곱째마마께서 보고를 올리러 왔사옵니다. 접견하실 것이옵니까?"

옹정은 창밖을 내다봤다. 과연 붉은 돌계단 밑에 서 있는 윤례의 모습이 보였다. 그가 웃으면서 불렀다.

"이보게, 열일곱째! 힘들 텐데 어서 들어오게."

윤례가 쌩쌩 바람을 일으키면서 성큼 안으로 들어섰다. 올해 나이 스물일곱인 윤례는 강희의 아들들 중에서 유독 키가 작고 왜소한 편이었다. 그러나 어려서부터 밖에서 병사들을 훈련시키는 일을 척척 해내는 강단을 보이고는 했다. 오랫동안 말을 타는 것도 마다하지 않았다. 그로 인해 그의 다리는 휘어져 있었다. 하지만 그래도 무척 튼튼해 보였다. 윤례가 격식을 갖춰 옹정에게 인사를 올렸다.

"임무를 완수하고 왔사옵니다. 먼저 운송헌에 갔더니 세 재상들이 폐하께서 하사하신 선膳을 먹느라 여념이 없기에 들어가지 않았사옵니다. 저는 폐하께 더 맛있는 음식을 상으로 달라고 졸라야지 하는 생각으로 정신없이 말을 달려 왔사옵니다. 뱃가죽이 등에 붙은 것 같사옵니다."

"자네는 역시 머리가 좋단 말이야."

옹정이 껄껄 웃으면서 소탈한 표정을 지었다. 기분이 대단히 좋아 보였다. 곧 이어 그가 식탁 위에 그대로 있는 음식을 가리키면서 고무용에게 분부했다.

"짐에게는 붉은 콩 소를 넣은 만두만 남겨둬. 나머지 음식은 열일곱째마마에게 상으로 내리는 것이니 저쪽에 따로 상을 차리게."

고무용이 대답과 함께 윤례 앞에 탁자를 가져다 놓고는 옹정의 어선으로 준비된 음식을 옮겨왔다. 윤례는 김이 모락모락 피어오르는 만두를 보는 순간 참지를 못하겠다는 듯 두 손으로 집으려 했다. 그러다 다시 손을 거둬들이고는 엉덩이에 쓱쓱 닦으면서 입이 귀에 걸리도록 웃음을 흘렸다.

"폐하, 신은 아침부터 쫄쫄 굶었사옵니다. 배가 고파 눈이 뒤집히기 일보직전이옵니다. 아우의 방식대로 먹겠사옵니다."

윤례는 주먹만 한 만두를 통째로 입 안에 집어넣고는 양 볼이 불룩하게 튀어나온 채 힘겹게 우물거렸다. 목젖이 두어 번 꿀꺽 오르락내리락해서야 겨우 숨을 돌리는 것 같았다. 그가 허겁지겁 집어 먹는 통에 접시는 순식간에 핥아먹은 듯 깡그리 비워졌다. 옹정이 그 모습을 보더니 자신이 먹던 만두마저도 윤례에게 밀어주면서 껄껄 웃었다.

"누가 봤으면 짐이 아우를 몇 날 며칠 굶긴 줄 알겠네! 누가 빼앗아 먹는 것도 아니니 천천히 먹게. 모자라면 더 가져다 줄 테니."

윤례가 만족스러운 표정을 한 채 기름기가 번지르르한 입을 문질러 닦았다. 이어 웃는 얼굴로 말했다.

"폐하의 면전에서 무례를 범한 것 같사옵니다. 고북구古北口에서 장령들과 가마솥 주위에 빙 둘러 선 채 순가락으로 마구 퍼먹던 습관이 있어서 쉽게 고쳐지지 않사옵니다. 저희들이 밥 먹을 때에 보면 그건 사람도 아니옵니다. 구유에 입 대고 먹는 돼지들이 따로 없사옵니다. 그렇게 마구 먹어대는 그들 틈에서 황자의 체면을 차렸다가는 얻어먹지도 못하옵니다. 그래서 조금씩 따라하다 보니 이렇게 완전히 망가지고 말았지 뭡니까. 오랜 병영 생활을 거쳐 오면서 보니 열셋째 형님께서는 그때 위장병을 얻은 것 같사옵니다. 병사들은 그렇게 먹어대도 늘 허기져 하옵니다. 그런 걸 보면 한편으로는 한심하옵니다. 그들은 훈련하는 날보다 총 메고 싸우러 나가는 걸 더 좋아한답니다. 싸우러 나가는 날의 식단은 완전히 생일날이 따로 없을 정도로 좋거든요."

윤례의 익살에 옹정이 흐느적거리면서 웃었다. 이어 천천히 물었다.

"그런데 자네는 똑같이 게걸스레 먹었음에도 어떻게 위를 다치지 않았나? 짐이 보기에는 갈 때보다 몸이 더 좋아진 것 같군."

윤례가 즉각 대답했다.

"체질이 아니겠사옵니까? 선천적으로 체질이 튼튼한 사람은 뭘 먹어도 다 소화해냅니다. 반면 그렇지 않은 사람은 먹을수록 누렇게 뜬다고 하옵니다."

"그건 그렇고……."

옹정이 한참 웃고 나서는 정색을 한 채 다리를 포개고 온돌마루에 앉았다. 이어 교인제를 향해 손짓을 하면서 말했다.

"자네, 열일곱째마마에게 차 한 잔 따라 올리게. 그래 아기나와 색사흑은 무슨 말이 없던가?"

윤례는 북경에 돌아온 지 얼마 되지 않았으나 교인제가 일반 궁인이 아니라는 소문은 익히 들어 알고 있었다. 그래서 찻잔을 받을 때 특별히 시선을 주면서 웃어 보였다. 이어 옹정의 질문에 대답했다.

"신은 먼저 열여섯째 형님을 따라 열넷째 형님한테 가봤사옵니다. 열넷째 형님은 이미 수황전壽皇殿으로 나와 있었사옵니다. 그런데 집이 텅텅 비어 있었사옵니다. 변변한 가구도 없었사옵니다. 너무 쓸쓸해 보여 신이 내무부에 지시해 가구를 몇 개 가져다 놓으라고 했사옵니다. 아기나는 며칠 동안 밥을 먹지 않았다면서 침대에 누운 채 지의를 전달받았사옵니다. 지의 내용에 웃기만 할 뿐 아무 말도 없었사옵니다. 색사흑은 건방지기 이를 데 없었사옵니다. 콧방귀를 뀌어

가면서 이렇게 이죽거렸사옵니다. '지존의 성인께서 사람 보는 눈이 오죽이나 정확하겠나? 구구절절 다 똑 떨어지는 말씀이니 내가 달리 할 말이 있겠나? 그러나 이것만은 전해주게. 나는 이제 모든 생각을 불태워 허공에 날려 보낸 사람이라고. 그러니 삭발하고 출가승이 되도록 윤허해줬으면 한다고 말이네. 죄가 너무 커서 용서하기 어려우면 당장 죽여주든가. 이렇게 갇혀 있다가 큰형님처럼 미치기라도 하면 그건 스스로 혀 깨물고 죽는 것보다 못하니까!'라고 말이옵니다."

옹정의 얼굴빛이 순간적으로 어두워졌다. 손에 들고 있는 찻잔을 으스러지게 꽉 움켜쥐었다.

"또, 계속해 봐."

옹정이 다그쳤다. 윤례가 한숨을 짓더니 다시 정색하면서 말을 이었다.

"다른 말은 없었사옵니다. 아홉째 패륵부에서 나오면서 도리침을 만났사옵니다. 그가 하는 말이, 서산 선박영의 병사들이 행적이 수상쩍은 두 사람을 붙잡았다는 겁니다. 그런데 그들이 열둘째 형님의 문인門人을 자처하더랍니다. 그래서 열둘째 형님 쪽에 물었더니, 그런 사람은 모른다고 했다 하옵니다. 행낭에 편지 두 통이 들어 있었는데, 하나는 한문, 다른 하나는 영국말 같기도 하고 하여간 이상한 필체였다고 하옵니다. 윤록이 확인한 바로는 둘 다 아홉째 형님의 필체인 것 같다고 하옵니다. 신이 도리침에게서 받아왔사옵니다."

옹정은 윤례가 내민 편지 두 통을 살펴봤다. 과연 하나는 전혀 알아볼 수가 없었다. 이슬람 사원에 적혀 있는 글 같기도 했고, 흠천감欽天監에 보관돼 있는 문서에 쓰인 영어 같기도 했다. 또 어떻게 보면 티베트 글씨 같은 느낌도 없지 않았다. 옹정은 한문으로 된 것을 펼쳐들었다.

앞길이 막막한 왕이 삼가 올리는 글:

세상을 뒤덮을 기개로, 산을 뒤흔드는 용기로 백전백승했으나 결국에는 손바닥만 한 조롱에 갇혀버리는 신세가 되고 말았네. 애송이에게 패배한 한은 제쳐두고라도 저런 자가 득세해 하늘이 망할까 심히 우려스럽네. 거사의 기회는 이미 잃었으니 군막 앞에는 병사들이 하나도 없네. 괴로움에 젖어 평생을 갇힌 채 죽어 가느니 지금 목을 찔러 죽고 싶은 마음뿐이네.

옹정이 한참 편지를 들여다보더니 물었다.

"이 편지를 가지고 있던 사람 입에서 무슨 자백 같은 것을 받아내지는 않았나?"

윤례가 즉각 대답했다

"내무부의 누군가가 알아낸 바로는 둘 다 아홉째……, 아니 색사흑의 문하라고 하옵니다. 신이 뒤뜰로 끌고 가 몽둥이질을 가했더니 그제야 자백을 했사옵니다. 이 편지는 색사흑이 윤아 형님에게 보내는 편지라고 하옵니다. 그 서양 글 같은 문자로 쓰인 편지는 아기나가 서녕西寧에 있는 윤아에게 보냈던 것이옵니다. 그러나 도무지 무슨 뜻인지 알아볼 수가 없었사옵니다."

옹정이 한참 대책을 생각하는 표정을 짓더니 냉소를 터트렸다.

"저 사람들의 속셈은 뻔해! 빨리 죽여 달라고 앙탈을 부리는 거지. 기어코 짐의 손에 피를 묻히고야 말겠다는 셈이네. 인제, 자네가 보기에 저들이 진짜 형제간의 우애를 손톱만큼이라도 염두에 두는 사람들 같은가?"

옹정은 말을 마치고는 차가운 눈빛으로 대전을 쓸어봤다. 이어 책상 앞으로 다가갔다. 그리고는 붓을 날려 유지諭旨를 내렸다.

이 두 장의 편지를 상서방, 군기처 및 육부의 시랑 이상 관리들에게 돌려 관리들이 읽어보도록 할 것:

종래로 은어隱語라는 것은 다른 사람에게 발각되는 걸 방지하기 위한 수단이다. 그렇다면 이는 윤당이 서녕에 있을 때 비밀내용을 담은 서찰을 누군가와 많이 주고받았다는 사실을 말해주는 증거이네. 색사흑이 윤아에게 "기회를 잃어버렸다"면서 땅을 친 것을 보면 이자들의 음모가 어느 정도였다는 사실을 알 수가 있네. 심히 놀랍네. 그저 "비열하고 졸렬하다"고만 볼 수 없는 사안이 아닌가? 여러 대신들이 상의해 결과를 짐에게 상주하도록 하라.

옹정이 막 붓을 내려놓았을 때였다. 밖에서 장정옥의 목소리가 들려왔다. 태감에게 묻는 것 같았다.

"폐하께서 선膳은 드셨나? 맛있게 드시는 것 같던가?"

옹정이 장정옥의 목소리를 듣고는 고개도 들지 않은 채 말했다.

"장정옥인가? 들게."

윤례가 황급히 자리에서 일어섰다. 장정옥이 앞장서 들어왔다. 이어 방포, 주식이 그를 따라 들어왔다. 악이태의 모습 역시 보였다. 윤례는 그들과 일일이 눈을 맞추고는 머리를 끄덕여 보였다. 옹정이 대신들의 대례가 끝나자 자리를 내주면서 교인제에게 차를 가져오라고 명령했다. 이어 말했다.

"기가 막힌 글이 있으니 함께 감상하도록 하세. 윤례가 색사흑이 윤아에게 보내는 편지 두 통을 가져왔어. 자네들 대석학들이 눈요기나 하게."

주식이 편지를 먼저 읽었다. 이어 장정옥에게 넘겨주면서 아뢰었다.

"폐하, 이건 이십 년 동안 지치지도 않고 제위를 노려오던 아기나 등의 구태의연한 작태 중의 하나일 뿐이옵니다. 폐하 입장에서는 증거 하나가 더 늘었다고 할 수 있사옵니다. 그러나 이미 밑바닥까지 간 그들을 처벌하는 데는 이런 것이 없어도 충분하옵니다. 그들에 대한 탄핵안은 하루에도 수십 건씩 날아들고 있사옵니다. 폐하, 외람되오나 이는 사건에 불과할 뿐 정무는 아니옵니다. 이제부터는 조정의 초점을 천하대사에 맞춰야 할 시기라고 생각하옵니다."

이어 방포가 입을 열었다.

"어차피 죽은 돼지이니 뜨거운 물이 무슨 대수냐는 식으로 나오는 것 같사옵니다. 저 사람들에게는 조정으로 하여금 모든 정력을 자기네들한테 쏟게 함으로써 다른 대사에 차질을 빚게 만들려는 속셈이 깔려 있사옵니다. 한 마디로 폐하께서 야심차게 밀어붙이려는 새로운 정책을 강보襁褓 상태에서 요절내거나 불구로 만들겠다는 수작이옵니다."

옹정은 몇몇 최측근 대신들의 단도직입적인 분석에 그야말로 섬뜩해졌다. 곧 가슴 가득한 울화를 토해내려는 듯 길게 한숨을 내쉬면서 냉소하듯 말했다.

"우리 군신君臣 사이에는 느낌이 통하나 보네. 짐도 그렇게 생각했네. 윤지와 윤록이 이 사건을 책임지도록 해. 군기처 대신인 자네들은 여기에 매달릴 것 없어. 군기처는 각 성省에서 시행하는 새로운 정책의 실행 상황을 보고받고 독촉해서 더욱더 널리 보급시키는 데 최선을 다하게. 짐은 악이태에게 운귀雲貴의 개토귀류 성공 사례를 조목조목 작성해 올리라고 했네. 다른 곳의 본보기로 삼을 것이야. 걸림돌이 되는 것에 대해서는 제때에 짐에게 상주하도록 하게. 춘황春荒(보릿고개)이 코앞이네. 산동, 안휘, 강서 등 작년에 수재를 입은 성들에는 호광湖廣에서 식량을 조달해 배분하라고 했어. 어떻게 됐는지 알아보고 독촉하도록 하게. 산동성 하택菏澤 현령이 그 지역의 수재를 입은 정도가 유독 심각하다고 하니 시세륜에게서 구호식량 삼만 석을 요청하도록 하게. 사람이 먹는 것 외에도 종자씨앗도 있어야 하지 않겠는가?"

옹정이 물 한 모금을 마셨다. 순간 문득 교인제가 산서성 정양定襄 사람이라는 생각을 떠올렸다. 그가 다시 말을 이었다.

"산서성의 안문관雁門關, 정양, 오채五寨 일대에도 작년에 폭설피해를 많이 입었다고 하네. 산서성 순무에게 정기를 내려 밥 굶는 사람, 추위에 떠는 사람은 없는지 민생 현장을 직접 둘러보라고 하게. 그리고 올해 산서성 전체의 세금을 면제해주도록 하게."

대신들은 옹정이 덧붙인 말이 끝나는 순간 어안이 벙벙한 표정을 한 채 서로를 번갈아 바라봤다. 산서성은 폭설 피해가 그리 큰 편이 아니었기 때문이었다. 실제 그랬다. 민가가 몇 채 무너진 것이 피해의 전부였다. 대신들은 '정작 가뭄으로 심각한 감숙성 같은 곳은 제쳐두고 왜 특별히 산서성에 특혜를 베풀려고 하는 것일까?' 하는 생각에서 벗어나지 못하고 있었다. 그때 윤록이 조심스럽게 아뢰었다.

"산서성 순무가 올린 주장에 따르면 산서성은 작년에 백 년 만에 전례 없는 대풍작을 거뒀다고 하옵니다. 북경은 과거 해마다 필요한 사오백만 석의 식량을 전부 강소성 쪽에서 매입했사옵니다. 그러나 올해는 산서성에 식량이 남아돌아 거기에서 백만 석 정도 매입해 들이기로 했사옵니다. 형평성을 고려해야 하옵니다. 산서성에 세금을 면제해주는 것은 다시 고려해 보셨으면 하옵니다."

옹정의 의중을 잘 아는 장정옥도 웃음 띤 얼굴로 입을 열었다.

"신 또한 열여섯째마마의 말씀에 공감하옵니다. 지금은 산서성의 세금을 면제해주기보다는 재해를 입은 곳을 시급하게 위로해야 하옵

니다. 그렇게 하면 백성들이 황은皇恩의 호탕함을 새삼 느끼게 될 것
이옵니다. 그것이 바람직하기도 하옵니다."

"이번 하남성의 향시에는 수재秀才들이 시험을 거부하는 움직임이
있다고 하네."

옹정이 장정옥의 말이 끝나자마자 바로 화제를 바꿨다. 이어 오랫
동안 가부좌를 틀고 있던 다리가 저린지 온돌에서 내려와 신발을 신
었다. 그리고는 방 안을 거닐면서 다시 입을 열었다.

"겉보기에는 전문경에 대한 불만이 있는 것 같아. 그러나 사실은
관신일체납량이 못마땅하다는 게 아니겠어? 하기야 자손 대대로 한
사람이 출세를 하면 구족九族이 승천하는 데 길들여져 있었으니 그
럴 법도 하지. 그 사람들은 크든 작든 조정의 녹봉만 먹으면 세금을
내지 않아도 되는 것으로 알고 살아왔어. 그런데 하루아침에 특권처
럼 여겨지던 그 제도가 바뀐다고 하니 거부감이 들어 그러는 것도
어느 정도 이해할 수 있어. 하지만 그렇다고 언제까지 봐줄 수는 없
지 않은가! 물론 전문경 본인도 약점이 없는 것은 아니지. 정정당당
하게 시험을 봐서 관직에 오른 경우가 아니고 돈을 주고 관직을 샀으
니 말이야. 때문에 종종 복종하지 않는 아랫것들이 있을 거네. 방포,
자네가 전문경에게 편지를 보내게. 짐이 보친왕에게 하남성에 들르
라고 했으니 홍력이 든든하게 막아줄 거라고 말해주게. 이불이 얼마 전
전문경이 가렴잡세加斂雜稅를 턱없이 많이 징수할 뿐만 아니라 문사들
의 인격도 유린한다면서 주장을 보내왔어. 이불 역시 짐의 최측근이
기 때문에 거짓보고를 올릴 리는 없을 거야. 그래도 이불이 주장을
올렸다는 말은 하지 말게. 그저 이런 저런 소문이 들리니 이에 대한
견해를 글로 써서 주장을 올리라고 하게. 짐이 봐서 잘못된 점이 있
으면 고치게 할 거야. 그렇지 않으면 남들의 웃음거리가 되지 않겠는

가? 아끼는 사람일수록 정문일침을 놓아 병을 치료해 줘야 한다고.”

옹정은 궁전 입구로 나가더니 길게 기지개를 켰다. 모처럼 윤사 등과 관련한 사건에서 해방돼 일상적인 정무로 돌아온 홀가분함이 엿보였다. 얼굴에서는 더 이상 기분 좋을 수 없는 표정이 어렸다. 희망에 찬 두 눈으로는 봄을 맞아 소생의 꿈에 부풀어 있는 창춘원을 응시하기도 했다. 물론 오랜 투병 끝에 병상에서 겨우 일어선 사람처럼 기운이 없어 보이기는 했다.

때는 4계절 중 가장 날씨가 좋은 시기인 이른 3월이었다. 창춘원을 둘러싼 아름드리나무들에서 뾰족뾰족 신록의 싹이 움트고 있었다. 담벼락 위에는 이름 모를 야생화들이 귀여운 함성을 지르면서 쫑긋쫑긋 고개를 내밀고 있었다. 어린 꿀벌들은 풍성한 여름을 기약하는 듯 옹알이를 하면서 궁궐의 처마 밑을 날아다녔다.

옹정은 한참 후에야 궁전 안으로 들어왔다. 이어 대신들을 향해 웃으면서 말했다.

“오늘 참 좋은 자리를 가졌던 것 같네. 형제들끼리 아옹다옹하면서 정력을 소진시키는 것과는 비교조차 할 수 없는 생산적이고 미래지향적인 시간이었어. 사람은 채 백 년도 살지 못해. 그런데 서로 할퀴고 물어뜯고 하는 것은 실로 하늘에 대한 죄악이 아닐 수 없네. 아기나 등도 저 어린 꿀벌들을 바라보면서 뭔가 새롭게 느끼는 것이 있었으면 하는 바람이야. 윤사는 북경에 내버려두고 윤당은 직예성 보정으로 보내. 이불더러 사람으로 만들어보라고 해야겠어. 그만 편히 앉게.”

옹정의 눈에는 여유와 부드러움이 넘쳤다. 윤사 등과 관련한 문제는 이제 완전히 해결됐다고 생각하는 듯했다.

21장
태평성대의 빛과 그림자

　홍력이 북경으로 돌아오라는 지의旨意를 받았을 때는 음력 4월 3일
이었다. 그 무렵 새로운 정책을 추진하기로 한 옹정의 조서는 이미 천
하에 알려진 상태였다. 이렇게 해서 남경의 크고 작은 거리와 골목마
다에는 양강 총독과 강소 순무의 연서連署 포고문이 나붙었다. 옹정
의 새로운 정책에 대해 설명하는 내용이었다.

　거의 눈뜬장님이나 다름없는 이위는 이때 고민 끝에 나름 묘책
을 생각해냈다. 우선 성유聖諭를 원문 그대로 책자로 만들어 각 현과
부府의 학궁學宮에 나눠줬다. 교유敎諭와 훈도訓導들이 사흘에 한 번씩
그 내용을 각 지역의 수재들에게 가르치면 수재들이 각자의 주현으
로 돌아가 배운 내용을 강의하게 하는 방식이었다. 지부와 현령들은
숫자 1이 들어간 날이면 거인과 수재들이 황제의 뜻을 제대로 파악
했는지를 검사했다. 또 숫자 5가 들어간 날에는 이위와 윤계선이 보

낸 시험지를 풀어야 했다.

그뿐만이 아니었다. 이위는 막료들을 동원해 성유의 내용 중 새로운 정책에 관한 부분을 고아사鼓兒詞, 도정道情, 연화락蓮花落과 같은 노랫말로 만들어 백성들에게 널리 퍼뜨렸다. 자연스럽게 극장의 곡목에는 궁중극이 추가됐다. 또 찻집이나 술집에서도 설창說唱을 하기에 앞서 황은을 칭송하는 〈송황은〉頌皇恩을 불러야 했다. 심지어 진회루秦淮樓와 같은 기방의 손님들도 울며 겨자 먹기로 기생들이 부르는 그 노래도 들어야 했다. 그렇게 해서 강소와 절강 지역에서는 어부와 나무꾼들마저 옹정의 새로운 정책을 줄줄 외울 수 있는 정도가 됐다.

홍력은 부자묘夫子廟 동쪽의 역관에 머무르고 있었다. 그곳은 남경에서 가장 번화한 곳이었다. 총독아문에서는 바로 그 역관 앞에 장막을 쳐놓고 각양각색의 등롱을 가득 걸어놓았다. 또 등롱에는 비속어나 수수께끼가 붙어 있었다. 그렇게 요란하게 늘어놓다 보니 지나가는 행인들의 눈길을 끌기에 충분했다. 그것들은 말할 것도 없이 이위와 부하들의 작품이었다. 수수께끼를 맞히는 사람에게는 즉석 상품 대신 채표彩票 한 장을 상으로 내렸다. 그 채표를 받은 사람은 고향에 돌아가면 의창義倉에서 쌀 한 되로 바꿀 수 있었다. 채표 뒷면에는 어김없이 성유를 선양하는 글이 적혀 있었다.

백성들은 들으시오.
천자의 은혜는 비와 이슬처럼 두텁다오.
세금은 본디 백성의 피와 땀이거늘,
남은 은을 나라에 돌리는 것은 당연하다오.
문무백관은 양렴은養廉銀을 받으나,
청렴한 관리는 그것을 아껴 백성들을 위한다오.

큰 부府에서는 의창義倉을 설치해

남아돌 때 넣었다가 보릿고개 넘을 때 요긴하게 쓴다오.

가진 사람 많이 내 음덕 쌓아 좋고,

없는 사람 그 혜택 받으니 역시 편안하다오.

이제부터는 부자도 관리도 똑같이 납량한다니,

다 같이 잘 사는 좋은 세상 만들어주신

우리 황제 폐하, 영명하신 성모聖謀가

온 누리에 빛을 발하네.

이위의 방법은 효과가 대단했다. 채표로 쌀을 바꿀 수 있다는 소식을 듣고 사방에서 농민들이 벌떼처럼 몰려든 것이다. 이렇게 해서 등롱을 걸어놓은 장막 안은 그야말로 북새통을 이뤘다. 그 모든 현장을 목격한 홍력은 놀라지 않을 수 없었다. 보름 전 채표 한 장과 함께 이위의 방법을 극력 칭찬하는 상주문을 비밀리에 옹정에게 상정한 것은 괜한 것이 아니었다.

소신이 계산해본 바에 의하면 채표 한 장에 쌀 한 되를 내준다 해도 채표 백만 장이면 강남의 여유분 양곡 만 석을 내주는 것에 불과합니다. 그러나 이를 통해 시골구석에 묻혀 사는 아둔한 백성들까지 성은을 입고 폐하의 은총에 감격해하니 실로 만 석의 식량으로는 계산할 수 없는 일로 사료되옵니다.

그리고 4월 3일, 드디어 홍력은 귀경하라는 지의를 받았다. 전문경을 탄핵하는 상주문의 진실 여부를 조사하라는 황제의 주비 역시 지의와 함께 도착했다. 주비는 옹정 특유의 단정한 해서체로 쓰여 있었다. 눈에 익은 부황의 글씨를 받아보는 홍력의 감회는 남달랐다. 내용은 그리 길지 않았다.

이위의 충정은 짐이 익히 아는 바이다. 그의 천부적인 총명함 역시 타의 추종을 불허한다. 자네가 상주한 내용은 각 성에 내려 보내 따라하게 했다. 세상일이란 천편일률적으로 논하기 어렵구나. 이위는 갑부가 많은 강남에 있으니 만 석쯤은 쉽게 내줄 수 있다. 그러나 산동성 같은 경우에는 천 석조차 조달하기 힘들 것이다. 아무튼 지방 정무에 대해 지속적인 관심을 가지도록 하여라.

여기, 관보 몇 부를 동봉하니 읽어보도록 해라. 너는 이제 곧 강남을 떠나 하남성으로 가게 되는구나. 길에서는 관보를 받기 힘드니 아직 전국에 발송하지 않은 관보를 미리 보내는 것이다. 개봉에 도착하면 아마 관보를 이어 받아볼 수 있을 것이다.

홍력은 밀봉된 갑 속에서 관보를 꺼내 읽어봤다. 특별히 중요한 내용은 없었다. 우선 18개나 되는 성에서 화모귀공 정책이 순조롭게 시행돼 관리들에게 계획대로 양렴은을 제공해주고 있다는 소식이 있었다. 환경이 열악하다 해서 기피하던 곳에도 가서 잘해보겠다는 관리들이 생겨 다행이라는 고무적인 소식 역시 있었다.

그 외에도 다소 눈에 띄는 소식은 있었다. 예부 시랑이 직접 윤당을 직예성 보정까지 압송해 이불에게 넘겨줬다는 내용이 대표적이었다. 말하지 않아도 색사흑를 "엄히 다스리라"고 못 박았을 터였다. 전문경을 탄핵한 이불의 상주문은 '용서할 수 없는 다섯 가지 죄목'이라는 제목만 있었다. 내용은 나와 있지 않았다.

알타이 장군이 보낸 군보도 있었다. 나포장단증이 병들어 죽고 그의 잔여 세력은 책령 아랍포탄이 거둬들였다는 내용이었다. 또 준갈이의 객이객 몽고의 군사들도 모두 책령 아랍포탄의 수중에 장악돼요즘 심상치 않은 움직임을 보이고 있다는 내용도 있었다. 이에 옹정은 위원 장군威遠將軍 악종기에게 경계를 강화하라는 지의를 따로 내렸다고 했다. 그밖에 양명시가 예부 상서에 임명됐다는 소식, 운귀 관찰사로 있던 손가감이 좌도어사로 발령받아 곧 북경으로 갈 것이라는 내용도 있었다.

홍력은 서재에서 주비와 대조해가면서 관보 내용을 꼼꼼하게 읽어봤다. 그제야 마음이 완전히 놓였다. 그는 '여덟째당'이 건청궁에서 큰 소란을 피웠을 때인 얼마 전만 해도 하루에 대여섯 건씩 급보를 받아든 적이 있었다. 덕분에 당시 북경의 사변에 대해 손금 보듯 알 수 있었다.

그 와중에 이위를 비롯해 윤계선과 범시첩은 매일 문안차 찾아와서는 어떻게든 내정內廷의 소식을 얻어들으려고 애썼다. 홍력은 그들 앞에서 가급적 대범하고 침착한 모습을 보여줬으나 솔직히 마음속은 불안하기 이를 데 없었다. 처음에는 염친왕이 정국을 혼란스럽게 하지나 않을까 걱정을 했었다. 그러다 나중에는 옹정이 대옥大獄을 일으켜 윤사 일당을 몰살시킬까봐 우려를 했다. 모든 풍파가 가라앉은 뒤에는 또 다른 걱정도 밀려왔다. 자신이 오랫동안 밖에서 떠돌고 있는 사이 누군가 옹정 앞에서 자신을 모함하고 시비是非를 거꾸로 뒤집지 않을까 하는 걱정이었다.

따라서 그가 이번에 받은 밀지密旨와 관보는 사실 내용과 관계없이 남다른 의미가 있었다. 바로 옹정이 홍력을 믿고 있다는 증거인 셈이었다. 홍력이 각 성과 변방의 소식을 제때에 알지 못할 것을 걱정해 아직 전국에 발송하지 않은 관보를 친히 보내줬으니 그렇게 생각해도 괜찮았다. 홍력은 부황의 지극히 세심한 배려에 탄복하지 않을 수 없었다. 다른 한편 북경에서 정무를 보고 있는 홍시가 부황의 인정을 받지 못하고 있다는 생각 역시 강하게 굳어졌다.

그는 궁중 문서를 내려놓았다. 마음이 더없이 홀가분해지고 있었다. 그때 지게꾼 차림의 사내 네 명이 이문二門을 들어서는 것이 보였다. 사내들은 방으로 들어오지 않고 계단 앞 천정天井(안뜰)에 일자로 늘어서더니 쉿소리 나는 목소리로 아뢰었다.

"넷째마마, 소인 형건업邢建業, 형건민邢建敏, 형건충邢建忠, 형건의邢建義가 황자마마의 몸 풀기 상대가 되어 드리고자 왔습니다!"

홍력 앞에 모습을 나타낸 형씨 사형제는 산동 태생이었다. 명나라 만력 황제 때부터 7대째 포졸 가문의 맥을 이어오고 있는 이들이었다. 원래 사형제의 부친 형련주邢連珠는 나이가 들어 은퇴하면서 아들들을 이위에게 보내 일을 하도록 했다. 이위는 또 형씨 사형제의 무예 실력을 시험해 보고자 그들을 특별히 남경 총독아문에 파견했다. 마침 홍력이 홀수 날이면 무예를 연마하는 것을 알고 오늘은 또 그들을 홍력에게 보낸 것이다.

홍력은 그들을 보자 두 말 없이 겉옷을 벗었다. 그리고는 흰 장삼과 자주색 조끼 차림을 한 채 신발도 장화로 바꿔 신었다. 이어 두루마기 자락을 허리춤에 쑤셔 넣고 나서 눈썹까지 오는 긴 막대기를 들고 대당大堂 앞에 나섰다. 그가 웃으면서 말했다.

"무술 연마는 오늘이 마지막이 될 것 같네. 곧 북경으로 떠나야 하니 말일세. 내일부터는 사흘 동안 남경의 관리들을 모두 만나야 하니 시간이 없네. 오늘은 어떤 식으로 연습할까?"

"마마의 분부에 따르겠습니다!"

형건업은 두 팔을 ×자로 한 다음 무인으로서의 예를 갖췄다.

"자네들의 주먹과 발차기 실력은 인정하네. 그러나 오늘은 조금 다르게 놀아보지. 내가 봉棒을 휘두를 테니 자네들이 하나씩 덤비게. 내 손에서 이 봉을 빼앗는 사람에게 은 스무 냥을 상으로 내릴 것이네."

홍력이 미소를 지으면서 말했다. 그런 다음 장화 속에서 은표 한 장을 꺼내 창문 앞 계단 위에 돌멩이로 짓눌러 놓았다. 이어 거기서 부터 몸을 홱 돌린 뒤 날렵하게 움직이면서 열 몇 바퀴를 뱅그르르 돌았다. 그는 곧 한손으로 거화소천擧火燒天 초식을 뽐내다가 다른 손 으로 진황부검식秦皇負劍式을 보여줬다. 그러자 온 뜰 안에 바람소리 가 요란했다.

사형제는 홍력의 현란한 봉술 실력에 연신 감탄사를 발했다. 박수 갈채도 보냈다.

홍력은 흥이 도도해졌는지 허공으로 뛰어오르면서 신들린 묘기를 선보였다. 이어 막대기를 한손에 들고 꺾고 치고 찌르고 밀고 낚아채 는 다양한 동작도 구사했다. 그 모습이 마치 젓가락 하나를 들고 움 직이는 듯 정확하고 날렵했다. 그리고는 허공에 높이 솟구쳐 연속 발 차기를 하다가 앞뒤로 진퇴를 거듭하더니 두 손으로 막대기를 풍차처 럼 빠르게 돌렸다. 허공에서 뛰어내리면서 발과 주먹을 함께 내지르 는 동작도 보여줬다. 홍력의 요란한 몸놀림과 막대기로 일으킨 바람 때문에 뜰 안의 화초들이 이리저리 흔들렸다. 형씨 사형제는 아무도 먼저 나서지 않고 그저 한쪽에서 가만히 지켜보기만 했다.

그들은 곧 홍력의 봉법棒法이 황궁에서 고수高手의 가르침을 받은 봉법이라는 사실을 간파할 수 있었다. 하지만 아쉽게도 '빛 좋은 개 살구'에 불과하다는 약점 역시 간파해냈다. 봉법 실력이 만만치 않은 것은 사실이나 실전에서는 그다지 유용하지 못한 것이 분명했다. 사 형제 모두 홍력의 손에서 막대기를 뺏는 것이 그다지 어려운 일이 아니라고 생각했다. 문제는 홍력의 '황자' 신분이었다. 제멋대로 하는데 습관이 되고 자부심이 철철 넘치는 황자의 체면을 깎아서야 말이 되겠는가. 형건업이 그렇게 망설이는 사이에 막내 형건의가 먼저 나서면서 큰소리로 외쳤다.

"패륵마마, 무례를 범하겠습니다!"

형건의가 말이 떨어지기 무섭게 좌우상하로 날아드는 홍력의 봉법 속으로 뛰어들었다. 이어 홍력이 허공에서 뛰어 내릴 때 자세가 약간 흐트러진 틈을 타서 그의 뒷다리를 걸어찼다.

홍력은 형건의의 발길을 피하기 위해 황급히 막대기를 짚고 허공으로 날아올랐다. 그러나 형건의의 방금 전 동작은 속임수에 지나지 않았다. 곧 그가 왼쪽 다리로 궁보弓步 자세를 취한 다음 아직 허공에 떠있는 홍력을 향해 오른쪽 다리를 뻗었다. 그리고는 중심을 잃은 홍력이 땅에 툭 떨어지려는 찰나 왼손을 내밀어 넘어지지 않도록 잡아줬다. 순간 홍력이 어리둥절한 표정을 지었다. 그 사이 그의 수중에 있던 막대기는 어느새 형건의의 오른손에 의해 3장 높이로 날아올랐다가 곧이어 가볍게 형건의의 손에 떨어졌다.

홍력이 웃으면서 한 발 뒤로 물러서더니 말했다.

"됐네. 자네 실력이 이만큼이니 자네 형들이야 더 말할 나위가 있겠는가? 과연 대단한 실력이야. 내가 막대기를 휘두를 때는 물 한 방울도 끼어들기 힘든데 자네는 어떻게 들어온 건가? 궁전 대내의 고수들도 이 정도 수준은 안 될 텐데 말이야."

형건의가 홍력의 말에 웃으면서 대답했다.

"아닙니다. 대내 시위들은 마마께 양보를 해서 그렇습니다. 세상에는 완전무결한 봉법이란 건 없습니다. 그들은 마마께서 봉을 휘두르실 때 틈이 없는 곳만 골라서 물을 뿌렸을 테니 당연히 물 한 방울도 들어가지 못했겠지요. 소인은 도박 빚을 스무 냥 지고 있는 터라 마마의 용두龍頭 은표를 보는 순간 눈이 홱 뒤집혀졌습니다. 그 때문에 그만 무례를 범하고 말았습니다."

홍력이 크게 웃음을 터트렸다.

"그랬었구먼! 도박 빚이 있으면 눈이 뒤집힐 법도 하지. 아무튼 좋네. 솔직한 고백이 맘에 드니 내가 자네의 도박 빚을 갚아주겠네."

홍력이 농담을 하면서 은표를 놓아둔 자리로 향했다. 그러다 깜짝 놀라고 말았다. 계단 위에 돌멩이로 고이 눌러놓았던 은표가 흔적도 없이 사라지고 대신 그 자리에 글씨가 몇 자 적힌 설도전薛濤箋(청나라 때 보편적으로 사용하던 종이) 한 장이 놓여 있었던 것이다. 홍력은 조심스럽게 종이를 집어 들었다. 이어 손을 떨면서 종이를 펼쳤다. 순간 갑자기 그의 얼굴에서 웃음기가 싹 사라졌다. 종이에는 시 한 편이 적혀 있었다.

불철주야 근정勤政한 끝에 공로를 가득 싣고 귀환하는데,
초원에는 할미새(집안싸움을 뜻함)의 옛 노래가 들려오는구려.
아무것도 없는 이 몸이 돈이 필요해 가지고 가오.
대신 북으로 가는 길에 각별히 조심하시라는 말씀 전하고 싶소!

홍력이 다시 한 번 종이를 눈여겨봤다. 자신이 평소에 즐겨 쓰는 편지지였다. 먹물이 채 마르지 않아 손에 묻어날 정도면 방금 쓴 것이 틀림없었다. 시퍼런 대낮에, 그것도 경계가 삼엄한 흠차의 관저에서 벌어진 일이었다. 무림 고수들의 눈을 피해 서재에서 시를 쓴 것도 모자라 유유자적하게 은표를 바꿔치기해 가다니! 간도 크고 능력도 만만찮은 도적임에 틀림없었다.

형씨 사형제는 상황이 심상치 않다고 느낀 듯 즉각 행동을 개시했다. 우선 형건업과 형건민은 재빠르게 앞뒤로 홍력을 호위했다. 형건충과 형건의는 획 하는 바람소리와 함께 지붕 위로 뛰어올랐다. 두 손을 이마에 얹은 채 사방을 유심히 살폈다. 그러나 청회색 기와를 얹은 집들이 옹기종기 둘러앉은 흠차 관저 뜰 안 어디에서도 도둑의 흔적은 찾아볼 수가 없었다. 햇빛은 여전히 찬란하고 꼬불꼬불한 골목길에서는 꼬마들의 깔깔대는 웃음소리만 들려올 뿐이었다. 사형제는 홍력의 서재로 들어가 다시 한 번 한바탕 수색을 했다. 그리고는 놀란 가슴을 쓸어내리는 홍력을 서재로 모셨다.

홍력은 한참 동안 망연자실한 표정으로 서 있었다. 부끄러움에 고개도 못 들고 있던 사형제 중 형건업이 먼저 얼굴을 붉히면서 말했다.

"소인들이 무능해 마마를 놀라게 해드렸습니다. 남경에 이런 비적飛賊이 있는 줄은 몰랐사옵니다."

홍력은 몸 둘 바를 몰라 하는 형씨 사형제를 애써 위로했다.

"그런 것은 아닐세. 역참에 숨어든 강호 첩자의 소행일 수도 있네. 자네들도 나와 건의가 무예를 겨루는 모습에만 빠져 있다 보니 신경을 못 썼던 거야. 그러니 어미 초상난 것처럼 울상을 짓지 말고 이거나 받게, 백 냥이네!"

홍력이 100냥짜리 은표를 내밀었다. 네 사람은 한사코 거절했다. 그때 문지기가 들어와 아뢰었다.

"양강 총독 이위, 강남 포정사 범시첩이 뵙기를 청하십니다."

홍력은 은표를 형건업의 손에 억지로 쥐어주면서 몸을 돌렸다.

"들라 하게."

잠시 후 구망오조九蟒五爪(다섯 개의 발톱을 가진 아홉 마리 이무기)가 수놓인 조복 위에 금계金鷄가 수놓인 보복을 헐렁하게 입은 이위가 팔자걸음으로 천천히 걸어 들어왔다. 가래와 기침 때문에 오랫동안 병환에 있었던 터라 그의 몸은 마치 옥수숫대처럼 말라 있었다. 그래서인지 조복이 유난히 후줄근해 보였다. 반면 그의 뒤에서 따라오는 범시첩은 바윗돌처럼 튼실했다. 걸을 때마다 혈색 좋은 얼굴에서 살이 출렁거렸다. 두 사람의 뒤로 여자 아이 두 명과 중년의 여인 한 명이 따라 오더니 이문二門을 넘어섰다. 그리고는 바로 손을 드리우고 시립했다.

"너희들은 여기에서 기다리거라."

이위가 그렇게 명령을 내리고는 마중 나온 홍력을 향해 무릎을 꿇었다.

"신 이위, 범시첩이 넷째마마께 문후 올립니다!"

범시첩도 함께 이마를 조아렸다.

"그래, 그래. 어서 일어나게."

홍력이 두 손으로 이위, 범시첩 두 사람을 부축하는 시늉을 했다. 이어 두 사람을 방으로 데리고 들어가면서 물었다.

"윤계선은 오지 않았나? 같이 올 줄 알았는데 어째서 자네들만 왔나?"

홍력은 자신의 질문에 대한 대답을 기다리지도 않고 이위의 안색을 유심히 들여다봤다. 그리고는 다시 말을 이었다.

"기력이 많이 회복된 것 같군. 그러나 안색은 여전히 창백하구먼. 내가 양명시에게 지시해서 운귀에서 상등품 은이銀耳(약재 이름)를 두어 근 보내라고 했지. 그랬더니 자신은 지금 북경에 있다면서 운남 포정사 강운주江韻洲에게 부탁했다고 하더군. 아마 며칠 안으로 보내올 걸세. 취아를 시켜 그것과 빙당氷糖을 함께 달이라고 하게. 수시로 마시면 몸에 좋을 거야."

"마마께서 그토록 염려해주시니 황공하옵니다. 은이는 오늘 오전에 전해받았습니다. 운남 포정사는 특별히 편지를 보내 마마의 은혜라고 했습니다. 윤계선은 함께 오지 못했습니다. 그는 지금 황하 물길을 점검하러 나가 있습니다. 올 봄에는 직예, 산동 쪽으로 조운漕運을 통해 식량 이백 석을 보내야 합니다. 그런데 황하에 작년부터 진흙이 쌓여 말썽입니다. 홍수가 오기 전에 진흙을 퍼내지 않으면 큰 문제가 생깁니다. 그래서 윤계선은 지금 하도아문의 아역들과 그 문제에 대해 논의 중입니다. 이밖에 홍수가 닥치기 전에 미리 손봐야 할 제방도 몇 곳 있습니다. 공사를 하려면 어마어마한 재정이 지출되는 만큼 가장 청렴한 관리를 투입시켜야 합니다. 제가 윤계선에게 미리 쐐기를 박아뒀습니다. '사람을 제대로 쓰라고! 하남성의 황진국黃振國 같은 자식한테는 절대 제방 공사를 맡기지 마. 올 가을 강소성 경내에 제방이 무너지거나 물이 새는 곳이 있기라도 하면 내가 가만히 있지 않을 거야. 수십 년 친분이고 뭐고 앞장서서 자네를 탄핵할 것이야. 화모귀공 정책에 힘입어 경비는 충분해. 감히 나 이위를 우습게 보고 공사 금액을 착복하는 자에 대해서는 왕명기패王命旗牌를 청해 목을 잘라 버릴 거야!'라고 말입니다. 물론 윤계선을 못 믿는 것은 아닙니다. 그러나 만일을 위해 쓴소리를 했습니다. 저녁에 제가 넷째마마를 전송하는 술자리를 마련했는데 그때 윤계선도 올 겁니다."

이위가 웃으면서 대답했다. 원래 범시첩은 성격이 다소 산만했다. 그래서 이위가 말하는 동안에도 내내 주위를 두리번거렸다. 그러나 이위의 말이 끝나기 무섭게 웃으며 끼어들었다.

"윤계선은 무척 바쁜 몸입니다. 그의 아버지 윤태尹泰 상공相公이 북경에서 편지를 보내 큰마님이 일품 고명부인에 봉해졌으니 축하하는 시를 써 보내라고 지시했다고 합니다. 또, 윤계선 어머니의 쉰 살 생신이 내일모레입니다. 준비한 생신 선물을 넷째마마 인편에 부탁해서 어머니께 전해드리면 어떨까 하고 저에게 묻더군요. 소문내지 않고 어머니를 기쁘게 해드리는 방법은 없을까, 하면서요. 그래서 제가 말했습니다. '넷째마마를 난처하게 만들지 말게. 넷째마마에게 윤태 상공 몰래 자네 어머니에게 선물을 전달하라니, 말이 되는 소리를 하게. 그게 탐화 출신이라는 사람이 할 소리인가!'라고 말입니다."

홍력은 범시첩이 두서없이 떠들어대는 말을 도통 무슨 소리인지 알아들을 수가 없었다. 윤태 상공의 큰마님은 누구이고 윤계선 어머니의 50세 생신은 또 무엇이라는 말인가? 이위가 홍력의 얼떨떨한 표정을 읽은 듯 바로 웃으면서 설명을 해줬다.

"계선의 어머니는 둘째 부인입니다. 당연히 고명誥命에 봉해질 수 없죠. 윤태 상공의 정실부인은 시기와 질투가 많은 사람입니다. 게다가 윤태 어른은 완고하고 보수적인 분이시죠. 그 때문에 윤계선은 충분히 출세를 했는데도 그의 어머니는 아직 청의靑衣 차림에 하녀처럼 아버지와 큰마님의 시중을 들고 있다고 합니다. 겉으로 말은 하지 않지만 얼마나 속이 타겠습니까?"

홍력은 윤계선의 가족사를 듣자마자 바로 탄식을 토했다. 이위가 그러자 화제를 돌려 물었다.

"넷째마마의 수행 노비들은 왜 보이지 않습니까? 마마께서 형씨 형제들과 무술을 연마하실 때 곁에 시중드는 사람이 없었습니까?"

홍력이 즉각 웃으면서 대답했다.

"이위, 자네는 천하에서 둘째가라면 서러울 도둑 잡는 관리가 아닌가. 자네 안뜰에서 내가 굳이 수행 노비들을 데리고 다닐 일이 뭐가 있겠나? 몇몇은 떠날 채비를 하고 더러는 책을 사오라고 저잣거리에 내보냈네. 폐하의 내열內熱이 아직 가시지를 않아 심히 걱정일세. 그래서 흑룡강 장군에게 편지를 보냈네. 살아있는 곰을 북경에 가져가 즉석에서 쓸개를 빼서 폐하께 올리라고 말이네. 나는 여기에서 질 좋은 우황이나 얻어갈까 하네. 우리 모친께 드릴 물건도 조금 있네. 그런데 오늘 보니 여기도 치안이 아직 야불폐호夜不閉戶(밤에 문을 닫지 않음)는 되지 않는 것 같네그려. 시퍼런 대낮에 몇 사람이 눈을 벌겋게 뜨고 있는데 도둑이 내 돈을 훔쳐갔다네!"

홍력이 말을 마치고는 도둑이 남기고 간 종이를 이위에게 건넸다.

"예?"

이위는 크게 놀라 두 눈이 휘둥그레졌다. 엉겁결에 종이를 받았으나 아니나 다를까, 반 이상이 모르는 글자였다. 즉각 범시첩에게 넘겨줄 수밖에 없었다. 그리고는 말했다.

"어떤 씨 말려 죽일 놈의 자식이 감히 이런 짓을 한 거야? 나 이위의 체면을 짓이겨도 분수가 있지. 도대체 어떤 놈이기에 감히 넷째마마께 이 같은 불경을 범한다는 말인가? 이놈을 내가 잡아서 구워 먹어버릴 거야. 시첩, 자네는 글을 큰소리로 읽어보게."

범시첩은 순간적으로 깜짝 놀랐으나 바로 웃음을 터트리고 말았다. 이위의 행동이 너무 우스웠던 것이다. 그가 두어 줄밖에 안 되는 글을 읽어주고는 말했다.

"이 도둑은 그리 나쁜 자는 아닌 것 같습니다. 넷째마마께 길에서 조심하시라면서 주의를 주는 걸 보면 확실히 그렇습니다. 혹시 조정을 위해 도움이 되고자 하는 자일지도 모릅니다."

이위가 범시첩의 말에 바로 욕설을 퍼부었다.

"귀신 씻나락 까먹는 소리 하고 있네! 내가 보기에는 감봉지 일당이 한 짓이 틀림없어. 영웅첩英雄帖을 돌려 남경에서 고수들의 만남을 주선하려고 했더니 외성外省의 엉뚱한 도둑놈 새끼들만 들끓는군! 패룩마마, 깜장이 어멈이라는 여자가 단목양용의 혼사 때문에 고향으로 돌아가지만 않았어도 좋았을 텐데요. 그들에게 북경으로 돌아가시는 마마의 호위를 부탁했을 텐데 말입니다. 이제는 신이 직접 모셔다 드리는 수밖에 없게 됐습니다."

이위는 말을 마치고는 이문二門 앞에 시립해 있는 여자들을 가리키면서 덧붙였다.

"깜장이 어멈의 친척들입니다. 늙은 깜장이 어멈을 대신해 단목양용의 시중을 들던 사람들입니다. 어멈이 산동으로 돌아가서 제가 이들을 남으라고 했습니다. 악기도 잘 다루고 목소리도 꾀꼬리 뺨칩니다. 길에서 넷째마마의 시중을 드는 데는 덜렁대는 남자들보다 훨씬 나을 것입니다."

범시첩이 이위의 말이 끝나자마자 바로 낄낄 웃었다. 이어 풀이 죽어 있는 형씨 형제들을 향해 말했다.

"하늘 높은 줄 모르던 기세는 어디 갔나? 완전히 코가 납작해졌군! 집에 돌아가서 주인 나리의 곤장 맞을 준비나 하라고."

이위는 범시첩의 말에는 전혀 관심이 없는 듯했다. 바로 자신의 생각대로 이문 앞에 있는 여자들에게 들어오라고 손짓했다.

그러나 홍력은 그렇지 않았다. 몸 둘 바를 몰라 하는 형씨 사형제를 보고는 황급히 범시첩을 제지했다.

"그때 당시 우리는 무술 연습에만 정신이 팔려 있었어. 다른 것은 생각할 겨를이 없었다네. 너무 그러지 말게. 내가 북경에 돌아갈 때도 이 친구들의 도움을 받아야 할 텐데 말이야. 이위, 자네는 걱정하지 않아도 될 것 같아. 도둑은 내 목숨을 노리고 온 것이 아니야. 그러니 자네가 직접 나를 호송할 필요는 없네. 이까짓 종이쪽지 한 장 때문에 소란을 피우면 사람들이 비웃을 거야."

홍력이 얘기를 하다 말고 갑자기 입을 다물었다. 웬 중년 부인이 두 여자 아이를 데리고 들어오는 것을 봤기 때문이었다. 마흔 살 가량의 중년 여자는 쪽진 머리에 상아 비녀를 꽂고 있었다. 얼굴이 갸름하고 코가 높은 것이 젊었을 때 꽤나 남자들의 애간장을 태웠을 것 같았다. 그 옆에 다소곳이 고개 숙인 두 여자 아이는 열댓 살 정도로 보였으나 전족은 하지 않았다. 꽃무늬 녹색 바지와 변두리에 노란색 수를 놓은 꽃 적삼 차림을 하고 있었다. 특별히 예쁜 얼굴은 아니나 두 사람을 나란히 세워 놓으니 마치 두 떨기의 꽃처럼 남다른 매력을 물씬 풍겼다.

홍력은 나이는 어리지만 재능이 있을 뿐만 아니라 풍류도 즐길 줄 아는 사람이었다. 그러나 흠차대신으로 밖에 나와 있으면서 물의를 일으키지 않기 위해 지금껏 남자 하인들만 데리고 다녔다. 당연히 여자는 이번이 처음이었다.

두 여자 아이는 머리를 다소곳이 숙이고 고운 자태로 서 있었다. 그러자 우중충하던 서재가 갑자기 환해지는 느낌이 들었다. 홍력이 기분이 좋아졌는지 부채를 만지작거리면서 미소 띤 얼굴로 물었다.

"너희들은 이름이 뭐냐?"

중년 부인이 홍력의 물음에 조금 앞으로 나서면서 몸을 낮춰 인사를 했다.

"이년은 성이 온溫씨입니다. 온류溫劉씨라고 합니다. 그냥 온씨라고 불러주십시오."

중년 부인이 다시 두 여자 아이를 가리키면서 말을 이었다.

"이 아이들은 이년의 쌍둥이 딸들입니다. 미간에 붉은 점이 있는 애가 언니입니다. 주인님께서 언홍鶠紅이라고 이름을 지어 주셨습니다. 저 아이는 동생 영영英英입니다."

"주인님이라니?"

"예, 깜장이 어멈이 이년의 주인님입니다."

온씨가 다시 자세하게 설명을 덧붙였다.

"깜장이 어멈의 본가는 원래 방方씨입니다. 영락 황제 정난靖難 연간에 가세가 몰락했죠. 저희는 그 당시 방씨 가문의 세습 노비였습니다. 그런데 방씨 가문이 망하고 말았죠. 그때 졸지에 몰락한 방씨의 자손들을 거둬준 이들이 단목 가문입니다. 그후 방씨는 단목 일가를 은인으로 알고 있습니다. 때문에 외부에서는 주종관계로 알고 있으나 사실은 그렇지 않습니다. 저희 온씨 가문만 예로부터 천한 가문입니다."

그제야 홍력은 뭔가 짚이는 것이 있었다. 이위가 평소에 침이 마르게 칭찬하던 무림세가 단목 가문과 깜장이 어멈 두 가문 사이에 이토록 깊은 인연이 있었다니 놀라울 따름이었다. 홍력이 잠시 생각을 하고 나더니 웃으면서 말했다.

"깜장이 어멈의 성이 방씨이고 영락 황제 때 몰락한 명문이라면 틀림없이 방효유方孝孺의 집안이겠군. 충신열사의 후예들이 삼백 년 동안 상부상조하면서 살아왔다니, 참으로 훈훈한 미담일세."

홍력이 말을 마치고는 입을 다시면서 찻잔을 집어 들었다. 그러자 온씨가 눈치 빠르게 찻주전자를 내렸다. 동시에 언홍은 물을 끓였다. 이어 우려낸 차를 조심스럽게 찻잔에 석 잔 따랐다. 영영은 주전자에 남은 뜨거운 물을 대야에 붓고 찬물을 적당히 섞어 따뜻하게 한 다음 수건 석 장을 적셔 손으로 짰다. 그리고는 홍력이 언홍이 가져다준 차를 두어 모금 마시고 나자 그 물수건을 대령했다. 홍력이 빙그레 웃으면서 말했다.

"집안에서 시중드는 일은 역시 여자들이 제격이야. 내 옆에 있는 남자 하인들은 충직하기는 하나 이런 일에서는 서투르지."

홍력은 이위와 범시첩이 물러가려고 자리에서 일어서자 황급히 붙잡았다.

"잠깐만 있어보게. 할 말이 더 있네. 아직 시간도 많이 남아 있고. 나는 조금 있다가 이위가 배곯는 이들에게 죽을 나눠준다는 배식소에나 가볼까 하네. 저녁에 자네가 나를 초청한다고 했지? 함께 나가면 되겠군."

"예!"

결국 범시첩과 이위는 도로 자리에 눌러앉을 수밖에 없었다. 그러자 홍력이 책꽂이에서 금칠을 한 나무갑을 내렸다. 이어 잠금장치를 눌러 그것을 열더니 안에서 노란 비단으로 겉봉을 한 상주문을 꺼냈다. 옹정이 늘 주비를 달아서 보내는 청안請安 상주문이었다.

둘은 황급히 일어났다. 이위가 먼저 물었다.

"폐하께서 밀유密諭가 계십니까?"

홍력이 고개를 끄덕이더니 밀지를 범시첩에게 넘겨줬다.

"자네가 이위에게 읽어주도록 하게."

범시첩이 옹정의 필적을 보고는 황급히 절부터 올렸다. 이어 공손한 태도로 읽어내려 가기 시작했다.

18일의 청안 상주문을 받아봤다. 짐은 요즘 들어 몸과 마음이 모두 불안하구나. 가끔 발열이 심하고 머리가 어지러운 것이 마치 귀신이라도 들러붙은 것 같은 느낌이다. 민간에 의술이 용한 사람이 없는지 유심히 살펴보도록 하라. 도사道士, 유사儒士, 속인俗人, 다 괜찮다. 우연히 인연이 닿는 사람을 만나거든 잘 설득해 데려오도록 하라. 강압적으로 끌고 오지는 말고. 그 가문이 먹고 살 수 있도록 잘 배려하고 나서 나에게 알린 다음 모셔오도록 하라. 쓸데없는 의심이나 걱정은 하지 말고 짐을 대신해 널리 찾아보

라. 혹시 쓸모없는 사람을 보내더라도 짐은 그대의 죄를 묻지 않을 것이다. 물론 짐에게는 그 사람을 시험해 보는 방도가 따로 있다. 다른 성省의 사람인 경우 그의 이름과 내력을 짐에게 밀주하도록 하라. 짐이 그곳 총독, 순무들에게 그자에 대해 조사하도록 할 테니 말이다. 짐의 당부를 명심하도록. 그리고 꼭 비밀에 붙이도록 하라.

이위와 범시첩은 상주문에 적힌 날짜를 살펴봤다. 작년 10월 25일이었다. 둘은 깜짝 놀랐다. 그 전까지 그들이 수없이 많이 올린 청안 상주문에 항상 "짐은 편안하니 걱정하지 말게. 자네들이 맡은 바 소임을 다하는 것이 짐에게는 그 무엇보다 훌륭한 양약良藥이라네"라는 정도의 주비만 달려 있었기 때문이다. 그런데 같은 시기에 홍력에게는 의술이 고명한 사람을 황급히 찾아보라는 지의를 내렸으니 놀라지 않을 수 없었던 것이다.

"우리 가면서 얘기하지."

홍력이 빙긋 웃어 보이고는 상주문을 다시 나무갑에 집어넣었다. 그때 뒤쪽에서 늙은 남자 하인 한 명이 온몸에 가득 뒤집어쓴 먼지를 툭툭 털면서 걸어오고 있었다. 홍력이 무슨 생각을 한 듯 황급히 그를 불러들였다.

"이 세 여자는 앞으로 서재에서 필묵을 시중들 사람들이야. 서재 옆방을 치워 묵을 수 있도록 하게. 두 아이는 아직 어리니 집안사람들에게 괴롭히지 말라고 전하게."

홍력은 이어 언홍과 영영을 향해 입을 열었다.

"기왕 왔으니 마음을 다잡고 있도록 해라. 내 집처럼 편하게 생각하고 필요한 것은 이 유 영감에게 말하도록 해. 나는 이 대인 댁에 갔다 올 테니 그 사이에 먹을 갈아 준비해 놓도록 해라. 책상 위의 책들은 내가 와서 정리할 테니 손대지 말고."

홍력은 곧 이위 등과 함께 밖으로 나왔다. 형씨 사형제는 눈짓으로 신호를 주고받더니 먼발치에서 홍력을 뒤따르기 시작했다. 범시첩이 걸어가면서 입을 열었다.

"넷째마마, 마마께서는 사복차림이신데 저희들은 관복을 입고 있습니다. 동행에 어울리지 않는 것 같습니다. 저희들도 집에 가서 사복으로 갈아입고 나올까 합니다."

이위가 그러자 히죽거리면서 말했다.

"내 가마 안에 온갖 옷이 다 있네. 그 정도 준비도 없이 다니는 줄 아는가? 풍월루風月樓의 기생오라비로 변신해보고 싶은가? 아니면 길바닥의 거지로 만들어줄까? 말만 하게, 원하는 모습으로 감쪽같이 만들어줄 테니까!"

범시첩 역시 이위의 조롱에 이미 익숙해진 듯 낄낄거리면서 맞받아쳤다.

"자네가 새끼 거지 차림을 하면 내가 왕 거지를 할게. 자네가 작은 자라로 변신하면 나는 큰 자라를 할게. 어때?"

홍력은 두 사람의 입씨름이 웃기는지 터져 나오는 웃음을 억지로 참으려했다. 그러나 결국엔 참지 못하고 그만 푸-! 하고 터트리고 말았다. 옷을 갈아입고 나온 두 사람의 모습이 그야말로 가관이었던 것이다.

우선 이위는 머리에 착 들러붙는 6각형의 검은 비단모자에 검은 안경을 썼다. 또 검정색 장삼을 걸쳤다. 그 모습이 영락없이 몰락한 막료 가문의 자제였다. 반면 범시첩은 모전으로 만든 회색 모자를 쓰고 회색 두루마기와 검은 마고자를 입었다. 부잣집의 집사 모습이 따로 없었다. 세 사람은 서로를 번갈아 보면서 크게 웃지 않을 수 없었다.

세 사람은 역관을 나온 뒤 큰길을 피해 꼬불꼬불한 작은 골목을 빠져나와 동북쪽을 향해 걸었다. 이위가 굶는 백성을 위해 죽을 나눠준다는 배식소는 식량 창고와 그리 멀지 않은 현무호호武湖 옆에 있었다.

4월의 강남은 이미 신록이 우거지는 계절이었다. 그래서일까, 일찍 핀 꽃들은 하나둘씩 지고 있었다. 역참에서 북으로 가면 남경 근교였다. 황톳길의 양옆에는 버드나무가 너울너울 춤을 추고 봄바람이 귓불을 간질였다. 끝 간 데 없이 이어진 노란 유채 꽃밭은 석양 아래에서 파도처럼 넘실거리고 있었다.

들판에는 가끔씩 채소밭도 보였다. 가지를 비롯해 고추, 파, 무, 오이, 죽순 등 채소 모종들은 마치 푸른 물이 뚝뚝 떨어질 것처럼 싱그러움을 뿜내고 있었다. 도랑 옆에서는 한 무리의 아이들이 나비를 쫓거나 벌레를 잡고 있었다. 아예 첨벙대면서 물장난을 하는 아이들도 있었다. 또래의 대장으로 보이는 녀석은 가끔 미끄러져 물에 빠진 아이에게 흙이나 모래 세례를 퍼붓기도 했다. 우는 아이, 웃는 아이, 떠드는 아이, 욕하는 아이들로 왁자지껄한 가운데 어른에게 잡혀 볼기를 맞는 아이도 있었다. 완전히 전형적인 시골 풍경이었다. 하루 종일 공사公事에 파묻혀 명리를 좇는 일에만 몰두하던 세 사람은 귀와 눈이 한결 맑아지는 듯했다. 특히 홍력은 더욱 그랬다. 그가 산책하듯 천천히 걸으면서 이위에게 물었다.

"자네, 의창의 쌀로 백성들에게 죽을 쑤어 줄 생각은 어떻게 했나? 폐하께서 몇 번씩이나 치하하셨네. 천하의 독무督撫(총독과 순무)들이 다 이위 자네와 같다면 극성시대極盛時代가 곧 도래할 것이라고 말이야. 대체로 태평성세太平聖歲가 지속되다 보면 토지가 집중돼 빈부 격차가 심해지는 법이라네. 태평시대에도 수해水害나 한해寒害, 충해蟲害 같은 자연재해는 막을 수 없지. 역대의 혁명은 모두 소수의 웅걸들이 자연재해로 마음까지 황폐해진 백성들을 이용해 일으킨 것이야. 백성들의 마음에 반항의 씨를 뿌려 폭동을 부추긴 것이지. 폐하께서는 그런 점에 비춰볼 때 자네가 조정을 위해 대단히 훌륭한 일을 하고 있다고 칭찬을 아끼지 않으셨네."

이위가 풀잎 하나를 뜯어 질근질근 씹으면서 홍력의 칭찬에 화답했다.

"제가 어찌 폐하처럼 그렇게 멀리, 또 깊게 생각했겠습니까? 저는 그저 먹는 힘으로 사는 사람이 몇 날 며칠을 굶으면 어떻게 될 것인가만 생각했을 뿐입니다. 배가 고프면 신사, 어른, 도둑이 따로 없습니다. 먹을 것만 보면 눈에 불을 켭니다. 가진 자만 보면 때려서라도 돈을 빼앗고 싶어집니다. 남편이 죽고 십 년 동안 수절을 해온 저의 먼 친척 형수가 충해로 인해 쌀 한 톨도 거두지 못하게 되자 몸을 팔았다지 뭡니까……. 차마 어린 새끼까지 굶겨 죽일 수 없어 그랬다면서 땅을 치고 통곡하더랍니다."

이위가 마음이 무거워졌는지 말을 하다 말고 입을 다물었다. 그러자 범시첩이 고개를 끄덕이면서 탄식을 했다.

"충분히 그러고도 남을 겁니다. 전에 제가 무호無湖에서 염도鹽道로 있을 때 굶주린 백성들의 폭동을 목격한 적이 있습니다. 유이劉二라는 작자가 주모자였죠. 그야말로 눈 뜨고 볼 수 없는 참상의 현장이었습니다. 당시 유이가 나무를 팔아 겨우 쌀 한 근을 살 돈을 모았다고 합니다. 그런데 욕심 많은 쌀가게 주인이 저울을 속이지 않았겠습니까? 유이는 끝내 화를 참지 못하고 쌀가게 주인을 죽여 버렸어요. 그것이 도화선이 돼 폭동으로 이어졌습니다. 이후 백성들은 때로 부잣집에 쳐들어가 무차별 폭행을 가하고 비인간적인 약탈을 감행했습니다. 쌀가게 주인을 때려눕히고 쌀을 빼앗아 간 것도 모자라도처에서 닥치는 대로 살인, 방화, 약탈, 강간 등 온갖 범행을 자행했습니다. 유이라는 작자를 잡아 엄벌에 처하려고 했더니 백성들이 자발적으로 술상을 차리더군요. 그의 마지막 가는 길을 배웅한다면서요. 그래서 저도 유이에게 술 한 잔을 대접한 뒤에야 겨우 그의 목을 칠 수 있었죠……."

홍력은 말없이 저 먼 곳만 응시했다. 석양에 물든 유채꽃밭 색깔이 눈부신지 약간 찌푸린 눈 사이로 눈동자가 매서운 빛을 뿜고 있었다. 뭔가 말을 하려는 것 같았다. 그러나 입술을 축이더니 목구멍까지 올라온 말을 그냥 삼켜버렸다. 그 사이 일행의 눈앞에는 어느새 우중충한 높은 집들이 보이기 시작했다. 집 주위를 에워싼 담장 옆에는 초소가 있었다. 이위가 손가락으로 집들을 가리키면서 말했다.

"여기가 바로 강남 식량 창고입니다. 조금 더 가면 현무호가 보입니다. 배식소는 호숫가에 있습니다."

홍력이 물었다

"꼭 현무호 옆에 배식소를 둬야 하는 이유라도 있나?"

"저쪽에는 낡았으나 비바람을 막을 수 있는 절이 있습니다. 호수 옆이라 그릇을 깨끗이 씻을 수 있어 전염병을 조금이라도 막을 수 있습니다. 식량 창고가 가까워 쌀을 꺼내기에도 편하고 말입니다. 걸식하는 자들은 성 안으로 들어가지 못하도록 조처했습니다. 성 밖에 있도록 해야 말썽을 일으키지 않죠."

홍력 등은 얘기를 주고받으면서 계속 걸었다. 과연 식량 창고 뒤편으로 시원스레 펼쳐진 현무호가 한눈에 들어왔다. 또 잔잔한 파도가 일렁이는 호수 서쪽에는 큰 절이 있었다. 겉모습은 매우 웅장했으나 오랫동안 방치해둔 흔적이 역력했다.

절 동쪽의 공터는 예전에 묘회로 사용되던 곳으로 보였다. 공터 동쪽에는 삿자리로 만든 장막이 일렬로 쳐져 있었다. 또 그 옆에는 장작더미가 쌓여 있었다. 곧 장막 뒤에 있는 여섯 개의 굴뚝에서 불꽃과 함께 연기가 피어올랐다. 장작 타는 소리가 요란하게 들려왔다.

배식 때가 다 된 듯 공터에는 수천 명의 굶주린 백성들이 여섯 줄로 줄 아닌 줄을 서 있었다. 너 나 할 것 없이 초라한 행색에 봉두난발이었다. 일부는 밥그릇을 두드리면서 밥을 재촉하고 있었다. 사람들 속에서는 수시로 다툼소리, 상스러운 욕설, 아이를 달래는 소리, 아이가 얻어맞으면서 악다구니질하는 소리 등이 흘러나왔다. 가끔 이상한 웃음소리까지 나와 그야말로 아수라장이 따로 없었다.

범시첩의 눈에 식량 창고 서리書吏인 듯한 사내가 인부들을 지휘하면서 마차에서 쌀을 내리는 장면이 들어왔다. 그는 이름까지는 모르는지 그냥 사내를 향해 고함을 질렀다.

"이봐!"

사내가 고개를 돌려 범시첩 쪽을 힐끗 쳐다봤다.

"너 말이야, 너! 이리 와 봐. 내가 물어볼 것이 있어."

"아이고, 범 대인이십니까?"

사내는 한참이나 바라보고 나서야 범시첩을 알아보고는 달려와 예를 갖춰 인사를 올렸다.

"소인 은귀殷貴가 방백方伯 대인께 문안드리옵니다."

사내가 말을 마치고는 의혹에 찬 시선으로 홍력과 이위를 바라봤다. 이어 비굴한 웃음을 지은 채 덧붙였다.

"범 대인께서 여기는 어쩐 일이십니까? 하도 지저분해 앉을 자리도 변변찮은데……."

범시첩이 여전히 퉁명스런 어조로 물었다.

"하루에 몇 명씩이나 먹고 가나?"

"일정하지 않습니다. 많을 때는 삼사천 명이고요. 오늘은 적은 편입니다. 천오백 명 정도 될 것 같습니다."

"일인당 얼마 정도 돌아가는 셈인가?"

"세 냥 정도 됩니다."

"아이 딸린 여자들은?"

"무조건 머릿수로 계산합니다. 아이들도 예외는 아닙니다. 배식하기 전에 미리 대나무쪽을 하나씩 줍니다. 그걸 내밀면 일인분씩 받을 수 있습니다."

그 순간 홍력이 재빨리 끼어들었다.

"다들 본성本省의 백성들인가? 다른 성에서 온 사람들은 얼마나 되나?"

은귀라는 사내가 홍력을 힐끗 쳐다보더니 황급히 고개를 조아리며 대답했다.

"본성의 백성들은 십분의 일도 안 됩니다. 이 총독께서 본성의 기민饑民들에게는 쌀과 종자를 줘서 고향으로 돌려보내라고 하셨습니다. 그래서 본성의 백성들은 거의 없습니다. 그럼에도 이런 곳을 기웃거리는 본성 백성들은 집에 돌아가도 농사지을 땅이 없는 사람들입니다. 갔다가 또 오게 되는 자들이라고 볼 수 있죠."

홍력이 다시 물었다.

"그러면 어느 성에서 제일 많이들 오나?"

은귀가 망설임 없이 대답했다.

"하남성입니다. 그냥 많은 정도가 아니라 떼로 몰려옵니다. 어떤 집에서는 일가의 노소 삼대가 다 옵니다. 심지어 어떤 자들은 한 번 와서 맛을 들인 뒤 돌아가서 사돈에 팔촌까지 끌고 오기도 합니다. 적게 주면 왜 적으냐고 아우성입니다. 개떼처럼 몰려와 우리 강남의 쌀을 완전 거덜 낼 작정인가 봅니다."

은귀가 경멸스러운 눈길로 길게 늘어선 사람들을 쳐다봤다. 그리고는 갑자기 한숨을 내쉬었다.

"하기야 그쪽 하남성에서는 황무지를 개간한다고 난리가 따로 없습니다. 주현州縣의 관리들은 전문경 중승께 잘 보여 승진하기 위해 혈안이 되어 있습니다. 마을里의 보갑장保甲長들은 백성들에게 멀쩡한 밭을 놔두고 황무지를 개간하라고 성화를 부린다고 합니다. 말을 듣지 않으면 살고 있는 집을 허물어 쫓아낸다고도 합니다. 그러나 그렇게 해서 개간한 황무지에는 정작 곡식을 심지도 못합니다. 게다가 원래 있던 밭도 묵히게 되니 이 얼마나 어불성설입니까?"

홍력의 표정이 은귀의 말을 들으면서 점점 어두워졌다. 범시첩이 그 모습을 보고는 권했다.

"이제 장막 안을 둘러보시죠."

세 사람은 은귀의 안내를 받으면서 장막 앞에 이르렀다. 여섯 개의 장막 앞에는 여섯 개의 커다란 솥이 늘어서 있었다. 솥마다 죽이 가득 들어 있었다. 또 장막 안에는 쌀자루가 쌓여 있었다. 그 옆에는 야간 경비에 필요한 침상도 있었다. 예상대로 솥 가장자리에는 큰 국자가 몇 자루 놓여 있었다. 더위를 참지 못해 웃통을 벗어 던진 화공火工들이 커다란 부삽으로 죽을 열심히 젓고 있었다.

홍력은 벌렁벌렁 끓고 있는 죽을 국자로 떠서 가만히 살펴봤다. 죽 색깔이 희끄무레하기도 하고 붉기도 한 것이 약간 이상했다. 냄새를 맡아보니 곰팡내도 났다. 자신도 모르게 미간이 찌푸려질 수밖에 없었다. 그가 이위에게 슬며시 물었다.

"이걸로 배가 부를까?"

"배는 안 불러도 대충 요기는 될 겁니다. 하기야 오줌 몇 번 갈기고 나면 금방 배가 고파지는 게 죽 아닙니까? 굶어죽지 않을 만큼 먹이는 것이 저의 원칙입니다."

이위가 대수롭지 않게 대답했다. 홍력은 국자를 내려놓고 가볍게 한숨을 지으면서 돌아섰다. 이어 조용한 서쪽으로 발걸음을 옮겼다. 그는 이위가 방금 했던 말을 산동성 순무에게서도 들은 적이 있었다. 죽을 제공하는 것은 백성들을 구휼하려는 취지인 것은 분명했다. 당연히 집에서 농사지을 때보다 더 잘 먹여서도 안 되나 백성들이 폭동을 일으킬 정도로 굶주리게 해서도 안 됐다. 아마도 그것을 적절하게 조절하는 것이 지방 관리들의 일이라고 할 수 있을 터였다.

곧이어 이위와 범시첩이 황급히 홍력을 뒤따라 나왔다. 그리고는 범시첩이 아무 생각 없이 서쪽으로 향하는 홍력을 불러 세웠다.

"넷째마마, 그쪽은 오통묘五通廟입니다. 무지렁이들이 사는 곳이니 구경할 것도 없습니다."

홍력은 그러나 들은 척도 하지 않았다. 오히려 발걸음을 재촉했다. 절 안은 밥 때가 다 돼서 그런지 휑뎅그렁했다. 몇몇 행색이 초라한 노파들이 다 떨어진 솜옷을 걸친 채 문 앞에 쪼그리고 앉아 햇볕을 쬐고 있을 뿐이었다. 홍력이 고개를 들어보니 '오통신사'五通神祠라고 적힌 낡은 편액이 보였다. 사祠자는 반쯤 떨어져 나가고 없었다. 기둥 양옆의 대련對聯은 그나마 온전했다.

영령과 신이 있어 휘광輝光이 팔방에 비추니,
나라가 풍요롭고 백성이 부유하네.
온갖 죄를 지었어도 만중萬衆의 화음禍淫을 복선福善으로 바꿔주니
다들 모여 기도하고 회개하라.

이위가 옆에서 설명을 하기 시작했다.

"이 사당도 한때는 잘 나갔었습니다. 강희 황제 초년에만 해도 해마다 한 쌍의 동남동녀童男童女에게 수은을 먹여 활제活祭를 지냈다고 합니다. 그러나 탕빈湯斌이 남경 지부로 오면서 신상神像을 불살라버리고 주지도 내쫓아 버렸다고 합니다. 그는 만약 이 일 때문에 화를 입는다면 자신이 혼자서 감당하겠노라는 말도 했답니다. 그러나 탕빈은 이 일로 화를 입기는커녕 오히려 승진을 했습니다. 작년에 자칭 법란서法蘭西(프랑스) 사람이라는 코쟁이 선교사 두 명이 저를 찾아왔었습니다. 이 자리가 마음에 든다면서 교회를 짓게 해달라고 입이 닳도록 간청을 하더군요. 하지만 제가 딱 잘라 거절했습니다. 지으려면 공자묘孔子廟를 짓든가 절을 지을 수는 있겠지만 예수니 뭐니 그런 것은 안 된다고 했습니다."

그의 말에 홍력이 가만히 고개를 끄덕였다.

"앞으로 또다시 그런 일이 있으면 조정에 상주하도록 하게. 외국인들의 속셈을 잘 알지 못하면 큰코다칠 수도 있으니 말이네."

홍력의 말이 끝나기도 전에 저쪽에서 "덩! 덩! 덩!"하고 종소리가 울렸다. 곧이어 굶주린 사람들의 환호성이 터져 나왔다. 너도나도 그릇을 들고 앞으로 나가려고 밀고 난리였다. 홍력이 그쪽으로 고개를 돌리자 이번에는 이쪽 절 안에서 여자의 찢어지는 듯한 욕설이 터져 나왔다. 말투는 하남 사투리였다.

"칼침 맞아 뒈질 놈아, 당당한 칠 척의 사내가 마누라와 애들도 먹여 살리지 못해? 그러고도 밥은 어떻게 먹고 엉덩이는 어떻게 가리고 다니냐? 그 주제에 도박판을 기웃거려? 아이고, 팔려면 네놈 목숨이나 내다 팔아라. 이렇게 어린 딸년이 팔려 가면 목숨이라도 붙어 있을 성 싶냐?"

22장
정의감에 불타는 홍력

느닷없는 여자의 욕설에 뒤이어 "으앙!" 하는 아이들의 울음소리가 터져 나왔다. 그리고는 건장한 사내가 열두어 살 정도 되어 보이는 여자아이를 보따리처럼 옆구리에 끼고 밖으로 뛰쳐나오고 있었다. 봉두난발의 여자는 악을 바락바락 쓰며 그 뒤를 쫓아 나왔다. 뒤에 남은 남자, 여자 두 아이는 "어머니! 아버지!"를 부르면서 목이 터져라 울어댔다.

곧 여자가 사내를 가로막고 악에 받쳐 고함을 질렀다.

"아이를 내려놔! 아이들도 이제 더 이상 당신을 애비로 생각하지 않아. 우리 갈라서! 나도 너 같은 인간은 남편으로 생각하지 않아. 도박 빚 갚겠다고 딸자식 파는 게 인간이 할 짓이냐?"

남자의 솥뚜껑 같은 손이 여자의 입에서 더 험한 욕지거리가 나오기 전에 여자의 뺨을 철썩 후려쳤다. 여자는 비틀거리더니 저만치 나가떨어졌다. 남자가 발을 구르면서 고함을 질렀다.

"갈라서자고? 누구 마음대로! 그래, 실컷 발광을 해봐라. 내가 이혼장을 써주지 않는 한 너는 죽어 귀신이 돼도 왕씨 가문의 사람이야!"

그 사이 여자아이는 애비의 품에서 빠져나와 어미 품으로 달려가 안겼다. 어미와 아이는 서로 끌어안은 채 구슬프게 통곡했다. 딸의 머리를 어루만지는 여인의 넋두리도 곧 이어졌다.

"내 눈에 흙이 들어가기 전에는 내 딸을 못 팔아, 이놈아! 그러고도 네가 애비야! 흑흑……."

땅바닥에 주저앉은 채 딸을 껴안고 울던 여자가 홍력과 이위, 범시첩을 발견하자마자 마치 구세주라도 만난 듯 엉금엉금 기어왔다. 일어설 기운도 없는 것 같았다. 이어 여자가 연신 머리를 조아리면서 하소연을 토했다.

"마음씨 좋으신 나리들, 덕을 쌓고 좋은 일 하시는 셈치고 저희 모녀를 한 번만 살려주세요. 인간 축에도 못 끼는 저놈이 나리께 빚을 졌다니, 차라리 저놈을 데려가세요. 빚 갚을 때까지 저놈을 부려먹으세요. 이 아이는 이제 겨우 열세 살입니다. 아직 누구 시중 같은건 들 줄도 모르는 철부지라고요. 춘향루 같은 술집에서 일할 수 있는……, 그런 아이가 못 된다는 말입니다. 제발 살려주세요. 이년이 머리털 뽑아 신발을 삼아서라도 그 은혜는 잊지 않겠습니다. 나리께서 저희들을 살려주시면 만대를 이어 자손들이 공후公侯가 될 것입니다."

여자가 홍력 등에게 눈물로 사정을 하고 있을 때였다. 겁에 질려 비실비실 애비 곁을 벗어난 두 아이들도 쏜살같이 여자에게 달려왔다. 네 가족은 서로 얼싸안은 채 눈물을 펑펑 흘렸다.

홍력은 생전 처음 보는 처참한 생이별의 광경에 너무 놀라 그 자리에 굳어 버리고 말았다. 여자는 홍력 일행을 빚쟁이로 착각한 것이 분명했다. 세 아이는 아직 어미 품을 파고드는 어린아이들이었다. 오죽했으면 겁에 질려 병아리처럼 바들바들 떨기만 했을까. 어미의 목을 꼭 껴안은 그 아이들의 시선은 홍력에게 한참이나 머물렀다. 홍력은 불쌍한 아이들의 모습을 보면서 마음이 천 길 낭떠러지에서 떨어지듯 한없이 무거워졌다. 홍력이 막 입을 열려고 할 때였다. 갑자기 그의 뒤에서 누군가 껄껄 웃었다.

"아이를 사 갈 임자는 여기 있는데 엉뚱한 사람에게 매달리는 꼴이라니, 쯧쯧!"

이위와 범시첩이 거의 동시에 고개를 홱 돌렸다. 장작처럼 빼빼 마르고 길쭉하게 생긴 사내가 기분 나쁘게 웃고 있는 모습이 둘의 눈에 들어왔다. 그의 옆에는 똘마니인 듯한 사내들이 시커먼 털이 수북한 가슴팍을 내놓고 거들먹거리면서 해바라기 씨를 퉤퉤 내뱉고 있었다. 그러자 아이들의 애비인 왕씨가 굽실거리며 다가가더니 연신 절을 해댔다.

"채蔡 나리, 저 여편네가 저렇게 게거품을 물고 있어서 아이는 보내기 어려울 것 같습니다. 아이가 너무 철이 없기도 하고. 괜히 나리의 문전을 더럽힐까 염려스럽습니다. 쇤네가 진 도박 빚 일곱 냥은 나리를 따라가 삼 년 동안 시키는 일을 해서 갚도록 하면 어떨까요? 한번만 봐주십시오."

왕씨는 코를 훌쩍거리면서 닭똥 같은 눈물을 뚝뚝 흘렸다.

"기생집에 사내가 왜 필요해?"

채씨가 싯누런 이빨을 쑤시면서 타박을 했다. 이어 홍력 일행을 힐끗 쳐다보더니 손으로 턱을 괸 채 일부러 난감해 하는 표정을 지으면서 말했다.

"솔직히 아직 이마에 피도 안 마른 계집애를 데려가 봤자 쓸모도 없거든! 조금 더 키워서 쓰면 어떨지 모르지만. 당장은 아무짝에도 쓸모가 없어. 정작 와서 보니 처지가 딱하기는 하구먼."

홍력은 방금 전까지 험상궂은 표정을 지으면서 고함을 지르던 채씨가 갑자기 너그러운 태도를 보이는 것을 보고 적이 놀랐다. 다시 그의 얼굴로 눈길이 갈 수밖에 없었다. 주먹만 한 얼굴이 희고 통통한 사내였다. 이목구비는 그나마 제대로 박힌 것 같았다. 그러나 왼쪽 뺨에 누에고치만 한 검은 점이 있어 보기에 썩 좋지는 않았다. 또 점 위에 돼지털을 방불케 하는 희끄무레한 털이 나 있는 것이 더욱 그랬다. 징그러운 인상으로 보이도록 하기에 부족함이 없었다.

'기방妓房을 운영하는 건달에게도 인성人性은 남아 있구나.'

홍력은 속으로 그렇게 생각하면서 적이 안도했다. 그예 막 자리를 뜨려고 했다. 바로 그때였다. 갑자기 채씨가 왕씨의 마누라에게 다가가더니 다짜고짜 턱을 거칠게 치켜 올렸다. 그리고는 웃으면서 똘마니들을 향해 말했다.

"꽤 쓸 만하지 않냐? 입이 구정물처럼 거칠어서 그렇지 모양새는 여자답군! 얼굴이 누렇게 뜬 것은 두어 끼 잘 먹이면 해결될 테고. 우리 집에 가면 서너 달 만에 서시西施(춘추전국시대의 미인) 뺨치는 미인이 될 걸?"

똘마니들이 그러자 괴성을 지르면서 맞장구를 쳤다.

"여편네가 낯짝에 일부러 숯검정을 묻히고 다녀서 그렇지 비누칠한 다음 씻고 빨고 하면 쓸 만하고말고요."

"저 왕씨가 담보물로 딸년은 내놓을지언정 마누라는 한사코 안 된다고 하더니, 다 그럴 만한 이유가 있었군. 이봐, 왕씨 마누라! 웬만하면 따라나서지그래? 여자로서 꽃 한번 못 피워보고 이런 데서 썩고 말거야? 채 나리의 주방에서 불을 때는 한이 있어도 여기서 왕씨하고 붙어 있는 것보다 백배 천배는 살맛이 날거야. 그럼, 그렇고말고."

채씨가 징그럽게 웃으면서 이번에는 왕씨를 향해 말했다.

"자네가 우리 집에 가서 삼 년이나 일할 필요가 없어. 대신 자네 마누라를 석 달만 나에게 빌려줘. 그러면 석 달 뒤에는 뽀얗게 때를 벗겨 돌려보낼게. 어때?"

채씨가 고개 숙인 여자를 요모조모 뜯어보면서 다시 쯧쯧 혀를 찼다.

"다시 봐도 보기 드문 미인이란 말이야. 왕씨가 그래도 여자 복은 있네."

범시첩이 사건의 자초지종을 알고 나자 분을 못 이기겠다는 듯 앞으로 나서려고 했다. 순간 이위가 황급히 옷자락을 잡아당기며 제지했다. 그리고는 턱짓으로 홍력을 가리키면서 나지막이 말했다.

"넷째마마께 맡기게."

홍력의 얼굴빛은 잔뜩 흐려져 있었다. 울화를 삭이려는 듯 거칠게 부채질을 하면서 말없이 채씨의 일거수일투족을 지켜보고 있었다. 채씨는 그게 아무래도 신경 쓰이는 듯했다. 다시 홍력 일행을 힐끗 훔쳐보더니 왕씨에게 흥정하듯 말했다.

"뭘 망설이나? 자네가 데리고 있는 것보다 백배는 나을 텐데. 내가 잘해줘서 보낼게. 그때 가서 자네 마누라 몸에서 솜털만큼이라도 적어진 것이 있으면 내가 배로 갚아주면 되지 않겠는가?"

왕씨가 벌겋게 상기된 얼굴로 더듬거렸다.

"채, 채 나리, 저는 농사밖에 모르는 놈입니다. 저 여편네도 본분을 지키는 착한 여자입니다. 나리께 진 빚 일곱 냥은 쇤네가 소처럼 열심히 일해 반 년 안으로 꼭 갚겠습니다. 만약 그때까지 갚지 못한다면 저를……."

채씨가 바로 왕씨의 말을 가로챘다.

"노래라면 차라리 듣기나 좋지! 나보고 그 말을 믿으라는 거야? 네 놈이 가족들을 거느리고 하룻밤 새에 도망가 버리면 내가 어디 가서 찾아? 이 총독께 너를 잡아달라고 송사라도 벌여야 하나? 좋은 게 좋은 거야! 괜히 성질 돋우지 말고 고분고분 말 들어."

채씨가 말을 마치고는 욕정에 불타는 두 눈으로 왕씨 마누라를 집어삼킬 듯이 쳐다봤다. 이어 징그러운 얼굴을 한 채 덧붙였다.

"자고로 밑구멍 찢어지게 가난한 것은 비웃어도 몸 파는 것은 비웃지 않는다고 했어. 처녀도 아닌데 뭘 그렇게 비싸게 구나? 내가 평생 가랑이에 끼고 살겠다는 것도 아닌데! 몇 달만 내 시중을 들면 다시 돌려보낼게. 솔직히 말해서 지금 집에 있는 호랑이 같은 마누라 때문에 오래 있으라고 해도 못 있을 거야."

채씨의 말이 끝나자마자 옆에 서서 낄낄대면서 구경하던 똘마니들 중 한 명이 그에게 다가갔다. 이어 나지막하게 입을 열었다.

"나리, 서두르지 않으면 밖에서 죽을 얻어먹고 돌아오는 거지 놈들에게 낭패를 볼 수도 있어요."

채씨의 얼굴에서는 금세 웃음기가 사라졌다. 똘마니의 말이 일리가 있다고 생각한 듯했다. 그제야 여기가 사람을 팔고 사는 시장이 아니고 배를 곯는 백성들이 득시글거리는 절이라는 사실을 깨달은 것 같았다. 그렇지 않아도 심기가 불편한 백성들을 잘못 건드렸다가 공분이라도 일으키면 당해낼 수가 없을 것이라는 생각도 들었다. 그는 밑바닥 인생들이 뭉치면 얼마나 무서운지를 잘 아는 듯 냉소를 흘렸다.

"됐어, 됐어! 앞뒤가 꽉 막힌 연놈들과 입씨름할 시간 없어. 이 더러운 계집이 따라가겠다고 해도 안 데려갈 테니 처음 얘기했던 대로 딸년이나 내놔!"

채씨가 또다시 홍력을 힐끗 흘겨보더니 홱 고개를 틀었다. 그러자 똘마니들이 다짜고짜 달려들어 여자를 저만치 밀어제치고 우는 아이를 낚아챘다. 반항할 힘마저 잃은 여자는 땅바닥에 대자로 드러누워 바로 오열을 터트렸다.

"하늘이시여! 굽어 살피시어 저희를 좀 살려 주시옵소서. 불쌍한 내 딸……, 저걸 어째……."

채씨 등은 여자의 절규에도 불구하고 뒤도 돌아보지 않고 걸음을 옮겼다.

"잠깐만!"

홍력이 마침내 인내의 한계를 느낀 듯 부채를 홱 접으면서 버럭 고함을 질렀다.

"말을 들어보니 이 사람이 자네 돈 일곱 냥을 빚졌다고? 내가 대신 갚아줄 테니 아이는 두고 가게."

똘마니들은 갑작스런 홍력의 말에 일제히 그에게 시선을 집중했다. 그들의 눈에 비친 홍력의 옷차림은 그다지 화려하지는 않았다. 하지만 그렇다고 궁상스럽지도 않았다. 게다가 귀공자풍의 얼굴과 새까만 눈동자에서는 무엇이라고 딱히 꼬집어 말할 수 없는 위엄이 뿜어 나오고 있었다. 상대를 압도하는 매서운 기운이었다. 똘마니들은 순간적으로 홍력의 기세에 다소 주눅이 들어 주춤했다. 그 사이 눈치 빠른 아이는 죽을힘을 다해 빠져나와 어미 품으로 달려갔다.

채씨가 떨떠름한 표정으로 홍력을 아래위로 훑어보더니 말했다.

"이봐, 촌뜨기! 여기가 금릉金陵이라는 것을 모르나? 저자가 빚진 건 사람이지 돈이 아니라고. 남의 일에 함부로 왈가왈부하지 말게."

"그러면 저 아이를 내가 사겠소."

"좋소! 칠십 냥에 가져가려면 가져가요."

순간 홍력의 얼굴이 험상궂게 일그러졌다. 온몸의 피가 거꾸로 치솟는 듯 얼굴도 벌겋게 달아올랐다. 관자놀이가 무섭게 경련을 일으켰다. 홍력이 어릴 때부터 쭉 지켜봐왔던 이위조차 처음 보는 모습이었다. 일순 팽팽한 긴장감이 감돌았다. 이위는 경계하는 눈빛으로 주위를 둘러봤다. 이상한 기미를 눈치 챈 형씨 사형제가 어느새 빠른 걸음으로 홍력에게 다가왔다. 이위는 그제야 안심한 듯 씩 하고 웃었다.

홍력이 섬뜩한 표정을 지으면서 안주머니에 손을 넣었다. 그러나 곧 은표를 가지고 있지 않다는 사실을 깨달았다. 그러자 눈치 빠른 범시첩이 장화 속에서 은표 한 장을 꺼내 홍력에게 건네주었다.

"넷째마마, 백 냥짜리입니다."

채씨는 겉보기에 별로 있어 보이지도 않는 사람들이 선뜻 원금의 열 배도 넘는 돈으로 여자아이를 사겠다고 나서자 잠시 움찔했다. 그러나 이내 징글맞은 웃음을 지으면서 말을 바꿨다.

"미안하지만 이제 생각을 바꾸었소. 안 팔겠소!"

이위가 차가운 음성으로 맞받아쳤다.

"팔고 안 팔고는 이제 당신 마음대로 되지 않을 거야. 이 아이의 임자는 왕씨지 당신이 아니지 않은가. 아까 금릉을 운운하던데, 금릉은 삼척三尺의 왕법王法이 통하지 않는 곳이라는 말인가? 자네 같은 악당의 무리들이 유부녀를 희롱하고 어린아이를 강제로 사고파는 그런 곳이 금릉이라는 말인가?"

범시첩은 원래 순천부 부윤府尹으로 있었다. 때문에 《대청률》에 대해 손금 보듯 알고 있었다. 제꺼덕 이위의 말을 받은 것은 너무나 당연한 수순이었다.

"도박 빚은 법률의 보호대상이 아니네. 사정이 좋지 않아 못 갚으면 그만이라고. 심지어 그깟 일곱 냥 때문에 앞길이 창창한 어린아이를 기방으로 끌고 가려고 해?"

채씨가 무섭게 돌변한 홍력을 비롯한 세 사람을 아니꼽다는 듯 째려보더니 콧방귀를 뀌었다.

"보아하니 여기 어느 아문에서 방귀깨나 뀌는 자들인 것 같군. 나 채운정蔡雲程이 기방 따위를 운영한다고 우습게 보이는가? 당신네들은 차치하고 이 총독이 이 자리에 있다고 해도 이런 일은 간섭하지 못할 거야. 이건 북경의 셋째 패륵께서 시키신 일이라 그 누구도 감 나라 배 나라 할 수가 없단 말이지. 셋째 패륵께서 쓸 만한 아이를 몇 명 가르쳐서 대내로 들여보내라고 하셨거든. 내가 아무 이유 없이 아이를 끌고 가겠다는 것도 아니야. 빚을 진 대가를 치르라는 건데 도대체 뭐가 잘못이라는 거야?"

이위와 범시첩은 채운정의 입에서 홍시에 대한 얘기가 나오자 깜짝 놀랐다. 그는 백주대낮에 행패를 일삼는 한낱 몰지각한 기방 주인이 아니었던 것이다. 놀라기는 홍력 역시 마찬가지였다. 그러나 곧 크게 냉소를 터트리고는 턱을 치켜들었다. 이위가 드디어 가까이 다가온 형씨 사형제에게 고함을 질렀다.

"이자를 붙잡아 연행하게!"

"예!"

형건업, 형건민, 형건충, 형건의 넷은 이구동성으로 대답하면서 벼락처럼 채운정에게 달려들었다. 특히 형건의와 형건충은 일이 이상하게 돌아가는 것을 눈치 채고 이미 저만치 달아난 똘마니들을 쫓아가 뒷덜미를 낚아챘다. 그리고는 한바탕 주먹과 발길질 세례를 퍼부었다. 똘마니들은 아우성을 치면서 이위 앞으로 기어왔다. 그리고는 무릎을 꿇고 모이를 쪼는 닭처럼 머리를 조아리며 싹싹 빌었다.

"살려주십시오, 나리! 저희들은 아무 죄도 없습니다. 그저 채 나리……, 채운정이 술 한 잔 사준다는 말에 혹해서 따라왔을 뿐입니다. 저희 같은 지저분한 놈들 때문에 나리들의 고귀한 손발을 더럽히지 마십시오."

하지만 채운정은 형건민에 의해 두 팔이 뒤로 꺾였는데도 쉽사리 굴복하지 않았다. 오히려 두 눈을 부릅뜨고 바락바락 악을 써댔다.

"당신들은 도대체 어느 아문에서 나왔어? 셋째 패륵께 다 일러바칠 거야. 셋째 패륵 알지? 폐하께서 가장 아끼시는 셋째 황자 말이야! 장 중당, 악 중당도 우리 셋째 패륵의 눈치를 슬슬 살피면서 큰 숨 한 번 마음대로 못 쉰다는 것을 몰라?"

"못된 자식, 허튼소리는! 주둥아리 나불대지 못하게 따귀를 갈겨버려. 황자를 등에 업고 악랄한 짓을 일삼는 죄를 물을 것이다!"

홍력이 성난 사자처럼 큰소리를 내질렀다. 그러자 사형제 중에서 성격이 가장 불같은 형건의가 대답과 함께 불이 번쩍 나도록 채운정의 따귀를 갈겼다. 한쪽 귀가 먹먹해진 채운정은 그럼에도 여전히 눈에 불꽃을 튀기면서 끊임없이 악을 썼다.

"그래, 잘했다, 잘했어! 나를 쳤다 이거지? 백배로 갚아줄 테니 여기서 기다려! 자손 대대로 빌어 처먹을 놈들 같으니라고……."

형건의의 주먹은 채운정의 입에서 더 거친 욕설이 터져 나오기 전에 다시 한 번 날아갔다. 마치 모래주머니 치는 연습을 하듯 두 주먹으로 채운정의 상판대기를 정신없이 갈겨댄 것이다. 채운정의 얼굴에서는 삽시간에 선지와 같은 피가 줄줄 쏟아져 나왔다. 곧이어 실성한 사람처럼 비틀거리면서 알아듣지 못할 말을 중얼거리던 채운정이 급기야 툭 하고 썩은 통나무처럼 쓰러지고 말았다.

"더 패! 더 패야 해! 아직 안 죽었어!"

홍력은 거친 숨을 몰아쉬면서 형건의를 독려했다. 그럼에도 분이 가시지 않은 듯 뒷짐을 진 채 왔다 갔다 했다. 이위는 그제야 홍력의 뜻을 알아차릴 것 같았다. 홍력은 단순히 채운정을 혼내주려는 것이 아니라 죽여 버리려 한 것이다. 홍시의 일당을 남겨둬 봤자 조정에 득이 될 것이 없다는 판단을 한 듯했다. 그때 죽을 먹고 절로 돌아오는 백성들이 하나둘씩 늘어나기 시작했다. 이위가 형건업의 옷자락을 잡아당기면서 귓속말을 했다.

"가서 저 자식을 아예 죽여 버려!"

형건업은 이위의 명령에 따라 채운정에게 성큼 다가가더니 이제는 한낱 고깃덩어리에 불과한 그의 가슴팍을 오른발로 지그시 눌렀다. 이어 발에 힘을 주면서 말했다.

"셋째 패륵 얼굴에 먹칠을 단단히 하고 가는구먼!"

채운정은 끽소리 한 번 못하고 숨통이 끊어진 수탉처럼 고개를 옆으로 툭 떨어뜨리면서 맥을 놓고 말았다. 범시첩이 길게 숨을 내쉬면서 창고를 관리하는 서리에게 지시를 내렸다.

"이자는 부녀자를 겁탈하려다가 이 총독에게 맞아죽은 거야. 민심이 쾌재를 부를 일이지. 가서 남경 지부아문에 알리고 시체를 화장터에 끌고 가 깨끗이 태워버리게. 춘황 때문에 골치 아픈데 더러운 쓰레기 때문에 역병까지 돌면 안 되니까!"

홍력은 이위 등의 대화는 듣는 둥 마는 둥 했다. 그러나 내친김에 끝을 보기라도 하겠다는 듯 이위에게 명령을 내리는 것은 잊지 않았다.

"아까 그 왕씨를 불러오게."

"예, 알겠습니다."

이위는 즉각 부하들에게 지시를 내렸다. 이어 범시첩과 함께 부랴

부랴 홍력을 따라 죽을 나눠주는 곳으로 달려갔다. 그 사이 주변의 아역들은 홍력의 신분을 알게 된 듯 황송해 어쩔 줄 몰라 했다. 의자를 닦고 차를 가져오면서 한바탕 난리법석을 떨었다. 왕씨 일가 다섯 명은 홍력과 이위, 범시첩이 자리에 앉자마자 어깻죽지를 축 늘어뜨리고 고개를 가슴까지 숙인 채 다가와 한 줄로 무릎을 꿇었다.

"자네, 명색이 가장인데 이렇게 못나게 굴어서야 되겠나? 자네 마누라 반만 닮게! 도박을 했다는 것 자체가 이미 형법에 저촉되는 행위이네. 게다가 자식까지 팔아먹으려고 시도했으니 자네는 애비로서 도저히 해서는 안 될 짓을 한 거네."

홍력이 찻잔을 들어 한 모금 마시고는 미간을 찌푸렸다.

"어르신의 말씀……, 천만번 지당하십니다. 쇤네는 궁핍한 생활에 쪼들리다 못해……."

왕씨가 눈물범벅이 된 채 더듬거렸다. 이어 모기만 한 목소리로 용서를 빌었다.

"어르신의 크나큰 은덕은 소가 되고 말이 돼서라도 갚기 힘들 것입니다. 이놈은 두 번 다시 도박에 손을 대지 않을 것을 맹세합니다. 열심히 일해 돈을 벌어 고향으로 돌아가겠습니다. 사실 딸을 팔려니 저도 마음이 미어지는 것 같았습니다. 어르신은 좋은 분이시니 한 번만 용서해주십시오. 다시는 그러지 않겠습니다."

"그래야지."

홍력이 고개를 끄덕였다. 이어 시선을 돌려 왕씨 부인에게 물었다.

"자네들은 하남성 사람이라고 했나? 어느 현에서 왔는가?"

"저희들은 봉구현封丘縣 황대진黃臺鎭에서 왔습니다."

왕씨는 채씨와의 실랑이 도중 찢겨 나간 옷섶을 여미면서 수줍게 대답했다. 조금 전 악을 쓰며 광기를 부리던 모습은 오간 데 없었다. 그러자 홍력이 관심을 보이면서 물었다.

"황대라고 했나? 그곳은 당나라 때 측천무후가 이름을 지어준 곳이 아닌가! 〈황대과사〉黃臺瓜辭라는 시가 유명한데, 여기에서 말하는 황대가 바로 자네들이 살던 곳인가?"

여자가 고개를 저으면서 대답했다.

"그건 잘 모르겠습니다. 그러나 쉰네가 사는 동네에서 나는 수박이 엄청 맛나다는 것은 사실입니다. 그런데 명나라 홍치弘治 연간에 한 차례 수마水魔가 휩쓸고 간 이후 땅이 전부 강줄기가 돼버려서 이 모양 이 꼴이 됐습니다."

"이곳으로 흘러든 사람들 중에는 자네 고향 사람들이 많은가?"

"어림잡아 이백 명은 될 것입니다."

"고향으로 돌아갈 생각은 없는가?"

여자가 그러자 땅이 꺼져라 한숨을 토해냈다.

"두 말 하면 잔소리입죠. 꿈에서라도 밟고 싶은 것이 고향땅입니다. 그러나 돌아가 봤자 땅이며 종자로 쓸 씨앗, 농사지을 가축도 없어 막막합니다. 그래서 돌아갈 수가 없습니다. 전 중승이 청백리인 것은 틀림없습니다. 그런데 무엇 때문에 멀쩡한 제 땅을 버리고 황무지 개간에 사람들을 내모는지 이년의 머리로는 도무지 이해할 수 없습니다."

홍력은 천천히 자리에서 일어섰다. 말라붙은 솥을 들여다본 다음 고개를 들었다. 경관이 수려한 현무호 근방의 여기저기에 다음 끼니를 기다리는 사람들이 무질서하게 누워있는 모습이 들어왔다. 그가 한참 후 한숨을 지으면서 입을 열었다.

"전 중승의 정책이 잘못된 것은 아니네. 하남성 남쪽과 서쪽은 인구에 비해 땅이 적기 때문에 황무지 개간이 필요하지. 문제는 아래 주현들에서 전 중승에게 잘 보이기 위해 지나치게 백성들을 다그친 것이 흠이지."

왕씨는 홍력이 사람을 때려죽이고 얼른 자리를 뜰 것으로 지레짐작했다. 그러나 예상 외로 남아서 이것저것 묻고 있는 것을 보고는 강한 호기심이 생겼다. 기껏해야 열일곱 살 정도밖에 되어 보이지 않는 이 젊은 귀공자는 어느 부잣집 도련님일까 하고 한참 생각했다. 그러나 알 리가 만무했다. 물어볼 수도 없었다. 아무려나 저녁에 환송연을 베풀기로 했던 이위가 입을 열어 뭔가 말하려고 할 때였다. 홍력이 먼저 입을 열었다.

"이 이백 명을 고향으로 돌려보내려면 돈이 얼마나 필요할 것 같은가?"

"저희 아문에서 계산해봤습니다. 어른, 아이 합쳐서 일인당 다섯 냥은 있어야 할 것 같습니다. 넷째마마께서 이들을 돌려보내실 뜻이 있으시다면 신이 돈을 마련하겠습니다."

범시첩이 이위가 고개를 들고 계산하느라 끙끙대는 사이 잽싸게 먼저 아뢰었다. 홍력도 잠시 생각하더니 미소를 지으며 말했다.

"나는 관부官府를 떠들썩하게 하고 싶지 않네. 이 돈은 자네 두 사람의 사재로 먼저 내게. 나중에 북경에 왔을 때 내 장부에서 지출해가도록 하게."

이위와 범시첩은 홍력의 말에 약속이나 한 듯 웃었다. 이위가 말했다.

"어떻게 그렇게 섭섭한 말씀을 하십니까? 넷째마마께서 공덕을 쌓으시는 일이라면 저희들도 빠지지 말아야죠. 신들이 그 정도를 낸다고 해서 굶어죽을 정도는 아니니 염려하지 마십시오. 이 일은 내일 중으로 추진하도록 하겠습니다."

"그럼, 그렇게 하도록 하지."

홍력이 이위와 범시첩에게 말을 한 다음 어린아이들에게 눈길을 돌리더니 가까이 다가가 다정스레 머리를 쓰다듬어주었다.

"내가 관부에 명령을 내려 너희들을 집으로 돌려보낼 테니 걱정하지 말거라."

이어 왕씨에게 말했다.

"가서 농사나 잘 짓고 다시는 이렇게 떠돌지 말게. 전 중승은 벌써 아랫것들의 비리를 알고 있네. 지난번에 올린 상주문에서 '서리胥吏들이 황무지 개간이라는 미명하에 백성들을 밖으로 내몬다는 소식을 접했습니다. 빠른 시일 내에 조처하겠습니다'라고 했었네. 그 사람은 본색이 청백리이니 문제점을 찾아낸 이상 더 이상 백성들을 떠돌이 신세로 만들지는 않을 것이네."

왕씨 일가는 홍력의 말을 완전히 알아듣지는 못했다. 그러나 그 뜻은 분명하게 이해했다. 그것은 이제는 더 이상 떠돌지 않고 고향에 돌아가 농사를 지을 수 있다는 사실이었다. 그들은 어른, 아이 할 것 없이 마치 신명神明을 우러러 보듯 홍력을 바라보았다.

"어르신의 존함이라도 가르쳐 주십시오. 저희들이 돌아가 어르신의 장수를 기원하는 위패라도 만들게 말입니다. 어르신께서는 이렇게 덕을 쌓으시니 하늘이 굽어 살피셔서 기필코 장원급제하고 소원성취할 것이옵니다……."

홍력은 그러나 이내 왕씨 가족의 말을 등 뒤로 흘리고 돌아섰다. 이어 몇 걸음 떼어놓다가 다시 범시첩에게 명령을 내렸다.

"저 사람들에게 은 스무 냥을 하사하도록 하게. 농사를 지으려면 가축이 필요할 것이 아닌가!"

이위와 범시첩이 홍력을 호위해 총독아문으로 돌아왔을 때는 날이 완전히 어두워진 뒤였다. 의사청 앞에는 등불이 휘황찬란한 가운데 높고 낮은 관리들이 물샐틈없이 빼곡하게 서 있었다. 가인들은 병풍을 가져다 칸막이를 한 다음 식탁과 의자를 배열하느라 땀투성이가 될 정도로 바삐 움직이고 있었다. 누군가의 소리도 들렸다.

"얼른 안뜰에 가서 이 대인께서 돌아오셨는지 마님께 물어봐."

홍력이 그 분주한 광경을 보고 웃으면서 말했다.

"이보게, 이위! 자네가 없으니 여기는 여왕벌이 없는 벌집처럼 아수라장이 따로 없군그래. 배가 출출한데 취아를 찾아가 먼저 간단하게 요기를 하는 게 좋겠어."

이위가 즉각 말했다.

"범 대인, 자네는 여기에서 지휘를 하게. 나는 마마를 모시고 안에 들어갔다가 연회가 시작되면 나올 테니."

이위는 말을 마치기 무섭게 저만치 멀어져가는 홍력을 종종걸음으로 따라잡았다. 이어 함께 안뜰로 들어갔다. 저 멀리서 이위의 처 취아의 낭랑하고 고운 목소리가 들려오고 있었다.

"나리들을 모시러 간 사람은 돌아왔나? 어인 영문인지 어서 보고하지 않고 뭘 해! 마마께서는 깔끔하고 운치 있는 분이시니 꽃무늬 가득한 촌스런 병풍은 걷어내! 내가 보기에는 저 송학도松鶴圖가 더 나은 것 같다. 네놈은 거기에서 뭘 기웃거려? 얼른 다기茶器나 내오지 않고……. 아이고, 영감님 오셨어요? 그 차림으로 어디를 갔다 오신 겁니까? 아니, 넷째마마 아니시옵니까? 제 눈에 뭐가 씌었나 봅니다. 넷째마마도 못 알아뵙고."

취아는 홍력을 보자마자 손뼉을 치고 무릎을 두드리는 예를 올렸다. 이어 반색을 하고는 달려 나왔다. 그리고는 예를 깍듯이 갖춰 인사를 하더니 홍력의 몸에 묻은 먼지를 손으로 살살 털어내면서 수선을 떨었다.

"제가 어릴 때 눈병을 앓아서 매일 이 무렵이 되면 소경이나 마찬가지 아니겠습니까? 넷째마마도 미처 알아뵙지 못했습니다. 영감님도 참, 말씀을 좀 해주지 않고 옆에서 구경만 하시면 어떻게 합니까? 넷째마마께서 여기를 다녀가신 지 벌써 서너 달이나 지났습니다. 언제쯤 오시나 하고 얼마나 기다렸는지 모릅니다. 하루라도 뵙지 않으면 걱정이 돼서 말이죠. 매일 문후 올리러 가려고 해도 영감님이 허락을 해줘야 말이죠. 넷째마마께서 명절이 아니면 문후 올리러 오지 말라고 하셨다면서요? 제가 남입니까? 저는 어릴 때부터 폐하와 마마를 모시던 사람이 아니오니까? 이런 말은 조금 그렇기는 하나 넷째마마께서 태어나실 때도 제가 물을 끓여서 시중을 들었답니다. 그날 일은 참으로 기이했사옵니다. 뜰 안에 상서로운 향기가 진동하고 방 안에 켜놓은 촛불은 너무나 붉었죠. 너무 붉어서 창호지까지 붉은 색으로 물들였지 뭡니까? 태어나서 첫 울음소리는 또 얼마나 우렁찼다고요. 마마께서는 태어날 때부터 크게 될 인물임에 틀림없었어요. 하늘이 그렇게 정해주신 거라고요. 마마께서도 아시다시피 폐하께서는 참선에 들면 하늘이 무너져도 눈을 뜨지 않는 분 아니시던가요? 그런데 그날 마마의 울음소리를 듣고 용안을 번쩍 뜨시더니 한참이나 지난 뒤 다시 참선에 들었다고 하셨습니다. 참으로 신기한 일이 아닐 수 없었습니다."

취아는 부지런히 입을 놀리면서 이위와 함께 홍력을 부축해 방으로 들어갔다. 곧 홍력이 한가운데 자리했다. 둘은 무릎을 꿇은 채 삼배三拜를 올렸다. 이어 이위가 몸을 일으키면서 하인들에게 분부했다.

"먼저 마마께 간식을 좀 내드려라, 차도 올리고!"

"예, 나리!"

이위와 취아를 따라 다 같이 무릎을 꿇었던 시녀들이 대답과 함께 밖으로 물러갔다. 잠시 후 그들 중 고참인 시녀가 쟁반에 앙증맞게 생긴 떡과 만두를 담아내왔다. 그 뒤로 어린 시녀가 차 한 잔을 받쳐 들고 조심스럽게 따라왔다. 취아와 이위는 시녀의 손에서 직접 간식을 받아 홍력 앞에 공손히 내려놓았다.

"시장하실 텐데 먼저 드십시오. 넷째마마께서는 제가 만든 절인 거위발 요리를 좋아하시죠? 그래서 미리 만들어 수레에 실어놓았습니다. 지난번 폐하와 황후마마께서는 제가 만든 신발이 궐내의 침선장들이 만든 것보다 더 편하다고 치하하셨습니다. 그래서 이번에도 몇 켤레 만들어 넷째마마 인편에 보내고자 준비해 두었습니다. 황후마마께서 아직도 이년을 잊지 않고 가끔 선물을 하사해주시니 황공하기 그지없습니다. 우리 영감님도 이제는 늙어서 예전 같지 않사옵니다. 넷째마마께서 자주 북경으로 데려가주신다면 이년도 가끔 황후마마가 뵙고 싶을 때 입궐하겠습니다. 황후마마의 시중도 들고 말동무도 해드리면 더할 나위 없이 좋을 것 같사옵니다!"

취아는 한참 수다를 떨더니 그예 눈물까지 찔끔 흘렸다. 그러자 이위가 악의 없는 어조로 취아를 꾸짖었다.

"좋은 날에 울기는 왜 울어? 바보같이 넷째마마 면전에서 뭐하는 짓이냐고!"

취아는 금세 울음을 웃음으로 바꿨다.

"이년도 나이가 들어 그런지 갈수록 구질구질해지는 것 같습니다. 오랜만에 넷째마마를 뵈니 너무 반가워서 눈물밖에 안 나옵니다. 폐하께서는 겉으로는 차가운 인상을 풍기시나 불심佛心이 대단히 깊으시고 자비로우시지 않사옵니까? 그런데 넷째마마께서는 겉보기에도 인물, 체격, 기품, 학문 어느 하나 빠지는 곳이 없습니다. 관음보살이

나 부처님에 비해도 전혀 손색이 없습니다!"

홍력은 간식을 먹으면서 취아의 수다를 가볍게 들어 넘겼다. 오랜만에 정무에서 해방돼 가족적인 분위기에 취해 있으니 마음이 한없이 편하고 따뜻하기도 했다. 그가 곧 수다쟁이로 변한 취아를 향해 웃으면서 말했다.

"자네, 전에 서재에서 시중을 들 때는 벙어리인 줄 알았어. 그런데 이제 보니 못 말리는 수다쟁이로군! 자네가 근본을 잊지 않고 주군을 그리워하는 마음이 그다지도 깊으니 대견하네. 그러나 지금은 이위가 양강을 떠나 북경으로 갈 시기가 아니야. 자네도 마음을 잡고 내조를 잘 해나가도록 하게. 이위는 양강 지역을 잘 다스려 위아래 모든 관리들의 치하를 받고 있어. 강남은 조정의 재정에 중대한 기여를 하는 노른자야. 그러니 아직은 이위 같은 심복대신이 총대를 메고 있어야 조정에서도 마음을 놓을 수가 있다네. 나중에 때가 되면 내가 알아서 폐께 진언할 것이니 걱정하지 말게. 폐하께서도 가끔 자네들 안부를 묻고는 하시네. 새로운 정책이 어느 정도 자리를 잡으면 성조를 본받아 남순 길에 오르실 거라고 하셨어. 그때는 당연히 자네 집에 머무르실 것 아닌가? 이위가 북경으로 갈 때 취아 자네가 따라가도 되네. 자네는 엄연히 일품의 고명부인이 아닌가! 폐하나 황후마마를 정 뵙고 싶으면 그럴 때 한 번씩 따라가 한을 풀고 오면 되지, 그런 것을 가지고 질질 짜다니."

홍력이 말을 마치고는 차를 마셨다. 그런 다음 잠시 생각에 잠겨 있다 말을 이었다.

"오늘 연회석상에서는 내가 닷새 뒤 여기를 떠나는 것으로 얘기할 거네. 그러나 사실은 모레 저녁에 여기를 떠날 거야."

이위가 홍력의 말에 놀란 얼굴로 그를 쳐다봤다.

"넷째마마! 남경의 관리들이 교외까지 전송하기로 돼 있습니다. 그때 가서 마마께서 미리 떠나셨다고 하면 아랫사람들이 또 시비가 분분할 것이 틀림없습니다."

홍력이 그러자 다소 무거운 어조로 입을 열었다

"나는 떠들썩하게 다니고 싶지 않네. 사복차림으로 아름다운 경관을 감상하고 백성들의 울타리를 기웃거리는 재미가 얼마나 쏠쏠한데! 그런데 이번에 떠날 때는 자네가 몇 사람을 붙여줘야 할 것 같네. 어쩐지 불안한 느낌을 지울 수가 없어서 말이야."

이위와 취아는 홍력의 말에 공감한다는 듯 고개를 끄덕였다. 이어 취아는 이위가 미간을 찌푸리고 깊은 생각에 잠긴 틈을 타 입을 열었다.

"남경은 여섯 개 왕조가 수도를 정할 만큼 유래가 깊은 곳이니 어떤 인간인들 없겠사옵니까? 악명 높은 주삼태자 종삼랑 일당도 바로 이곳 비로원에 둥지를 틀었지 않았습니까? 나중에는 홍의대포까지 설치해 남순 중인 성조를 암해하려 하지 않았습니까? 비로원에는 지금도 비적 떼와 도둑, 승려들이 잡거하고 있습니다. 이년이 얼마 전 계명사로 향을 사르러 갔다가 괴력을 지닌 도사를 보기도 했습니다. 홍양교紅陽教 교인이라고 하더군요. 부삽으로 청석판靑石板을 쳐서 쪼개고 그 틈에 조롱박 씨를 심더라고요. 거기에 뜨거운 물을 붓고 몇 마디 주문을 외우니 금세 새파란 싹이 돋아나지 뭡니까! 수천 명이나 되는 구경꾼들이 모두 오체투지할 정도로 탄복하고 말았습니다. 이년도 그 신통력이 대단한 것 같아 오십 냥을 보시했습니다. 집에 와서 얘기했더니, 이 영감이 '백련교'白蓮教라는 사이비 집단의 일원이라면서 잡아들이라고 사람을 보냈습니다. 이번 일도 혹시 그런 놈들의 소행이 아닐까요?"

취아가 말을 마치자마자 생각만 해도 몸서리치는 듯 부르르 떨었다. 이어 두 손을 합장하면서 덧붙였다.

"나무아미타불 관세음보살!"

이위가 그러자 고개를 갸웃거리면서 조용히 물었다.

"넷째마마, 백 냥짜리 은표와 바뀐 그 시의 내용을 다시 한 번 말씀해주십시오."

"별다른 악의는 없었던 것 같네. 누군가가 나를 암해하려 한다, 그 사람은 대단한 권세가다, 뭐 그런 내용이었어."

홍력이 불안한 표정으로 두 손을 비비면서 대답했다. 자세한 내용을 말하고 싶지 않은 듯했다. 사실 이위가 머릿속에 든 것이 조금만 더 있었어도 《시경》詩經에 나오는 '할미새'가 형제간의 암투를 의미한다는 사실을 알 수 있었을 것이다. 그렇다면 홍력을 암해하려 한다는 그 대단한 권세가는 홍시 외에는 없다는 사실 역시 알 수 있었을 터였다. 그러나 이위는 안타깝게도 학문이 있는 사람이 아니었다. 웬만한 지식인이라면 당연히 알아차렸을 내용을 전혀 못 알아들을 수밖에 없었다. 홍력이 설명해주지 않는 이상 알 수가 없었다.

이위가 그예 미간을 찌푸리면서 아뢰었다.

"넷째마마, 이 년 전 마마께서 산동성의 재해 복구 현장을 찾으셨을 때를 기억하십니까? 그때 오씨 성의 장님 도사가 무호의 관리들을 셋이나 죽이고 자수했던 일이 있지 않았습니까? 후에 마마께서는 죽은 관리들이 모두 그 일대에서 재해복구비를 착복해 원성을 높이 산 자들이라는 사실을 아셨습니다. 그래서 장님 도사에게 처형 대신 참감후斬監候의 처벌을 내리셨습니다. 마마께서 귀경할 때에 사복차림으로 움직이실 것이라고 생각해 제가 한 달 전에 편지를 보내 그자를 풀어주게 했습니다. 지금은 산동성 법사아문에서 요긴하게 부리고 있다고 합니다. 그자에게 마마의 호위를 맡기면 저도 마음이 놓일 것 같아 이쪽으로 오라고 기별을 넣었습니다. 그자는 종남산終南山의 검협劍俠 호궁산胡宮山의 제자라고 합니다. 무림의 내로라하는 고수들도 그와 맞붙어 칠 합七合을 넘기지 못한다는 소문이 있습니다. 그래서 붙여진 별명이 '칠보무상七寶無常'이라고 합니다. 직예, 산동, 하남, 안휘에서 사귄 흑도黑道(바르지 않은 길) 친구들도 부지기수라고 하옵니다. 마마께서는 아무리 갈 길이 급하셔도 그자를 기다려 함께 떠나셨으면 합니다. 아니면 단목 가문에서 고수를 청해오는 것도 좋을 듯합니다. 그것도 안 되면 신이 직접 마마를 모시고 가는 것은 어떻겠습니까? 취아도 북경에 가고 싶어 하니 말입니다."

홍력이 바로 웃으면서 대답했다.

"내가 그 쪽지 사건을 자네에게 말하지 말았어야 했어. 자네가 이렇게 수선을 떨 줄은 몰랐네! 생과 사는 운명에 달렸네. 자네가 아무리 철통 방어를 해줘도 사고가 나려면 아무도 예상하지 못한 곳에서 나고 말 것이네. 자네 마음은 내가 잘 알고 있으니 내 뜻에 따라주게. 자네는 내가 경유하는 곳의 관리들에게 미리 연락해 협조만 부탁하면 되네. 그것이 흠차의 도리이네."

이위가 다시 한 번 홍력을 설득하려 할 때였다. 윤계선과 범시첩이 안찰사 모효선毛孝先을 데리고 들어왔다. 그 뒤로 원앙이 수놓인 보복을 입은 땅딸막한 6품 관리 한 명이 양반걸음으로 따라 들어섰다. 이위는 키 작고 얼굴이 검은 그 관리가 누구인지 몰라 아무 말도 하지 않았다. 곧 넷이 홍력에게 문안을 올렸다. 홍력이 그 6품 관리를 바라보더니 웃으면서 말했다.

"자네는 호부의 유통훈이 아닌가? 자네가 어떻게 여기에 왔나?"

항상 엄숙한 표정을 짓고 있는 것으로 유명한 유통훈이 홍력의 말에 예의 웃는 모습과는 거리가 먼 얼굴을 한 채 예를 갖춰 큰소리로 아뢰었다.

"아뢰옵니다, 넷째마마! 신은 식량 조달차 내려 왔습니다. 폐하의 뜻에 따라 임무를 완수한 뒤 마마를 모시고 귀경길에 오르고자 합니다."

홍력이 입을 열려고 할 때 윤계선이 황급히 끼어들었다.

"들어오면서 보니 연회석이 준비된 것 같았습니다. 공사公事는 처리하려면 밑도 끝도 없지 않습니까? 유통훈이 마마를 모시고 북경으로 가기로 이미 결정이 났으니 식사나 하시죠. 저희는 마마를 연회석상으로 모셔가려고 온 것입니다."

"그럼 그렇게 하지. 배부른 자는 배고픈 이의 고통을 모른다더니, 내가 그렇군. 아까 만두 몇 개를 먼저 집어 먹었거든!"

홍력이 빙긋 웃으면서 자리에서 일어났다.

23장
개혁에 대한 팽팽한 논쟁

　홍력을 위한 연회석은 총독아문 첨압방簽押房(서류를 작성하는 장소) 북쪽의 정당正堂에 마련됐다. 이위는 남경 총독으로 부임해왔을 때 가장 먼저 총독아문을 대대적으로 보수했다. 그로 인해 정당의 크기도 원래의 세 배로 훨씬 커졌다. 당연히 언관들은 그의 일거수일투족을 노렸다. 급기야는 지나치게 사치한 생활을 한다고 황제에게 상주하려고 했다. 그러나 마땅한 꼬투리가 없었다. 새로 보수한 총독아문이 크기만 더 커졌을 뿐 '사치'라고 할 만한 흔적이 전혀 보이지 않은 탓이었다. 하기야 그럴 만도 했다. 아문의 안에 있는 가구를 비롯한 모든 것이 전임자가 사용하던 그대로였으니까. 언관들은 처음에는 이위를 골탕 먹이려고 한동안 들썩거렸으나 결국 나중에는 제풀에 꺾여 주저앉고 말았다.

　홍력은 후당에 있다가 이위 등의 성화에 못 이겨 정당으로 나왔다.

대소 관리들은 벌써 가지각색의 화령을 번쩍거리면서 빼곡하게 자리를 잡고 있었다. 그들 중에는 큰소리로 웃고 떠드는 이들도 있었으나 나지막이 속삭이는 이들도 없지 않았다. 또 한 고향 출신인 듯한 이들은 한쪽 구석에 모여 끼리끼리 수다를 떨기도 했다. 그들은 그렇게 떠들다가 홍력을 발견하고는 일제히 자리에서 일어났다. 그리고는 옷섶 스치는 부스럭거리는 소리와 함께 모두들 무릎을 꿇은 채 이구동성으로 외쳤다.

"보친왕마마께 문후 올리옵니다!"

"구면이 많구먼. 아륭阿隆, 은덕건殷德乾, 강문의姜文義, 아계阿桂, 영덕英德, 뢰소천雷嘯天, 번포혜樊圃蕙, 장화영張化英……."

홍력이 희색이 만면한 얼굴을 한 채 관리들의 이름을 일일이 불렀다. 그리고는 바로 상석으로 향했다. 그는 그 와중에도 엎드린 관리들 중 안면이 있는 자들의 이름을 계속 부르는 것을 잊지 않았다. 거명당한 관리가 40명이 넘을 정도였다. 그중에는 홍력을 따라 수로공사 시찰에 나섰던 관리, 병영을 검열하던 중 얼굴을 익힌 관리, 홍력에게 문서를 전하러 가서 일면식을 튼 관리도 있었다. 관직이 높은 자라야 지부, 낮은 이들은 현령에 불과한 관리들이었다. 그럼에도 홍력은 그런 미관말직들의 이름을 하나도 헷갈리지 않고 일일이 호명하고 있었다.

'넷째마마의 기억력은 정말 대단하시군.'

이위는 마음속으로 그렇게 감탄할 수밖에 없었다.

"다들 자리에 앉게. 오늘은 이 총독이 마련한 환송연이니 다들 구애받지 말고 마음껏 마시고 즐기도록 하게!"

좌중의 사람들은 홍력의 말에 다시 부스럭거리면서 자리에 앉았다. 홍력의 옆자리에 배석한 이위가 술잔을 들었다. 그리고는 다소

수척해 보이는 얼굴에 흥분 어린 홍조를 떠우면서 큰소리로 말했다.

"여러분 중에는 나와 오랫동안 함께 일한 사람들도 있으나 얼굴을 익힌 지 며칠 안 되는 새내기들도 있어."

이위가 범시첩을 바라보면서 다시 말을 이었다.

"수십 년 동안 나와 징그럽게 붙어 다닌 범 대인도 계시는군. 여러분도 알겠으나 나는 이런 자리를 마련해 누굴 접대해 본 적이 거의 없네. 어떤 이는 내가 거지 출신이라서 그렇다고 비아냥거리는데, 사실 맞는 말이야. 나는 돈이 없어. 그렇다고 횡령도 좋아하지 않아. 싫다 이 말이야! 흥청망청 써대는 사람들치고 자기 주머니에서 나온 돈을 쓰는 사람 봤어? 나는 술을 사주지 않는다고 손가락질을 받으면 받았지 그런 짓은 할 수 없어. 이제 황은皇恩이 대단한 기세로 이치吏治 쇄신의 불을 지폈어. 관리들은 화모귀공에 힘입어 양렴은의 혜택을 받게 되지 않았는가? 덕분에 나도 주머니가 조금 두둑해졌다네. 그 돈으로 오늘 우리 마마를 전송할 겸 겸사겸사 자리를 마련해봤네. 우리 첫잔은 폐하의 만수무강을 기원하는 뜻에서 깨끗이 비우세!"

이위가 고개를 뒤로 젖히더니 술을 입 안에 털어 넣었다. 그리고는 술잔을 거꾸로 들어 다 비웠다는 시늉을 해보였다. 관리들 역시 저마다 소맷자락을 들고 잔에 있는 술을 쭉 들이마셨다.

"두 번째 잔은 우리 보친왕마마, 나의 젊은 주군께 삼가 바칠까 합니다!"

이위가 홍력에게 한 잔 가득 따라 올렸다. 동시에 좌중을 둘러보면서 희색이 만면한 얼굴로 덧붙였다.

"우리 강소, 절강 두 성은 전국에서 양렴은 제도를 가장 먼저 실행한 곳이야. 땅을 제일 먼저 측량하고 탄정입무를 제도화시킨 곳이지.

폐하께서는 이를 치하하시어 나를 모범 총독이라고 하셨네. 그러나 나 이위가 과연 자격이 있는지 여부는 여기 앉은 여러분이 더 잘 아실 거라고 믿어. 거의 까막눈에 욕사발이나 퍼부으라면 질펀하게 잘 퍼붓고 속은 빈 깡통이지. 모두 보친왕마마께서 북경에 계시면서 한참 부족한 나를 감싸주시고 격려해주신 덕분이야. 이 점은 윤계선과 범시첩도 잘 알 거야. 보친왕마마는 아직 젊으시나 매사에 사려가 깊고 빈틈이 없으신 분이시지. 항상 인자하시고 후덕하시기도 하고. 곁에서 모시지 않은 사람들은 잘 모를 거야. 이번에도 흠명을 받들어 순시차 이곳에 오신 것 아니겠나? 금지옥엽, 용자봉손 귀한 몸께서 맨발 바람으로 절풍목우節風沐雨(원래는 '즐풍목우'櫛風沐雨라는 말로, 바람에 머리 빗고 비로 목욕한다는 뜻. 이위가 틀리게 말함)하시면서 물속에 손수 들어가셨다는 것을 상상이나 할 수 있겠는가? 조운을 방해하는 진흙이 얼마나 많이 쌓였는지 손수 측량하시고 배를 곯는 백성들에 대한 구제 현장까지 다녀오셨다니, 놀랍지 아니한가? 지상천당이라는 소주, 항주를 코앞에 두고도 마마께서는 구경 한 번 가지 못하셨다네. 넷째마마께서는 실로 대청제국의 기둥이시고 우리들의 안식처일세! 자, 넷째마마의 수복壽福과 안강安康을 위해! 순조로운 북경길을 위해 건배!"

이위의 일장연설은 미리 원고를 마련해 연습을 한 티가 역력했다. 홍력은 적이 놀랐으나 그 아부의 말이 싫지는 않았다. 그가 잔을 든 채 웃으면서 화답했다.

"내가 무슨 덕이 있고 능력이 있겠나? 모두 아바마마의 성모원려聖謀遠慮에 힘입은 덕분이지. 또 여러분들처럼 능력 있는 관리들이 충정을 바쳤기 때문에 오늘의 강남이 일취월장의 기적을 이룩하지 않았나 생각하네. 이위는 큰 모범이고 여러분은 작은 모범이네. 다들 수고 많았네!"

말을 마친 홍력이 순식간에 술잔을 비웠다. 좌중의 사람들 역시 일제히 건배를 했다. 곧이어 이위가 홍력과 범시첩, 모효선과 유통훈에게 일일이 술을 따라줬다. 그리고는 다시 장황한 일장연설을 했다.

"강남은 천하의 재물이 모이는 중요한 지역이지. 내가 이곳으로 올 때 폐하께서는 재삼 당부하셨지. 새로운 정책을 실시함에 있어서 반드시 신중에 신중을 기하라고 말이야. 내가 보기에 우리는 폐하의 기대를 저버리지 않았네. 조금의 잡음도 내지 않으면서 빠른 시일 내에 기대 이상의 효과를 거뒀으니 말일세. 손뼉도 마주쳐야 소리가 나. 아이도 혼자서는 못 낳는 법이지. 두 성의 칠백여 명 대소 관리들이 낫 놓고 기역자도 모르는 이 무식한 총독을 힘껏 밀어주고 당겨줬기에 오늘날이 있는 것 아니겠나? 그런 의미에서 이 세 번째 잔은 내가 혼자 마셔서 이경효우以儆效尤(나쁜 사람들이나 나쁜 일에 대해 엄하게 조치를 해서 그런 나쁜 짓을 하려는 사람에게 경계함)할 것이네."

이위의 말이 떨어지기 무섭게 장내는 웃음바다가 됐다. 이위가 술잔을 비우고 나더니 어리둥절한 표정을 한 채 범시첩에게 물었다.

"내가 뭘 잘못 말했나?"

범시첩은 숨넘어갈 듯 웃다 말고 겨우 진정을 했다. 이어 차분하게 설명하듯 말했다.

"이럴 때는 이경효우가 아니라 이시경심以示敬心(충성심을 보임)이어야 맞지. 이경효우는 형법刑法을 포고布告할 때 다른 사람들에게 절대 본받아서는 안 된다고 못 박을 때 쓰는 말이야. 어디 갖다 붙이는 건가? 아까도 즐풍목우를 절풍목우라고 하더니!"

이위가 범시첩의 설명에 비로소 왜 그런지 알겠다는 듯 얼굴을 붉힌 채 웃으면서 말했다.

"우리 막료가 써준 글이야. 그런데 내가 잘못 외웠나 봐. 그러나 뜻은 충분히 전달되지 않았는가? 아무튼 여기 앉은 강아지들이 우리 몇몇 큰 개들을 잘 따라줘서 폐하와 넷째마마 앞에서 체면이 서는군. 자, 자 기쁜 김에 술 한 잔 더 하자고. 말장난은 그만하고 건배나 합시다!"

홍력은 이위가 거침없고 호방한 성격인 줄은 익히 잘 알고 있었다. 하지만 술이 들어가자마자 곧바로 이렇게 본색을 드러낼 줄은 미처 예상하지 못했다. 더구나 자신과 부하들을 개에 비유하는 데는 당황하지 않을 수 없었다. 급기야 그가 몰래 윤계선에게 물었다.

"이위가 욕쟁이라는 소문이 맞는가? 언제인가 폐하께서 그렇게 말씀을 하시던데, 과연 사실인가?"

윤계선이 홍력의 질문에 히죽 웃으면서 대답했다.

"입이 참 걸쭉한 사람이죠. 보친왕마마께서 이 자리에 계시니 그나마 자제한다는 것이 저렇습니다. 관리들도 평소에 하도 욕을 많이 먹어서 하루라도 그 욕을 안 먹으면 뭔가 허전해서 일을 할 수 없을 지경이라고 합니다. 그리고 저 사람은 아끼는 부하일수록 더 심하게 욕하는 습관이 있습니다. 제가 마마께 우스운 얘기 하나 해드리죠. 맨 앞자리에 앉아 있는 저 군관은 원래 공문결재처에서 일을 했습니다. 그런데 하루는 저를 보더니 '중승 대인, 제가 곧 승진할 것 같습니다'라고 하더군요. 그래서 그걸 어떻게 아느냐고 물었더니, '어제 이 총독께서 저에게 꼴도 보기 싫으니 썩 꺼져! 하고 욕을 하셨습니다'라고 대답하더군요. 아니나 다를까, 그 일이 있고 나서 며칠 뒤 저 친구는 오품 무관으로 승진을 했고, 중군中軍으로 발령이 나서 나갔습니다."

홍력은 터져 나오는 웃음을 도저히 참을 수가 없었다. 그러나 평소에 조신하고 점잖은 모습만 보여 온 터라 많은 사람들 앞에서 대놓고 웃지는 못했다. 결국 그는 마구 터져 나오는 웃음을 감추기 위해 부채를 줍는 척 허리를 숙여야 했다. 그리고는 고개를 탁자 밑으로 숨기고 실컷 웃고 난 뒤에야 정색을 하면서 자세를 고쳐 앉았다. 그때 이위가 다가와 술을 권하면서 큰소리로 말했다.

"마마께서는 오륙일 후면 이곳을 떠나실 것입니다. 방금 술 석 잔을 올렸으니 이번에는 두 가지 보배를 올릴까 합니다."

"보배라니?"

홍력은 가슴이 철렁했다. 자신도 모르게 얼굴에서 웃음이 사라지고 당황한 기색이 바로 나타났다. 그러자 이위가 그 속내를 짚은 듯 황급히 말했다.

"염려하지 마십시오, 넷째마마! 금은보화도 아니고 그 무슨 기이한 물건도 아닙니다. 송강松江, 상주常州, 진강鎭江 세 부府에서 작년 가을 대풍작을 거뒀다고 관리와 백성들이 자진해 식량 일만 석을 내놓았습니다. 많지는 않으나 자민子民들의 경천존제敬天尊帝의 깊은 뜻을 받아 주셨으면 합니다. 신이 사람을 시켜 이들 세 곳을 실사해본 결과 창고와 의창에 진짜 식량이 넘쳐흘렀습니다. 번고에도 금은이 산더미같이 쌓여 있었다고 합니다. 결코 관리들이 치적을 노려 백성을 착취한 것이 아니라는 사실도 판명됐습니다. 이것이 신이 올리는 첫째 보배입니다. 마마께서 북경에 돌아가시면 폐하께 이 사실을 아뢰어 주셨으면 합니다."

홍력의 얼굴에 주체할 수 없는 환한 미소가 번졌다. 곧 그가 크게 기뻐하면서 말했다.

"그들 세 부의 지부들과 천 석 이상 바친 지주와 농호農戶들의 명단을 작성해 올리게. 내가 흠차의 자격으로 그들 모두에게 구품九品 정대正大의 직위를 내려 은총을 내린다는 사실을 밝힐 테니!"

장내는 홍력의 말이 떨어지기 무섭게 술렁거리기 시작했다. 부러움이 섞인 탄식 역시 흘러나왔다. 홍력은 자신의 결정에 만족스러운 표정을 지었다. 잠시 월권행위를 한 것은 아닌가 하는 생각도 들기는 했으나 길게 생각할 여유가 없었다. 그가 궁금한 듯 다시 물었다.

"그러면 두 번째 보배는 무엇인가?"

이위 역시 기분이 날아갈 듯했다. 몸에 병을 앓고 있는 사람이라고는 생각되지 않을 정도로 얼굴에 붉은 빛을 띠면서 대답했다.

"강소성 북쪽은 마마께서도 몇 번 시찰을 다녀오시지 않았습니까? 고가언 동쪽에서 청강 입구에 이르는 지대에 몇 번 큰 수재가 덮쳤었죠. 그 바람에 그곳은 어디가 주요 물길이고 어디가 지류인지 모를 정도로 변했습니다. 마마께서도 그 때문에 노심초사하시면서 호부에 은 백만 냥을 지원해줄 것을 요청하시지 않으셨습니까? 마마의 걱정을 덜어드리고자 저희 강소성 백성과 관리들이 팔을 걷어붙이고 나섰습니다. 십시일반十匙一飯으로 돈 있는 사람은 돈, 힘 있는 자는 힘을 내 지난 가을부터 수로를 정비하고 있습니다. 조정의 도움 없이도 말썽꾸러기 고가언을 강소성의 효자로 키워볼 생각입니다. 이제 물이 불어나는 기간이 지나고 물이 확 빠지면 모래들이 씻겨나갈 것입니다. 저희가 대충 계산해본 바로는 이곳에서만 개간을 통해 옥토 사십칠만 경頃 정도는 얻을 수 있을 것 같습니다."

"그래, 그래! 정말 대단한 보배가 아닐 수 없네!"

홍력이 흥분을 주체할 수 없는 듯 연신 고개를 끄덕이면서 엄지를 내둘렀다. 자신도 모르게 잔도 들었다. 이어 선창을 했다.

"여러분, 잔을 비우세! 비우지 않는 사람은 벌주 석 잔이네!"

홍력의 말에 모든 관리들이 잔을 들고 일어섰다. 잔 부딪치는 소리가 하늘에서 들려오는 멋진 화음처럼 울려 퍼졌다. 홍력이 먼저 잔을 비우자 좌중의 관리들도 일제히 술잔을 들어 바닥을 보였다.

"하지만……, 이 거지가 올리는 술이 마냥 맛있지만은 않을 것입니다."

이위가 갑자기 표정을 바꾸더니 천천히 공좌公座에서 내려왔다. 홍력은 그가 또 무슨 폭탄선언을 할지 몰라 어리둥절해 하면서 윤계선을 바라봤다.

"이 총독이 누군가의 죄를 물으려는 것이 틀림없습니다."

윤계선이 홍력에게 귓속말을 했다. 아니나 다를까, 방금 전과 달리 180도로 돌변한 이위의 서슬에 좌중의 관리들은 모두 그 자리에 얼어붙고 말았다.

한참 뒤 이위가 길게 숨을 내쉬더니 한 중년 관리 앞으로 다가갔다. 이어 잠시 뜸을 들이는가 싶더니 억지웃음을 지으면서 말했다.

"진세관陳世倌, 자네 이 년 전 태창太倉 현령으로 부임했던가?"

진세관이라는 사람은 서른 대여섯 살 정도로 보였다. 각진 얼굴에 크지 않은 외까풀 눈이 호락호락해 보이는 인상은 아니었다. 홍력이 호감을 느끼는 인상이었다.

"총독 대인의 기억이 틀림없습니다. 가르침의 말씀에 귀를 기울이겠습니다."

"가르침이라니? 나는 자네의 뛰어난 학문적 재주를 존경해마지 않네. 자네는 강희 오십일 년에 스무 살의 어린 나이로 진사 시험에 합격하였지. 문장과 서화에 뛰어나 세간을 놀라게 하지 않았나? 내 서재에도 자네의 문장과 시들이 수두룩하게 소장돼 있다네. 나는 까막눈이라서 잘 모르겠지만 주위에서는 단연 으뜸가는 뛰어난 작품들이라고 혀를 내두르더군."

이위가 반문하듯 말했다.

"과찬이십니다. 부끄럽습니다."

이위가 담담하게 다시 입을 열었다.

"지나치게 겸손할 거야 없지. 자네는 인품도 좋고 청렴하다고 정평이 나 있더군. 내가 태창에 내려갔을 때 만나는 백성마다 자네를 좋은 사람이라고 칭찬하더군. 자네, 백성들의 칭찬을 우습게 생각하지 말게. 자네나 나처럼 관직에 몸담고 있는 관리가 백성들에게 '좋은 사람'이라는 평을 듣기가 얼마나 어려운지 아는가? 자네가 세운 태창서원太倉書院은 숭산서원崇山書院보다도 훨씬 더 분위기가 좋더군. 자네의 관아에서도 주판알 퉁기는 소리나 곤장 치는 소리는 들리지 않더군. 대신 가야금 타는 소리, 바둑 두는 소리, 시 읊는 소리로 귀가 그렇게 즐거울 수가 없더군. 이상적인 관아의 풍경이지. 문인들은 저마다 자네를 '현령'賢令이라 입을 모으더군. 하지만 내가 보기에 자네에게는 '아관'雅官이란 별명이 더 어울릴 것 같네."

진세관이 담담한 표정으로 겸손해했다.

"관리로서 청렴은 기본이라고 생각합니다. 선비로서 서원에 공을 들이는 것도 본분이라고 생각합니다. 저는 그저 본분에 따라 일했을 뿐입니다."

이위가 고개를 가만히 끄덕였다. 그러더니 갑자기 장내가 쩌렁쩌렁 울리도록 고함을 질렀다.

"그런데, 왜? 강남성 칠십이 개 주현과 절강성 오십여 개 주현들은 모두 관신일체납량 제도에 적극 호응하고 있는데, 어찌해서 자네의 태창만은 아직까지 뻗대고 있는 건가? 자네 도대체 뭘 믿고 이러나? 자네의 태창은 나 이위의 관할권 밖에 있다는 것인가? 아니면 애당초 이 이위가 우습게 보이는 건가? 그도 아니면 다른 무슨 이유라도 있는 건가?"

좌중의 관리들은 이위가 처음에 진세관에 대한 칭찬으로 운을 떼자 적이 안도를 했다. 그러나 갑자기 태도가 돌변하자 모두 간담이 서늘해지는 듯 잔뜩 숨을 죽였다. 심지어 진세관과 동석한 관리들은 이위가 고함을 지를 때마다 흠칫흠칫 놀라고는 했다. 하나같이 두 손에 진땀이 흥건하게 고일 정도였다. 진세관 역시 아닌 밤중에 홍두깨처럼 느닷없이 들이닥친 호통에 몸을 휘청거리지 않으면 안 됐다. 안색도 새하얗게 질렸다. 그러나 이내 마음을 다잡은 듯 이위를 향해 공수를 하면서 반박을 했다.

"총독 대인, 말씀이 조금 지나치십니다. 제가 일부러 조정의 새로운 정책에 협조하지 않은 것은 절대 아닙니다. 우리 태창 지역은 관리 및 토호와 소작농들 사이의 불화가 고질적인 문제로 대두된 지역입니다. 최근에는 이 문제가 점점 더 심각해지고 있습니다. 저의 전임자들은 지주들과 소작농들의 등쌀에 넌더리가 난다면서 두 번 다시 태창에는 발걸음도 하기 싫다고 했습니다. 해마다 추석이 되면 소작료의 인상, 인하 여부를 두고 충돌이 일어나 사상자가 숱하게 발생하는 실정입니다. 소작농들이 막무가내로 지주들을 때려죽이는 경우도 비일비재합니다. 작년에 하남성에서 관신일체납량 제도가 시행됐다는 소문이 전해지자 소작농들은 공개적으로 소작료 납부 거부 운동을 벌였습니다. 공공연히 흉기를 들고 지주를 위협한 사건도 수십 건이나 발생했고요. 아마 '너희들도 이제는 우리하고 똑같이 세금을 내야 하는 별 수 없는 인간들이다'하는 심리였겠죠. 총독 대인, 지주들은 조정의 정책을 뿌리내리는 데 결정적인 역할을 하는 사람들입니다. 왕도王道의 치화治化를 이룩하고 지역발전을 도모하는 데 그들의 기여가 없으면 불가능합니다. 그렇지 않아도 소작농들의 성화에 화병을 앓고 있는 그들에게 소작농들과 똑같이 세금을 내라고 해서야 되겠습니까? 조정에서 소작농들의 사기를 진작시켜 지주들의 체면을 짓밟아놓는 것과 무엇이 다릅니까? 총독 대인, 전 총독 대인의 인품을 존중합니다. 또 그 의지에 감복합니다. 그런데 어찌하여 이 총독께서는 이 많은 사람들 앞에서, 그것도 연회석상에서 저의 체면을 이토록 밟아버리시는지 그 이유를 모르겠습니다."

진세관은 가슴을 쥐어뜯으면서 하소연했다. 눈에는 어느새 눈물도 그득하게 고였다. 곧 그가 울먹이면서 다시 말을 이었다.

"저는 이런 자리에서 이런 대접을 받아야 하는 제 자신이 불쌍합니다. 저를 이렇게 홀대하는 총독 대인도 안쓰럽고 우리 태창 백성들도 걱정됩니다……"

이위는 처음에 조소 어린 미소를 얼굴에 띠고 있다가 표정이 차츰 굳어졌다. 진세관이 모든 것을 감수한 듯 울먹이면서 따지고 들수록 더욱 더 그랬다. 나중에는 아예 낯빛이 하얗게 질려갔다. 급기야는 멍해서 할 말을 잃고 말았다. 연회석장은 쥐 죽은 듯 조용해졌다.

시간이 얼마나 흘렀을까, 갑자기 이위가 한숨을 지으면서 진세관에게 다가갔다. 이어 팔이 땅에 닿을 정도로 길게 읍을 했다.

"내가 생각이 짧았던 것 같네. 자네한테 정중히 사과하네!"

"총독 대인, 이, 이러시면 안 됩니다."

이위는 그러나 울적한 목소리로 계속 말을 이었다.

"내가 먹물을 못 먹은 탓이네. 자네 말이 맞네. 용서해주게. 자네가 용서해줄 때까지 이러고 있을 것이네."

진세관은 이위의 말에 눈물을 비 오듯 흘렸다. 두 손으로는 이위를 부축해 일으켜 세웠다.

"총독 대인의 헌명憲命에 따르도록 하겠습니다. 총독 대인의 불만을 감지하고 미리 제 속마음을 털어놓았더라면 이런 일은 없었을 텐데요. 그러니 저도 잘못이 있습니다. 총독 대인은 두 개 성의 군정軍政, 민정民政을 통할하시고 천하의 비적匪賊들을 소탕하시느라 바쁜 몸이십니다. 신선이 아닌 이상 어떻게 세상 구석구석까지 빠짐없이 다 둘러보실 수가 있겠습니까?"

"좋았어! 내가 보기에는 둘 다 이 나라의 진정한 충복일세."

홍력은 이위와 진세관의 대화에 크게 감동한 듯했다. 아주 자연스럽게 직접 술잔과 주전자를 들고 자리에서 벌떡 일어나 내려왔다. 그리고는 만면에 웃음을 띤 채 덧붙였다.

"몸을 낮춰 잘못을 흔쾌히 인정하는 겸손한 자세, 할 말은 목에 칼이 들어와도 하는 당당한 모습, 두 사람 모두 마음에 드네. 자, 내가 주는 술 한 잔씩 받게!"

홍력은 술잔 가득 호박색 술을 따라 두 사람과 더불어 건배를 했다. 그 사이 평상심을 회복한 이위는 언제 그렇게 노했던가 싶게 진세관의 어깨를 두드리고는 안휘성 사투리를 섞어 말했다.

"제기랄, 내 속에 먹물이 들었어야 먹물 먹은 사람들을 알지! 자네 성질머리도 나 못지않은 것 같던데, 성깔대로 한번 잘 해보게."

이위의 진세관 두 사람은 그야말로 극적으로 화해를 했다. 좌중의 사람들은 기다렸다는 듯 박수갈채를 보냈다. 이위가 웃으면서 다시 입을 열었다.

"옹정 이 년에 이불이 나를 탄핵한 적이 있었지. 학문도, 재능도 없는 주제에 지의를 어기고 연극 구경을 했다고 말이야. 그때 폐하께서는 글을 모르는 사람이 연극이라도 봐서 역사를 알고자 하는 마음이 갸륵하다고 하셨지. 그래서 유독 나에게만은 연극을 봐도 된다고 윤허하셨어. 오늘은 좋은 날이니 그냥 맨송맨송하게 술만 마실 수는 없지 않은가! 자, 배우들을 불러 연극을 시작하게. 그리고 자네 진세관은 나와 얘기 좀 하세."

이위는 말을 마치자마자 막무가내로 진세관을 자신의 옆자리로 끌어다 앉혔다.

잠시 후 생황笙簧을 비롯한 각종 현악기의 선율이 잔잔하게 울려 퍼지는 가운데 한족 복장을 한 여섯 명의 아리따운 처녀들이 등장했다. 이어 마치 구름을 탄 선녀들처럼 연초록 긴 치마를 끌면서 사뿐사뿐 걸어 나왔다.

등불 아래에서 살짝 취기 어린 기분에 사로잡힌 좌중의 사람들은 미인들의 자태를 감상하느라 마치 혼이 다 녹아내리는 자세들을 보였다. 홍력 역시 무성한 잡초 밭 속에서 정신없이 헤매다 드디어 대로변까지 나온 것 같은 홀가분한 느낌이 들었다. 그동안의 모든 번뇌와 걱정이 눈 녹듯 사라지는 것 같았다. 가기歌妓의 노랫소리는 애간장을 녹이기까지 했다.

흐드러진 벚꽃은 갈 길 급하게 하는데,
오늘도 꽃비 맞으면서 님 기다리는 이내 마음 서글프기도 해라.
우수수 떨어지는 꽃잎마다 옛 정을 담아 보내니,
어느새 떨어지는 꽃잎 따라 지는 이내 청춘……

"곡도 좋고, 노랫말도 좋구나."

홍력이 눈을 지그시 감고 박자를 맞추면서 흡족해했다. 그러나 이위는 수양버들처럼 하느작거리는 무녀들의 몸동작만 뚫어지게 바라볼 뿐 노랫말에는 영 감흥이 없는 것 같았다.

"휴, 어쩔 수 없구나."

이위가 한참 후에 웬일로 한숨을 지으면서 영문 모를 말을 내뱉었다.

"방법이 왜 없겠는가? 넷째마마께서 계시는데 뭐가 걱정인가? 마마의 말씀 한 마디면 취아가 당장 허락을 할 텐데!"

범시첩이 홍력을 눈짓으로 가리키면서 취기로 몽롱해진 눈을 껌벅였다. 홍력이 그 소리를 듣고 어안이 벙벙한 표정으로 물었다.

"자네들, 그게 무슨 소리인가?"

모효선이 홍력의 궁금증을 풀어주겠다는 듯 웃으면서 아뢰었다.

"총독 대인이 늦바람이 났다고 합니다. 배우들 중에 총독 대인의 혼을 쏙 빼놓은 아이가 하나 있습니다. 그런데 그 아이 역시 총독 대인을 이를 데 없이 흠모한다고 합니다. 그런데 마님께서 동의하시지 않아 여태 속만 끓이고 있다는군요! 이런 일 정도야 넷째마마의 말씀 한 마디면 끝나는 것이 아닙니까?"

"취아가 노발대발하는가 보군. 첩도 하나 못 들이게 하는 것을 보면 질투심이 보통은 아니구면. 걱정하지 말게, 내가 말해볼 테니."

홍력은 별것 아니라는 듯 웃으면서 시원스럽게 말했다. 이위가 그러자 쑥스러운 듯 뒤통수를 긁적였다. 동시에 정색한 표정으로 앉아 있는 유통훈을 힐끗 쳐다보면서 말했다.

"취아가 단순히 여자의 질투심 때문에 그러는 것이 아닙니다. 폐하께서 전에 이위는 첩을 들여서는 안 된다고 하명하신 적도 있을 뿐만 아니라 저도 갈수록 건강이 여의치 않아 망설이고 있는 겁니다."

그 사이 무대 위에서는 한결 밝은 분위기의 춤과 노래가 선율을 타기 시작했다. 윤계선과 홍력은 책을 많이 읽은 사람답게 남과 북의 곡曲에 대한 장단점을 논하기 시작했다. 다른 사람들은 저마다 무대 위에 시선을 집중시키고 있었다. 이위는 그 틈을 기다렸는지 옆 사람들에게 양해를 구하고 슬며시 밖으로 나갔다.

이위는 곧 글을 잘 모르는 자신을 위해 주장을 작성하고 문서를 처리하는 업무를 도맡아 해온 막료 요상우廖湘雨를 찾았다. 아니나 다를까, 그는 문어귀의 식탁에서 다른 막료들과 술을 마시고 있었다. 그러다 이위와 눈길이 마주쳤다. 이위는 몰래 따라 나오라는 눈짓을 보내고는 밖으로 나갔다. 요상우는 눈치를 챈 듯 이위를 뒤따라 계단을 내려갔다. 이어 물었다.

"동옹東翁(이위의 호) 대인, 무슨 일입니까?"

이위는 불빛을 등지고 있었다. 요상우로서는 그의 표정을 잘 알아볼 수가 없었다. 그러나 그의 목소리는 나지막하지만 무거웠다.

"자네는 술은 그만 마시게. 앞뜰에 있는 친병들을 데리고 즉각 묘향루妙香樓를 들이치게. 남녀를 막론하고 한 놈도 놓쳐서는 안 되네. 아! 그리고 자네 창심루暢心樓가 어디에 있는지 아는가?"

요상우가 대답했다.

"묘향루와는 길 하나를 사이에 두고 있습니다. 이 대인, 감봉지 일당은 모두 여덟 명입니다. 믿을 만한 소식통에 의하면 이자들은 단오에 집합을 했다고 하네요. 산동성에 가서 다른 무리와 비무比武(무예 실력을 겨룸)를 할 것이라고 합니다. 지금은 그중 네 명만 도착했다고 합니다. 철나한鐵羅漢을 비롯해 여사랑余四娘, 묘수공공妙手空空, 일검도一劍道 등은 아직 모습을 드러내지 않고 있습니다. 먼저 도착한 넷도 지금 꼭 묘향루에 있다는 보장은 없습니다. 괜히 풀을 베어 뱀을 놀라게 할 이유는 없지 않을까요?"

이위가 그러자 거친 숨을 몰아쉬면서 말했다.

"개새끼들, 풀을 베어 놀라 도망이라도 가게 해야 넷째마마께서 무사히 북경에 도착할 수 있지 않겠어?"

요상우는 이위의 말에 흠칫 놀랐다. 그제야 감봉지 일당이 홍력의 북경행에 위협이 될 수도 있다는 생각을 한 모양이었다. 곧 이위를 뚫어지게 바라보았다. 이위가 이를 악물면서 지시했다.

"묘향루에 있는 놈들은 죄다 잡아들이고, 창심루는 들이치되 한 놈도 잡지 말게."

요상우가 이위의 다소 엉뚱한 말에 오리무중에 빠진 듯 망연한 표정을 지어보였다. 그러자 이위가 히죽 웃으면서 덧붙였다.

"상세한 것은 몰라도 되네. 아는 게 많다고 좋을 것은 없네."

"알겠습니다!"

그때 이위가 재빨리 돌아서려는 요상우를 다시 불러 세웠다.

"잠깐만! 일을 끝내고 돌아와 공문결재처에서 하남성의 전 중승에게 편지를 보내게. 넷째마마께서 비밀 경로를 통해 북경행에 오르실 예정이니 직예 총독 이불을 만나 잘 의논하라고 말이야. 강소성과 안휘성 경내에서는 내가 마마의 안전을 전적으로 책임지겠네. 그러나 그들 경내에서는 알아서 차질이 없도록 하라고 하게. 자네는 내 뜻을 정확하고도 거부감 없게 전달하도록 하라고. 최대한 부드러운 어조로 말이야. 그러나 말 속에 가시가 있도록 실력을 잘 발휘해 보게!"

이위는 요상우가 명을 받고 떠나가자 바로 대당으로 돌아왔다. 그리고는 아무 일도 없었던 듯 특유의 장난기 어린 표정으로 다시 자리에 앉았다.

홍력 일행은 그로부터 사흘째 되는 날 몰래 길을 떠났다. 홍력은 예정대로 차를 파는 장사꾼으로 변장을 했다. 유통훈은 살림살이를 책임지는 회계의 모습으로 변신했다. 열 몇 마리의 노새 등에는 짐을 가득 나눠 실었다. 찻잎을 짊어진 지게꾼 이십여 명 역시 함께 떠났다. 노새의 등에는 홍력이 옹정과 황후에게 보내는 보약, 진귀한 자기, 윤계선이 본인의 어머니에게 보내는 생신 선물이 실려 있었다. 또 두 대의 타교駝轎에는 온씨와 언홍, 영영이 몸을 실었다. 반면 홍력은 가마를 타지 않고 말을 탔다. 검을 비롯해 창 등 무기를 파는 장사꾼으로 변신한 형씨 사형제는 허리에 보도寶刀를 차고 팔에 활을 건 모습을 한 채 말을 타고 홍력을 호위했다.

아무튼 그들은 낮에는 길을 다그치고 밤에는 쉬면서 저현滁縣, 정원定遠, 회원懷遠, 몽성蒙城, 와양渦陽, 박주亳州를 거쳐 드디어 하남성 경내에 들어섰다. 길을 가는 내내 형씨 사형제는 한눈을 팔아서는 안된다는 이위의 엄명을 받았던 터라 번갈아 눈을 붙이면서 하루 24시간 한순간도 홍력의 곁을 떠나지 않았다. 아마도 묘수공공에게 한방을 먹었다고 생각하는 듯했다. 그들은 그렇게 7, 8일 동안 별 탈 없이 길을 다그칠 수 있었다. 이윽고 하남성 경내에 들어서자 총독아문의 친병들이 전문경의 명을 받고 미리 와서 대기하는 모습이 보였다. 형씨 사형제는 그제야 안심할 수 있었다.

총독아문에서 마중을 나온 이상 더 이상 사복 차림으로 말을 타고 갈 수는 없었다. 홍력은 마지못해 자신을 위해 특별히 준비한 황금색 큰 가마에 올라탔다. 이어 일행은 호호탕탕한 기세로 하남성의 수도인 개봉으로 향했다. 낮에는 역도驛道를 달리고 밤에는 역관에 묵어가면서 3, 4일 정도 더 가서야 겨우 개봉 근교에 도착할 수 있었다.

전문경은 진작 소식을 접했는지 개봉성의 문무 관리들을 거느리고 10리 밖까지 영접을 나왔다. 접관청接官廳에서는 홍력을 위한 조촐한 환영 연회도 베풀었다. 식사가 끝난 다음에는 여독에 지친 홍력 일행을 상국사相國寺 옆에 있는 역관으로 안내했다.

"자네, 너무 호들갑을 떠는 것 같네."

홍력은 다음날 아침을 먹은 후 전문경이 역관으로 찾아와 문안을 올리자 믿지 않게 타박했다.

"태평성대의 일마평천一馬平川(말이 평야를 마음껏 달림)을 달리겠다, 든든한 장수들이 호송하겠다, 뭐가 위험하다고 그 멀리까지 군사를 보내고 그러는가? 북경으로 갈 때는 몰래 도망이라도 가든지 수를 써야지 안 되겠어. 이위의 호들갑에 넘어간 게로군?"

전문경은 안쓰러울 정도로 말라 있었다. 게다가 허리까지 굽어 늙은 기색이 완연했다. 자리에 앉은 뒤에는 호흡이 곤란한 듯 가끔씩 손바닥으로 가슴을 누르기까지 했다. 심지어 창백한 입술 사이로 흘러나오는 숨소리도 매우 가냘팠다. 그가 기침을 두어 번 하고 나서 의자에서 몸을 숙이면서 대답했다.

"이위의 편지를 받기는 했습니다. 그러나 신이 사람을 보낸 것은 폐하의 지의에 따른 것입니다. 이위의 말은 가당치가 않은 것 같아 아예 신경도 쓰지 않았습니다. 우리 하남성 경내를 경유하는데 그가 절반의 책임을 진다는 것이 말이나 되는 소리입니까? 지푸라기 하나의 책임도 지우지 않을 테니 걱정 붙들어 매라고 했습니다. 넷째마마께서 신을 믿으신다면 신이 직접 북경까지 모시겠습니다. 신은 이불도 믿을 수 없습니다."

홍력이 전문경의 말에 히죽 미소를 머금었다. 그리고는 차 위에 떠 있는 찻잎을 찻잔 뚜껑으로 살살 밀어내면서 입을 열었다.

"하남성의 치안에 대해서는 폐하께서도 누누이 치하하셨네. 나는 안심하네. 내가 관심을 가지는 것은 두 가지야. 하나는 새로운 정책을 이해시키고 보급하는 일이 잘 되고 있는지의 여부야. 다른 하나는 백성들의 안거낙업安居樂業 여부이네."

진문경은 홍력이 틀림없이 물을 것이라 짐작한 듯 미리 준비해 둔 것 같은 내용을 보고했다. 이어 천천히 장황하게 자신의 입장을 덧붙였다.

"저는 화모귀공을 실시한 이후 연이어 세 명의 지부를 처벌해 관가를 떠들썩하게 만들었습니다. 그 때문에 지금은 저희 하남성에 거짓 보고를 올리는 관리는 없다고 감히 말씀드릴 수 있습니다. 토지 역시 전부 다시 측량해 숨겨뒀던 땅도 찾아냈습니다. 이젠 가진 것에 비해 전량錢糧을 적게 내는 비리도 단절됐다고 생각합니다. 또 각 아문에 이치 쇄신에 돌입하라는 경고를 주기 위해 저의 아문에서 대여섯 명의 문제 막료들을 경질했습니다. 그에 연루된 스물 몇 명의 친병들은 멀리 유배를 보냈습니다. 죄질이 무거운 자에 대해서는 왕명기패를 청해 원문轅門에서 목을 치기도 했습니다. 위에서 이처럼 일도양단의 조치를 취하니 아래에서도 본받지 않으면 안 됐을 것입니다. 법에 따라 엄하게 처벌하니 감히 법을 시험하려는 자들 역시 확연히 줄어들었습니다. 새로운 정책이 지향하는 궁극적인 목표는 탐관오리를 척결하고 민생을 살찌우는 것이 아니겠습니까? 넷째마마, 저 문경은 폐하의 과분한 성은에 힘입어 오늘까지 살아왔습니다. 추호의 태만도 저 스스로 용서할 수 없습니다."

홍력이 전문경의 말을 듣더니 가만히 한숨을 내쉬었다.

"자네, 많이 말랐군. 밖에서 떠도는 소문 따위에는 신경 쓰지 말게. 폐하께서는 자네를 믿으시네. 나 역시도 그렇고."

전문경은 격려해주는 홍력의 말을 듣자 가슴이 뭉클해지는 모양이었다. 바로 두 눈에 눈물이 고였다. 그러나 워낙 신중한 사람이라는 정평이 나 있는 사람답게 이내 손수건을 꺼내 눈에 들어간 티를 닦아내는 척하면서 허리를 숙였다.

"폐하께서만 신의 충정을 알아주신다면 신은 여한이 없습니다. 다른 사람들의 입방아 따위는 전혀 개의치 않습니다."

홍력이 웃음 띤 얼굴로 격려를 했다.

"폐하께서는 나에게 하남성을 둘러보고 오라고 하셨으나 사실은 이곳 사정을 누구보다 더 잘 아실 거네. 사직社稷은 공기公器라고 했어. 그만큼 제왕에게는 사사로운 것, 사적인 감정 등 '사私'자라는 것은 용납될 수 없지. 누군가 자네를 고소하는 주장을 올린 것은 사실이 아닌가? 물론 폐하께서는 자네를 믿어. 그러나 만인의 어버이로서 공정한 자세를 보여야 하지 않겠나? 그래서 나에게 직접 둘러보라고 하신 것이네. 자네는 내가 강남에서 오는 길에 여기 들러서 강남과 하남을 비교할까봐 걱정하는 것이 아닌가? 자네를 이위와 비교해 못하다고 할까봐 두려울 것이네. 그래서 자네의 속마음이 무겁다는 것을 내가 알지. 그러나 절대 그렇게 생각하지 말게. 물론 이위는 폐하께서 옹화궁에서 은인자중하실 때부터 부려온 부하여서 인간적으로는 조금 더 가까울지도 모르지. 그러나 일에 있어서는 폐하와의 거리가 다들 똑같다고 할 수 있어. 이위도 잘못을 저지르면 자네와 마찬가지로 지적받고 혼나고 한다네. 자네, 전에 옹화궁에서 가장 먼저 출세해 복건성 도대로 갔던 대탁戴鐸을 기억하나? 번고의 돈에 손을 대놓고도 회개하는 기미를 보이지 않았어. 아니 오히려 장부를 조사하는 관리들의 멱살을 잡았지. 폐하께서는 그 일을 아시고 그자를 곧바로 흑룡강으로 유배 보내셨지 않은가. 이위는 큰일에 착안점을 두고 사소한 것에 얽매이지 않는 점이 돋보여. 반면 자네는 무엇이나 열심히 하는 태도가 장점이지. 둘이 서로 보완한다면 훌륭한 쌍벽을 이룰 것인데……."

홍력의 말이 막 끝나려 할 때였다. 유통훈이 주렴을 걷고 들어서더니 아뢰었다.

"하남성 포정사 아산포라阿山布羅, 안찰사 가영柯英, 학정 장흥인張興仁, 흠차이자 시어侍御인 유홍도가 뵙기를 청했습니다."

"다들 들라 하게."

홍력이 말을 마치고는 잠시 뭔가를 생각하는 듯했다. 그리고는 다시 전문경을 향해 말했다.

"자네가 올린 황무지 개간에 대한 상주문을 읽어봤네. 너무 성급하게 서두르지는 말게. 이위는 요 근래에 황무지 개간을 하지 않고 수마가 훑고 간 습지를 옥토로 만들고 있다고 하더군. 못해도 수천만 냥의 재정수입을 기대하고 있다고 해!"

홍력은 솔직하게 이위가 송별연 자리에서 두 가지 보물을 내놓았던 사실을 털어놓았다. 하기야 굳이 숨길 필요도 없는 일이었다. 그사이 유통훈이 네 명의 관리를 데리고 안뜰로 들어오더니 무릎을 꿇으려 했다. 홍력이 크게 손사래를 치면서 말렸다.

"예를 갖출 필요는 없어. 어서 들어와 앉게."

홍력의 말이 떨어지자 아산포라, 가영, 장흥인, 유홍도 등이 차례로 들어와 문 입구의 긴 걸상에 나란히 앉았다. 홍력이 미소를 머금은 얼굴로 그들을 바라보면서 말을 이었다.

"나는 강남에서 오는 길이라 하남성의 사정에는 어두운 편이네. 전문경, 자네가 먼저 말해보게. 자네들이 서로 사이가 좋지 않아 티격태격한다고 들었네. 일을 하다보면 의견이 맞지 않는 경우가 간혹 있으니 그럴 법도 하지. 포정사와 안찰사는 성쐽의 눈치도 봐야 할 뿐 아니라 중앙 각 부처와의 조율도 필요하니 나름대로 말 못할 사연이 많을 거네. 나는 자네들 사이를 이간질하려고 온 것이 아니야. 얽힌 매듭을 풀어주기 위해서 왔다네. 하지만 오늘 이 자리에서 누구라도 시끄럽게 굴었다가는 사정없이 내쫓아버릴 테니 그리 알게."

홍력의 말에 방 안의 분위기는 한결 부드러워졌다. 홍력이 그 틈을 놓치지 않고 유홍도에게 물었다.

"자네가 유홍도인가? 만마萬馬가 일제히 숨죽인 가운데 혼자 크게 울부짖으면서 뛰쳐나오는 용기를 지닌 진짜 사내라고 들었네."

칭찬을 받은 유홍도가 쑥스러운 듯 얼굴을 붉혔다. 바로 몸을 숙여 예를 표했다.

"실로 과찬이십니다."

전문경은 홍력이 유홍도 등 네 사람과 일일이 인사를 주고받기를 기다렸다가 천천히 입을 열었다.

"하남성은 천혜의 조건을 구비한 강남과 비교할 바가 못 됩니다. '소매가 길면 춤추기 쉽다'長袖善舞는 말이 있습니다. 이위는 솜털 하나만 뽑아도 웬만한 사람 허리보다는 더 굵을 그런 부자들만 있는 동네에서 살지 않습니까? 반면 하남은 토양에 모래 성분이 많습니다. 똑같이 수마가 휩쓸고 간 자리도 강남은 옥토를 만들 수 있는 반면 저희들은 모래와 지독한 전쟁을 치러야 하는 실정입니다. 당연히 농사를 지어도 수확량이 강남에 현저히 못 미치죠. 처음부터 유리한 고지에 있는 강남을 따라잡으려면 우리 같은 열악한 환경에서는 더욱 분발할 수밖에 없습니다. 아랫사람들이 저 전문경을 모질다고 몰아붙여도 어쩔 수 없습니다."

홍력은 의자 등받이에 기댄 채 그저 듣기만 할 뿐 가타부타 말이 없었다. 유홍도는 내무부에서 몇 년 일하는 동안 육경궁으로 강의를 들으러 오는 소년 홍력의 모습을 여러 차례 본 적이 있었다. 그러나 이번처럼 가까이에서 얼굴을 볼 기회는 가지지 못했다. 그렇게 처음으로 가까이에서 본 홍력은 어린 나이임에도 진중하고 노련해 보였다. 그보다 일곱 살 연상인 홍시에게서는 도무지 느낄 수 없는 위엄이 돋보였다.

전문경이 그런 유홍도의 생각을 뒤로 한 채 감개에 젖은 듯 숨을 길게 내쉬며 덧붙였다.

"황무지 개간에 대한 상주문은 넷째마마께서 읽어보셨을 줄로 압니다. 황무지를 개간하면서 제가 실정失政한 부분은 확실히 있습니다. 각 지역의 실정에 따라 개황開荒(황무지를 일구는 것)이 시급한 곳에서는 개황에 박차를 가해야 했습니다. 또 개황할 필요가 없는 곳은 토질 개선에 총력을 기울여 단위면적당 수확량을 높이는 데 주력했어야 했습니다. 그런데 이 구분을 명확하게 일러주지 않았기 때문에 아래에서는 개황을 위한 개황이 성행한 것입니다. 결국 애꿎은 백성들만 고향을 떠나 외지에서 떠돌게 됐지요. 제 잘못이 큽니다……."

홍력은 전문경이 솔직하게 고백하는 내용에 대해서 미리 알고 있었다. 때문에 포정사 아산포라가 입술을 움찔거리면서 뭔가 말하려는 눈치를 보였을 때 자신이 먼저 입을 열 수 있었다.

"정무가 어렵다는 말이 괜히 나온 게 아니지. 실수를 깨닫는 것으로 만족하고 지나치게 자책하지 말게. 이미 일궈놓은 황무지는 토질 개선에 최선을 다하게. 도저히 안 될 것 같은 곳에서는 황무지를 내버려두고 원래 땅에 농사를 짓게 하고 말이네. 떠났던 백성들이 돌아오면 정부에서 농기구와 농사 경비, 종자를 무이자로 빌려주게. 다시는 떠돌지 않게 잘 다독거리라고. 노역이 가중되면 백성들은 다른 지역으로 떠날 수밖에 없다네. 꼭 배가 고파서 고향을 등지는 것만은 아니야."

홍력은 전문경 등의 사이에 공개적인 언쟁은 없었으나 마음속으로 서로를 엄청 싫어한다는 사실은 미리 들어 알고 있었다. 하남성의 삼사三司(순무 또는 총독, 얼사 또는 법사, 번사를 일컬음)아문 사이의 불화는 공공연한 비밀로 알 만한 사람은 다 알고 있는 터였으니 그가 모른다면 오히려 이상할 일이었다. 옹정이 홍력에게 밀지를 보내 삐걱대는 수레바퀴에 윤활유를 칠하듯 그들 사이의 관계를 조율하고 세 사람의 일덕일심一德一心을 이끌어내라고 재삼 강조한 것도 바로 그 때문이라고 해도 좋았다. 홍력이 한 사람씩 불러 대화를 나누기로 생각한 것 역시 마찬가지였다.

그런데 홍력이 비평 내지는 격려 삼아 한 말이 결국 아산포라의 용기를 북돋워주는 꼴이 되고 말았다. 연신 입술을 축이면서 말할 기회만 찾던 아산포라가 목청을 가다듬으면서 입을 연 것이다.

"뒷감당도 못하면서 황무지만 잔뜩 개간해 놓고 말입니다. 백성들은 남의 집에 가서 빌어먹게 하고……. 한심한 것으로 말하자면 날을 새도 다 못합니다!"

아산포라가 불만을 터뜨리자 가영이 기다렸다는 듯 붙는 불에 부채질을 했다.

"신양信陽에 나한영羅漢英의 가문이 있었습니다. 그 집 나 대인은 성조를 따라 세 번이나 준갈이 정벌에 나서서 큰 공을 세웠죠. 관직이 백작에 오른 명문세가입니다. 나중에 나한영은 죽고 부인과 두 아이만 남았습니다. 그나마 땅뙈기가 있어 먹고 살만은 했나 봅니다. 그런데 관신일체납량 제도가 시행되면서 난리가 났죠. 토지를 다시 측정하게 되니 소작농들이 불난 집에 도둑질하듯 들고 일어난 것이죠. 소작료를 감면해 달라, 여태 진 빚은 없는 걸로 해라 이따위 무리한 요구를 한 것은 차치하고 소작까지 거부했다지 뭡니까? 그러자 보름도 지나지 않아 멀쩡하던 가문이 풍비박산이 났답니다. 나씨 부인은 별 수 없이 애 둘을 데리고 동냥길에 올랐다고 하네요. 그러다 길에서 강도를 만나 험한 꼴도 당하면서 강서성까지 갔다고 합니다. 다행히 그곳에서 우연히 나한영 장군과 의형제 사이인 강서 장군 양운붕楊雲鵬을 만났다고 하더군요. 당연히 대성통곡을 하더랍니다. 양운붕 장군은 즉각 은 삼만 냥을 지원해 그들 모자를 잘 살도록 했답니다. 그 일은 나중에 조정에까지 알려졌습니다. 예부에서는 사람을 보내 나씨 부인을 다시 하남성으로 모셔가려 했고요. 그러나 부인은 죽어 귀신이 돼도 하남 땅에는 돌아가지 않을 것이라고 맹세하더랍니다.”

가영의 말을 듣고 난 전문경이 바로 냉소를 터트렸다.

“그건 황진국의 잘못으로 일어난 사건이네. 그런데 어찌해서 나에게 죄를 묻는 것인가? 자네들은 황진국하고 죽고 못 사는 사이라서 그런가? 황진국이 나씨 가문이 패망한 진짜 이유를 가르쳐 주지 않았나 보지?”

전문경의 말이 끝나기 무섭게 이번에는 묻는 말에만 대답하려는 듯 가만히 앉아 있던 장홍인이 나섰다. 참지 못하고 불만을 터뜨린 것이다.

“그뿐만이 아닙니다. 넷째마마께서도 등주鄧州의 배효역裴曉易 가문의 배왕씨가 자살한 일을 알고 계시죠? 처음부터 관신일체납량 정책에 불만이 많던 선비들은 그 두 사건이 터진 뒤 올해 향시를 거부할 움직임마저 보이고 있습니다…….”

“어떤 놈이 감히 향시를 거부한다고 그래?”

전문경은 홍력의 앞이라 치밀어 오르는 화를 가까스로 꾹 참고 있던 터였다. 그러나 선비들이 향시를 거부한다는 말에는 더 이상 참지를 못하는 듯했다. 너무 화가 나서 얼굴까지 일그러진 그가 소름끼치는 표정을 지으면서 다시 입을 열었다.

"누가 감히 시험을 거부해? 내가 조사해서 진짜 그런 일이 있다면 얼사아문에 하명해 주동자를 엄벌에 처할 것이야! 그리고 여러분은 어째서 하남성 사람이 아닌 것처럼 먼 산 불 보듯 하는 거야? 마치 하남성을 아비규환의 지옥인 양 비난하는데, 도대체 속셈이 뭐야? 어떤 사람들은 토호 사대부들이 아니면 가려움과 아픔을 해결해줄 사람이 없으니 그럴 수밖에 없는 건가?"

장흥인이 냉소를 흘리며 맞받아쳤다.

"아직 망신을 덜 당했나 보오? 셋째 패륵께서 수차례 서찰을 보내시어 문인 사대부들을 위로하라고 강조하셨소. 그러면 나는 도대체 어느 장단에 춤추란 말이오?"

전문경이 쏘아 붙였다.

"셋째 패륵의 균지鈞旨가 큰가, 아니면 폐하의 성지聖旨가 큰가? 자네들이 협조를 해주지 않아도 나는 구걸하지 않겠네. 내가 가는 길이 틀리지 않은 이상 목에 칼이 들어와도 할 말은 해야겠어."

아산포라가 그러자 차가운 표정으로 나섰다.

"변사아문에도 골치 아픈 일들이 많소. 대인 같은 왕안석王安石(변법變法, 즉 개혁에 실패한 사람임)을 시중 들 여력이 없다는 말이오!"

"그러면 폐하께 사직서를 올리지 그러나?"

"당신이 뭔데 사표를 내라 말라 훈계하는 거요?"

탕!

더 이상은 좌중 사람들의 입씨름을 듣고 있을 수 없다고 생각한 홍력이 갑자기 탁자를 힘껏 내리치더니 벌떡 일어났다. 아니나 다를까, 쭈뼛 치켜 올라간 눈썹 밑에 부릅뜬 두 눈이 무서운 빛을 내뿜고 있었다. 바로 불호령이 떨어질 것 같았다. 그러나 홍력은 무슨 생각이 들었는지 한숨을 내쉬면서 손사래를 쳤다.

"피곤하네. 다들 그만…… 물러가게."

"예, 넷째마마!"

좌중의 사람들은 서로를 무섭게 노려보면서 뒷걸음쳐 물러갔다. 하나같이 불만이 많은지 얼굴이 부어 있었다.

24장
기득권 세력의 격렬한 저항

홍력은 그후 연 며칠 동안 개봉의 관리들을 일절 접견하지 않았다. 대신 아침마다 형씨 사형제를 불러들여 임무를 주었다. 성으로 들어오는 농민들에게 올해 알곡의 수확상태를 알아본 다음 쌀가게와 밀가루가게의 판매가격도 알아내라는 지시 등이었다. 더불어 노새나 말을 비롯한 가축과 사료, 삽, 낫, 쟁기 등 농기구의 가격도 알아오게 했다. 심지어 본고장에서 생산한 것과 외부에서 들여온 것의 비율까지 상세하게 알아오도록 지시했다.

형씨 사형제는 그처럼 자질구레한 일을 매일이다시피 반복해야 하는 것이 귀찮고 따분했다. 그러나 홍력의 명령인 터라 감히 입도 뻥긋하지 못했다. 그저 시키는 대로 해야 했다. 그들은 그렇게 해서 아침에 나갔다가 저녁에 돌아와 조사해온 것들을 유통훈에게 보고하는 따분한 날들을 보냈다.

홍력도 낮에 역관에 붙어 있지 않고 밖에 나가 민심을 살폈다. 향시 날짜가 가까워오고 있는 밖의 사정은 예사롭지 않았다. 상국사와 남시南市 골목 일대의 주막과 가게들은 각 주현에서 온 수재들로 법석거렸다. 때문에 홍력은 술을 마시고 세상 돌아가는 얘기에 핏대를 세우는 그들 사이에서 하루 종일 어슬렁거리다가 저녁때가 다 되어서야 역관으로 돌아오고는 했다. 그렇게 개봉에 도착한 지 엿새째 되던 어느 날이었다. 홍력이 다른 날보다 조금 일찍 돌아오더니 바로 유통훈을 불렀다.

"넷째마마, 어제까지 정리한 백화百貨들의 가격 명세서입니다."

유통훈은 자질구레한 물품 가격이 깨알같이 적힌 책자를 건네주면서 다시 말을 이었다.

"대나무, 옥, 비단 같은 것을 제외하고도 기름, 간장, 땔감, 찻잎, 채소 등 온갖 물건의 가격이 적혀 있습니다. 마마께서 읽기 쉽게 제가 직접 작성한 것입니다."

홍력은 책자를 한 장 한 장 넘기기 시작했다. 어떤 곳은 흡족한 표정으로 대충 훑어보는 것 같았다. 또 어떤 대목에서는 한참 동안 고개를 갸웃거리면서 생각에 잠기기도 했다. 홍력은 책자를 받아든 지거의 두 시간 만에 자리에서 일어났다. 이어 방 안을 조용히 거닐더니 얼마 후 유통훈에게 분부했다.

"이걸 깨끗이 베끼게. 베낀 것은 여기에 둬. 그리고 원본은 비밀리에 폐하께 올리도록 하게."

유통훈이 깜짝 놀란 표정을 지었다. 그러면서 잠시 홍력을 바라봤다. 자신의 귀를 의심하는 것 같았다. 한참 후에야 그가 대답했다.

"예! 알겠습니다, 마마!"

유통훈이 건성으로 대답하자 홍력이 웃으면서 말했다.

"알기는 뭘 안다는 건가? 우리 두 사람뿐이니 얘기하네만 나는 전문경이 마음에 안 드네. 그렇다고 그 사람이 청백리이자 보기 드문 훌륭한 관리라는 것은 부정하지 않겠네. 자네만 알고 있게. 눈치 없이 입을 놀리다가는 혼날 줄 알게."

"알겠습니다, 넷째마마!"

"자네, 이 밀가루 가격 좀 보게."

홍력이 책자의 한 곳을 손가락으로 가리켰다. 동시에 서둘러 덧붙였다.

"전문경이 하남성 정무를 맡은 이래 쌀값이 올라갈 줄을 모르지 않는가. 수해를 입은 작년에는 쌀값이 뛰어야 정상인데 풍작 든 강남보다 더 싸지 않았는가. 이래서는 농민들이 농사를 지은 보람이 없지. 그리고 배보다 배꼽이 더 크다더니, 낫은 왜 이리 비싼가? 자네, 왜 웃나? 이런 것을 우습게 보지 말라고! 이게 바로 민생民生이라는 거야. 종일 거창한 구호만 외치고 다니면 뭘 해!"

유통훈이 즉각 대답했다.

"신이 어찌 감히 넷째마마 면전에서 불손하게 웃겠습니까? 쌀값이나 낫 가격 같은 것은 전혀 염두에 두고 살아본 적이 없는 저 자신을 비웃었을 뿐입니다. 이 책이 이렇게 중요한 것인 줄 몰랐습니다. 제가 진사 출신이기는 하나 성인들의 책 어디에서도 경제에 대한 내용은 보지 못한 것 같습니다."

홍력이 고개를 들고 한참 생각하더니 천천히 입을 열었다.

"성인은 도道를 만들어 만방의 만물을 굽어 살피시니 어찌 이런 자세한 일까지 시시콜콜 따지겠는가? 《대학》大學에서도 '대학의 길은 백성들을 가까이 하는 데 있다. 친민親民을 해야만 선善에 다다를 수 있다'라고 하지 않았는가. 백성들을 교화하고 '선'善을 구하는 모든 방법은 '도道'에 녹아 있는 법이라네. 세상사는 때로는 거시적인 것에 착안점을 둬 사소한 것을 방치할 수도 있으나 작고 사소한 것에 목숨을 걸어야 하는 경우도 많다네. 그래서 '문무의 길은 긴장과 이완이다'文武之道一張一弛라는 말도 있지. 예전에 주식 사부께서 이렇게 가르치셨네."

홍력의 말이 계속 이어지려고 할 때였다. 밖에서 유홍도가 부랴부랴 들어오더니 뜰에서 인사를 올리면서 아뢰었다.

"넷째마마, 장흥인과 잠깐 얘기 나누느라 늦었습니다. 죄를 물어주십시오."

홍력이 웃으면서 대답했다.

"늦지 않았네. 아직 어두워지려면 네 시진時辰이나 남아 있는 걸? 황하 제방을 둘러봐야겠으니 말을 타고 같이 나갔다 오지."

홍력이 말을 마치자마자 바로 밖으로 나섰다.

"넷째마마……."

유통훈은 뭔가 할 말이 더 있는 듯했다. 그러나 홍력이 말머리를 잘랐다.

"우리 둘이 비밀 얘기를 할 것도 아니니 자네도 따라나서게."

홍력이 발걸음을 옮기자 한시도 홍력의 곁을 떠나지 않는 형씨 사형제가 완전무장한 채로 후원으로 달려갔다. 그리더니 이내 말을 끌고 나왔다.

"넷째마마! 어쩐지 개봉에서 치르게 되는 이번 향시에서 문제가 생길 것 같은 불길한 예감을 떨칠 수가 없습니다."

유홍도는 뚜벅뚜벅 걷는 말의 움직임에 몸을 맡긴 채 근심 어린 표정을 지었다. 그 뒤를 따르던 유통훈이 흠칫 하는 사이 홍력이 말했다.

"나에게도 생각이 있네. 장홍인이 별다른 얘기는 않던가?"

유홍도는 습관처럼 주위를 둘러봤다. 천천히 홍력의 질문에 대답도 했다.

"수재들이 시험을 거부한 행위는 전대미문의 사건입니다. 그러므로 각별히 조심하라고 신이 주의를 주었습니다. 그러자 장홍인이 '시험장에 들어와 부정을 저지르는 자는 법에 따라 엄벌에 처하겠소. 그러나 내가 대문을 활짝 열어놓고 기다리는데도 시험을 보러 오지 않는데야 난들 무슨 수가 있겠소'라고 말하더군요. 아마 전문경이 톡톡히 망신을 당하는 꼴을 지켜보겠다는 뜻으로 생각됩니다."

골목길에는 행인이 별로 없어 한산했다. 홍력은 한참 후 입을 열었다.

"그건 장홍인이 큰 그림을 볼 줄 모르기 때문에 하는 행실이네. 본인이 한 성의 교화敎化를 책임진 학정學政이야. 그쯤 되면 조정의 대원大員 행렬에 속한다고. 그런데도 그러면 본분을 까맣게 잊은 거지."

유홍도가 다시 입을 열었다.

"장정옥 상공이 그에게 편지를 보냈다는 것 같더군요. 그 사람의 얘기로는 자기 숙부(장정옥를 일컬음)가 자라 보고 놀란 가슴 솥뚜껑 보고 놀란다는 격으로 쓸데없는 걱정을 한다더군요. 과거에 동생인 장정로가 뇌물을 받고 부정을 저지른 사건이 있었죠. 그런데 이번에는 조카가 학정을 맡고 있으니 장정옥이 전전긍긍할 만도 하죠. 장홍인은 누구나 다 장정로 숙부 같은 인간인 줄 아느냐면서 툴툴거렸습니다. 그는 또 이런 말도 했습니다. '사람들은 내가 숙부인 장정옥의 배경을 믿고 감히 전문경에게 삿대질하면서 대든다고 하더군. 사실 내 이력을 들춰보면 숙부가 나에게 걸림돌이 됐으면 됐지 도움은 되지 않았다는 걸 알 수 있는데 말이야. 숙부만 아니었다면 내가 한낱 성의 학정에 머물러 있겠는가?'라는 말을요."

유통훈이 처음 듣는 소리라는 듯 고개를 갸웃거렸다. 이어 진짜 궁금한 듯 물었다.

"장홍인이 장정옥의 조카입니까?"

홍력이 고개를 끄덕이면서 한숨을 내쉬었다. 대답도 조용한 어조로 했다.

"오복五服의 숙질 사이지. 장정옥은 명재상이니 그 가문의 사람들은 그의 덕도 보고 피해도 입었겠지."

홍력은 그러나 별로 좋은 얘기가 아니라고 생각한 듯 바로 화제를 돌렸다.

"얼사아문 쪽에서는 다른 말이 없던가? 향시 거부 운동의 주모자를 잡아들였다고 하던가?"

유홍도가 그러자 굳은 표정으로 대답했다.

"제가 먼저 가영을 만나보고 왔습니다. 하남성의 관리들은 하나같이 미꾸라지처럼 약아서 도무지 어찌할 바를 모르겠습니다. 그는 그일이 학정아문의 일이지 자신들의 얼사아문과는 무관하다면서 발뺌을 하더군요."

유통훈도 그럴 줄 알았다는 듯 한숨을 내쉬었다.

"아무리 봐도 강남과는 차이가 많은 것 같습니다. 풍기風氣도 그렇고 다른 모든 것도요. 이곳에서는 너도 나도 '관계'나 '배경'을 공공연히 자랑하고 인맥에 목숨을 거는 것 같습니다. 중원中原 문명이 가장 먼저 싹텄다는 곳이 이래서야 되겠습니까?"

유홍도가 웃음 띤 얼굴로 말했다.

"북경과 가깝지 않은가! 쾌마로 이틀이면 서신을 주고받을 수 있으니 '관계망'이 복잡하게 만들어지는 것도 자연스러운 일이지. 북경에서 돌맹이를 던지면 그 소리가 직예, 하남까지 들린다고 하지 않은가. 이것이 강남과 풍기가 다른 이유이지.”

홍력은 더 이상 말을 하지 않았다. 자신 역시 같은 생각을 한 탓이었다. 그가 그렇게 침묵을 지키고 있는 사이 드디어 저 멀리 철탑이 보이기 시작했다. 어느새 황하 제방까지 도착한 것이다.

날이 어둑어둑해지고 있었다. 흙을 쌓아 만든 높다란 제방은 마치 하늘에 걸린 용이 꿈틀대는 것처럼 장관을 연출하고 있었다. 그 제방 너머의 우렛소리와도 같이 우렁찬 황하의 물소리는 비린내 머금은 강바람을 타고 낯선 방문자들의 고막을 파고들었다. 백사장도 광활하기 이를 데 없었다. 또 모래밭 군데군데에는 푸른 땅콩밭과 수박밭이 펼쳐져 있었다. 누렇게 익어가는 밀밭은 거친 바람에 일렁이고 있었다. 저편 서산에는 석양이 곧 질 듯 말 듯 가까스로 걸려 있었다. 마치 다리를 쭉 펴고 앉은 나그네가 눈앞의 멋진 광경을 두고 가기 싫어 어기적거리는 듯했다.

홍력은 갈 지之자 모양의 돌계단을 따라 허공에 걸려있는 듯한 제방 꼭대기로 향했다. 올라갈수록 밑에서 느꼈던 것과 또 다른 기분을 느낄 수 있었다. 말로 형언할 수 없는, 가슴이 터질 것만 같은 장엄함이 순간적으로 벅차올랐다. 전문경은 그에게 정무 보고를 할 때 제방을 하늘에 걸었다고 했다. 그러나 그는 그 말을 믿지 않았다. “저 친구가 거짓말도 잘하는군!” 하는 식으로만 생각했을 뿐이었다. 그랬기에 눈앞에서 실제로 보는 제방이 주는 감동은 정말 새삼스러울 수밖에 없었다.

실제로 제방 맨 꼭대기에서 하상河床에 이르기까지에는 온통 커다란 바윗돌이 웅장한 모습으로 견고하게 쌓여 있었다. 게다가 석회로 바람한 점 샐 곳 없이 도배돼 매우 견고해보였다. 제방 허리에는 아직

물이 최고로 불어나는 시기가 완전히 물러가지 않은 계절이라 그런지 물이 머물다 간 흔적이 역력했다. 가끔 집채 같은 파도가 파죽지세로 달려오다가 높다란 장벽에 막혀 겁먹은 듯 되돌아가기도 했다.

"장관이 따로 없군!"

홍력은 기승을 부리는 강바람에 긴 두루마기 자락이 높이 말려 올라가는 것도 모른 채 구경에 여념이 없었다. 바람 때문에 눈을 가늘게 뜬 표정으로 제방 위에 서서는 숨을 한껏 들이마시면서 여기저기를 둘러보기도 했다. 사육을 당하듯 고분고분해진 황하를 바라보는 그의 얼굴에는 마치 맹수를 제압한 뒤에나 볼 수 있을 법한 쾌감까지 넘쳤다. 곧이어 그가 고개를 돌려 등 뒤에 있는 유통훈과 유홍도에게 말했다.

"이걸 쌓느라 노력을 얼마나 기울였을까? 재정적인 어려움은 또 얼마나 컸을까? 설사 전문경이 하남성에 온 뒤 불찰을 많이 저질러 만인의 공격 대상이 됐다고 쳐도 그의 과오는 이 거대한 제방 하나로 상쇄하고도 남을 것 같네. 그는 누가 뭐래도 모범 총독 자격이 충분하네."

"지당한 말씀이십니다."

유홍도가 맞장구를 쳤다. 그리고는 바로 설명을 곁들였다.

"성조 때 강을 잘 다스려 '치수의 능신'으로 불렸던 진황과 근보도 평생 이런 제방은 남기지 못했습니다. 노역을 피해 밖으로 떠돌던 백성들은 때가 되면 돌아올 것입니다. 수재들 역시 시험을 한두 번 거부할 수 있으나 영영 거부하지는 못할 것 아닙니까? 그따위 일로 전문경을 매도하고 공격하는 사람들을 전부 여기로 데려와 구경시켜야 합니다."

유통훈은 말없이 눈앞에 펼쳐진 장관에 완전히 도취돼 있었다. 홍력이 내려가자고 불러서야 비로소 화들짝 놀라면서 고개를 돌렸다. 그때 멀리 동쪽 방향에서 누군가가 뒷짐을 지고 걸어오는 모습이 보였다. 유통훈이 가장 먼저 발견하고는 고함치듯 말했다.

"넷째마마, 저기 오는 사람이 전 중승인 것 같습니다."

홍력은 걸음을 멈췄다. 이어 유통훈이 말한 사람이 조금 더 가까이 올 때까지 눈여겨봤다. 과연 걷고 멈추고를 거듭하고 있는 그 사람은 전문경이 틀림없었다. 그는 때로 몸을 낮춰 뭔가 확인하기도 했으나 홍력 일행을 발견하지는 못한 것 같았다. 결국 홍력이 두 손을 나팔 모양으로 한 채 큰소리로 그를 불렀다.

"전문경, 엎드려서 누구하고 입을 맞추나? 어서 이리 오게."

"아니, 넷째마마!"

전문경은 그제야 홍력을 발견하고는 깜짝 놀라더니 허둥지둥 달려왔다. 그러나 그 경황없는 와중에도 예를 갖추고 나서 입을 열었다.

"가슴이 답답하다 못해 곪아터질 것 같아 바람이라도 쐬려고 나왔습니다."

전문경의 누렇게 뜬 얼굴에는 밭고랑 같은 주름이 얼기설기 패어 있었다. 부스스한 머리카락은 마치 폭풍에 쓰러진 밀 이삭을 연상케 했다. 한 마디로 초췌하기 이를 데 없는 모습이었다. 홍력이 그런 그의 가까이 다가갔다. 힘이 하나도 없어 보이는 그의 가녀린 손이 바로 눈에 들어왔다. 손바닥은 온통 굳은살 천지, 손등은 소나무 껍질처럼 터실터실했다. 안쓰럽기는 그의 삐쩍 마른 몸과 하나 다를 바 없었다. 홍력은 문득 가슴이 저려오는 듯한 기분을 느꼈다.

"갑갑하면 나를 찾아오지……."

홍력은 입을 열다 말고 말끝을 흐렸다. 며칠 전 찾아온 전문경을 다른 관리들과 함께 내쫓았던 일이 생각났던 것이다. 그가 한숨을 지으면서 앞장을 서더니 천천히 계단을 내려갔다.

"넷째마마, 신의 가슴이 멍든 것은……, 어떤 사람들은 고이 들어 앉아 입만 놀리고 손가락 하나 까딱하지 않아도 승승장구를 하지 않습니까? 그런데 왜 어떤 이는 그 육신을 죽을 둥 살 둥 혹사해 가면서 조정과 백성들을 위해 일을 해야 합니까? 아무리 썩으면 없어지는 육신이라지만 말입니다. 그런데도 왜 오히려 욕만 먹고 손가락질을 당할까요? 또 어떤 이는 하는 일마다 순풍에 돛 단 듯 순조롭게 풀리는데, 어떤 사람은 왜 가는 곳마다 가시밭길이고 하는 일마다 훼방꾼들만 꼬이는지 모르겠습니다. 사람이 못 나서인지……, 도대체 뭐가 문제인지……. 저는 자신의 무능함을 탓하기로 했습니다……."

전문경이 홍력을 따라 밀밭 길을 거닐면서 하소연하듯 입을 열었다. 숨 막히다 못해 질식할 것만 같은 무거운 화제였다. 홍력이 고개를 숙이고 한참을 생각하는가 싶더니 물었다.

"무슨 일이라도 생긴 것인가?"

전문경은 즉각 대답을 하려고 했다. 그러다 바로 옆에서 밀을 베고 있는 노인을 발견하고는 입을 다물었다. 홍력 역시 더 이상 묻지 않았다. 그러더니 천천히 노인에게 다가가 조용히 물었다.

"노인장, 밀 수확이 좀 이르네요?"

"일찍 심은 데다 지세도 높아서 지금쯤은 수확을 해야 하오!"

노인이 고개도 들지 않은 채 대답했다. 밀을 베느라 여념이 없었으니 그럴 만도 했다. 그러나 얼마 후 목에 걸친 수건으로 땀을 닦으면서 홍력 일행을 힐끗 훔쳐보았다. 별로 인상이 나빠 보이지 않았던지 그제야 경계를 푸는 듯했다. 그가 밀짚으로 밀을 묶으면서 말을 이었다.

"적당히 익었을 때 빨리 거둬들여야죠. 물 피해에 하도 시달려서……."

홍력은 밀밭을 슬쩍 쳐다봤다. 익은 밀만 골라서 베어냈는지 듬성듬성 베지 않은 밀도 보였다. 그가 자신도 모르게 피식 웃으면서 말했다.

"잘 생각하셨습니다. 익은 것부터 거둬들이면 적어도 물 피해 때문에 낟알 한 톨 못 건지는 불상사는 면할 수 있겠네요. 그런데 노인장은 아들이 없나요? 혼자서 고된 일에 나섰으니 말이에요."

"젊은 것들은 올해 물난리가 없을 것이라고 태평이오. 며칠 뒤에 수확해도 늦지 않다나?"

"올해 저 제방이 문제없을까요?"

"그럼. 문제없고말고! 얼마나 튼튼한데."

노인이 당연하다는 듯 대답했다. 홍력이 전문경을 위로해 주려는 심산으로 다시 노인에게 물었다.

"노인장, 젊은이들이 태평인 것도 당연하네요. 바로 이 튼튼한 제방이 있기 때문에 말입니다. 이 제방에 큰절이라도 올려야 해요. 이 제방이 없었더라면 올해도 노인장은 낟알 하나 못 거둬들였을 거예요."

그러자 노인이 퉁명스레 내뱉었다.

"기왕에 절을 올릴 거라면 하늘에 올려야지. 이 제방을 쌓을 때 죽지 않은 것이 얼마나 다행인지!"

홍력이 못내 멋쩍어 하면서 다시 물었다.

"이 땅에서 한 무畝에 밀이 얼마나 납니까?"

"한 석하고 반 정도."

"그러면 농사가 잘 된 건가요?"

"적어도 두 석은 돼야 수확량이 만족스럽다고 볼 수 있지. 올해는 보통 수준이라고 봐야 할 것 같소. 모래땅인 데다 돈이 없어 거름도 못 주니 어쩔 수 없지!"

노인이 퉁명스럽게 대답했다. 그때 전문경이 더 이상 참을 수 없다는 듯 입을 열었다.

"개봉성 동쪽에 퇴비를 묻어놓고 거의 공짜로 주고 있어요. 몰랐나요? 여기는 물도 충분하니 그걸 가져다 뿌렸더라면 대풍작을 거뒀을 텐데요!"

노인이 즉각 씁쓸한 표정으로 대꾸했다.

"전 중승이 계산이 짧았지. 멀리 있는 물이 가까운 불을 못 끈다는 말이 있지 않소? 비료가 그렇게 멀리 있으니 무슨 소용이 있소! 왕복 사십 리 인건비면 안 쓰고 마는 것이 낫지!"

노인은 전 중승을 코앞에 두고 전 중승의 흉을 신나게 보고 있었다. 홍력은 속으로 웃음을 금할 수 없었다. 그러나 전문경의 난감한 표정을 읽고는 바로 그의 팔꿈치를 잡아끌었다.

"날이 벌써 이렇게 어두워졌나? 성문을 닫기 전에 서둘러 가야겠군."

전문경은 풀이 죽은 모습을 한 채 홍력을 따라 나섰다. 형건업이 그러자 즉각 자신의 말을 내줬다. 전문경이 곧 말에 올라타면서 자조 어린 탄식을 내뱉었다.

"옛말에 '태양은 내 정성을 몰라주고, 나라를 위해 걱정하는 사람은 드러나지 않는다'라는 말이 있습니다. 틀린 데가 하나 없는 것 같습니다. 열심히 하면 다들 알아줄 줄 알았는데, 저런 소리를 한 번씩 듣고 나면……. 쿨럭, 쿨럭!"

전문경이 갑자기 기침을 토했다. 그러더니 황급히 손수건을 꺼내 입을 막았다. 그러나 소용이 없었다. 다시 큰 기침이 진저리치듯 그의 입에서 터져 나왔다. 이어 선지 같은 피가 손수건을 흥건하게 적셨다. 그가 피 묻은 손수건을 구겨 소매 속에 슬며시 밀어 넣고는 천천히 말을 달리면서 말했다.

"오늘은 숨이 막혀 죽을 것만 같아서 밖에 나온 것입니다. 이불은 북경으로 가는 길에 말 타고 꽃구경 하듯 이곳을 지나갔습니다. 그러면서 보고 들은 사소한 것들을 크게 부풀려 저를 공격했죠. 그것까지는 그래도 이해할 수 있습니다. 하지만 매일 같이 코를 맞대고 일하는 아산포라, 가영, 장흥인 이 사람들의 행보를 생각하면 도무지 이해가 안 됩니다. 저의 충정과 청렴함을 몰라주고 혹정이니, 공로를 탐낸다느니 하면서 탄핵안을 올렸다는 사실은 가히 충격적입니다. 신은 성조 때 이십 년 동안 관직에 몸담았습니다. 그러나 성조께서 붕어하실 때까지 말단인 육품 관리에 머물렀습니다. 솔직히 지금의 폐하 즉위 이후에 빛을 봤다는 편이 맞는 말이죠. 과분하리만치 두터운 성총에 힘입어 삼 년이라는 짧은 기간 동안에 개봉 부윤에서 순무, 총독 자리에까지 올랐습니다. 신하로서는 더 이상 바랄 것이 없는 봉강대리까지 지냈습니다. 그러니 충효절의忠孝節義 같은 큰 도리는 제쳐두더라도 제가 어찌 성은에 어긋나는 짓을 추호라도 할 수가 있겠습니까? 그런데도 신은 왕안석과 같은 무리로 매도당하고 있습니다."

전문경은 치밀어 오르는 분노를 애써 참는 듯했다. 말고삐를 움켜쥔 손등에 핏줄이 불끈거리고 있었다. 그가 다시 비분강개한 어조로 말을 이었다.

"신은 사대부들에게 따돌림을 받고 백성들에게도 인정 못 받는 처량한 신세입니다. 하남성 백성 모두가 삼 년 동안 허리띠를 졸라매 후세에 길이 득이 될 제방을 쌓아 놓았더니, 이제는 전문경의 등쌀에 못 이겨 고향을 등졌다고 말합니다. 저의 마음을 몰라주는 사람들이 야속하고 사람들에게 인정받지 못하는 자신이 미울 따름입니다. 넷째마마, 신은 간을 크게 다쳐 갓 육십을 넘긴 나이에 바람 앞의 촛불 같은 신세가 되어버렸습니다. 남은 생이 길지 않다는 것을 알기 때문에 누가 뭐래도 중원 대지에 마지막 남은 심혈까지 깡그리 쏟아 부을 것입니다. 삼 년만 기다려주십시오. 삼 년 내에 하남성을 민분民憤이 사라지고 식량을 자급자족하는 성으로 만들겠습니다. 그렇게 하지 못하는 날에는 넷째마마께서 상방보검尚方寶劍으로 저의 머리를 치십시오!"

전문경의 두 눈에서는 흐릿한 눈물이 비 오듯 흘러내렸다. 그동안 쌓인 것이 너무나도 많은 것 같았다. 유홍도와 유통훈도 크게 감명을 받은 듯 눈에 눈물이 그렁그렁했다.

"그게 바로 '사람을 알기도 어렵고, 사람들에게 제대로 알려지기도 어렵다'는 속담이 의미하는 바가 아니겠나?"

홍력이 침묵을 지키고 있다 일부러 표정을 환하게 바꾸면서 말했다. 그의 부드러운 목소리는 단조로운 말발굽 소리와 섞여 묘한 조화를 이루고 있었다. 그가 다시 전문경에게 위로의 말을 건넸다.

"온 세상이 자네를 매도해도 나는 자네를 믿고 싶네. 그러니 지나치게 상심하지 말게. 내가 있는 한 너무 걱정하지도 말게. 자네의 허리를 든든하게 받쳐줄 배경이 돼 줄 테니. 자네는 폐하로부터 모범 총독의 칭호를 수여받지 않았나. 조정에서도 그만큼 자네를 인정한다 그 말이지. 그러니 넓은 흉금과 큰 아량으로 모든 것을 포용할 수 있어야 하네. 방금 제방을 둘러보고 나는 자네에게 탄복했네. 한 성에서, 그것도 재정이 넉넉지 않은 가난한 성에서 스스로의 힘으로 그 어마어마한 공사를 완수했다는 사실이 믿어지지 않을 만큼 놀랍더군. 이번에 북경에 돌아가는 즉시 폐하께 이 사실을 아뢸 거네. 그리고 앞으로 누가 감히 자네를 매도하면 모조리 제방으로 끌고 가 구경시킨 뒤 자네 앞에 무릎을 꿇게 만들 거네."

홍력은 전문경을 위로해 주느라 거의 안간힘을 쏟았다. 그 사이 밤의 장막이 서서히 드리우기 시작했다. 그때 갑자기 멀리서 다급한 말발굽 소리가 들려왔다. 누런 등불도 밝아졌다 어두워졌다 하면서 가까이 다가오고 있었다. 총독아문의 등롱燈籠이었다. 전문경은 달려오는 자가 자신의 막료인 전도와 필진원임을 알아보고는 고함을 질렀다.

"넷째마마 면전에서 뭐하는 짓이야? 하늘이라도 무너진 건가?"

"넷째마마! 총독 대인!"

전도가 땀범벅이 된 채 거친 숨을 몰아쉬면서 말을 끌고 다가왔다. 그리고는 향시와 관련한 상황을 보고했다.

"야단났습니다. 내일이 시험일인데, 수재들이 시험을 거부하고 있습니다. 오백여 명이 서원을 둘러싸고 총독 대인과 학정을 만나겠다고 떠들고 있습니다."

모두가 설마 했던 일은 드디어 터지고 말았다. 전문경은 머릿속이 하얗게 변하는 것 같은 기분을 느꼈다. 눈앞이 아찔해졌다. 간 큰 수재들이 전문경에게 정면으로 선전포고를 해온 것이 분명했다. 시간을 끌 여유가 없었다. 급기야 그가 말 위에서 홍력을 향해 다급하게 말했다.

"신이 당장 가서 처리하도록 하겠습니다. 넷째마마께서는 걱정하지 마시고 역관으로 돌아가 계십시오. 수시로 소식을 아뢰도록 하겠습니다."

전문경이 말을 마치더니 고삐를 힘껏 낚아채고는 두 다리로 말의 옆구리를 힘껏 찼다. 말은 긴 울음소리를 토해내면서 어둠 속으로 줄달음쳤다.

"넷째마마! 전문경이 혼자 가는 것이 맞습니다. 마마께선 친왕이시고 흠차대신인 만큼 수재들과 직접 부딪칠 필요가 없습니다. 우선 전문경의 조치를 지켜보는 것이 바람직할 것 같습니다."

유통훈이 말 위에서 망설이고 있는 홍력을 향해 말했다. 홍력이 일리가 있다는 듯 고개를 끄덕였다.

"틀린 말은 아닌 것 같군. 그러나 나는 가지 않더라도 유홍도 자네는 가보는 것이 좋겠네. 가서 듣기만 하고 오게."

유홍도는 홍력의 분부대로 전문경의 뒤를 따랐다. 홍력은 유통훈과 함께 역관으로 돌아와 마음을 다잡기 위해 바둑을 두기 시작했다. 그러나 신경은 온통 전문경 쪽으로 가 있었다.

유홍도는 말을 몰아 서원으로 달려갔다. 문묘가文廟街 입구는 이미 계엄 상태에 처해 있었다. 거리 양옆의 점포들에는 50~60개의 크고 작은 등롱들이 걸려 있었다. 개봉부아문의 아역들은 한 손에 쇠사슬, 다른 손에는 횃불을 든 채 그 자리에 못 박힌 듯 꼼짝 않고 서 있었다. 대낮처럼 밝은 등불 아래에는 수천 명의 구경꾼들이 인산인해를 이루고 있었다.

유홍도는 말을 황급히 길가의 나무기둥에 매놓고 억지로 사람들 틈을 비집고 들어갔다. 병사 두 명이 그를 거칠게 밀어내면서 고함을 질렀다.

"눈은 거죽이 모자라 찢어 놨어? 지금 어디를 비집고 들어오는 거야? 당장 나가! 수재 놈들하고 함께 서시西市(사형장)로 끌려가고 싶어?"

유홍도는 자신의 신분을 드러낼 수 없어서 난감했다. 엎친 데 덮친 격으로 병정 한 명이 도무지 물러설 기미를 보이지 않는 유홍도의 가

습팍을 거칠게 밀쳤다. 유홍도는 화가 불끈 치밀었다. 결국 주먹으로 병정의 뺨을 후려쳤다.

"가서 장홍인에게 전해. 유홍도가 왔다고!"

"유홍도인지 무홍도인지 나는 몰라! 내 임무는 신원이 분명하지 않은 작자들의 진입을 막는 거야. 오줌 물에 네놈의 꼬락서니를 좀 비춰 보라고. 우리 장 학정을 찾아뵐 꼬락서니나 되는지. 이놈을 포박해!"

병정은 화가 나서 펄쩍 뛰었다. 순식간에 몇몇 병정들이 달려들었다. 바로 그때 저쪽에서 전문경의 막료 전도가 서리들과 함께 지나가는 것이 보였다. 유홍도는 자신도 모르게 황급히 소리쳤다.

"전도! 전도!"

전도는 걸음을 멈추고 소리 나는 쪽을 바라봤다. 다행히 그가 유홍도를 알아보고는 황급히 병사들에게 일갈을 하면서 물러나도록 했다.

"아이고, 유 어른! 여긴 어쩐 일입니까? 저는 지금 개봉 성문령城門領을 만나러 가야 하니 얼른 총독 대인을 만나러 가십시오. 제가 사람을 시켜 안내해 드리겠습니다."

유홍도는 아역을 따라 문묘 뒤편에 있는 서원에 도착했다. 그러나 이내 깜짝 놀라 주춤하고 말았다.

시험을 거부한 수재 500여 명은 청포靑袍 차림 일색으로 대낮같이 등불을 밝힌 서원 주위에 빼곡히 앉아 있었다. 결연한 의지를 보여 주듯 저마다 허리를 곧바로 편 채 좌정하고 있었다. 얼굴에서는 그 어떤 표정도 찾아볼 수 없었다. 서원 양옆의 커다란 돌사자상 위에는 글씨가 적힌 흰 천이 드리워져 있었다. 주사朱砂로 쓴 붉은 글씨가 피처럼 섬뜩했다.

학문을 닦아 무엇 하리오,
서리胥吏의 체면이 바닥인데.
백대百代에 드문 혹정에
대소 관리들이 두려움에 떠네.
노심勞心하는 자는 사람을 다스리고,
노력勞力하는 자는 다스림을 받는다고 했거늘
천고千古의 성현이 내린 유훈을 어기다니
이게 웬 말이냐!

"유 어른, 이쪽 의문儀門으로 들어가시죠. 총독 대인과 장 학정 모두 공당에서 논의를 하고 있습니다."

안내를 맡은 아역이 말했다. 유홍도는 고개를 끄덕이면서 아역을 따라 곧바로 서원으로 들어갔다. 공당 안은 촛불을 두 개밖에 켜지 않은 탓에 바깥보다 더 어두웠다. 그 분위기를 반영하듯 전문경과 가영, 장홍인은 모두 깊은 고민에 빠진 모습을 하고 있었다. 장홍인은 앉아 있었으나 가영은 서 있었다. 또 전문경은 뒷짐을 지고 무거운 발걸음을 뚜벅뚜벅 옮기면서 방 안을 거닐고 있었다. 장홍인이 유홍도가 들어서는 것을 보고는 몸을 숙여 보였다.

"넷째마마께서 유 대인을 파견하셨으니 유 대인께서 이 사건을 주지하시지."

유홍도가 장홍인의 말이 끝나게 무섭게 황급히 홍력의 균지釣旨를 전했다. 이어 덧붙였다.

"서서徐庶는 조조曹操의 진영에 가서 단 한 마디도 하지 않았소. 내가 무슨 권한이 있어 이 일을 주지하겠소."

유홍도의 말에 박박 밀어버린 머리가 촛불 아래에서 마치 술항아리처럼 빛나고 있는 모습이 눈길을 확 끌고 있는 가영도 적극적으로 나서지 않겠다는 표정만 지을 뿐이었다. 곧이어 그가 할 수 없다는 듯 한숨을 내쉬더니 천천히 입을 열었다.

"수재들은 반란을 일으키지도 않았소. 조정을 욕되게 하지도 않았소. 이들은 누군가 나와서 대화하기를 바랄 뿐 혼란을 야기할 생각은 없는 사람들이오. 왕법을 어긴 것도 아니오. 저렇게 얌전히 앉아만 있는데, 내가 어떻게 손을 쓴다는 말이오?"

유홍도는 계속 침묵을 지키면서 조용히 자리에 앉았다. 결국 전문경이 입을 열었다.

"조정의 명령을 온몸으로 항거하고 있는데 무슨 증거가 더 필요하다는 말인가? 저기 앉아 있는 자들은 전부 잡아들여야 해. 주모자는 법에 따라 처벌하고 선동자들은 영영 공명의 길을 차단해버려야 마땅하다고!"

유홍도는 침묵을 지키고는 있었으나 전문경의 자세가 바람직하지 못하다고 생각했다. 아쉬운 마음에 속으로 조용히 읊조렸다.

'수재들은 조정의 관신일체납량 정책을 제대로 이해하지 못해 항의하는 것이야. 그런데 저들을 설득할 노력은 하지 않고 다짜고짜 처벌하려고만 하다니. 총독이 직접 나서서 새로운 정책의 장점을 차근차근 설명하면서 성의를 보인다면 얼마든지 극적인 화해를 할 수도 있을 텐데.'

그때 장흥인이 마치 유홍도의 생각을 읽기라도 한 것처럼 바로 대화에 끼어들었다. 전문경의 말을 냉랭하게 반박한 것이다.

"우리 하남성은 인재의 싹을 이런 식으로 싹둑 잘라버려도 좋을 만큼 문기文氣가 대단한 곳이 못 된다는 점을 상기했으면 좋겠소. 장래가 촉망받는 이들의 인생을 요람에서부터 짓이겨버릴 수는 없지 않소! 나는 총독 대인의 뜻에 따를 수 없소."

"전문경!"

갑자기 가영이 전문경의 이름 석 자를 또박또박 부르면서 앞으로 나섰다. 그리고는 비난하듯 다그쳤다.

"수재들은 그대의 혹정에 반항해 저렇게 청원을 벌이고 있는 것이오. 그대의 그 잘난 얼굴 한 번 보자는데, 왜 보여주지 않는 거요?"

가영은 출신이 범상치 않은 사람이었다. 바로 강희제의 서정 길에 친병으로 따라간 사란포^{司蘭布}의 둘째 아들이었다. 비처럼 쏟아지는 적의 화살 공격에도 불구하고 자신의 몸으로 강희제를 안전하게 막아줬던 공신인 사란포를 아버지로 두고 있었던 것이다. 당연히 강희는 자신을 위해 죽은 사란포를 기리기 위해 온 정성을 다 기울였다. 성황^{城隍}에 봉한 다음 그의 충절을 기리는 사당도 건립해주었다. 또 자손들을 양황기의 기적에 들어가게 한 다음 백작의 봉호를 세습하도록 배려했다. 그랬으니 가영이 당당한 팔기인이라는 자부심과 영웅의 아들이라는 우월감을 가지는 것은 당연할 수밖에 없었다. 전문경을 아예 뼛속부터 하찮게 본 것은 결코 이상한 일이 아니었다.

그 잘난 얼굴이라니! 전문경은 섬뜩한 눈빛으로 가영을 노려봤다. 그리고는 바로 딱하다는 표정을 지어 보였다. 이어 어이없다는 듯 껄껄 웃음을 터트렸다.

"나한테 너무 그러지 말게. 후회할 날이 있을 거네. 그건 그렇고 폐하께서는 이미 새로운 정책에 대해 만천하에 지의를 포고^{布告}하셨소. 그 지의를 먼저 공부하고 백성들에게 가르침까지 준 사람이 수재들이오. 그런 사람들에게 내가 나서서 무엇을 더 설명해야 하는가? 아무튼 개국 이래 처음 있는 시험 거부 사태이니 엄하게 다스릴 거요. 자네들은 나를 혹리라고 하지? 나는 이제 그런 소리를 들어도 전혀 무감각하니, 불만이 있으면 직접 폐하께 상주하시게!"

가영도 지지 않았다. 곧바로 전문경에게 직격탄을 날렸다.

"하남성 백성들을 도탄에 빠뜨려 놓고 무슨 얼어 죽을 모범 총독이야!"

"모범 총독이라는 칭호는 폐하께서 하사하신 거요. 내가 스스로 자처하고 다닌 게 아니란 말이오. 그것까지 불만이면 폐하께 직접 상주해 따져 보시든지!"

"내가 못할 것 같소?"

"자네가 못할 일이 뭐가 있겠어? 훌륭한 아버님을 둔 대단한 아들인데!"

가영이 전문경의 비아냥에 온몸을 부르르 떨었다. 화를 주체할 수 없는 듯했다. 급기야 다짜고짜 의자를 집어 들어 전문경에게 내던지려 했다. 그 순간 장흥인이 뛰어나와 부랴부랴 말렸다. 전문경이 거친 숨을 몰아쉬는 가영을 가소롭다는 듯 노려보면서 말했다.

"나는 이불이 나를 탄핵한 사실을 알고 있소. 자네들까지 합쳐봤자 넷밖에 안 될 걸? 나는 폐하의 처분도 기다리고 있소. 담담하게 결과를 받아들일 거요. 그러나 아직까지는 내가 하남성의 총독이오. 엉덩이를 걷어차여 쫓겨나지 않은 이상 아직까지 내가 하남성의 군정軍政, 민정民政, 재정財政, 문정文政 모두를 책임지고 있다는 말이오. 자네들은 저들 수재들이 앞으로 한 자리씩 꿰차고 앉은 뒤 보복할까봐 두려운 나머지 감히 나서지 못하지만 나는 두려울 게 없소. 자네들 얼사아문이나 학정이 나서지 않겠다면 총독아문에서 직접 나설 수밖에!"

"총독!"

장흥인이 갑자기 일어섰다. 뭔가 결심한 듯 얼굴에서 결연한 의지가 묻어나고 있었다. 그러나 등불 밑에 비친 그의 얼굴은 생기를 찾아볼 수 없이 창백했다. 그가 천천히 덧붙였다.

"내가 나서겠소. 내가 총독의 뜻을 전했을 때 저들이 순순히 물러 간다면 주모자를 제외한 나머지는 용서해줬으면 하오. 다행히 시험 일이 내일이니 저들에게 시험 거부 딱지를 붙이지는 말았으면 하오. 안 되겠소? 군자는 덕을 따진다는 말이 있소. 저들도 악의를 품고 당 신과 어긋나 있는 것은 아니지 않소."

전문경도 장흥인의 말에 다소 마음이 안정을 찾은 듯했다. 사실 시 험 거부 사태는 천하를 놀라게 할 뿐만 아니라 후세들에게도 영향을 끼칠 큰 사건이 분명했다.

'이위가 다스리는 강남이나 악이태의 운귀 지역에서도 이런 난리가 벌어진 적은 없었어. 그런데 유독 하남성에서 이런 불미스런 사건이 발생하다니! 총독으로서 체면이 크게 손상되는 일이 아닐 수 없어.'

전문경이 잠시 그렇게 생각하더니 무겁고도 거칠게 한숨을 토해 냈다.

"어쩌겠나, 한 발씩 양보하는 외에는 달리 뾰족한 수가 없지! 내 그대의 의사에 따르겠네. 주동자는 내가 알기로는 진봉오秦鳳梧와 장 희張熙라는 자야. 절대 놓쳐서는 안 돼. 나머지 자들은 내일 시험에 응 하겠다는 대답만 하면 모두 풀어줘도 돼."

전문경이 말을 마치고는 소매 속에서 종이쪽지 한 장을 꺼내 장흥 인에게 건네주었다. 그리고는 고개를 돌려 가영에게 말했다.

"여기 일은 학대學臺에게 맡기고 자네는 참견하지 말게."

가영이 즉각 코웃음을 쳤다.

"유 대인께서는 돌아가셔서 넷째마마께 사실대로 말씀해주시오. 여기 일은 장 대인께서 도맡아 처리하신다고."

가영은 말을 마치기 무섭게 유홍도에게 읍을 하고는 전문경 쪽은 쳐다보지도 않고 밖으로 나가버렸다. 전문경은 노기 어린 얼굴로 서 있다가 가영이 물러간 뒤에야 혼자 터벅터벅 의문을 나섰다. 그리고는 여전히 정좌하고 있는 수재들을 한동안 노려보았다. 이어 말을 끌고 다시 나타난 그는 화가 난 듯 거칠게 말에 올라타더니 곧 멀리 사라졌다.

25장
전문경의 옹고집과 깊어만 가는 갈등

총독아문으로 돌아온 전문경은 즉시 형벌을 담당하는 기관인 형명방刑名房의 아역 대장 이굉승李宏升을 불렀다. 그리고는 방에 들어가지도 않은 채 컴컴한 뜰에 서서 지시를 내렸다.

"서원에 있는 막료 전도와 필진원에게 내가 아문으로 돌아왔다고 전하게. 또 사람을 보내 장흥인 대인이 어떤 식으로 수재들을 처리하나 살펴보도록 하게. 자네는 역관으로 가서 보친왕마마께 총독아문과 얼사아문이 현장에서 철수했다고 보고 드리게. 그리고 내가 지금 보친왕마마를 배알하러 가도 괜찮겠느냐고 여쭤보게. 전문경이 이 일을 잘 처리할 것이라는 말도 잊지 말고 전하게."

"예, 알겠습니다!"

이굉승은 대답과 함께 바로 물러갔다. 전문경은 서둘러 공문결재처로 들어갔다. 몇몇 근위병들이 바쁜 걸음으로 뒤따라 들어갔다. 그들은 방 안에 촛불이 하나밖에 없는 것을 보고는 등불을 더 켜려고 했다. 그러나 전문경이 즉각 제지했다.

"등롱은 모두 서원으로 가져갔네. 하지만 이 유리등은 폐하께서 하사하신 것이니 함부로 켜서는 안 돼. 차라리 초를 한 대 더 켜게. 차나 한 잔 부어놓고 물러가게."

근위병들은 전문경의 기분이 별로인 것을 눈치 챘는지 아무 말 없이 조용히 물러갔다. 전문경은 혼자 남게 되자 거칠고 무거운 한숨을 토해내면서 안락의자에 반쯤 기대어 앉았다. 온몸의 기운이 모두 빠져나간 듯 손가락 하나 까딱할 힘도 없었다. 땅속 깊은 곳으로 끝없이 추락하는 느낌이 그럴까 싶었다. 심지어 간이 있는 부위가 바늘로 찌르듯 따끔따끔 아파왔다. 그런 증세가 있은 지는 이미 오래되었다. 그는 참기 힘들 때마다 그랬듯 책 몇 권을 가져다 겨드랑이에 받치고는 아픈 부위를 지그시 눌렀다.

책상 위에는 북경에서 보내온 관보가 있었다. 전문경은 그것을 손에 집어 들고 펼쳐봤다. 첫 장의 첫머리에는 호부에서 각 성의 황무지 개간 면적을 발표한 내용이 실려 있었다. 하남성은 27만 5600무畝로 단연 1등으로 나타났다. 그러나 그 옆에 덧붙인 내용이 조금 이상했다.

하남성의 번사아문에 따르면 이 수치에는 변수가 있을 수 있다고 함. 조사가 필요함.

그 옆에는 형부의 소식이 적혀 있었다. 하남성 얼사아문의 관리 장행구張行球가 뇌물을 받은 사건에 대한 것이었다. 내황內黃현의 임연빈任連斌과 공모해 사람을 때려죽인 사건에 개입한 혐의를 받고 있는 바, '형부에서 하남 안찰사 가영과 협력해 진실을 규명하라'는 지의가 내려졌다는 내용이었다.

관보에는 이위를 칭송하는 글도 실려 있었다. 수로를 적절하게 개통시켜 물이 급작스레 불어났음에도 피해를 입지 않게 해서 30만 무의 옥토를 개간했다는 내용이었다. 또 "물이 불어나는 기간에 황하가 경유하는 각 성들에서는 시의적절한 대처로 큰 낭패를 본 곳이 거의 없다. 유독 하남성과 안휘성 경계에서만 제방이 조금 무너지는 사고가 있었으나 큰 피해는 없었다. 두 성의 번사아문에서는 군기처의 명을 받고 경위를 조사해 책임을 추궁하고 기한 내에 시정하도록 했다"라는 덧붙임 말도 들어 있었다.

원래 지방 관리들 사이에서 관보는 '조정의 의중'을 엿볼 수 있는 척도로 알려져 있었다. 그런 의미에서 본다면 조정의 육부에서는 다른 총독들에게는 꽃다발을, 전문경에게는 똥바가지를 안기려는 것이 틀림없었다. 전문경은 화가 치민 나머지 그만 관보를 와락 구겨서 내던져 버리고 말았다.

"전 중승, 뭣 때문에 또 화가 나셨습니까?"

막료 필진원이 밖에서 들어오다 전문경이 화를 참지 못하고 있다는 사실을 간파한 듯 큰소리로 물었다. 그리고는 전도와 함께 안으로 들어왔다. 전문경은 고개도 들지 않은 채 두 사람을 향해 말했다.

"돌아왔나? 대충 자리를 찾아 앉게."

필진원은 구겨진 관보를 손바닥으로 조심스레 펼쳐 한쪽에 놓았다. 그리고는 전도와 함께 전문경의 맞은편에 앉았다.

"아무리 짜증이 나도 내던질 것이 따로 있죠. 관보를 구겨버리면 어떻게 합니까? 이건 도로 올려 보내야 하는 것입니다."

전도의 말에 전문경이 냉소를 터트렸다.

"어떤 성에서는 비밀 상주문, 주비, 성지도 바치지 않는데 이깟 관보가 다 뭐라고? 그런데 장흥인은 수재들에게 뭐라고 하던가? 앉아서 교리를 가르치던가?"

필진원은 관보를 열심히 읽느라 대답할 생각을 하지 않았다. 전도가 공손히 허리를 굽히면서 대답했다.

"제가 필 선생을 모시고 갔을 때 장흥인은 한창 수재들을 훈계하고 있었습니다. 고분고분 집에 돌아갔다가 내일 제시간에 맞춰 시험보러 나오라고 하더군요. 그렇지 않고 사달을 일으킬 생각을 품을 경우 생원 자격을 취소하고 얼사아문에 넘겨 엄하게 처벌할 것이라면서 으름장도 놓는 것 같았습니다. 수재들은 귓속말로 뭐라고 의논하더군요. 아무래도 겁을 잔뜩 집어먹은 것 같았습니다."

전문경은 다소 안도하는 표정을 지었다. 그때 필진원이 입을 열었다.

"어쩐지 느낌이 이상하다 했습니다. 폐하의 어가가 이미 봉천으로 출발하셨군요. 이친왕마마께서는 건강이 더욱 악화돼 일에서 완전히 손을 떼셨답니다."

전문경은 첫 장만 읽어보고 내던져 버렸던 터라 그런 내용은 보지 못했다. 그는 필진원에게서 낚아채듯 관보를 집어 들었다. 과연 두 번째 장에 그런 내용이 대문짝만 하게 실려 있었다.

성가聖駕는 4월 26일 진시辰時에 제사를 지내러 봉천으로 출발했다. 앞서 예친왕睿親王에게 마중 나오라는 성지聖旨가 계셨다. 셋째 황자 홍시를 성군왕盛郡王에 봉하고 잠시 보친왕 홍력의 업무를 대신하게 한다. 유철성, 달격노오達格魯烏, 장오가, 덕릉태 등은 어가를 호위하고 장정옥은 북경에 남는다. 악이태와 주식은 예부상서 용명당龍明堂과 동행한다.

전문경은 황급히 그 아래의 내용도 읽어봤다. 비슷한 길이로 적혀 있었다.

이친왕 윤상은 오랜 병환에 지쳐 상서방 대신, 군기처 대신 등의 요직을 내놓겠다는 의사를 피력했다. 그러나 이친왕은 이 나라와 더불어 동휴同休하는 믿음직한 신하인 만큼 침상에 누운 상태에서도 정무에 참여해야 하는 몸이다. 따라서 폐하는 이친왕의 사표를 반려했다.

폐하의 뜻에 따라 태의원 의정醫正 유인화劉印和가 열두 명의 어의와 함께 밤낮으로 이친왕의 침상 곁을 지킬 것이다. 이친왕의 아들 홍교弘晈를 영군왕寧郡王에 봉해 군기처의 업무를 담당하게 한다.

전문경이 관보를 책상 위에 도로 올려놓으며 물었다.

"보친왕을 북경으로 불러들이지는 않고 난데없이 셋째 황자를 성군왕에 봉하다니, 이게 웬일인가? 뭔가 이상하지 않아? 관보에서 보친왕의 상주문을 못 본 지도 오래 된 것 같고. 어제 관보를 보니 알타이 지역에서 러시아와 국경 협상을 하던 융과다도 흠차대신 관직을 삭탈당하고 북경으로 소환된 것 같더군. 이불은 아기나의 문인門人들이 보정保定에 가서 그에게 문후를 올린다고 처벌을 원한다는 내용의 상주서를 올렸더군. 아무튼 돌아가는 낌새가 영 이상한 것 같아. 자네들이 아기나를 하남성으로 데려오지 못하게 막은 것은 잘한 일인 것 같아. 나는 누가 내 정무에 시시콜콜 시비 거는 것은 걱정하지 않아. 다만 '당쟁'에 말려들어 헤어 나오지 못할까봐 걱정이지. 설마 나를 '여덟째당'과 연관시켜 골탕 먹이려는 사람이야 있겠어?"

필진원이 신경을 바짝 곤두세우는 전문경의 모습을 보면서 넌지시 말했다.

"아기나와 융과다 사건은 이미 결론이 다 난 것이나 다름없습니다. 제가 여덟째마마를 하남에 오지 못하게 한 것은 불필요한 잡음을 없애기 위해서였습니다. 전 중승은 가뜩이나 딱딱하고 각박한 사람으로 불리고 있는데, 만약 여덟째마마가 여기 와서 죽거나 자결이라도 하면 모든 덤터기를 뒤집어쓸 수도 있으니 말입니다. 전 중승은 낙민 중승을 거꾸러뜨리고 이 자리에 오른 것이 아닙니까? 낙민은 연갱요의 측근입니다. 게다가 전 중승과 아기나는 서로 소 닭 보듯 하는 사이가 아닙니까? 그러니 만약 전 중승이 여덟째마마와 티끌만 한 연관이라도 있다면 그 많은 언관과 육부의 대신들이 지금껏 가만히 있었겠어요? 벌써 말벌 둥지가 터지듯 난리가 나고도 남았을 겁니다."

전문경도 스스로가 한심해 보였던지 얼굴에 슬그머니 웃음을 머금었다.

"하도 많이 당해서 이제는 세상사람 모두가 나를 음해하려 한다는 생각만 드네."

전도가 말을 받았다.

"대인께서 많이 피곤하신 것 같습니다. 서원 쪽에서 오는 소식을 기다릴 동안 잠시라도 눈을 좀 붙이십시오. 저희는 옆방에서 폐하께 올릴 주장을 작성하겠습니다. 일이 있으면 깨워드리겠습니다."

전문경은 그러나 어느새 잠이 달아난 듯 별로 졸리지 않은 눈치였다. 이어 두 눈에 힘을 잔뜩 실은 채 천장을 뚫어지게 바라보더니 중얼거리듯 말했다.

"옆방으로 가지 말고 여기서 쓰도록 하게. 나는 죽은 듯 있을 테니. 자네가 쓴 것을 얼핏 봤는데 뜻이 모호한 부분이 있더군. 폐하께서는 분명하지 않은 것을 질색하시는 분이시네. 그러니 둘이서 잘 상의해서 작성하도록 하게."

잠시 후 전도가 먹을 갈기 시작했다. 전문경은 사각사각 먹을 가는 소리에 마음이 차분해지는 느낌이 들었다. 그리고는 깊은 사색에 잠겼다.

그는 옹정 원년에 우연히 낙민의 비리를 캐는 일에 발 벗고 나섰다가 낙민을 거꾸러뜨렸다. 더 나아가서는 옹정과 역사적인 '풍운의 만남'도 가지게 됐다. 당연히 몇 년 동안에 걸쳐 옹정의 일거수일투족을 면밀히 분석할 수 있었다. 그리고 옹정이 '충심'과 '치적'을 중요시하는 황제라는 결론을 얻었다. 신하들의 실수를 용납하지 않는 속 좁은 사람이 아니라는 사실 역시 깨달았다. 그러나 옹정은 실수를 해놓고 그것을 덮어 감추기 위해 이런저런 변명을 하는 것은 절대 용서하지 않는 사람이기도 했다. 반대로 어떤 일을 잘 처리했다고 해서 대놓고 자랑하고 포상을 바라는 태도 역시 용납하지 않았다.

옹정은 등극하면서 '진수백년퇴풍, 쇄신이치'振數百年頹風, 刷新吏治(수백 년 동안 이어져온 퇴풍을 물리치고 이치를 쇄신한다)라는 기치를 내걸었다. 이로 보면 치적을 무엇보다 중시하는 황제라고 할 수 있었다. 또 사탕발림의 아부를 아무리 잘하는 자도 일을 제대로 못하면 가차 없이 응징을 가하고는 했다. 그는 견문도 넓고 인맥도 많은 사람이었다. 전문경처럼 높은 관직에 있는 사람은 말할 것도 없고 미관말직에 있는 지방 관리들의 세세한 일에 대해서도 손금 보듯 알고 있었다.

지난해 원단元旦(설날) 무렵이었다. 전문경은 조하朝賀차 입궐했다가 놀라운 장면을 목격했다. 산동성 번사가 즉묵卽墨 현령인 조학명曹學明을 파면시켰다고 해서 그 많은 총독, 순무들 앞에서 옹정에게 된통 혼이 나고 있었던 것이다. 그는 당시 옹정의 경멸이 가득 찬 눈빛과 서슬 퍼런 기세를 영원히 잊을 수 없을 것 같았다. 뒷짐을 진채 정당 안을 뱅뱅 돌다가 갑자기 획 돌아서서 노려보던 매서운 눈빛은 장내에 있던 모든 사람들의 심장에 비수처럼 꽂힐 정도였다.

"조학명이 도대체 뭘 잘못했기에 자네 합례극哈禮克에게 미운털이 박혔나? 무엇이 못마땅해서 그 친구를 사지로 내몰지 못해 안달을 하는가? 자네 어머니 생신에 그가 달랑 과자 두 봉지만 바쳤다고 해서 앙심을 품었나? 그 친구가 쓴 시 중에 '관산명월'關山明月이라는 글귀가 들어 있었지. 그래서 자네는 조학명이 명나라 시대의 부활을 꿈꾼다고 모함했었지. 그렇다면 자네가 쓴 시에 '춘풍명월'春風明月이라는 글귀가 있는 것은 어떻게 설명하겠나? 자네 논리대로라면 조학명의 이름에 '명'자가 들어간 것도 죄인가? 없는 죄를 덮어씌우려면 천 가지 구실이 있다고 하더니만 자네가 그 꼴이군. 자네는 이름에 예절 '예'자가 들어가 있는데, 상하군신上下君臣의 예의를 잘 모르는 것인가? 자네, 돌아가서 조학명을 원래대로 복귀시켜 놓고 그 앞에 무릎 꿇고 빌도록 하게. 명심하게, 한 번만 더 이런 일이 있었다가는 부의部議에 넘겨 엄벌에 처할 것이니!"

그때 당시 합례극은 옹정의 서슬 푸른 호통에 덜덜 떨었다. 심지어 기절 직전에 이르기까지 했다…….

전문경은 불똥이 탁! 튀는 소리에 잠깐 눈을 떴다. 그러다 다시 추억 속으로 빠져들었다. 이번에는 조하를 마치고 떠나올 채비를 하면서 옹정을 알현했던 장면이 떠올랐다. 당시 교인제는 쟁반을 들고 담녕거 난각의 병풍 옆에 서 있었다. 옹정은 쟁반에서 더운 물수건을 집어 들고는 얼굴을 닦으면서 조금 쉰 목소리로 말했다.

"억광抑光(전문경의 호), 자네 또 고생하러 가야겠구먼."

전문경은 그때 자신이 뭐라고 대답했는지는 기억나지 않았다. 다만 감동에 목이 메었던 것만 생각날 뿐이었다. 그의 귀에 다시 옹정의 목소리가 울려 퍼졌다.

"자네는 일을 하랴, 다른 사람의 해코지를 피하랴 마음고생이 이만 저만 아니지. 짐도 잘 알고 있네. 짐의 처지도 마찬가지야. 정국이 좀 잠잠해지는 것 같더니 또 '팔왕의정'이니 뭐니 하면서 황권을 노리는 자들이 침을 질질 흘리고 있으니 말이야! 짐은 전에는 후세에 어떤 황제로 비쳐질까 노심초사하면서 스스로를 많이 견제했어. 그러나 이제는 그러고 싶은 생각도 없네. 짐을 자꾸 건드리는 자들이 있는 한, 마냥 양보만 할 수는 없다는 얘기네. 늘 하는 말이지만 '문신은 간언에 죽고, 무신은 전쟁에 죽는다'文死諫, 武死戰라는 말이 있지. 충신에 대해 한 얘기라고. 그러나 짐은 충신을 바라지 않네. 자고로 충신은 나라가 어지러울 때, 황권이 위태로울 때, 또는 군주가 기력이 쇠해 갈 때만 나타나는 법이니까. 그런 뜻에서 보면 충신은 필요 없는 존재일지도 모르네. 짐은 충신보다 '고신'孤臣을 좋아하네. 혼자서 난신적자亂臣賊子들과 대적하면서 가시밭길과 칼산을 헤쳐 나가는 모습이 얼마나 멋진가! 짐이 바로 '고신' 출신이 아닌가? 눈앞의 이해득실에 눈이 멀지 않고 모든 굴욕을 참고 견디면서 끝까지 절개를 굽히지 않았거든. 남들이 뭐라고 하든 꿋꿋이 제 갈 길을 가는 그런 점이 성조로부터 높은 평가를 받았을 거야. 성조께서는 그런 짐을 오래도록 지켜보시고 결국 천하를 짐에게 맡기신 것이 아닌가? 악이태는 운남에서, 이위는 강남에서 새로운 국면을 창출하기까지 큰 외로움을 참고 견뎠지. 그래서 짐은 손가락질을 많이 받는 신하일수록 더 보호해 주고 싶은 욕구가 본능처럼 치솟는다네. 혼자서 외로이 싸우다 지쳐 쓰러질까봐 말이야. 성조의 유지를 받들어 천하를 잘 다스리려면 진짜 사내대장부가 필요하지. 강아지처럼 주인의 환심만 사려고 애쓰는 그런 물건들은 필요 없어!"

여기까지 기억을 더듬어낸 전문경은 다시 힘이 솟구치는 기분을 느졌다. 기꺼운 마음에 주변을 돌아봤다. 턱을 괴고 미간을 찌푸린 채 뭔가 생각에 잠겨 있는 필진원의 모습이 눈에 들어왔다. 그가 빙그레 미소를 지으면서 필진원을 불렀다.

"필 선생, 무슨 생각을 그리 하오?"

필진원이 흠칫 놀라면서 정신을 차렸다. 그러더니 전도가 작성한 상주문을 톡톡 두드리면서 대답했다.

"소생은 이 상주문을 보고 있었습니다. 전 선생의 문필은 정말 흠잡을 데 없군요. 그러나 남들의 비난에 변명만 하는 식으로는 설득력이 좀 부족한 것 같습니다."

전도는 거인舉人 시험에 합격한 수재秀才였다. 뛰어난 능력을 인정받아 전문경의 막료로 발탁된 사람이었다. 사람이 영리하고 총명해 총독아문에서 '전 똑똑이'라는 별명까지 얻을 정도였다. 그런데 필진원으로부터 그런 말을 들었으니 속이 괜찮을 리가 없었다. 무척 언짢았다. 그러나 겉으로는 내색하지 않았다.

"필 대인의 가르침을 받아들이겠소."

필진원은 오사도가 떠난 이후 줄곧 전문경의 왼팔, 오른팔 역할을 충실히 담당해오고 있었다. 그만큼 전문경에게 있어 없어서는 안 되는 중요한 존재였다. 때문에 전문경은 과거에 막료들에게 건방을 떨며 무시하던 태도를 바꿔 필진원만은 유난히 공손하게 대했다. 그를 부르는 호칭 역시 '필 선생'으로 바뀌었다. 필진원을 위해 지방의 도대道臺 자리를 하나 구해놓았으나 아직 마음에 드는 대타를 구하지 못해 붙잡아두고 있는 상황이었다. 필진원이 그런 전문경의 마음을 아는지 모르는지 전도를 향해 입을 열었다.

"가르침이라니 송구스럽네. 서로 의논이나 하려는 뜻이었는데…….
방금 관보를 보니 전 중승에게 앙심을 품은 사람이 한 둘이 아닌 것 같더군. 오늘 올린 상주문에 일일이 답변을 달았는데, 내일 누가 또 전 중승을 탄핵하는 상주문을 올린다면 답변을 어떻게 할 것인가? 이렇게 소극적으로 대처하는 것은 아닌 것 같네."

필진원은 어제 옹정으로부터 받은 주비에 대한 답장을 쓰는 중이었다. 옹정이 누군가가 올린 전문경에 대한 탄핵안을 원본과 함께 주비를 달아서 보냈던 것이다. 그러나 탄핵안에는 이름이 지워져 있었다. 도대체 누가 올렸는지 알 수가 없었다. 그럼에도 옹정은 그 탄핵안 내용에 대한 전문경의 답변을 촉구했다. 전문경으로서는 탄핵한 사람이 누구인지 알아야 답변도 훨씬 매끄럽게 쓸 수 있을 터였으나 현실은 전혀 그렇지 못했다.

필진원이 고개를 갸웃거리더니 결국 절레절레 저었다. 그리고는 길게 한숨을 내쉬었다. 전문경 역시 답답하기는 마찬가지였다. 잠시 후 필진원이 의견을 말했다.

"문맥이나 어조, 필체로 봐서는 이불 대인의 짓이 틀림없는 것 같습니다. 그런데 폐하께서 그 이름을 지워버리신 이유가 도대체 무엇일까요?"

"그 탄핵안은 이불 대인이 올린 것이 아니오."

전도가 몇 가닥 남지 않은 턱수염을 만지작거리면서 반박했다.

"아니야. 이불의 주장인 것만은 틀림없는 것 같아."

이번에는 전문경이 말했다. 그러자 전도가 교활한 표정을 한 채 설명을 덧붙였다.

"제 뜻은 우리가 이불의 짓임을 알면서도 모르는 척하자는 얘기입니다. 탄핵안을 올린 사람의 이름을 지워버린 이상 우리가 상대가 누군지 알 필요가 없다는 것이죠. 탄핵안에 언급한 황당무계한 비난에 대해서는 자세히 변론할 가치가 없습니다. 먼저 폐하께 죄를 청한 뒤

'폐하의 성은에 보답하려는 마음이 성급해 파죽지세로 일을 추진하다 보니 문인들의 심기를 다치게 했을지도 모릅니다'라고 말씀을 올리면 되지 않겠습니까? 마침 오늘 시험 거부 사태도 터졌으니 이 일 때문에 한바탕 곤욕을 치른 사실을 아뢰고 스스로 탄핵을 하는 상주문을 작성해 올리면 될 것 같습니다. '문인들을 싫어해서가 아닙니다. 이들이 한데 모이면 동기니, 스승이니, 제자니 하면서 붕당을 만들어 불안을 조성할 가능성이 있기에 가끔 엄하게 훈계하고 행동에 주의를 줬습니다. 그러다 보니 그런 오해가 생긴 것 같습니다'라고 하면 대체적으로 매끄러울 것 같습니다.”

옹정은 삼삼오오 무리를 지어 다니는 것을 유난히 싫어하는 사람이었다. 전도는 그것을 너무나도 잘 알고 있었다. 핵심을 제대로 짚었다고 할 수 있었다. 그것이야말로 손대지 않고 이불을 낭떠러지로 몰고 갈 수 있는 참으로 절묘한 방법이라고 해도 좋았다.

그러나 전문경은 내심 마음이 무거워졌다. 문장을 교묘하게 꾸며서 그 옛날의 환난지교患難之交를 사지로 내몬다는 생각을 하자 씁쓸한 마음이 들었던 것이다. 그는 조금 전까지만 해도 당장 춤이라도 출 것처럼 좋아하던 사람인가 싶게 땅이 꺼져라 한숨을 내쉬었다.

“정견이 맞지 않아서 그렇지 사적으로 그에게 악감정이 있는 것은 아니야. 그런데 꼭 이렇게 원수지간이 돼야 하겠는가?”

“전 중승께서 먼저 이불을 공격한 것이 아니지 않습니까. 중승께서는 정당방어를 하는 것뿐입니다. 설령 이 탄핵안의 임자가 이불이 아니더라도 중승께서는 이렇게 대처할 수밖에 없지 않습니까?”

필진원이 전문경의 의중을 읽고 설득했다. 전문경이 무겁게 머리를 끄덕였다. 그때 심부름을 갔던 이굉승이 헐레벌떡 들어왔다.

“중승 어른, 수재들은 흩어져 집으로 돌아갔습니다.”

전문경이 이굉승의 말에 소리 없이 한숨을 길게 내쉬었다.

"장 학정은 어디 갔나?"

"아문으로 돌아가셨습니다."

"진봉오와 장희, 두 주동자는 잡았나?"

"그건 잘 모르겠습니다. 학정께서는 주동자들에 대해서는 가벼운 처벌이 있을 것이라고 하셨습니다. 또 나머지는 죄를 묻지 않을 것이니 그만 돌아가라고 했고요."

탁!

전문경이 갑자기 책상을 무섭게 내리치면서 벌떡 일어섰다. 부릅뜬 두 눈에서는 당장이라도 불똥이 떨어질 것만 같았다.

"그자들은 조정에 항명抗命을 하고 전례 없는 난리법석을 떨었어. 사해四海를 경악케 한 자들이야. 그런데 어떻게 흐지부지 그냥 풀어준다는 말인가? 장홍인 이 자식이 장정옥 대인을 등에 업고 아주 기어오르려 드는구먼! 이굉승, 자네는 당장 형명방의 아역들을 데리고 남시南市 거리에 있는 은가殷家 객잔으로 가게. 진봉오와 장희가 그곳에 있을 터이니 냉큼 잡아 오게. 그 안에 있는 수재들도 시험 거부 운동에 참여한 자들이니 모조리 끌고 오도록 해. 일단 형구刑具는 씌우지 말고. 가마를 대 놓게, 학정아문으로 가봐야겠어. 나를 만나러 오지 않으면 내가 직접 찾아가는 수밖에!"

전문경은 말을 마치자마자 또다시 연신 기침을 터트렸다. 예외 없이 손수건에 새빨간 피가 묻어나왔다. 화를 가라앉히고 진정할 필요가 있었다. 그러나 그는 필진원과 전도의 만류에도 불구하고 어느새 어둠 속으로 사라지고 말았다.

하지만 전문경은 허탕을 치고 말았다. 장홍인은 아문에 없었다. 대신 학정아문의 아역이 다 늦은 저녁에 찾아온 총독을 깍듯이 맞으면서 아뢰었다.

"장 학정께서는 아문에 돌아오시자마자 가마에서 내리지도 않고 곧장 보친왕마마를 배알하러 가셨습니다."

전문경은 숨을 고를 새도 없이 바로 돌아섰다. 이어 가마에 올라 자리에 앉으면서 명령을 내렸다.

"수선떨지 말고 혜제하惠濟河 역관으로 가게!"

가마꾼들은 땀을 뻘뻘 쏟으면서 되도록 빠른 속도로 달렸다. 밥 한 끼 먹을 시간이 지나자 드디어 저 멀리 역관의 붉은 등이 보였다. 전문경은 휘청거리면서 땅에 내려섰다. 역관의 문지기가 황급히 다가와 인사를 했다.

"마침 잘 오셨습니다. 그렇지 않아도 보친왕마마께서 중승 대인을 모셔오라고 막 하명하셨습니다."

"장 학정은 안에 있나?"

"장 학정 대인과 가 법사(가영을 일컬음) 대인도 계십니다."

전문경은 더 묻지 않았다. 바로 입을 한껏 오므리면서 고개를 쳐든 채 성큼성큼 안으로 걸어 들어갔다. 이어서 막 이름을 말하려 할 때였다. 안에서 웃음기를 담은 홍력의 목소리가 들려왔다.

"억광인가? 어서 들게!"

전문경은 홍력의 부드러운 목소리를 듣는 순간 마음속의 불안과 분노가 한결 수그러들었다. 그가 주렴을 걷고 들어서자 과연 가영과 장흥인이 자리를 잡고 앉아 있었다. 그러나 그들은 딴청을 피우면서 전문경을 외면했다. 전문경도 알은체를 하지 않고 홍력에게만 한쪽 무릎을 꿇어보이고는 한 걸음 뒤로 물러섰다.

홍력이 미소로도 감출 수 없는 피곤한 기색을 보이면서 입을 열었다.

"마침 잘 왔네. 거기 앉게. 내가 지금 여기 이 두 친구와 지구전을 벌이고 있는 중이라네. 천 가지, 만 가지 일이 있더라도 하남성의 주인은 자네가 아닌가! 그래서 자네 의사에 따르라고 설득하는 중이네. 의견이 다른 것은 괜찮아. 그러나 그렇다고 서로 소 닭 보듯 해서는 안 되는 것 아닌가? 나라나 성은 말할 것도 없고 사회의 일환인 가정에서도 마찬가지네. 티격태격하다가 홧김에 집을 나가버리고 서로 등을 돌려버리면 그 울타리는 어떻게 되겠어?"

전문경은 홍력의 중재에도 개의치 않는다는 듯 여유를 부리면서 손으로 관포官袍 자락을 쫙 폈다. 네깟 놈들은 뛰어봤자 벼룩이라는 자신감이 붙은 것 같았다. 그가 곧 허리를 숙이면서 아뢰었다.

"시험 거부 사건 때문에 이렇게 된 것이 아닙니까? 사실 따지고 보면 수재들이 불만을 품고 있는 상대는 저 전문경 한 사람뿐만이 아닙니다. 저희 셋은 어차피 한 배를 탄 사람들입니다. 만약 그들이 저에게만 불만이 있었다면 저를 찾을 일이지 무엇 때문에 장 학정을 찾아갔겠습니까?"

장홍인은 홍력의 중재로 더 이상 전문경과 싸울 생각이 사라진 지이미 오래였다. 완전히 전의를 상실했다고 해도 좋았다. 그래서일까, 그가 팽팽하던 얼굴 근육을 조금 풀면서 한숨을 내뱉었다.

"사실 나도 전 중승에게 사적으로 나쁜 감정은 가지고 있지 않소. 나는 하남성에 온 지 얼마 안 되는 몸이오. 게다가 학정은 청수淸水 (가난하다는 의미)아문이라 중승의 도움이 필요할 때가 많소. 내가 괜히 중승 대인의 심기를 건드릴 이유가 없지 않겠소? 하남성은 워낙 문기文氣가 성하지 못한 곳이오. 여태 과거 시험에서 장원은커녕 이갑二甲의 진사도 다섯 손가락 안에 꼽을 정도였소. 그래서 문인들의 사기를 높여주고, 정사政事에 대한 그들의 목소리를 들어보려고 한 것

인데, 그게 뭐 그리 잘못됐다는 거요? 꼭 이렇게 청의淸議(깨끗하게 논
의함) 분위기를 억압해야 할 이유라도 있는 거요?"

전문경이 장홍인의 말을 듣고는 가만히 웃었다. 그러더니 천천히
입을 열었다.

"그걸 어떻게 청의라고 할 수 있나! 토지와 조세를 균등히 하겠다
는 취지가 두려운 것이지. 자신들이 지금껏 받아왔던 특혜가 사라질
위험에 처하니 들고 일어나는 것이 아닌가? 명나라 때 해서海瑞라는
사람이 '일조편법'一條鞭法이라는 변법變法을 실행하려고 했을 때도 특
권계층의 강한 반발에 부딪쳤었지. 그렇게 기득권 세력의 반발이 거
세지면서 해서는 파면을 당했어. 변법은 요람 상태에서 요절하고 말
았고. 결국에는 망국의 불씨까지 지펴졌지. 지난 교훈은 곧 후세의
스승이라고 했네. 전철을 밟아서는 안 된다는 얘기야. 이번 일은 절
대 흐지부지 넘어가서는 안 돼."

"지금의 형세를 명나라 가경嘉慶 황제 때와 똑같이 논해서는 안 되
오. 사람도, 현실도 그때와는 완전히 다르오. 나는 문인들의 세금을
받지 않는다고 대청 제국이 망국으로 치달을 것이라고 생각하지는
않소!"

가영이 즉각 전문경의 말에 반박했다. 홍력이 순간 미간을 찌푸렸
다.

"그건 조정의 지의이네. 전문경은 조정의 뜻에 따랐을 뿐이야. 자네
는 말을 가려서 하게."

질책을 받은 가영이 꼬리를 내리면서 대답했다.

"조정의 뜻이라면 신은 당연히 받들어 따를 것입니다. 그러나 지의
에는 천편일률적으로 하지 말고 각 지역의 실정에 맞게 하라고 명시
하셨습니다."

전문경이 가영의 말에 껄껄 웃었다.

"나는 두 사람과 입씨름할 생각은 추호도 없네. 이번에 수재들이 저 난리를 피우는 걸 보니 짚이는 바가 있네. 주동자도 있고 일사불란하게 '정좌'靜坐해 있는 모양이 예삿일이 아닌 것 같더군. 천자부터 백성에 이르기까지 영원한 비밀이란 것은 없는 법이야. 종이로 불을 감싸지 못하는 것처럼 언젠가는 들통이 나게 마련이지. 사실 몽땅 잡아들여 죄를 물어야 마땅하나 한 발 양보해서 주동자만 처벌하기로 했지 않은가. 내가 서원을 떠나면서 장 학정에게 주동자 진봉오와 장희를 연행하라고 했는데, 어찌 됐는가?"

"아쉽게도 놓쳐버리고 말았소. 수재들이 돌아가고 난 뒤 사람을 보냈더니 이미 사흘 전에 다른 곳으로 거처를 옮겼다고 하였소. 하지만 그리 걱정할 것은 없소. 내일 시험 전에 용문龍門에 들어설 때 잡으면 되니까."

장홍인이 기다렸다는 듯 변명을 늘어놓았다. 전문경이 그러자 경멸어린 냉소를 지으면서 맞받아쳤다.

"찔리는 구석이 없으면 왜 도망갔겠는가? 그리고 이미 도망간 이상 시험장에 다시 나타날 이유가 있겠는가?"

전문경이 입을 다시면서 다시 말을 하려고 할 때였다. 역관의 문지기가 불쑥 들어서더니 아뢰었다.

"중승 어른, 총독아문의 이꽝승이 긴히 아뢸 말씀이 있다고 합니다."

전문경은 홍력에게 양해를 구하고 밖으로 나왔다. 밖에서는 비가 내리고 있었다. 그는 기름을 쏟아 부은 듯 빗물에 번쩍거리는 석판石板 길을 계속 걸어 나갔다. 이꽝승은 이문二門 입구에서 기다리고 있었다.

"주동자들이 도망갔다면서?"

전문경이 묻자 이굉승은 바로 대답했다.

"예, 그렇습니다. 떠나기 직전까지 같이 있었다는 수재 하나를 잡아 족쳤더니, 학정아문의 양㴴 막료하고 함께 술을 마시고 셋이 함께 떠났다고 합니다."

"그렇다면 그자들이 지금 학정아문에 숨어 있을 수도 있다는 얘기인가?"

"꼭 그렇다고 확신할 수는 없습니다."

전문경은 머릿속이 복잡해졌다. 오늘 저녁 이굉승은 서원의 수재들을 이끄는 주동자로 진봉오와 장희를 지목한 바 있었다. 그렇다면 그들이 설령 날개가 돋쳤다고 해도 아직까지 개봉을 벗어나지는 못했을 터였다. 이굉승의 추측대로 학정아문에 숨어있을 가능성이 농후했다.

그러나 학정아문은 예부 직속 기관이었다. 실권은 없다고는 하나 지위는 번대藩臺보다 낮지 않았다. 성지聖旨가 없으면 수색할 수 없는 곳이기도 했다. 만약 가영이나 아산포라의 집에 숨어 있다면 더더욱 수색할 수가 없을 터였다.

전문경은 머리를 감싸 쥐고 고민에 빠지지 않을 수 없었다. 그러다 나름 방법이 생겼다는 듯 이굉승에게 지시를 내렸다.

"자네, 돌아가지 말고 여기서 내 명을 기다리게."

전문경은 말을 마치자마자 다시 방으로 돌아와 장흥인에게 말했다.

"그대는 장희와 진봉오라는 자가 죄가 무서워 도망갔다고 했지? 아랫사람들의 증언에 의하면 귀 아문의 양씨 성을 가진 막료가 숨겼다고 하더라고. 장 학정, 어디 말 좀 해보게."

"우리 아문에 있다고 했소?"

장흥인의 얼굴빛이 갑자기 수수떡처럼 벌겋게 달아올랐다. 급기야 그가 자리를 박차고 벌떡 일어났다.

"아랫사람이라니? 도대체 누가 그따위 소리를 했다는 말이오? 양 씨 성을 가진 막료라면 양홍덕梁興德이오. 그러나 그는 가랑잎이 바스락대는 소리에도 깜짝 놀랄 정도로 배포가 약한 사람이오. 그런 사람이 어떻게 그런 짓을 할 수가 있단 말이오?"

전문경이 그러자 웃으면서 반문했다.

"그래서 내가 확인하려는 것이 아닌가! 그런데 자네는 왜 평소답지 않게 필요 이상으로 흥분하고 그러는가?"

그 말에 장흥인이 화가 치미는지 갑자기 홍력을 향해 읍을 하면서 아뢰었다.

"신은 매사에 똑 부러지는 괴팍한 성격의 전문경 총독 밑에서 일할 재목이 못 됩니다. 신을 파면시켜 주십시오. 신은 두 눈을 뻔히 뜨고 학정아문이 수색당하는 꼴을 볼 수는 없습니다."

홍력이 미간을 찌푸리면서 팽팽하게 대처하고 있는 두 사람을 번갈아 쳐다봤다. 그리고는 가만히 자신의 생각을 정리했다.

'가영과 장흥인은 단순히 수재들의 입장을 동정해 어딘가에 숨겨줬을지도 몰라. 그런데 전문경은 이들에게 사실을 설명할 기회도 주지 않고 마구잡이로 몰아붙이지 않는가. 전문경이 조금 지나친 게 아닐까?'

홍력이 자신의 생각을 정리한 후 입을 열려고 할 때였다. 밖에서 누군가가 빗물을 저벅저벅 밟으며 달려왔다. 형건업이었다. 그가 고개를 숙이면서 아뢰었다.

"넷째마마, 진봉오라는 수재가 학정 대인을 만나러 왔다고 합니다. 시험 거부 운동의 주범으로서 자수하러 왔다고 합니다."

좌중의 사람들은 누가 먼저라 할 것 없이 모두 자리에서 벌떡 일어났다. 하나같이 경악을 금치 못하겠다는 표정이었다. 잠시 후 홍력이 지시했다.

"일을 저질러도 뒷감당은 하는 사람이로군. 어디 한번 만나보지. 안으로 들여보내게."

26장

보친왕 홍력을 노리는 마수

진봉오가 얼마 후 떠밀리듯 들어왔다. 흠뻑 젖은 청포靑布 두루마기 자락에서는 빗물이 뚝뚝 떨어지고 있었다. 희고 수척한 얼굴은 무표정했다. 그는 아역들에 의해 뒤로 비틀렸던 팔이 시큰거리는 듯 힘을 줘서 세게 문질렀다. 그리고는 장내에 있는 사람들에게 인사할 생각도 없이 장홍인을 쳐다보면서 말했다.

"학정 대인, 아문 입구에 저를 수배한다는 전단지가 붙어 있더군요. 그래서 자수하러 왔습니다."

진봉오가 말을 마치고는 전문경을 힐끗 쳐다봤다. 거의 동시에 장홍인을 향해 천천히 무릎을 꿇었다.

"어떻게 자네 한 사람뿐인가? 별것도 아닌 것이 그리 난동을 부렸구먼? 공범은 어디 있는가?"

전문경이 이를 악물고 물었다. 다소 맥이 빠진 목소리였다.

"공범이 없습니다."

"왜 장희라는 자가 한 명 더 있지 않은가?"

"장희는 공범이 아닙니다. 세상을 한번 떠들썩하게 만들려고 제가 계획한 짓입니다. 수재들을 동원하고 정좌靜坐에 들어가기까지의 과정은 모두 저 한 사람의 소행입니다. 장희는 하남성 사람도 아닙니다. 그저 저하고 의기가 투합해 잔심부름을 했을 따름입니다. 그는 이미 개봉을 떠났습니다."

진봉오가 대수롭지 않다는 표정을 한 채 전문경을 일별했다. 담담하게 모든 책임을 혼자 떠안겠다는 생각인 듯했다. 전문경은 그런 진봉오의 담력에 은근히 탄복하지 않을 수 없었다.

"그자가 공범이 아니라면 어찌해서 이 판국에 입장을 떳떳이 밝히지 못하고 밤을 도와 도망을 간 것인가?"

전문경이 다시 물었다. 진봉오가 조금도 망설이지 않고 대답했다.

"혹시 전 중승 아니십니까? 저는 아직 생원의 자격을 박탈당하지 않았습니다. 저는 지금 장 학정께 자수하러 왔을 뿐입니다. 그런데 왜 전 중승께서는 저를 심문하려고 하십니까?"

대청의 법규에 따르면 수재들이 자수하러 왔을 때 학정아문에서 생원 자격을 박탈하지 않는 이상 지방관들은 당사자를 심문할 권한이 없었다. 전문경은 그 사실을 깨닫자 바로 할 말이 궁해졌다. 급기야 이를 갈면서 장홍인을 노려봤다. 장홍인이 그의 서슬에 다소 주눅이 들었는지 어쩔 수 없다는 듯 마른침을 꿀꺽 삼키면서 엄하게 꾸짖었다.

"대역죄를 저지른 주제에 감히 이토록 무례할 수 있는 것인가? 지금 전 중승께 말하는 태도가 그게 뭔가?"

진봉오가 그러자 시원스러운 어조로 입을 열었다.

"좋습니다. 그러면 사실대로 말하겠습니다. 전 중승은 세상에서 둘째가라면 서러워할 잔인하고 박정한 사람이기에 저는 예를 갖출 마음이 추호도 없습니다. 장희는 제 사주를 받고 시험 거부 운동에 참가했을 뿐입니다. 그러나 지은 죄에 비해 엄청난 혹형을 받을 것이 두려워 도망간 것입니다."

진봉오가 말을 마치고는 경악에 찬 사람들의 표정을 둘러봤다. 이어 다시 천천히 덧붙였다.

"전 중승은 무고한 사람들을 마구 죽이는 데는 이골이 난 사람입니다. 사건에 티끌만큼이라도 연루되면 가차 없이 중형에 처하는 것은 세상이 다 아는 바입니다. 조류씨 사건이 터졌을 때는 백의암白衣庵과 호로묘葫蘆廟의 중과 비구니들을 죄질의 경중과 무관하게 한꺼번에 불태워 죽였습니다. 가히 천인공노할 일이죠. 내황 현령의 부정수뢰 사건을 수사할 때에도 주범을 참립결斬立決에 처하면 될 일 아닙니까? 그런데 왜 멋모르고 뇌구雷區(위험지역)로 들어와 얼쩡거린 관리 육십 명까지 줄줄이 파면시킵니까? 그렇게 하지 않았습니까? 그중에는 잠깐의 실수로 영영 인생을 그르친 아까운 인재들이 없었겠습니까? 비정함을 재주인 양 착각하고 잔혹함을 재미로 즐기는 그런 사람이 바로 전 중승입니다. 그러니 죄가 없는 사람일지라도 도망가지 않을 도리가 있겠습니까?"

홍력은 형인 홍시보다도 일곱 살 차이가 나는 것에서 보듯 아직은 어린 나이였다. 그러나 13살 때부터 옹정의 뜻에 따라 거의 지방을 순시하면서 경험을 축적해왔다. 때문에 생생한 현장에서 사람 보는 안목을 키울 수 있었다. 군왕으로서의 자질을 길러온 것은 더 말할 필요가 없었다. 그는 전문경과 같은 대리大吏들이 강양대도江洋大盜(일반적으로 해적을 일컬음)를 심문하는 현장도 목격한 적이 많았다. 그들

중에는 간혹 죽음을 초개같이 여기는 영웅호걸들이 없지 않았다. 때문에 그는 그들이 사형장에 끌려가서도 탐관오리들의 죄행을 성토하느라 목에 핏대를 세우는 장면도 심심찮게 목격하고는 했다. 그러나 대부분의 경우는 사건의 본질을 들춰내지 못한 채 사건 자체에만 목을 매면서 저속한 말로 욕이나 하는데 그치는 경우가 적지 않았다.

그러나 홍력이 오늘 처음 본 진봉오는 확실히 달랐다. 본인의 행동에 책임을 지고 선뜻 자수를 해온 자체가 진짜 사내대장부라고 할 수 있었다. 또 동료를 위해 적극 변호하고 당당하게 전문경의 정치에 대해 비난하는 것 역시 간단치 않아 보였다. 어지간한 배짱이 아니면 못할 일이었다. 물론 그의 말이 다 맞는 것은 아니었다. 그럼에도 홍력은 은근히 그의 인간적인 매력에 탄복을 금치 못했다. 그는 어떻게 하면 티 안 나게 진봉오를 구할 수 있을까 머리를 굴리기 시작했다.

가영과 장홍인의 생각도 대충 홍력과 비슷했다. 본인이 감히 하지 못하는 말들을 진봉오가 시원하게 내뱉었다는 생각이 드는 표정이었다. 10년 묵은 체증이 쑥 빠져나가는 듯 속이 시원해지는 것 같은 눈치였다.

"실로 대단한 용기야. 탄복해."

전문경이 붉으락푸르락한 얼굴을 한 채 말했다. 가슴이 심하게 요동치고 있는 것이 분명했다. 때문에 진봉오의 얼굴만 슬쩍 쳐다보고 있을 뿐 그가 무슨 말을 했는지는 기억에 담아두지를 못했다. 그러나 곧 애써 마음을 다잡고는 덧붙였다.

"참으로 비수처럼 매서운 입담이군. 자네 말대로라면 나 전문경은 몇 날 며칠 쫄쫄 굶은 맹수들의 무리 속에 던져 넣어도 시원찮은 간악한 관리이겠네? 전진前秦에 이어 한漢나라에 이르기까지 형법을 실행할 때는 관용을 지향했네. 그럼에도 사악한 자들에 대해서는 가차 없었지. 우리 하남성은 유난히 민풍이 난폭해. 부랑배들이 관리를 우습게 알고 형벌을 두려워하지 않는 것은 과거에 지나친 관용을 베풀어 왔기 때문이야. 이독치독以毒治毒이라고, 이 고질병을 고치고 민풍을 바로잡기 위해서는 악명을 무릅쓰고 엄히 다스릴 수밖에 없어. 자네는 명색이 생원이고 낙양의 명사라는 사람이 허구한 날 할 짓이 그렇게 없는 것인가? 어수룩한 수재들을 꼬드겨 인재를 선발하는 나라의 축제를 혼란에 빠뜨리는 것도 모자라 조정의 대관을 모욕하다니, 결코 그 죄를 용서할 수가 없어! 장 학정, 이런 자들을 계속 우리 하남성에 남겨둘 셈인가? 가뜩이나 문풍이 시원찮은 곳에서 구린내를 풍기게 해서야 되겠는가?"

전문경은 마지막에 장흥인을 물고 들어갔다. 장흥인으로서는 얼떨결에 역공을 당한 셈이었다. 그러나 그는 바로 자신의 신분을 깨닫고는 마른침을 꿀꺽 삼켰다.

"학정아문에서 수배 전단을 내붙이는 순간 이미 자네의 생원 자격을 박탈한 것이 됐다고 할 수 있네. 장희도 마찬가지야. 그의 연고지인 사천성으로 공문을 보내 제명시키라고 했어. 고해苦海가 무변無邊해도 뒤돌아보면 곧 언덕이라고 했어. 젊은이, 얼사아문으로 가서 진심으로 죄를 회개하는 모습을 보이도록 하게. 그렇게 하면 자수한 점을 감안해 살 길은 남겨둘 수도 있을 것이네."

전문경이 최후통첩을 하듯 말했다. 진봉오는 그러나 입을 꼭 다문 채 오만하게 턱을 치켜들었다. 더 이상의 변명은 하지 않았다.

순간 전문경이 손짓을 했다. 그러자 이괴승이 두 명의 아역을 데리고 들어왔다. 진봉오는 오랫동안 무릎을 꿇고 있은 탓에 감각이 없어진 두 다리를 끌고 이괴승을 따라나섰다.

"벌써 날이 밝아오네."

홍력이 터져 나오는 하품을 애써 삼키면서 별 의미 없는 한마디를 툭 내뱉었다. 그리고는 작심을 한 듯 말했다.

"이 일은 전문경에게 맡기도록 하지. 수배령을 내려 장희라는 자를 잡아 처벌하게. 정좌에 참가한 나머지 생원들도 신상 명세에 그 죄를 명백히 기록하도록 하게. 아산포라, 그리고 가영, 장흥인! 자네들에게는 황하 제방에 한 번 갔다 오라고 권하고 싶네. 거기 갔다 오면 순순히 전문경에게 사죄할 마음이 생길 거라고 믿네. 앞으로 전문경과 잘 협조하고 서로 아웅다웅하는 일이 없도록 하게. 진봉오는 내가 북경으로 데리고 갈 것이네. 전문경, 자네는 따로 폐하께 주장을 올리도록 하게."

홍력이 말을 마치고는 다소 짜증 섞인 표정으로 손사래를 쳤다. 좌중의 사람들에게 물러가라고 하는 신호였다. 그는 온몸이 갑갑하고 마음이 엉킨 실타래처럼 복잡했다. 그런데 딱히 뭐라고 꼬집어 말할 수 없는 느낌이었다. 그는 천천히 방에서 나왔다. 이어 처마 밑에 그대로 서 있었다. 곧 빗방울이 바람을 타고 얼굴과 몸을 마구 때렸다. 그러나 홍력은 비바람을 피하지 않고 그대로 얼굴을 맡겼다. 비의 장막을 뚫고 멀리서 수탉이 홰를 치는 소리가 들려왔다. 그는 마음이 방금 전보다 한결 차분해지는 것 같은 느낌을 받았다.

이튿날 사경四更 무렵, 홍력은 개봉을 떠났다. 현지 문무 관리들을 놀라게 하지 않으려고 찻잎과 정성껏 장만한, 충성심이 가득 담긴 물품들을 모두 역관에 맡겨 놓은 채로였다. 그 전에 유홍도가 얼사아문으로 가서 진봉오를 감옥에서 데리고 나왔다. 그렇게 해서 홍력을 필두로 유통훈, 온씨, 언홍, 영영, 형씨 사형제 그리고 진봉오까지 일행은 소리 소문 없이 북쪽 성문을 빠져나왔다.

일행은 제방을 따라 하류로 2리쯤 내려갔다. 그러자 강폭이 제법 넓어졌다. 하지만 나루터에는 배가 두세 척밖에 없었다. 나루터 옆 모래밭에도 나무로 지은 허름한 집 한 채만이 엎드려 있을 뿐이었다. 하늘에는 먹구름이 무겁게 드리워져 있었다. 안개비는 동쪽 하늘이 조금씩 밝아오는 가운데 가루처럼 흩날리고 있었다. 또 언덕 너머로 보이는 밀밭에서는 만삭이 된 밀들이 몸을 주체할 수 없는 듯 불안하게 떨고 있었다. 홍력은 저 멀리 북쪽을 바라봤다. 시커먼 강물이 소름끼치는 괴성을 지르면서 파죽지세로 이쪽으로 치달아 달려오고 있었다.

홍력이 어두운 강물을 뚫어지게 바라보고 있는 유통훈을 향해 말했다.

"자네 멍하니 무슨 생각을 하나? 어서 뱃사공을 깨워 강을 건너야지! 강 건너에는 주막집도 있을 테니 얼른 건너서 요기를 하자고."

진봉오는 이때 형건충의 곁에서 고분고분 따라다니고 있었다. 그러나 곧 자유분방한 본색을 드러냈다. 성난 사자처럼 갈기를 곧바로 세운 채 달려드는 사나운 물결을 응시하는가 싶더니 뭔가를 하려는 듯 말없이 소매 속에서 동전 세 개를 꺼냈다. 이어 그것을 손바닥으로 감싸고 몇 번 흔들더니 모래바닥에 홱 내던졌다.

"까불지 마! 뭐하는 거야?"

형건충이 바로 진봉오를 꾸짖었다. 그러나 진봉오는 그에 아랑곳하지 않고 모래바닥에 쭈그리고 앉아 여기저기 널려 있는 동전을 한참 들여다봤다. 급기야 놀란 목소리로 고함을 질렀다.

"대인! 지금 강을 건너면 위험합니다!"

마침 그때 뱃사공을 깨우려고 판잣집으로 가서 문을 두드리던 유통훈도 되돌아와 있었다. 그가 세 개의 동전 중에 두 개가 뒷면이 펼쳐지고 하나는 정면으로 모래바닥에 박힌 모습을 보면서 근심 어린 표정으로 덧붙였다.

"이건 송괘訟卦라는 겁니다. 어르신, 날씨도 신통찮고 물살이 대단히 흉흉한 것이 예사롭지 않습니다. 한 시간쯤 더 기다렸다가 날이 완전히 밝은 뒤 건너는 것이 어떻겠습니까?"

"송괘가 나왔는데, 뭐가 어떻다는 말인가?"

홍력이 상황이 심상치 않다고 판단한 듯 다가가서는 진봉오와 동전을 번갈아보면서 물었다. 그리고는 별것 아니라는 표정으로 자신 있게 말을 이었다

"그 옛날 태종 황제께서 홍승주洪承疇와 송산松山에서 일전을 벌이시기 전에 송괘를 본 적이 있었지. 병흉전위兵凶戰危를 앞두고 송괘가 나오면 흉흉한 기운이 물러가고 길한 기운이 돈다고 했네. 이 괘상卦象을 보면 '대인을 만나면 이롭고, 큰 강을 건너면 이롭지 않다'라는 뜻으로 해석되네. 아마 그래서 자네들이 강 건너기를 두려워하는 것 같군. 그러나 걱정하지 말게! 괘상에는 '천天과 수水는 위행違行 (어긋나게 움직임)한다'라고 했네. 우리가 하늘天의 도道를 따르는 이상 물이 우리하고 싸워 이길 것 같은가?"

진봉오는 홍력의 말을 듣자마자 바로 그를 쳐다봤다. 한낱 부잣집 도련님처럼 보이는 소년이 그토록 박학다식할 줄 몰랐다는 눈치였다. 그러나 그가 보기에 점괘는 분명히 흉괘凶卦가 틀림없었다. 홍력이 억지로 좋은 쪽으로 해석하고 있었던 것이다. 당연히 마음이 내키지 않을 수밖에 없었다.

사실 홍력 역시 걱정이 없지는 않았다. 그러나 날이 밝으면 사라진 자신을 찾아 전문경이 부산스럽게 쫓아 나올 것이 틀림없을 터였다. 어떻게든 서둘러 떠나야 했다. 얼마 후 그가 걱정 어린 표정으로 서

있는 일행을 향해 말했다.

"나는 하늘에 운명이 걸려 있는 사람이야. 모든 것을 다 하늘의 뜻에 맡기도록 하자고. 배는 크고 안전해 보이는군. 뱃사공도 집도 절도 없는 뜨내기는 아닌 것 같네. 이 강을 건너는데 무슨 위험이 있겠어? 내가 금릉으로 남하할 때는 물살이 이보다 더 거센 양자강揚子江(장강)을 건넜어. 그런데 아무 일도 없었어. 그 당시에도 새벽에 건넜었는데……."

홍력 일행이 큰소리로 떠들고 있는 사이 웬 뱃사공이 판잣집 문을 열고 나왔다. 아마 시끄러운 소리에 잠이 깬 듯 싶었다. 노인은 60살은 족히 넘어 보였다. 그가 연신 기침을 하더니 곧 눈을 비비면서 옆방 문을 발로 냅다 차기 시작했다.

"둘째야, 셋째야, 손님이 있어. 여태까지 자고 있어? 날씨가 흐려서 그렇지 다른 때 같았으면 날이 벌써 밝았겠다. 어서 일어나! 이봐, 마누라! 어제 저녁 먹다 남은 밥 좀 데워줘. 빨리 먹고 나가게."

잠시 후 동쪽 방에서 여자의 대답소리가 들리는가 싶더니 다 쓰러져가는 굴뚝에서 흰 연기가 피어올랐다. 그 사이 노인의 두 아들도 장삼 단추를 잠그면서 잠에서 덜 깬 눈을 한 채 비틀비틀 걸어 나왔다. 곧 철기鐵器들끼리 부딪치는 소리와 풀무질 소리, 그리고 노인의 기침 소리 등이 어우러져 음침하고 무서운 새벽은 적잖은 활기를 띠기 시작했다.

유통훈이 배에 닻을 올릴 준비에 바쁜 노인에게 다가가 말했다.

"어르신, 이 날씨에 강을 건널 수 있을까요? 나루터에는 어찌 어르신네 한 집밖에 없어요?"

"상류 지역에 나루터를 잘 닦아 놨거든! 그쪽으로 손님이 쏠리니다 이사 가버렸어."

노인이 마누라가 건네준 국수를 들이키듯 후룩후룩 먹으면서 대답했다. 이어 걱정하지 말라는 어조로 다시 입을 열었다.

"우리 배 말고도 배가 몇 척 더 있네. 일찌감치 성으로 가려는 사람들을 실으려고 모두 건너편으로 가 있다네. 이 날씨가 어떤가? 물이 불어날 때만 아니면 웬만한 날씨에는 우리 배도 끄떡없어!"

노인이 그렇게 말하는 사이 둘째와 셋째라고 불린 두 아들이 밥을 다 먹은 듯 장삼 자락으로 입을 쓱 문지르면서 뱃전으로 가서 밧줄을 풀었다. 유통훈이 보니 두 아들은 체격이 우람하고 건장했다. 다만 벙어리처럼 입을 꾹 다문 모습이 어쩐지 음산한 느낌을 줬다. 그러나 홍력은 이미 배에 오르고 있었다. 유통훈으로서는 어쩔 수 없이 따라나서야 했다. 그러나 석연치 않은 느낌은 지우지를 못했다.

곧 노인이 노를 저었다. 두 아들 역시 긴 막대기를 하나씩 들고 차가운 새벽바람을 맞받아 닻을 올리기 시작했다.

"요- 호-!"

커다란 배는 뱃사람들 특유의 목소리가 신호음이 되자 신기하게도 뒤뚱거리면서 나루터를 떠나기 시작했다. 배는 보기보다는 훨씬 더 컸다. 무엇보다 선실이 앞뒤로 두 개가 있었다. 밑에도 선창이 있었다.

홍력과 온씨, 언홍과 영영은 뒤쪽 선실에 자리를 잡았다. 유통훈과 형씨 사형제는 진봉오를 가운데 앉히고 앞쪽 선실에 자리 잡았다. 열 명이 앉았는데도 자리는 넉넉했다. 그 때문인지 홍력은 마음이 홀가분해진 듯한 표정을 보였다. 반면 유통훈은 쫓기는 사람처럼 안색이 파리했다. 나중에는 엉덩이를 반쯤 든 채 주위를 두리번두리번 살피고는 했다. 그러자 유통훈의 불안한 느낌이 전염된 탓인지 홍력의 마음 역시 서서히 무거워지는 듯했다.

선창을 통해 바라보는 바깥은 제방에 있을 때와는 완전히 달랐다.

망망한 안개 속에 보이는 하늘과 강은 한데 붙어 있는 것처럼 느껴질 정도였다. 집채 같은 파도는 무시로 누런 물기둥을 만들어내기도 했다. 망망대해 그 어디에도 다른 배는 보이지 않았다. 가끔씩 뱃전을 때리는 파도소리는 고막을 찢을 것처럼 요란했다. 얼마쯤 가자 그나마 보이던 남안南岸도 시야에서 멀어졌다. 배는 이제 강물 한가운데에 홀로 외롭게 떠 있었다.

홍력은 물기를 잔뜩 머금은 찬바람에 흠칫 몸서리를 쳤다. 형언할 수 없는 불길한 예감이 치밀어 올랐다. 형씨 사형제와 무예를 겨룰 때 누군가 감쪽같이 은표와 종이를 바꿔놓았던 일도 갑자기 떠올랐다. 만에 하나 이 배가 강도의 배라면 망망대해 한 가운데에서 누구에게 구원을 청해야 한다는 말인가? 생각만 해도 아찔했다. 홍력은 집요하게 파고드는 불길한 예감을 떨쳐버리려는 듯 힘껏 고개를 가로저었다.

선창은 고요했다. 선실 안쪽에 있는 세 여자도 마음이 편한 듯 차분한 모습이었다. 언홍은 동그란 대나무 틀에 흰 천을 끼워 넣고는 한 땀 한 땀 정성들여 수를 놓고 있었다. 그와는 달리 아직 아이 티를 벗지 못한 영영은 동전을 손등에 올렸다 공중에 뿌렸다 하면서 한시도 쉬지 않고 장난에 열중하고 있었다. 온씨는 그런 두 자매를 번갈아보면서 부드러운 어미의 미소를 짓고 있었다.

홍력은 두 아이가 참 귀엽다고 생각했다. 온씨 역시 15년 전으로 세월의 수레바퀴를 돌릴 수만 있다면 대단한 미인이었을 것이라는 생각도 했다. 그가 웃으면서 말했다.

"요즘은 역관에 시중드는 이들이 많아 자네들을 부릴 시간이 없었네. 강을 건너고 나면 내 기거起居를 자네들이 시중들어야 할 것이네."

"지금부터 이년들의 도움이 절실히 필요할 것이옵니다."

온씨가 미소를 지으면서 대답했다. 이어 묘한 말을 입에 올렸다.

"저 죄수 서생의 괘卦가 참으로 영험했던 것 같사옵니다. 넷째마마, 우리는 지금 도둑 배에 타고 있사옵니다!"

순간 홍력은 온몸의 털이 곤두서는 느낌에 튕기듯 일어났다. 그러나 곧 그 자리에 주저앉고 말았다. 다리의 힘이 풀려버린 것이다. 그는 경황없는 시선으로 밖을 내다봤다. 노인의 두 아들은 열심히 노를 젓고 있었다. 이상한 기미는 전혀 느껴지지 않았다. 홍력은 적이 안도하면서 실소를 터뜨렸다.

"자네 왜 뜬금없이 사람을 놀라게 하고 그러나? 진봉오가 과연 그런 재주가 있다면 어찌해서 자신의 앞날도 점치지 못했는가? 오늘 이 지경에까지 이르게 됐냐고?"

선창에 있던 진봉오는 홍력의 말을 들은 모양이었다. 바로 대답을 했다.

"군자는 명命을 알고 스스로 위험한 경지를 밟지 않는다고 했습니다. 어르신께서는 큰 강을 건너면 불리하다는 괘가 나왔는데 배에 탔습니다. 그러니 이미 명을 어기신 겁니다. 저는 호의에서 점괘를 봤을 뿐입니다. 그런데 좋은 소리를 못 들으니 섭섭하군요."

유통훈이 무례하기 이를 데 없는 진봉오에게 버럭 고함을 내지르려 할 때였다. 홍력 옆에 앉았던 온씨가 언홍의 손에서 수를 놓는 데 쓰는 바늘 한 줌을 받아든 채 말했다.

"그러면 이년이 직접 확인시켜 드리겠습니다."

온씨가 말을 마치자마자 손가락을 나무판자로 된 선실 바닥의 구멍 사이에 집어넣었다. 이어 힘껏 손가락을 잡아당겼다. 그러자 선실 바닥의 나무판자 한 귀퉁이가 떨어져 나가 그 밑이 훤히 들여다보였다.

"네놈들, 거기 숨어 있으면 누가 모를 줄 알아?"

온씨가 거칠게 욕설을 퍼부으면서 손에 들고 있던 바늘을 냅다 던졌다. 홍력 일행은 무슨 영문인지 몰라 어리둥절한 표정으로 있었다. 아니나 다를까, 누구나 할 것 없이 텅 비어 있는 줄로 알았던 선창 밑에서 갑자기 "아이고!" 하는 비명소리가 터져 나왔다. 두 사람이 몰래 숨어 있는 것 같았다. 곧 사내들은 사람 잡는다면서 연신 비명을 질러댔다. 급기야 발까지 굴러가면서 고함을 질렀다.

"이봐 황 수괴水怪, 들통 났어! 우리 좀 살려줘!"

커다란 배는 갑자기 폭격을 맞은 듯 중심을 잃고 뒤뚱대기 시작했다. 형건충은 황급히 진봉오를 선실 안쪽으로 구겨놓다시피 밀어 넣었다. 그리고는 그가 밖으로 나오지 못하도록 지키고 섰다. 나머지 형씨 형제들은 저마다 칼을 뽑아들고 선실 밖으로 뛰쳐나갔다. 밖에는 뱃사공 노인이 도끼날처럼 섬뜩한 대도大刀를 움켜쥔 채 기세등등한 표정으로 뱃머리를 지키고 있었다. 가짜수염을 떼버린 그는 어느새 서른 살 남짓한 건장한 사내로 돌변해 있었다. 그가 소리쳤다.

"행동 개시! 나 황 수괴의 배에 올라 살아남은 자는 여태 하나도 없었어. 둘째! 셋째! 너희들은 기생오라버니 같이 생긴 저놈을 상대해. 이것들 셋은 나에게 맡기고."

둘째, 셋째가 대답과 함께 선미船尾에서 긴 막대기를 꺼냈다. 홍력이 자세히 보니 팔뚝만큼 굵은 창이었다. 삼각형 모양의 창날이 날카롭기 그지없었다. 사내들은 언홍, 영영, 온씨와 홍력을 번갈아보면서 눈짓을 주고받았다. 그러더니 대나무 판자를 사이에 두고 배의 꼬리 부분에서 힘껏 창을 찌르면서 달려들었다. 그들 넷을 한 창에 꿰려는 심산인 듯했다.

창은 상당히 길었다. 선미에서 선실 앞부분까지 관통하더니 날카로운 대가리를 독사의 그것처럼 내밀고 있었다. 선실 안쪽에 바짝 붙어있던 진봉오는 창이 왼손을 뚫고 지나가는 바람에 그만 질펀한 피를 흘리고 말았다. 뜻하지 않은 봉변을 당한 그는 그 자리에서 기절하고 말았다.

홍력은 둘째와 셋째의 맹공격에 신변의 위협을 느꼈다. 순간적으로 기운도 났는지 젖 먹던 힘까지 다해 허공으로 솟구쳐 올랐다. 이어 선실 천장의 받침대를 잡고 안간힘을 다 해 천장에 찰싹 달라붙었다. 둘째의 창은 한 척尺 남짓 찌르고 들어왔으나 바로 온씨의 손아귀에 잡혀 꿈쩍도 못하고 말았다. 당황한 둘째는 온 힘을 다 기울여 창을 빼려고 했다. 그러나 온씨의 손 안에 들어간 창은 움직일 줄 몰랐다. 둘째는 다급한 나머지 와와 하고 알아들을 수 없는 괴성만 질러댔다. 그제야 홍력은 그가 농아라는 사실을 알 수 있었다.

홍력은 겨우 정신을 가다듬고는 언홍과 영영을 떠올렸다. 가슴이 철렁했다. 급한 마음으로 두리번거리기도 했다. 그러나 기우였다. 두 아이는 무슨 수를 썼는지 그 미친 듯한 창의 공격을 피한 듯했다. 하나도 다친 곳 없이 멀쩡했다. 그 사이 온씨는 홍력의 허리춤에 꽂혀 있는 자그마한 과도果刀를 발견했다. 그녀는 "칼 좀 빌려 씁시다"라는 말과 함께 그 칼을 뽑아 눈 깜짝할 새에 창문 밖으로 내던졌다. 밖에서 빠지지 않는 창과 실랑이를 벌이던 둘째는 빠르게 날아오는 과도에 정통으로 미간을 맞고 말았다. 짤막한 비명과 함께 퉁 하고 썩은 나무가 넘어가는 소리가 들렸다. 홍력이 내다보니 그는 이미 숨이 끊긴 듯 대자로 선창에 널브러져 있었다.

온씨가 어린아이처럼 좋아했다.

"넷째마마, 칼이 너무 좋습니다. 이 노파에게 하사하시면 안 되겠습니까?"

"그래, 그러지! 홍모국紅毛國(네덜란드)에서 공물로 올린 과도네. 쇳덩이도 진흙 자르듯 한다는 물건일세."

홍력이 큰소리로 대답했다. 그의 말이 채 끝나기도 전에 이번에는 셋째의 창이 홍력을 향해 날아왔다. 홍력은 다시 천장으로 바짝 몸을 밀착시켰다. 그 사이 온씨의 왼손이 다시 순식간에 창을 움켜잡았다. 그녀는 한 손으로 창을 빼앗는 동시에 몸을 뒤로 날렸다. 이어 뒤쪽 창문을 뚫고 선미가 있는 갑판 위로 내려섰다.

뱃머리에서는 황 수괴와 형씨 세 형제의 격돌이 이어지고 있었다. 셋이서 한 명을 대적하고 있었으나 사태는 그다지 낙관적이 아닌 듯했다. 배의 움직임에 익숙한 황 수괴와 뱃멀미로 고생하는 세 형제의 사투는 그야말로 아슬아슬하기 이를 데 없었던 것이다. 급기야 밀고 밀리는 접전 끝에 세 형제는 모두 팔목에 상처를 입고 말았다. 그들은 황 수괴가 선실로 들어가 홍력을 해치는 것만은 어떻게든 막아야 한다는 일념뿐인 듯했다. 마치 약속이나 한 듯 고통을 참고 선실 입구에 떡 버티고 선 채 한 치도 물러서려 하지 않았다.

황 수괴는 처음에는 뱃사람 특유의 능력으로 기선을 제압하는 듯했다. 얼굴에는 자신감도 넘쳤었다. 그러나 목숨을 걸고 선실 입구를 사수하는 세 형제 때문에 차츰 조급하고 불안해지기 시작하는 것 같았다. 나중에는 마구 칼을 휘둘러대면서 고함을 질렀다.

"셋째, 끝났어?"

황 수괴의 말이 끝나기 무섭게 뒤에서 셋째의 울분에 찬 고함소리가 들려왔다.

"악질 같은 년 때문에 둘째가 죽었어요!"

"뭐라고? 물에 뛰어들어 배에 구멍을 내버려!"

황 수괴는 크게 고함을 지른 다음 잉어처럼 날렵하게 몸을 솟구치더니 곧 거친 파도 속으로 뛰어들었다. 선미에 있던 셋째도 널브러져 있는 둘째의 시체를 바라보는가 싶더니 바로 물속으로 뛰어들었다.

이렇게 해서 배 위에는 더 이상 위험한 상황이 벌어지지 않게 됐다. 그제야 한숨을 돌린 사람들은 일제히 홍력에게 시선을 집중시켰다. 그 사이 정신을 차린 진봉오는 이를 악물고 심하게 밀려오는 상처의 통증을 참으면서 말했다.

"그것 보세요, 제가 뭐라 그랬……."

진봉오의 말이 채 끝나기도 전이었다. 그는 형건업에 의해 불이 번쩍 나도록 주먹세례를 받고 말았다. 형건업이 인상을 험악하게 구기면서 욕설을 마구 퍼부었다.

"다 네놈이 재수 없게 방정을 떨어서 그래! 뒈질 놈, 그래 놓고도 계속 악담이야?"

"지금 그런 것 가지고 승강이를 벌이고 있을 때가 아니야. 마음을 합쳐도 모자랄 판에. 밖을 내다보라고."

홍력이 초조함과 불안함을 감추려고 버럭 화를 냈다. 그제야 사람들이 밖을 내다봤다. 배는 어느새 황하와 다른 강이 만나는 길목에 떠 있었다. 강폭은 방금 전보다 더 넓어 보였다. 새로 밀려들어온 맑은 물과 황하의 황톳물은 한데 섞여 6~7척 높이의 집채 같은 파도를 일궈내고 있었다. 배는 거대한 소용돌이 속에서 마치 종이배처럼 뱅글뱅글 돌고 있었다. 저만치 아찔하게 솟았다가 다시 파도 밑으로 떨어지는 모습이 당장이라도 뒤집힐 것만 같았다. 그 위기일발의 찰나, 온씨가 다급하게 소리를 질렀다.

"어서 닻을 내려!"

온씨의 목소리가 터져 나오는 것과 동시에 언홍이 가볍게 선창 위로 날아올라 칼로 밧줄을 잘랐다. 커다란 닻은 맥없이 툭 떨어져 내렸다. 선체는 곧 안정을 되찾았다. 선체가 워낙 심하게 흔들려 자칫 물속에 빠질 위험이 있는 아슬아슬한 상황에서 어린 여자아이가 대담하게 뛰어올라 손쉽게 닻을 떨어뜨리다니! 구경하는 사람들은 모두 넋을 잃고 말았다.

언홍은 선실로 돌아와서는 죽은 둘째가 쓰던 대나무 막대기를 들었다. 이어 물속에 찔러 넣었다. 그리고는 막대기에 의지한 채 힘껏 힘을 줬다. 그러자 막대기는 활처럼 휘면서 괴로운 신음소리를 냈다. 드디어 배는 모든 것을 집어삼킬 듯한 소용돌이의 위협에서 가까스로 벗어났다.

언홍은 대수롭지 않은 듯 손을 툭툭 털면서 선실로 들어왔다. 이어 하늘을 바라보면서 말했다.

"그 사이 우리가 자그마치 오십 리나 떠내려 왔다는 것 아세요? 기적이죠! 곧 오시午時가 가까워오는데 대책을 상의해 봐야겠어요."

"이 강은 혜제하惠濟河라고 합니다. 여기에서 동쪽 방향으로 이십 리 정도 더 가면 안휘성 경내에 들어섭니다. 이대로 물길을 따라 내려가다가 물살이 좀 평온한 곳에 배를 정박시키는 것이 어떻겠습니까? 일단 배를 세워놓고 가까운 관아에 연락해 데리러 오게 하는 것이 어떨까 합니다."

홍력과 함께 선실 밖으로 나온 유통훈이 남쪽을 가리키면서 말했다. 온씨도 바로 자신의 의견을 피력했다.

"여기에서 얼마 안 가면 강 북쪽에 색상索象이라는 작은 진鎭이 있습니다. 칠팔 리 거리밖에 안 됩니다. 금방 갈 수 있으니 거기 가서 쉬었다 가는 것이 나을 것 같습니다."

진봉오가 그러자 걱정스런 표정으로 말했다.

"이것들이 물속으로 뛰어들지 않았습니까? 배에 구멍을 뚫어버린

다고 했는데, 미리 방어하지 않아도 될까요?"

온씨가 진봉오의 말에 웃으면서 대답했다.

"물살이 이렇게 센데 용왕이라도 물속에서 오래 버티지 못할 거요. 게다가 그놈들은 재물을 노리고 우리를 해치려 드는 것 같은데, 멀쩡한 배에 구멍을 뚫어 망가뜨릴 리가 있겠어요? 이 정도면 적어도 오륙백 냥은 줘야 살 수 있을 텐데!"

진봉오가 고개를 갸우뚱하면서 중얼거렸다.

"그 놈들은 목표가 드러났으니 어떻게든 우리를 죽여 버리려고 할 것입니다."

홍력은 진봉오가 하는 말에 문득 등골이 오싹해졌는지 황급히 지시를 내렸다.

"선실 밑바닥에 두 놈이 숨어 있을지도 몰라. 조심하게!"

그러자 온씨가 여유만만하게 말을 받았다.

"이미 저의 산혼침散魂針을 맞았어요. 아직껏 살아있을 리가 있겠습니까?"

홍력이 믿기지 않는다는 표정을 지었다. 온씨는 말없이 바로 선실 바닥의 목판 두 조각을 뜯어냈다. 홍력이 들여다보니 과연 두 구의 시신이 새우처럼 쪼그린 채 자빠져 있었다. 또 눈은 죽은 물고기의 그것처럼 튀어나와 있었다. 입과 코에서는 피가 흥건하게 흘러나와 굳어 있었다. 홍력이 크게 놀라 연신 숨을 들이마시면서 온씨와 언홍을 뚫어지게 바라봤다. 그리고 한참 후에야 물었다.

"알고 보니 자네들은 협녀俠女들이었군. 정말 대단하네!"

온씨가 입을 가리면서 말했다.

"저희가 무슨 협녀겠습니까. 저희 주인의 실력을 못 봐서 그러시는 거겠죠! 저희 주인어른께서는 이위, 즉 이 총독이 저희 일가를 구해주신 생명의 은인이라고 하셨습니다. 그래서 이년들에게 이 총독의 지시에 잘 따르라고 당부하셨습니다. 이년들은 이 총독의 지시에 따라 넷째마마를 따라가는 것뿐입니다. 혹시라도 다른 의혹 같은 것은 품지 않으셨으면 합니다."

온씨의 말이 끝나기 무섭게 영영이 뭔가를 발견한 듯 상류 쪽을 가리켰다.

"황 수괴라는 자가 사람들을 데리고 쫓아오는 것 같습니다!"

홍력은 영영의 손가락이 가리키는 쪽을 바라봤다. 과연 크고 작은 배 두 척이 쏜살같이 이쪽으로 쫓아오고 있었다. 작은 배의 뱃머리에는 셋째가 대여섯 명의 사내들을 데리고 서 있었다. 또 큰 배에는 스무 명도 넘는 도적들이 타고 있었다. 황 수괴는 웃통을 벗어젖히고 장검을 흔들어대면서 홍력 등을 손가락질하며 소리쳤다.

"바로 저놈들이야. 물속에 뛰어들어 배에 구멍을 내버리게. 하나도 도망치지 못하게 말이야!"

황 수괴의 말이 끝나기 무섭게 셋째를 비롯한 몇몇 사내들이 청개구리처럼 두 다리를 뻗으면서 물속으로 뛰어들었다. 홍력은 한 순간의 실수로 큰 화를 빚었다면서 때늦은 후회를 하지 않을 수 없었다. 그리고는 처연한 얼굴로 좌중을 둘러보고 말했다.

"이제는 막다른 골목에 이르렀네. 수영에 자신이 있는 사람들은 일찌감치 살 길을 찾아 나서게!"

"언홍아, 뛰어내려!"

온씨는 그 위기의 순간에도 여전히 침착하기 이를 데 없었다. 겉옷을 훌렁훌렁 벗어던지면서 냉소까지 터트렸다.

"그래, 어디 제대로 한번 붙어보자! 홍택호洪澤湖에서 온 신선이 이기나 황하의 물귀신이 이기나! 다른 분들은 저 큰 배가 우리 모녀에게 접근하지 못하도록 잠시 막아주시오."

온씨 모녀는 눈 깜짝할 사이에 미꾸라지처럼 물속으로 사라졌다. 홍력과 유통훈은 눈을 크게 뜨고 수면을 뚫어지게 바라봤다. 그러나 성난 맹수들 사이에 엎치고 덮치는 격투가 벌어지는 듯 무서운 파도만 들썩거릴 뿐 아무것도 보이지 않았다. 그러다 한참 뒤 배에서 멀리 떨어지지 않은 곳에서 수면이 빨갛게 물들어가는 것이 보였다.

홍력이 온씨 모녀 중 혹시라도 누가 부상을 당하지 않았을까 걱정하고 있을 무렵이었다. 시커먼 시체 하나가 지푸라기처럼 떠올랐다. 잠시 후 상류 쪽에서도 "악!"하는 짤막한 비명소리와 함께 핏물이 흘러내려 왔다. 여기저기에서 시꺼먼 보따리 같은 시체들이 둥둥 떠오르다가 이내 물속에 가라앉는 광경도 보였다. 홍력 일행은 서로를 번갈아보면서 기쁜 표정을 금치 못했다.

"안 되겠어, 이년이 물속까지 쫓아왔어. 올라가! 안 되겠어……."

웬 사내가 아우성 소리가 끝나기도 전에 "아이고!"하는 비명소리와 함께 외줄타기를 하듯 뒤뚱거렸다. 이어 물속으로 고꾸라지고 말았다. 배 밑에서 노리던 온씨 모녀에게 사타구니를 얻어맞고 강물로 떨어지고 말았던 것이다. 물속에서의 격투는 점점 치열해지는 것 같았다. 보따리 같은 시체는 점점 더 늘어났다. 이윽고 두 모녀는 씩씩하게 모습을 드러냈다. 모녀는 아무 일도 없었던 것처럼 경악을 금치 못하는 홍력을 바라보면서 씽긋 웃었다.

한 시간도 지나지 않아 물속에 뛰어들었던 황 수괴 일당은 전멸하고 말았다. 멀리서 황 수괴가 울부짖는 고함소리가 애처롭게 들려왔다.

"얘들아……, 어찌 그렇게 허망하게 가는 거냐! 평생 동안 심혈을 기울여 키워 놓은 내 부하들이……, 아이고 다 망했어……!"

황 수괴의 큰 배는 그의 고함소리와 함께 빠른 속도로 홍력이 탄 배를 향해 다가왔다. 다시 긴장감이 감돌기 시작했다. 홍력은 형씨 사형제에게 지시를 내렸다.

"이 수적水賊들은 단순히 재물을 노린 도둑들이 아니네. 분명히 누군가의 사주를 받고 나를 해치려고 작심한 자들이네. 다만 경험은 크게 없는 자들 같아. 방금 같은 경우 다 같이 덤볐으면 우리가 훨씬 힘들었을 텐데 그러지 않은 걸 보면 말이야. 우리는 가면서 싸우는 수밖에 없네. 부디 힘껏 싸워주게. 이 위험한 고비만 무사히 넘기면 내가 이 은혜를 반드시 갚을 것이네. 만에 하나 내가 잘못되기라도 하면……, 자네들이라도 살아 나가서 아바마마께…… 이 사실을 알려야 하네……."

홍력이 감정이 북받친 듯 눈물을 보였다. 북경에서 아무것도 모르고 있을 옹정과 어머니를 떠올리는 것 같았다. 곧이어 그가 고개를 돌려 진봉오에게 말했다

"여태 몰랐을 것이네. 나는 지금 폐하의 넷째 황자인 보친왕 홍력이네. 내가 자네하고 이렇게 만난 것도 기막힌 인연이 아니겠나? 내가 자네를 용서해주겠네. 선체에 물이 들어오기 시작한 것 같은데, 어서 막으러 내려가게!"

진봉오는 처음에는 홍력의 분명한 신분을 몰랐다. 그 사이 어느 정도 눈치를 채기는 했지만 확신할 수 없었다. 그는 홍력의 고백을 듣자마자 바로 눈물을 흩뿌리면서 머리를 조아렸다.

"소생 진봉오, 이 한 목숨 보친왕마마께 바치겠습니다!"

진봉오는 말을 마치자마자 손등으로 눈물을 쓰윽 닦으면서 선실 뒤편으로 달려갔다. 곧 전혀 손상을 입지 않은 적들의 배는 상흔이 역력한 홍력 일행의 배와는 달리 파죽지세로 달려들었다. 어느새 두 배

사이의 거리는 10장丈 안팎으로 좁혀졌다. 배 위에서 도둑들이 제각
각 떠드는 소리도 울려 퍼졌다.

"뛰어봤자 벼룩이지. 이년들아, 거기 못 서?"

"저년들 꽤 쓸 만하게 생기지 않았어?"

"빨간 옷을 입은 년은 내 차지야."

"젖내 폴폴 날 것 같은 저년은 내가 가질게."

"늙은 년은 늙은 대로 맛이 색다르다고! 나는 잠자리 묘미를 아는
늙은 년이 더 좋아."

두 배는 수적들이 낄낄거리면서 음담패설을 한바탕 나누는 사이
크게 부딪치고 말았다. 장검을 잡고 자세를 취하고 있던 홍력과 유
통훈은 그 충격으로 비틀거리면서 선실 입구로 튕겨져 넘어졌다. 그
때 맞은편 배에서 거구의 사내들이 바람을 일으키면서 이쪽 뱃전으
로 뛰어올라왔다.

"돌격!"

홍력이 있는 힘껏 고함을 질렀다. 형씨 사형제가 그에 맞서 우르
르 달려갔다.

"넷째마마!"

선실 입구에 서 있던 영영이 다급하게 말했다.

"저놈들은 우리보다 숫자가 훨씬 더 많습니다. 이렇게 싸우다가는
낭패 보기 십상입니다. 소녀가 나서보겠습니다."

영영이 단호한 어조로 말을 마치기 무섭게 홍력을 등 뒤로 밀어냈
다. 그리고는 손에서 만지작거리면서 가지고 놀던 동전을 표창鏢槍 던
지듯 힘껏 내던졌다. 동전은 막 뱃전으로 올라선 네 사내의 미간에
그대로 날아가 박혔다. 사내들은 윽! 하는 비명소리와 함께 허우적대
면서 물속으로 떨어졌다. 그 사이 또 한 사내가 올라오더니 칼을 휘

두르면서 온씨를 찌르려고 했다.

"그것도 대가리라고 무겁게 달고 다니는 거냐? 앞에 선 자들이 끽소리 못하고 뒈지는 걸 봤으면서도 또 기어 올라와? 너도 한번 당해봐라!"

영영이 깔깔 웃으면서 다시 동전 하나를 힘껏 내던졌다. 쌩- 하는 바람소리와 함께 동전이 사내의 태양혈을 정확하게 강타했다. 사내는 우스꽝스런 비명을 지르고는 그 자리에 푹 고꾸라지고 말았다.

두 배의 간격은 다시 조금 벌어졌다. 영영이 미리 준비해 둔 동전뭉치를 들고 온씨 곁으로 다가갔다. 그리고는 적들의 배가 가까워질 때마다 "이 할머니가 보시하는 것이니 잘 받아 처먹어!"라고 고함을 지르면서 몇 개씩 내던지고는 했다. 적들은 그때마다 고개를 파묻고 숨을 곳을 찾아 헤맸다. 커다란 뱃전이 휑뎅그렁할 정도였다.

"위험하기는 했으나 오늘 눈이 번쩍 뜨였네!"

홍력이 신이 나는 듯 박수를 쳤다. 그런데 영영이 갑자기 울상이 되더니 온씨를 향해 말했다.

"어머니, 동전이 다 떨어졌어요."

황 수괴가 한 구석에 숨은 채 배에 뚫린 구멍을 통해 영영의 일거수일투족을 노려보고 있다 그 소리를 듣자마자 바로 고함을 질렀다.

"동전이 다 떨어진 것 같다. 저년을 어서 잡아!"

홍력은 또다시 피 말리는 긴장감에 휘말리지 않을 수 없었다. 멀찌감치 물러났던 적들의 배가 다시 공격해오는 그 위기일발의 순간 유통훈의 시선이 문득 홍력이 옹정과 셋째, 다섯째 황자들에게 선물한다면서 구입한 바둑알에 멈췄다. 그가 황급히 영영에게 물었다.

"바둑알은 안 돼?"

"한번 써보죠. 그거라도 가져다주세요."

영영이 다급하게 외쳤다. 유통훈은 선실 한쪽으로 달려가 바둑알을 통째로 가져왔다. 영영이 바둑알을 한 줌 집어 들고 이를 악문 채 내던졌다. 여기저기에서 "악!" "악!" 하는 비명소리가 다시 들려오기 시작했다. 적들이 꼼짝 못하고 나가떨어지는 꼴을 보면서 영영이 온 씨에게 말했다.

"어머니, 이제 보니 바둑알이 동전보다 더 쓸 만하네요!"

적들의 배는 풀이 죽은 듯 또다시 게걸음을 치기 시작했다. 영영은 그 모습을 보고는 자신감이 넘치는 표정으로 뱃전에 올라서서 득의 양양하게 고함을 질렀다.

"네놈들 대가리를 먼저 만져 봐. 그리고 이 검은 대추를 받아 처먹을 수 있을 놈들만 나와 덤벼라!"

그러나 맞은편 배에서는 아무런 응답도 없었다. 한참 후 내분이 벌어진 듯 악에 받친 고함소리가 들려왔다.

"괜히 애들 데리고 와서 다 죽여 버렸잖아! 개자식, 뒤에서 지원해주기만 하면 자기가 알아서 다 한다고 하지 않았나? 큰소리 뻥뻥 칠 때는 언제고 어디 가서 뒈졌어? 우리는 이제 그만 갈 거야. 어서 데려다 주기나 해!"

적들이 탄 배는 마침내 걸음아 날 살려라 하면서 꽁무니를 빼고 말았다. 홍력은 그제야 안도의 한숨을 길게 내쉬었다. 그리고는 기진맥진한 다리를 끌고 선실에 들어와 털썩 주저앉았다. 순간 그는 배가 고프고 목도 타는 기분을 느꼈다. 손가락 하나 까딱할 힘조차 없다는 사실도 비로소 깨달았다. 그러자 그 익명의 종이쪽지가 심사를 어지럽히기 시작했다. 아무리 털어버리려고 해도 뇌리에 짓궂게 떠올랐다.

'……아무리 생각해도 셋째 형님 홍시의 수작이 틀림없어. 북경에 도착할 때까지 이런 일은 또 발생할 수 있어. 이위가 호위를 부탁했다는 그 장님 도사와는 어떻게 연락을 취해야 하는 건가? 형씨 사형제들만으로는 북경까지 무사히 가기 어려울 것 같은데…….'

홍력은 마음이 복잡하고 불안하기 이를 데 없었다. 조금 눈을 붙이고 싶었으나 도무지 잠이 오지 않았다. 결국 그는 자리에 반쯤 누운 채 유통훈과 진봉오를 불러들였다. 긴 침묵이 흐른 다음 그가 마침내 무겁게 입을 열었다.

"오늘의 일은 평생 잊지 못할 것 같네. 자네들 생각에 위험이 이것으로 끝이 난 것 같은가?"

"그렇다고 볼 수 없을 것 같습니다. 문제는 저자들이 재물을 노리고 온 도둑이 아니라는 사실입니다."

유통훈의 목소리는 마른 장작처럼 건조했다. 진봉오 역시 고개를 끄덕여 수긍의 뜻을 표하고는 물었다.

"재물도 탐내지 않는 자들이면 도대체 뭘 원하는 겁니까?"

홍력이 굳어진 얼굴에 서글픈 표정을 지은 채 말했다.

"재물보다 더 탐나는 것이 분명히 있을 테지! 내 생각이 틀리기를 바라지만 불행히도 그렇지는 않을 것 같네."

〈11권에 계속〉